KB006145

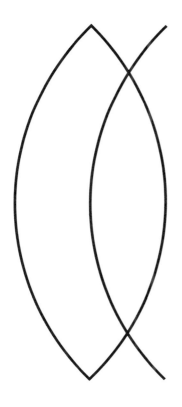

공부가 되는 글쓰기

쓰기는 배움의 도구다

윌리엄 진서 지음
서대경 옮김

머리말 쓰면서 배우다

이 책은 교육을 받으며 자란 사람이라면 갖게 되는 두 가지 두려움을 해소하기 위해 쓰였다. 하나는 글쓰기에 대한 두려움이다. 대부분의 사람이 매일 어떤 방식으로든(간단한 메모나 보고서, 편지 같은 것일지라도) 글을 쓰며 살 수밖에 없으면서도 매번 글을 쓸 때마다 죽을 만큼 괴로워한다. 또 다른 하나는 자신이 잘 모르는 주제에 대해 글을 쓰는 것에 대한 두려움이다. 인문학에 소질이 있는 학생들이 과학이나 수학 얘기에 질겁하듯이 과학, 수학이 적성에 맞는 학생들은 영문학, 철학, 미술처럼 숫자나 공식으로 환원할 수 없는 인문학 앞에서 당혹스러워한다. 나는 우리가 평생 짐처럼 끌고 다니는 이러한 두려움이 대개는 불필요한 것이라고 생각한다.

이 책은 여러분과 마찬가지로 글쓰기를 두려워했던 내가 그것을 극복해 온 개인적인 여정을 담고 있다. 특히 최근 미국의 일선 학교 및 대학에서 활발하게 이루어지고 있는 '범교과적 글쓰기'Writing across the curriculum 수업에 대한 개인적인 관심에서 출발했다. 그 이론에 따르면 글쓰기는 더 이상 국어 교사만의 전유물이 아닌 모든 교과목 교사들이 가르쳐야 하는 필수 요소다. 나는 이 생각을 적극 지지한다. '범교과적 글쓰기'는 글의 주제가 무엇이냐를 따지기에 앞서 모든 글쓰기가 사유의 한 형태라는 사실을 명확히 전제한다. 또한 학생들이 자신의 관심사나 잘 아는 주제에 대해 글을 쓸 수 있게 만들어 줌으로써 글쓰기를 더욱 매력적으로 느끼게 한다. 셰익스피어나 셸리에 대해 쓰라고 하면 금세 머릿속이 새하얘지는 화학과 학생도 산화작용이 어떻게 일어나는지에 대해서는 놀라울 정도로 잘 쓸 수 있다.

글쓰기를 통해 어떤 학문을 배울 수 있다거나 학문의 영역에서 문학작품이 나올 수 있다고 생각하는 교사는 지금까지 많지 않았다. 그러나 모든 학문에는 저마다의 문학작품, 즉 교사와 학생이 본보기로 삼아 활용할 만한 뛰어난 글쓰기 사례가 얼마든지 있다. 무엇보다 글쓰기는 모방을 통해 배우는 것이다. 그래서 나는 직접 이러한 작품들을 찾아보기로 했다. 다양한 학문 분야에서 생산된, 우리를 그 학문의 이해로 이끄는 탁월한 글쓰기 사례를 수집하는 것이다. 나는 과학을 전공하는 학생에게는 글쓰기에 대한 이해를, 인문학을 전공하는 학생에게는 과학에 대한 이해를 가져다주고 싶다.

이를 위해 정규 학문 영역에서 쓰인 글만을 대상으로 삼는다는 원칙을 세웠다. 이를테면 아무리 좋은 글일지라도 저널리스트가 쓴 것이라면 이 책에서 다루지 않았다. 지질학에 대해서는 지질학자가 쓴 훌륭한 글을, 진화론에 대해서는 다윈의 글을, 상대성이론에 대해서는 아인슈타인의 글을, 생물학에 대해서는 루이스 토머스의 글을 다룰 것이다. 그래서 글을 잘 쓰기 위해 꼭 '작가'가 될 필요는 없다는 것을 증명하고자 한다. 명료하게 글을 쓴다는 것은 자신의 생각을 논리적으로 배열하는 것이다. 명료하게 사고하는 과학자의 글은 최고의 작가가 쓴 글만큼 뛰어날 수 있다. 결국 이 책은 주로 다양한 학문 영역에서 생산된 학사 과정 수준의 훌륭한 글쓰기 사례를 소개하는 선집 형태를 띨 것이다.

그런데 막상 책을 쓰기 시작하자 뜻하지 않은 일이 벌

어졌다. 책이 생명을 가진 것처럼 내게 자신이 어떤 식으로 쓰이길 바라는지 말해 왔던 것이다. 나는 어느새 그 부름에 이끌려 과거의 이런저런 모퉁이로, 지금 내가 알고 있는 많은 것을 가르쳐 주었던, 오랫동안 잊고 있던 사람들과 프로젝트와 여행의 순간으로 되돌아가 있는 자신을 발견했다. 그동안 나의 인생은 폭넓은 배움의 과정에 다름 아니었고, 따라서 배움에 대한 책을 쓰려면 우선 전문 지식을 선호하는 이 나라에서 박학다식자로 살아간다는 것이 내게 어떤 의미를 갖는지 이야기해야 한다는 걸 깨달았다. 그러자 선집 형태의 책을 쓰겠다는 계획은 회고록을 쓰겠다는 계획만큼이나 미심쩍어 보였다.

하지만 나는 그런 의구심에 억지로 맞서 싸울 필요가 없었다. 오히려 이 책을 쓰면서 한 가지 핵심적인 사실, 즉 우리는 자신이 무엇을 알고 있으며, 무엇을 말하고자 하는지를 깨닫기 위해 글을 쓴다는 사실을 다시 한 번 확인했다. 나는 작가로서, 단순히 한 문장 한 문장을 써 내려 가는 과정을 통해, 즉 그 주제의 의미를 향해 한 걸음 한 걸음 다가가는 추론의 과정을 통해 나 자신이 얼마나 자주 이전까지는 전혀 몰랐던 분야의 주제를 명확히 이해하게 되었던가를 떠올렸다. 하다못해 편지 쓰기 같은 가장 단순한 방식의 글쓰기조차 얼마나 자주 불분명한 생각을 명확하게 만들어 주었던가. 마침내 나는 글쓰기와 생각하기 그리고 배움이 동일한 과정이라는 것을 깨달았다.

그 순간 불이 들어온 전구처럼 머리 위에 반짝이던 깨달음의 빛이 이것이 진정 어떤 책이 되어야 하는지를 드러내 주었다. '범교과적 글쓰기'는 단순히 글쓰기를 두려워하는 학생을 쓰도록 만드는 기술이 아니라 배우기를 겁내는 학생을 배우게 만드는 기술이기도 하다. 나도 한때는 과학 같은 낯설고 어렵게만 보이는 과목들을 끔찍이도 두려워했다. 지금의 나는 모르는 주제에 대해서도 글을 쓸 수 있고, 이러한 글쓰기를 통해 그 주제를 배울 수 있다고 생각한다. 적어도 모르는 주제에 대해 글 쓰는 것을 두려워하지는 않는다.

마지막까지 남아 있던 의문은 '정확히 어떤 방식으로 이러한 글쓰기가 가능한가'였다. 예를 들어 우리는 어떻게 화학이나 물리학, 지질학 같은 분야에 대해 쓸 수 있는가? 책을 쓰는 여정은 이 물음에 답해 줄 미국 각지의 교수들에게로 나를 이끌었다. 그렇다면 수학은 어떤가? 확실히 수학은 불가능할 것이라 생각했다. 그런데 가능했다. 조앤 컨트리먼(9장)이 수학에 대한 나의 고민을 해결해 주었다. 이 책은 이런 타고난 교사들과의 만남으로 가득하다.

그러나 무엇보다 이 책은 아이디어, 다른 이들의 수많은 아이디어를 담고 있다. 나는 독자들이 그저 이들의 생각을 순수하게 즐기기만 해도 무척 기쁠 것이다. 이 책은 글쓰기 이론서의 결정본과는 거리가 멀다. 여기서 다루지 않은 학문 영역도 많다. 나의 목적은 글쓰기에 대한 몇 가지 접근법을 제안하는 것이지 글쓰기에 관한 모든 것을 제시하는 것이 아니다. 마찬가지로 훌륭한 글쓰기 사례로 제시한 예문들은 내가 우연히 알고 있었거나 이 책을 쓰는 와중에 발견한 것으로 그저 개인적인 선택의 결과물일 뿐이다. 다음엔 또 누굴 만나게 될지 알 수 없었다는 점이야말로 이 책을 쓰면서 누린 하나의 즐거움이었다.

이렇게 내가 만난 사람들은 어김없이 평생 함께하고픈 마음이 절로 들게 하는 이들이었다. 이들은 모두 열정이라는 드문 재능을 가졌다. 나는 이 저자들이 자신의 학문 분야에 탁월한 기여를 했다는 사실에 거듭 큰 감명을 받았다. 해저 생물에 대해 쓴 생물학자 레이첼 카슨, 발리 섬의 닭싸움에 대해 쓴 인류학자 클리퍼드 기어츠, 로트레크의 석판화에 대해 쓴 예술사학자 A. 하이엇 메이어, 바다거북에 대해 쓴 동물학자 아치 카, 스트레스가 아이의 대담성에 미치는 영향에 대해 쓴 정신과 의사 로버트 콜스, 요세미티 계곡에서 발생한 지진에 대해 쓴 자연주의자 존 뮤어, 베토벤과 작곡의 비밀에 대해 쓴 작곡가 로저 세션스 등을 글의 주제와 학문의 경계를 초월해 하나로 묶은 끈은 바로 즐거움과 열정, 경이로움의 감각이었다. 아마도 이것이야말로 글쓰기를 배우는 것, 배우기 위해 쓰는 것에 모두 똑같이 요구되는 유일한 요소일 것이다.

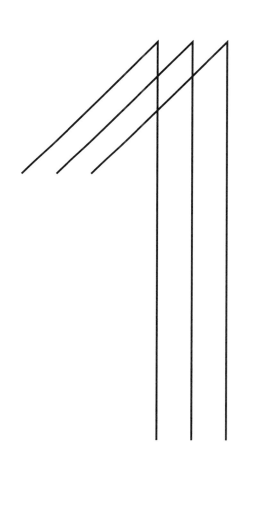

1 헤르메스와 주기율표

어린 시절 내가 4년간 수학했던 매사추세츠의 디어 필드아카데미에는 전설적인 인물이 둘 있었다. 그중 한 명은 교장 선생님이었던 프랭크 보이든이다. 1902년 대학을 갓 졸업한 보이든 선생님은 어떻게든 첫 직장을 구해야 하는 절박한 교사들이나 수락할 법한 디어필드아카데미의 교장으로 부임했다. 당시 디어필드라는 작은 마을에 자리 잡은 이 학교는 폐교 위기에 처해 있었다. 학생 수가 워낙 적어 신임 교장이 교내 축구팀과 야구팀 감독까지 도맡아야 할 정도였다. 하지만 보이든 선생님 덕분에 디어필드아카데미는 내가 입학한 1930년대 중반 무렵엔 그 지방 최고의 중등학교가 되어 있었다. 1968년에 퇴직했으니 선생님은 무려 66년 동안 이 학교의 교장으로 있었으며 은퇴할 무렵엔 미국 교육계의 저명인사였다. 선생님은 교장으로 재직한 그 오랜 세월 동안 교내 축구, 야구, 농구 팀 감독으로도 활동하셨는데, 여든이 넘은 나이를 무색하게 만드는 우렁찬 목소리로 선수들에게 날카로운 땅볼 타구를 주문하며 시합 전 필드 훈련을 진두지휘했다. 실리에 밝은 뉴잉글랜드 지방 출신답게 야구 감독으로서 선생님이 가장 선호한 전략은 스퀴즈플레이였다. 유난히 키가 작은 보이든 선생님은 언제나 말끔히 손질한 검은 머리에 금속 테 안경을 썼다. 한눈에 뉴잉글랜드 출신임을 알 수 있는 별 특징 없는 얼굴로, 사람들 사이에 섞여 있으면 누구도 그를 한 학교의 교장이라고 생각하기 어려울 만한 외모였다. 하지만 3세대에 걸쳐 수많은 학생이 이런 그의 가르침 아래 성장했고, 나도 그중 한 명이었다.

또 한 명의 전설은 바로 그분의 아내 헬렌 차일즈 보이든 선생님이다. 훌쩍 큰 키, 깡마른 몸매, 남편보다 더 특징 없는 이목구비, 항상 틀어 올린 검은 머리에 두꺼운 돋보기를 꼈던 선생님은 의지가 약한 사람이라면 집 밖으로 나설 엄두도 내지 못할 만큼 시력이 나빴지만 이를 이겨 낸 분이었다. 스미스칼리지에서 과학을 전공한 헬렌 차일즈 보이든 선생님은 교장 선생님과 마찬가지로 대학을 갓 졸업한 젊은 나이에 디어필드로 부임했다. 1907년에 교장 선생님과 결혼한 선생님은 60년이 넘는 세월 동안 남편은 물론 디어필드아카데미의 든든한 버팀목이었다. 하지만 정작 선생님이 유명해진 건 그분이 맡은 상급반 화학 수업 때문이었다. '헬렌 차일즈 보이든 선생님은 누구에게든 화학을 가르칠 수 있다'는 이야기가 전설처럼 떠돌았던 것이다. 나중에 밝혀진바, 그런 선생님조차 내게 화학을 가르치는 데는 실패했다.

물론 잘못은 내게 있었다. 나는 무작정 화학을 거부했다. 그런 어려운 과학 과목을 내가 제대로 이해할 수 있을 리 없다고 변명처럼 스스로를 정당화하면서 말이다. 화학은 과학 공부에 소질이 있는 애들, 이를테면 늘 계산용 자를 갖고 다니거나 라디오 분해가 취미인 애들을 위한 과목이었다. 나는 허세 충만한 문과 기질의 학생으로서 내가 살아가는 이 물질세계에 대해서는 문맹이나 다름없었으며, 만물의 이치가 어떤 식으로 돌아가는지에도 아무런 관심이 없었다. 나는 영문학과 다른 언어 과목들을 가장 편해했고, 학과 시간 외에는 야구와 학교신문에 실을 글쓰기에 몰두했다. 나는 내가 잘할 수 있는 것만 했고, 잘할 수 없을 만한 것은 피했다.

내가 가장 좋아한 언어는 라틴어였다. 라틴어는 나를 고전의 세계로 이끌었다. 오늘날의 영어 어휘 속에 수천 개의 어원으로 여전히 살아 있는 라틴어는 결코 죽은 언어가 아니다. 사실 작가이자 편집자로 살아온 내게 라틴어만큼 유용한 과목은 없었다. 나는 디어필드아카데미에서 더 이상 들을 강좌가 없을 때까지 3년간 라틴어 수업을 들었고 카이사르의 음울한 전쟁과 키케로의 명연설을 지나 베르길리우스의 『아이네이스』, 호라티우스의 『송가집』Odes까지 섭렵하면서 마침내 뛰어난 언어는 뛰어난 문학을 남긴다는 사실을 깨달았다.

이렇게 뿌듯했던 배움의 마지막 해에 나를 가르친 라틴어 선생님은 마치 19세기의 교장 선생님 같은 분위기의 근엄하고 나이 지긋한 분이었다. 지금도 그분을 떠올리면 사진으로 본 만년晩年의 찰스 다윈이 생각난다. 그분, 찰스 헌팅턴 스미스 선생님은 비단결처럼 고운 백발에 하얀 콧수염과 염소수염을 길렀고, 나이와 위엄에 걸맞게 늘 목깃이 긴 검은색 정장 차림이었다. 하지만 그분의 눈은 어느 누구보다 젊었고 수업에 대한 열정도 마찬가지였다. 선생님은 자신의 교실을 고대 로마의 한 귀퉁이로 변모시켰다. 교실 벽에는 포럼과 콜로세움 사진이 큼지막한 액자에 담겨 걸려 있었고, 교실 안에는 고대 조각상을 복제한 석고상이 몇 점 서 있었다. 선생님의 책상 위에는 헤르메스가 발끝으로 서 서 뭇 신들에게 손짓을 보내고 있었고, 그 옆에는 날개 돋친 승리의 여신상이 여러 세기를 뛰어넘어 여전히 아름다움과 선線의 메시지를 전하고 있었다. 스미스 선생님은 교실에 그런 조각상을 두는 것이 어린 우리에게 얼마나 큰 영향력을 발휘하는지 잘 알았다. 내가 바로 그 영향력의 증거였다. 제2차 세계대전이 한창일 때 이탈리아에 있었던 나는 며칠 동안의 자유 시간이 생기자, 워낙 거리가 멀어 도착하자마자 금세 다시 돌아오다시피 해야 했음에도 포럼 건물을 보기 위해 로마로 히치하이킹 여행을 떠났던 것이다.

상급생이 되자 현실이 발목을 잡았다. 마침내 헬렌 차일즈 보이든 선생님의 화학 수업을 들어야 했던 것이다. 라틴어 수업을 들은 교실만큼 생생하게 그분의 교실 풍경이 떠오른다. 나는 인문주의자인 내 코에는 낯설기 짝이 없었던 그 시큼한 냄새를 지금도 맡을 수 있다. 교실 안에 있던 레토르트와 비커, 그 밖에 이상하게 생긴 측정용 도구들도 기억난다. 하지만 그 교실에 대한 내 기억을 지배하는 형상은 교실 정면에 걸려 있던 커다란 주기율표였다. 네모 칸에 정연하게 배치된 비밀스러운 글자와 숫자는 화학 교실의 헤르메스와 비너스요, 저만의 규칙에 따라 우리의 삶을 지배하는 변덕스러운 신들이었다. 각각의 칸은 제각기 정해진 패턴대로 작용하는 자연력의 무시무시한 이야기를 담고 있었다. 어떤 이야기일까? 나로선 짐작조차 할 수 없었다. 주기율표는 언제나 그렇게 그곳에 서서 나의 게으름을 꾸짖는 듯했다.

내게는 조금 유치해 보였지만 그 효과만큼은 3세대에 걸쳐 수많은 학생이 확실히 입증한 선생님만의 교수법이 하나 생각난다. 분자와 분자가 결합해 새로운 화합물을 만드는 방식에 관한 것이었다. 아마도 나는 이 작은 존재들이 벌이는 로맨스에 줄기차게 저항했던 게 분명하다. 그도 그럴 것이 그해 4월 무렵 학교 관계자가 절대 일어나선 안 될 일이 일어날지도 모른다고 진지하게 걱정하기 시작했을 정도였기 때문이다. 내가 대입 시험 중 화학 과목에서 낙제할지도 모른다는 것, 일어나선 안 될 일이란 바로 그것이었다. 이는 개인적으로 프린스턴대학교 입학 기회를 날려 버리는 일일 뿐 아니라 미국의 최고 대학에 자기 학생을 보낸다는 디어필드아카데미의 자랑스러운 기록을 망치는 일이기도 했다.

　학교 관계자가 제시한 해결책은 화학 시험 대신 라틴어 시험을 보는 것이었다. 그러면 보이든 선생님의 화학 수업에서는 해방되지만 그 대신 벼락치기로 라틴어를 공부해야 할 터였다. 나에겐 울며 겨자 먹기 식의 선택이었다. 지난 1년 동안 베르길리우스의 복잡하기 짝이 없는 언어의 공예술, 라틴어의 변화무쌍한 어형변화며 동명사며 동사활용이며 악몽 같은 탈격독립어구에 대한 온갖 암기 사항을 깡그리 잊어버린 나는 이제 다시 그것들을 허겁지겁 머릿속에 집어넣어야 했다. 라틴어 시험에 통과하기란 화학 시험을 통과하는 것만큼이나 어려웠다. 하지만 언어의 작동 원리에 대한 기억과 본능적인 감각 덕분에 라틴어 시험을 통과했고, 무사히 프린스턴대학교에 입학할 수 있었다.

　대학에서는 나를 좀 더 폭넓은 교양인으로 만들어 줄 수업들을 연이어 들었다. 과학 분야에서 취득해야 할 필수 교양 학점은 생물학 수업을 듣는 것으로 해결했다. 적어도 생물학은 화학이나 물리학만큼 두렵지 않았다. 아무리 바보라도 돔발상어는 해부할 수 있으니까. 더구나 나와 돔발상어 사이에는 여러 가지 구조적인 공통점이 있었다. 돔발상어의 속을 들여다보면 적어도 내가 알아볼 수 있는 것들, 그러니까 심장과 폐, 내장 기관 같은 것들을 찾을 수 있었다. 분자와 달리 내 눈으로 볼 수 있고, 만질 수 있고, 살필 수 있는 것들 말이다.

대학교 2학년이던 1941년 12월 7일, 정해진 대로 순조롭게 흘러가리라 믿었던 우리의 인생에 대한 환상을 진주만 공습이 박살 내고 말았다. 우리는 당장이라도 군에 입대하고 싶었지만, '워싱턴'에서는 '전쟁 노력'의 일환으로 우리가 대학에 머물며 교육받기를 원했다. 그리하여 바야흐로 '속성 완성'의 시대가 시작되었다. 우리는 그해 겨울 그리고 이듬해인 1942년 봄을 거쳐 여름까지 단기 속성 수업을 들었다. 우리가 받은 교육은 빨리 감기 한 영화를 보는 것과 비슷했다. 우리는 2학년 과정을 마치기도 전에 이미 3학년 과정을 일부 수료했다. 지금까지 얼마나 많은 학점을 땄는지도 알 수 없었다. 어쨌든 중요한 건 우리가 지식을 쌓고 있으며, 언젠가는 워싱턴에서 우리의 지식을 추축국을 몰아내는 데 써먹을 것이라는 점이었다. 그러는 한편, 지금까지 캠퍼스에서 한 번도 본 적 없는, 체조부에서 왔다는 우락부락하게 생긴 사내 몇몇과 체육 교육 담당자가 한심해하는 표정을 굳이 숨기려 들지 않으면서 우리의 근육을 키우는 일에 힘을 쏟았다. 미국 정부는 우리가 강인한 남자가 되기를 원했다.

　가을이 되자 대학 생활은 올이 다 풀린 옷감 같은 것이 되었다. 이미 너무나 많은 교수와 학생이 사라져 아직 누가 학교에 남아 있는지조차 알 수 없었다. 학기가 끝날 무렵 나도 학교를 떠나 군에 입대했다. 그때 나는 3학년보다 4학년에 가까웠고, 학점은 뒤죽박죽이었다. 하지만 다시 돌아오면 모든 걸 깔끔하게 정리할 수 있을 것이었다.

　단지 군복을 입는 것만으로도 나는 3학점을 더 딸 수 있었다. 학교 당국이 군 복무 기간을 교육 이수 기간으로 간주했던 것인데, 내 경우에 그것은 사실이었다. 내가 머나먼 미지의 땅으로 떠나는 여행의 매력에 눈을 뜬 건 군 수송선이 우리를 모로코에 내려 준 다음 날 아침이었다. 잠에서 깨어 눈을 떴을 때 본 그 아름답고 이국적인 풍경, 아랍 세계와의 첫 대면이라 할 수 있는 그 순간의 감동을 나는 평생 잊지 못할 것이다. 추가 학점에 대한 학교 측의 결정 사항은 당시 프린스턴대학교 총장이던 해럴드 도즈가 전쟁에 나간 우리에게 정기적으로 보내온 서신을 통해 알게 되었는데, 그 편지들은 매번 전혀 예상치 못한 장소에서 우리에게 전달되곤 했다. 알제리의 블리다라는 도시에 주둔해 있을 때 받은 편지에는 모던라이브러리♦의 도서 목록이 동봉되

♦ 1917년에 창립된 미국 출판사. 고전 및 우수한 세계문학을 선집 형태로 발간하는 것으로 유명하다.

어 있었다. 대학에서 우리에게 세 권의 책을 보내고자 하니 이 도서 목록을 보고 받고 싶은 책을 고르라는 총장의 전언 이었다. 그렇게 해서 내가 고른 세 권의 책이 6개월 뒤 눈보라가 몰아치는 이탈리아의 브린디시 근처 막사 안에서 내게 전달되었다.

1945년 5월, 유럽에서 전쟁이 끝나자 군인들을 고향으로 데려갈 수송선이 프랑스와 영국에 배정되었다. 지중해 전역戰域은 다음 차례를 기다려야 했다. 하지만 7월에 피렌체에 군인들을 위한 대학이 생긴다는 소식이 들려왔다. 어떤 식으로든 학점을 더 따고 싶었던 나는 그곳에 입학을 신청했고 곧 허가를 받았다. 무솔리니가 세운, 최고의 파시즘 건축양식을 뽐내는 항공학교 건물이 우리의 캠퍼스였다.

그때까지 전혀 모르는 분야였던 미술을 공부하고 싶어서 미술사 수업을 듣기로 했다. 당시 피렌체는 미술을 공부하는 데 최적의 장소였다. 전쟁 기간 중 숨겨 두었던 피렌체의 조각상과 그림 들을 제자리로 돌려놓는 작업이 막 시작되고 있었던 것이다. 피렌체의 온 시민들이 이 재설치 작업을 구경하러 몰려들었다. 제2의 르네상스가 도래했다. 그해 여름은 내 생애 최고의 여름이었다. 나는 여전히 풍요로움을 간직하고 있던 피사, 루카, 산지미냐노 같은 토스카나 지방의 여러 도시, 그중에서도 내가 가장 사랑하는 시에나를 히치하이킹으로 여행했다. 그해 여름이 끝날 무렵 나는 강의 수료를 증명하는 세 장의 교육 이수 증명서를 받았다. 하지만 그 시절 내 배움의 가치를 진정으로 증명해 줄 수 있는 건 오직 나 자신뿐이었다.

11월, 마침내 수송선이 도착해 우리를 집에 데려다주었다. 하루아침에 평범한 일상으로 돌아온 나는 군 복무 기간 중 취득한 학점이 대학 졸업에 필요한 이수 학점을 채우기에 충분한지 알고 싶었다. 모자라다면 프린스턴으로 돌아가 한 학기를 더 다녀야 했다. 학교를 떠나 군에 입대할 때까지만 해도 복학은 당연한 거라고 생각했다. 하지만 이제는 어서 학위를 받고 무엇이든 새로운 일을 시작하고 싶었다.

내 졸업 이수 학점을 심사할 학교 관계자와 면담하기 위해 학교에 간 그날 아침까지만 해도 기대는 그리 크지 않았다. 피렌체에서 기쁜 마음으로 딴, 내가 들고 있던 교육 이수 증명서는 공신력 없는 조잡한 종이 쪼가리로만 보였다. 나는 나소홀◆ 안으로 들어섰다. 그리고 내 이수 학점 심사자가 루트 학부장이라는 사실을 알았다. 루트 학부장이라니! 차라리 이대로 발길을 돌려 뉴욕으로 돌아가는 게 나을 것 같았다.

◆ 프린스턴대학교의 본관 건물.

로버트 K. 루트는 당시 프린스턴대학교의 학부장을 맡고 있던 일흔이 넘은 노교수였다. 이전까지 개인적으로 그와 대면한 일은 없었지만 그의 2학년 과정 영문학 수업을 신청해 여러 주 동안 수강한 바 있었다. 그 수업은 그가 평생 연구해 이룬 학문적 결실을 도통 알아먹지 못하는 우리의 머리통 위로 소나기처럼 쏟아붓고, 조너선 스위프트의 아이러니와 알렉산더 포프의 작품에 숨어 있는 뜻밖의, 나로선 지금도 여전히 뜻밖이라고 생각할 수밖에 없는 유머를 건조하면서도 정확한 분석으로 드러내는 치밀한 논증 작업이었다. 그 수업 시간 말고는 딱 한 번, 프린스턴 채플에서 매주 일요일마다 거행하는 아침 예배 때 그 시작을 알리는 행렬 맨 앞에 서서 걸어가는 그를 본 적이 있었다. 백발에 엄숙한 표정, 구부정한 어깨 위로 학계 최고의 명예를 상징하는 로브를 걸친 그의 모습은 경망스럽고 패기만만한 미국 대학이 아닌 옥스퍼드나 에든버러에 더 어울려 보였다. 아카데미의 고결을 대변하는 프린스턴의 수호자라 할 이런 분이라면 이제 내가 곧 당신의 발밑에 부려 놓을 변변찮은 잡동사니 이수 학점들을 내려다보며 경멸스러운 표정을 지을 게 틀림없었다.

루트 학부장은 심각한 표정으로 내가 내민 성적 확인서

를 검토했다. 이어 교육 이수 증명서를 살펴보더니 이런 경우는 여태껏 한 번도 본 적이 없다고 말했다. 그러곤 나의 총 이수 학점을 계산하기 시작했다. 군 복무 기간에 들은 강의를 몇 학점으로 쳐야 할지 모르는 게 분명했다. 표정을 보니 아무래도 긍정적인 결과는 기대하기 어려울 듯했다. 평소에 그가 뺨 안쪽을 이로 씹는 버릇이 있다는 게 떠올랐고, 아닌 게 아니라 그의 입술은 유난히도 바쁘게 움직이고 있었다. 루트 학부장은 머리를 가로저으며 아무래도 필요 학점이 조금 모자란 것 같다고 중얼거렸다.

그러던 어느 순간, 엄격하고 인정머리라곤 없어 보이던 학부장의 얼굴이 어느새 따스한 피가 흐르는 인간의 얼굴로 변해 있음을 느꼈다. 학부장은 내게 군대에 있을 때 무엇을 했고, 어디에 갔으며, 무슨 생각을 했는지 물었다. 눈앞에 앉아 있는 사람이 내가 아는 그 사람이 맞나 싶었다. 이 얼굴이 우드로 윌슨◆이 총장으로 재직하던 시절 프린스턴대학교에 부임해 3세대에 걸쳐 수많은 학생을 길러 낸 그 노교수의 얼굴이란 말인가? 나는 어느새 북아프리카에서 겪은 일들과 로마로 떠났던 짧은 여행 이야기, 피렌체에서 보낸 르네상스 같았던 여름, 시에나를 비롯한 토스카나 지방의 여러 도시에 대해 흥분해 떠들고 있었다. 그때 나는 졸업

◆ 미국의 제28대 대통령. 1902-1910년에 프린스턴대학교 총장으로 재직했다.

학점이 모자란다는 쪽으로 이미 결론이 났고, 공식적인 면담은 사실상 끝난 것이라 생각했다. 나중에야 루트 학부장에겐 이 대화가 유일하게 중요한 것이었음을 알게 되었다. 학부장이 슬픈 눈으로 내게 물었다.

"말해 보게, 시에나는 전쟁 기간 중에 대부분 파괴되었을 테지?"

그제야 내가 토스카나의 소식을 알리는 첫 전령이라는 사실을 깨달았다. 시에나가 이 전형적인 인문주의자에게 얼마나 큰 의미를 갖는지 알 것 같았다. 아마 루트 학부장도 젊은 시절에 시에나를 방문했을 것이다. 그도 한때는 청년이었다는 사실이 갑자기 실감 났다. 시에나에는 전쟁의 손길이 거의 미치지 않았고, 가로줄 무늬가 있는 그 대성당◆도 원래 모습 그대로 건재하다고 말해 주었다.

루트 학부장은 짧게 웃으며 나를 문까지 배웅해 주었다. 그러고는 학교 측에서 곧 심사 결과를 알려 줄 거라고 말했다. 며칠 뒤 그에게서 내가 졸업에 필요한 이수 학점을 충족시켰으며, 1946년 초에 귀국한 참전 군인 학생들을 위한 특별 졸업식에서 학위를 받게 될 거라는 편지를 받았다. 나는 지금도 그가 졸업에 필요한 총 이수 학점을 1, 2점 정도 깎아 준 것이 아닐까 의심하고 있다. 시에나가 전쟁으로

◆ 1229년에 착공해 1317년에 완공한 시에나대성당을 말한다. 시에나대성당은 이탈리아 고딕 건축양식을 대표하는 건축물이다. 검은색 대리석과 흰색 대리석을 교대로 쌓아 올린 벽과 기둥의 가로줄 무늬가 특징적이다.

파괴되었더라면 한 학기를 더 다녀야 했을지도 모른다.

하지만 한 가지 확실한 것은 나소홀에서 루트 학부장을 만난 그날부터 나의 진정한 배움이 시작되었다는 점이다. 루트 학부장은 내 삶에 자유의 날개를 달아 주었다. 배움이란 전혀 예상치 못한 장소에서, 예기치 않은 방식으로 이루어질 수 있다는 것을 그분이 말해 준 것 같았다.

1월에 나는 졸업식용 모자와 가운을 빌렸고, 미심쩍은 영문학사 학위를 받았다. 그리고 마침내 세상으로 나왔다. 몇 달 뒤 나는 『뉴욕 헤럴드 트리뷴』에 들어가 명료한 글을 쓰는 일을, 편집자이자 글쓰기 교사로서 다른 사람들이 명료한 글을 쓰도록 돕는 일을 시작했다. 나는 명료성에 집착하는 인간이 되었다. 또한 논리광이기도 했다. 예전엔 개별 단어와 옛 어원에 흥미를 가졌고, 새롭게 생겨난 단어 중 어떤 것을 언어에 받아들여야 하는지 따위의 다양한 논쟁에 몰두했지만, 이제는 훨씬 덜하다. 그건 전장의 중심이 아닌 가장자리에서 벌어지는 국지전에 불과하다. 나는 더 이상 '바라건대'hopefully 같은 야만적인 단어로부터 영어의 성채를 지켜 내는 일에 기력을 소모하고 싶지 않다.

이제 내 관심사는 명확하고 분명한 문장에 있었다. 어째서 명료한 문장을 쓰지 못하는 사람이 이렇게나 많은 걸까? 자신을 글로 표현하는 방법을 몰라서 유용한 작업을 시도조차 해 보지 못한 미국인이 얼마나 많은가? 일반적인 믿음과 달리 글쓰기는 결코 '작가'만 할 수 있는 일이 아니다. 글쓰기는 인생을 살아가는 데 필요한 기본적인 기술이다. 그런데도 대부분의 미국 성인은 글쓰기를 두려워한다. 중년의 기술자에게 보고서를 써 달라고 해 보라. 당장 공황 상태에 빠진 그의 모습을 보게 될 것이다. 글쓰기는 국어 교사나 '언어의 재능'을 타고난 소수의 감성적인 영혼만을 위한 언어가 아니다. 글쓰기는 종이 위에서 이루어지는 사고 행위다. 명료하게 사고하는 사람이라면 누구나 어떤 주제에 대해서든 명료하게 쓸 수 있다.

여러분은 당신이 그걸 어떻게 아느냐고 물을지 모른다. 디어필드아카데미 시절부터 '난 멍청하니까 절대 이해하지 못할 거야'라는 핑계를 대면서, 안 되는 걸 붙잡고 씨름하기엔 너무 게으른 인간이라서, 어려워 보이는 과목이면 무조건 피해 다녔던 이 내가 말이다. 나는 지금 내가 하는 일이 바로 내가 피해 왔던 그 주제에 관한 글쓰기를 가르치는 일이기 때문에 그것을 잘 안다. 지난 수십 년 동안 나는 이전까지 한 번도 생각해 본 적 없는 다양한 주제에 관해 수백 편의 글을 썼고, 편집했다. 내 직업만큼 세상의 온갖 학문을 접할 기회가 주어지는 일도 드물 것이다. 그동안 다양한 분야에서 흥미로운 작업을 해 온 많은 사람을 만나면서 그들이 제시하는 아이디어가 접근 불가능할 만큼 전문적인 것은 아니라는 사실을 깨달았다. 즉 내가 그것에 대한 글을 씀으로써 또는 남이 그것에 대해 쓴 글을 편집하면서 내가 이해할 수 없는 주제는 없다는 걸 깨달았던 것이다. 그것은 생각을 문장이라는 논리적 단위로 잘게 쪼개는 작업을 통해, 그렇게 한 문장 한 문장씩 써 나가는 작업을 통해 가능하다. 또한 지식은 우리가 흔히 생각하는 것처럼 서로 분리되어 있는 게 아니라는 점도 깨달았다. 그것은 낯선 사람들이 거주하는 서로 다른 수백 개의 방이 아니다. 그것은 전체가 하나인 집이다. 헤르메스와 주기율표는 똑같이 이 집의 수호신이며, 글쓰기는 바로 이 집의 문을 여는 열쇠인 것이다.

이것이 바로 이 책이 전하고자 하는 메시지다.

2 범교과적 글쓰기

1985년의 어느 봄날, 미네소타 주 세인트피터에 자리 잡은 루터교 계열의 작은 문과대학 구스타브아돌프대학교의 토머스 고버 교수에게 전화를 받았다. 구스타브아돌프대학교에서 이번에 새로운 프로그램을 시작하는데 내가 관심을 가질 만한 것이어서 연락했다는 이야기였다. 들어 보니 정말 그랬다. 실은 고버 교수가 소개한 프로그램 덕분에 지금 이 책을 기획하게 된 것이다.

그의 설명에 따르면 이번 가을 학기에 대입 자격시험 응시 과목에 해당하는 전 분야를 아울러 총 75개 강좌를 개설하는데, 모든 강좌의 이름 앞에 'W' 이니셜이 붙는다고 했다. 이 이니셜은 글쓰기가 강의에 반드시 포함된다는 뜻으로, 글쓰기를 성적 평가에 반영하고, 학생들이 에세이와 보고서를 구상, 작성, 퇴고하는 작업에 교수가 함께 참여한다는 것이었다. 또한 졸업장을 받으려면 학생들은 'W' 강의를 최소 세 개 이상 수료해야 했다.

고버 교수가 소개한 프로그램은 그동안의 내 믿음, 즉 글쓰기 교육을 국어 교사에게만 맡겨 둘 것이 아니라 모든 과목에서 필수적으로 다뤄야 한다는 아이디어를 구체화한 것이었다. '범교과적 글쓰기'라고 부르는 이 아이디어는 적어도 지난 10년간 교육자들 사이에서 많은 공감을 받아 왔다. 하지만 그때까지만 해도(요즘에는 심심치 않게 소식이 들려오긴 하지만) 이 아이디어를 실제 교육에 적용한 중·고등학교나 대학은 전무했다. 내가 고버 교수와 통화하며 흥분한 이유도 여기에 있었다. 그가 소개한 프로그램은 이 아이디어를 실제 교육에 적용한 첫 사례였다. 과연 이 아이디어가 기대만큼의 교육 효과가 있는지 알아보는 시금석이 될 터였다.

고버 교수는 자신의 학교 학생들에게 글쓰기를 주제로 강연을 해 줄 수 있느냐고 물었다. 나는 학생이 아닌 그곳 교수들과 이야기하고 싶다고 말했다. 그들이야말로 이번 임무의 진정한 주역이기 때문이다. 지금껏 한 번도 시도해 보지 않은 새로운 유형의 수업을 이들이 어떻게 이끌어 갈 것인가? 수업에 글쓰기를 어떤 방식으로 적용할 것인가? 글쓰기를 통해 학생들이 무엇을 배울 수 있다고 생각할까?

고버 교수에게 학교로 가는 길을 물었다. 내가 미니애폴리스로 날아오면 자신이 공항에 나가 있겠다고 말했다. 그럼 그곳에서 보자고 답했다.

글 쓰는 법을 배우지 못한 채 평생 글쓰기에 대한 두려움을 안고 살아가는 미국인이 왜 이렇게 많은 걸까? 나는 이 문제에 대해 평소 갖고 있던 몇 가지 신념을 여행 가방에 챙겨 넣었다.

내가 생각하기에 미국인들이 글쓰기를 배우지 못하는 이유 중 하나는 국어 교사와 관련돼 있다. 미국의 교육제도에서는 이들이 아이들에게 글쓰기 가르치는 일을 전담하고 있다. 이들이 아니면 그 일을 할 사람이 없다. 물론 국어 교사는 열의를 다해 가르친다. 그들의 노력이 정당한 보답을 받기를, 설령 이 세상에서가 아니라면 천상에서라도 보답받기를 바란다. 글쓰기 수업만큼 어렵고 진 빠지는 일도 달리 없기 때문이다. 국어 교사가 지고 있는 무거운 짐을 덜어 주어야 할 이유는 얼마든지 있다. 우선 삶에 필요한 기본적인 기술을 가르치는 책임을 국어 교사에게만 전가해서는 안 되기 때문이다. 아이들에게 글쓰기를 가르치는 건 우리 모두의 몫이다. 이는 사회공동체의 일원으로서 우리에게 주어진 의무다.

또 하나, 대부분의 국어 교사가 가르치고자 하는 것은 정작 글쓰기가 아니라는 사실이다. 국어 교사의 진짜 전공은 문학이다. 어떻게 쓰느냐가 아니라 어떻게 읽느냐, 즉 남이 쓴 텍스트의 의미를 읽어 내는 법을 가르친다. 교사로 채용된 것도 문학을 가르치기 위해서이고, 배운 교수법도 문학을 가르치는 것이다. 따라서 국어 교사가 내주는 글쓰기 숙제는 대개 문학과 관련돼 있다. 학생들의 실생활과는 거리가 먼 것이다. 학생들이 국어 교사에게 제출하는 글쓰기 숙제는 다른 수업에 제출하는 글쓰기 숙제에 비해 장황하고 미사여구가 많은 편이다. 학생들은 국어 교사가 바란다고 생각하는 '문학적'인 스타일을 추구하며 그것이 '좋은 글쓰기'라고 생각한다. 하지만 이런 글엔 그들의 진짜 모습이 담겨 있지 않다. 그런 '문학적'인 글쓰기가 반드시 좋은 것도 아니다. 학교에서 읽고 쓰는 글은 지나치게 추상적이고 장황한 경우가 많다. 학생들은 세상을 살아가면서 느끼는 자기 생각을 힘 있고 진솔하게 표현하는 방법을 배워야 한다.

글쓰기에 흥미를 불러일으키는 강력한 요인 중 하나가 동기부여다. 동기부여는 글쓰기 교육의 핵심이다. 관심이 있거나 잘 아는 주제에 대해서라면 훨씬 더 자발적으로 글을 쓰고자 할 것이다. 하지만 그런 기회는 많지 않다. 글쓰기 숙제는 주로 글쓰기를 중시하는 국어나 역사 시간에 내주기 때문이다.

이런 수업은 오히려 학생들에게 글쓰기에 대한 두려움을 심어 준다. 수많은 사람이 대개 학생 시절에, 아이러니하게도 국어 교사로 인해 글쓰기에 대한 두려움을 갖게 된다. 과학 교사가 과학을 잘 모르는 학생을 스스로 바보 같다고 느끼게 만드는 것과 마찬가지로, 국어 교사는 과학적 사고에 자질이 있지만 글쓰기엔 서툰 학생들을 스스로 바보 같다고 느끼게 만든다. 그리하여 문과, 이과를 막론하고 학생 시절에 겪은 자신감 상실이 평생을 따라다니는 트라우마가 된다.

모든 과목에서 필수적으로 글쓰기를 가르친다면 글쓰기에 대한 두려움은 확연히 줄어들 것이다. 이과가 적성인 학생도 과학이나 기술과 관련된 주제로 꾸준히 글을 쓰다 보면 머지않아 글쓰기에 대한 자신감이 붙을 것이고, 글쓰기는 일종의 논리 훈련이며 언어는 특정 작업을 수행하기 위해 고안된 단순한 도구에 불과하다는 사실을 깨닫게 될 것이다. 마찬가지로 글쓰기를 통해 나 같은 문과 타입의 학생도 과학을 이해할 수 있게 될 것이다. 알 수 없는 숫자와 상징으로 우리를 두렵게 하던 다양한 학문이 글쓰기를 통해 접근 가능한 영역으로 변신한다.

수영을 배울 땐 처음 물에 뛰어들기가 가장 어렵다. 물이 너무나 차가워 보인다. 물을 조금 더 따뜻하게 만들 순 없을까? 나는 가능하다고 생각한다. 첫 출발은 모방이 좋다.

누구에게나 본보기가 필요하다. 예술이든, 기술이든 마찬가지다. 바흐도 본보기가 필요했다. 피카소도 그랬다. 바흐도, 피카소도 처음부터 대가였던 건 아니다. 특히 작가의 경우가 그렇다. 글쓰기는 모방을 통해 배운다. 나는 주로 내가 쓰고 싶은 글을 쓰는 작가들의 작품을 읽고 어떻게 그런 글을 쓸 수 있는지 이해하려 애쓰며 글쓰기를 익혔다. 페렐먼은 자신이 글쓰기를 갓 시작했을 무렵 체포당할 수준으로 링 라드너의 문장을 모방했다고 말했다. 우디 앨런은 잡혀 들어갈 정도로 페렐먼을 모방했다. 그리고 우리 중에 우디 앨런의 글을 한 번쯤 흉내 내 보지 않은 사람이 어디 있겠는가?

학생들은 종종 다른 누군가의 글을 모방하면서 죄책감을 느낀다. 남의 글을 흉내 내는 것을 비윤리적인 행위라고 생각한다. 오히려 칭찬받아 마땅한 일인데도 말이다. 또는 다른 사람의 글을 모방하면 자신의 개성이 사라질 것이라 염려한다. 하지만 중요한 점은, 우리는 결국 본보기에만 머물지 않는다는 사실이다. 우리는 필요로 하는 것을 취한 뒤, 허물을 벗고 우리가 되고자 하는 모습이 된다. 그 이전에 언어가 어떤 식으로 작동하고 기능하는지 그 감각을 익혀 체화하지 않고는 절대 글을 잘 쓸 수 없다. 이것이 이 책의 기본 전제다.

또 한 가지, 글쓰기의 정수는 바로 다시 쓰기에 있다는 점이다. 극소수의 작가만이 단번에 자신이 말하고자 하는 바를 정확하게 표현할 수 있다. 우리 집에 케이블 TV를 설치해 준 회사가 최근에 보내온 편지에 이런 문장이 적혀 있었다. "다음 달에 우리 전화를 업그레이드할 예정이오니, 연락이 어려울 것입니다." 며칠 뒤에는 한 경영자가 쓴 사무실 회람용 메모를 읽었다. '성 sex 으로 구분한 전 직원 목록'을 요청하는 내용이었다. 본디 의미란 놀랍도록 규정하기 어렵다. 평생 글쓰기를 업으로 삼아 왔지만 나는 지금도 여전히 내가 쓴 모든 문장을 여러 번 다시 읽으며 애매모호하게 표현된 부분이 없는지 검토한다. 나는 누군가가 의미를 파악하기 위해 내가 쓴 문장을 두 번 읽기를 바라지 않는다. 당신이 만약 한달음에 글을 완성한 뒤 제대로 되었다고 여긴다면, 그 글을 읽는 사람은 분명 곤욕을 치를 것이다. 멩켄은 "인류의 0.8퍼센트만이 단 한 번의 시도로 이해 가능한 글을 쓸 수 있다"라고 말했다. 그가 수치를 약간 높게 잡은 것 같다. 서두름을 경계하라. 한달음에 '쉽게 쓴' 것처럼 보이는 글은 사실 엄청난 노고의 산물이다. 글은 끊임없이 진화하는 유기체와 같다.

흥미롭게도 학교 일선에서는 이와 사뭇 다른 시각으로 글을 대한다. 지금까지 미국의 아이들은 작문을 완성된 건축물처럼 생각하도록, 그리하여 적재적소에 주제 문장이 들어가 있고, 철자에 오류가 없는 깔끔하게 정돈된 글을 쓰도록 교육받아 왔다. 최근에 들어와서야 글쓰기에 대한 중대한 관점의 변화가 일어났다. '결과' 중심에서 '과정' 중심으로의 변화다. 글쓰기를 '과정' 중심으로 보는 관점은 한 편의 글을 완성하기 위해 거치는 과정, 즉 최상의 결과물을 빚어내기 위한 반복적인 다시 쓰기와 다시 사고하기를 강조한다. 과정이 훌륭하다면 결과는 자연스레 따라오기 마련이다.

결국 우리는 '왜 미국인은 글을 쓰지 못하는가'를 묻는 것과 더불어 '왜 미국인은 배우지 못하는가'를 물어야 한다. 이 두 문제는 서로 연결되어 있다. 글쓰기는 사고를 명료하게 정리하고 조직하는 행위다. 글쓰기는 우리가 어떤 주제에 접근해 그것을 자기 나름의 방식으로 이해하는 과정이다. 글쓰기는 내가 배우고자 하는 것에 대해 무엇을 알고, 무엇을 모르는지를 깨닫게 한다. 개념을 글로 표현하는 것은 창에 서린 성에를 닦아 내는 작업과 비슷하다. 흐릿하고 모호했던 개념이 글을 쓰면서 서서히 명확하게 윤곽을 드러내기 시작한다. 어떤 글이든, 메모든, 편지든, 베이비시터에게 전하는 쪽지든 무언가를 쓰면서 우리는 비로소 진정으로 자신이 무엇을 말하고자 하는지 깨닫는다.

이는 '범교과적 글쓰기'가 표방하는 교육 이념의 가장 고무적인 측면이기도 하다. '범교과적 글쓰기'는 두 가지 원칙, 즉 '글쓰기를 위한 배움'과 '배움을 위한 글쓰기'에 기초한다.

세인트피터(인구 약 9,000명)는 미네소타 주 소재 도시로 아이오와 주와 접경 지역이며, 미니애폴리스에서는 남쪽으로 차로 두 시간 거리에 있다. 고버 교수는 차에 나를 태우고 비옥한 평야가 펼쳐진 한적한 시골 도로를 달렸다. 갈수록 인가가 드문드문해졌다. 이토록 외진 곳에 자리 잡은, 이름도 처음 들어 본 미지의 대학을 향해 내가 달려가고 있다는 사실이 그리 놀랍진 않았다. 크고 유명한 종합대학보다는 잘 알려지지 않은 작은 대학들이 오히려 글쓰기 교육을 중요시한다는 걸 그간의 경험으로 알고 있었기 때문이다. 그동안 내가 만나 본, 학생들의 글쓰기 능력을 향상시키기 위해 헌신한 교사들은 모두 아이비리그와는 거리가 먼, 이를테면 켄터키 주, 아이다호 주, 인디애나 주, 미주리 주에 있는 대학의 교수들이었다. 그리고 대개 그런 대학들에서 희망적인 소식이 들려오곤 했다.

고버 교수는 자신이 구스타브아돌프대학교의 교육과정에 글쓰기 및 범교과적 글쓰기 도입을 추진하는 위원회장이라고 설명했다. 어떻게 이런 계획을 구상하게 되었는지 물어보았다.

"지난 몇 년간 많은 교수가 '왜 영문과에서는 우리 학생들에게 글쓰기를 가르치지 않느냐'며 애정 어린 불만을 털어놓았어요."

고버 교수가 말했다.

"영문과 선생님들은 이렇게 설명하더군요. '우리 수업 시간에는 학생들이 글을 잘 쓰는데, 다른 과 전공 수업 시간에는 그렇지 않은 것 같아요. 아마 수업 내용이 글쓰기와 관계없다고 생각하기 때문이 아닐까요.' 물론 그분들 말씀이 맞아요. 우리 선생부터가 무능력을 절감해 왔으니, 학생들이 그런 생각을 하는 것도 당연하지요. 우리 같은 과학, 기술 관련 전공 선생들은 대체로 글쓰기엔 자신이 없거든요. 그렇다고 스스로 멍청하다고 생각하진 않습니다. 우리는 개념을 다룰 줄 알고, 우리의 전공 분야를 잘 이해하고 있다는 걸 알아요. 하지만 그걸 종이 위에 옮기는 작업엔 늘 애를 먹지요. 글쓰기는 대개 초등학생 때나 중·고등학생 때 국어 선생님한테 배우잖아요. 우리가 글쓰기를 대할 때 느끼는 어려움은 수학이 적성에 안 맞는 사람이 수학을 대할 때 느끼는 어려움과 비슷한 거지요.

그러다 학생들에게 글쓰기 가르치는 일에 모두가 동참해야 한다는 공감대가 우리 학교 교수들 사이에서 생겨나고 있다는 사실을 알게 되었어요. 그래서 다양한 전공 분야의 교수들로 구성된 글쓰기위원회를 조직했고, 교수진 전체에 글쓰기를 수업에 도입하는 이른바 'W' 강의 계획안을 제안했지요. 반응은 즉각적이었습니다. 영문과가 전담했던 글쓰기 교육을 각 과에 일임하겠다는 방침에 여러 학과의 교수들이 '내가 한번 해 보겠다'며 나섰습니다. 이들이 강의 계획안을 보내오면 위원회가 이를 검토해 승인하는 식으로 일이 진행되었습니다. 또한 선생님들을 돕기 위해 외부 전문가를 초빙해 글쓰기 교수법 워크숍을 열 예정에 있습니다. 이처럼 열띤 호응을 이끌어 낼 수 있었던 건 모든 과정이 자발적으로 이루어졌기 때문입니다. 대학 당국이 강제적으로 추진했다면 일이 제대로 되지 않았을 거라고 생각해요."

고버 교수에게 전공이 무언지 물었다. 화학과 교수라고 했다. 헬렌 차일즈 보이든 선생님의 화학 교실에서 날아온 유황 냄새가 순간 차 유리창 위로 훅 끼쳐 왔다. 하고많은 전공 중에 왜 하필 화학이란 말인가? 화학에 대해 글을 쓰는 건 불가능할 것 같았다. 나는 고버 교수에게 수업에 어떻게 글쓰기를 적용할 생각이냐고 물었다. 그는 '세상을 바꾼 화학의 발견들'이라는 제목의 강의를 할 것이고, 학생들에게 이 주제에 관한 에세이를 쓰게 할 것이라고 답했다. 수업 이름도, 주제도 마음에 들었다. 세상을 바꾼 화학의 발견으로는 어떤 것이 있는지 물어보았다.

"한 예로, 1828년에 독일의 화학자 프리드리히 뵐러가 발견한 요소 합성법을 들 수 있지요. 요소 합성은 인간이 유기화합물을 만들어 낸 첫 번째 사례였습니다. 신만이 가능하다고 생각해 온 일을 인간이 해낸 거지요. 이 발견을 시발점으로, 여러 해 동안 유럽 전역에서 신학과 철학을 둘러싼 열띤 논쟁이 벌어졌습니다. 종교적 믿음의 토대를 뒤흔든 대사건이라고 할 수 있지요."

물론 나는 요소가 뭔지 몰랐다. 고버 교수는 요소가 인간의 오줌 속에 들어 있는 주요 고체 성분이라고 말했다. 나는 오줌 속에 고체 성분이 있는지조차 몰랐다. 하지만 이 발견이 화학 연구실을 훌쩍 뛰어넘는 의미를 갖는다는 것만은 분명했다. 고버 교수가 또 다른 예로 원소 주기율표의 확립을 들었다. 나는 거기에 발견이라고 할 만한 게 무엇이 있느냐고 물었다. 원소들이 존재한다는 사실은 이미 알려져 있던 게 아닌가? 물론 원소의 존재는 알려져 있었지만 그때까지만 해도 그것을 조직적으로 분류하는 방법은 없었고, 원소 간에 일정한 친연 관계가 있다는 사실 또한 알려져 있지 않았다는 게 고버 교수의 설명이었다. 그는 러시아 화학자 드미트리 멘델레예프가 원소들을 원자의 숫자에 따라 배열

했을 때 주기적으로 반복해 나타나는 원소들의 속성이 있음을 어떻게 발견하게 되었는지 설명해 주었다. 멘델레예프는 이 관찰을 토대로 1869년에 현대 화학의 시금석이 된 주기율을 공식 발표했고, 유사한 속성을 가진 원소들을 한눈에 알아볼 수 있도록 그룹별로 질서정연하게 정리한 주기율표를 고안했다고 한다.

　　또한 고버 교수는 멘델레예프가 원소들을 배치할 때 적용한 원리에 대해서, 아직 발견되지 않았으나 속성을 예측할 수 있는 미지의 원소들을 위해 주기율표에 남겨 둔 빈칸에 대해서도 이야기해 주었다. 그의 설명을 듣다 보니 디어필드아카데미 시절 나에게 그토록 겁을 주던 주기율표가 이제는 흥미진진한 퍼즐이나 게임처럼 느껴졌다. 보이든 선생님이 멘델레예프의 주기율 연구 혹은 뵐러가 신의 영역을 침범함으로써 세상에 불러일으킨 정신적 갈등을 주제로 글을 쓰라고 했다면, 나도 화학의 역사와 로맨스에 매력을 느꼈을지 모르고, 그만큼 화학에 대한 두려움도 많이 줄어들었을지 모른다. 고버 교수에게 뵐러와 멘델레예프, 그 밖의 미지의 세계를 탐험한 학자들에 대한 이야기를 들으며 나는 속으로 외치지 않을 수 없었다. '이 얼마나 흥미로운 학문인가!' 나처럼 화학 공포증을 앓는 사람에게 이는 결코 적지 않은 의미를 갖는 외침이었다. 나는 생각했다. 어쩌면 그곳으로 들어가는 적절한 진입로, 즉 인문적 요소가 담겨 있고 평범한 사람도 쉽게 접근할 수 있는 그런 진입로만 마련된다면 모든 학문이 이처럼 흥미롭게 느껴지지 않을까? 글쓰기가 바로 그 진입로가 될 수 있다.

|

실제로 요즘은 10년 전이나 15년 전보다 이런 생각을 받아들이기가 훨씬 쉬워졌다. 최근 들어 명료하고 유려하기까지 한 문장력을 갖춘 과학자 겸 저자가 여럿 등장한 덕분이다. 가령 생물학자 루이스 토머스는 『세포의 삶』Lives of a Cell 과 『메두사와 달팽이』The Medusa and the Snail 같은 저서를 통해 과학자가 인문주의자일 수도 있음을 생생하게 증명해 보였다. 고생물학자 스티븐 제이 굴드도 있다. 나는 『자연사』Natural History 에 매달 게재되는 그의 칼럼과 『판다의 엄지』 같은 저작을 읽으며 진화의 수수께끼와 자연 세계의 기적에 한껏 빠져들곤 했다. 굴드는 누구나 이야기를 좋아한다는 고금의 진리를 한시도 잊지 않는다. 그는 매달 칼럼을 통해 놀라운 이야기를 소개하고 왜 그것이 놀라운지

설명한다.

또 한 사람의 과학자 겸 저자는 『무한의 가장자리』The Edge of Infinity를 쓴 폴 데이비스다. 그가 최근 출간한 『현대 물리학이 발견한 창조주』는 도발적인 제목에서도 알 수 있 듯 그동안 과학 연구자들이 감히 뛰어들려 하지 않았던 인 간 정신의 대양大洋 속으로 과감히 뛰어든다. 작가가 서문에 서 밝혔듯이, 앞으로 신세대 물리학자들은 "상식에 기반하 며, 유물론보다는 신비주의에 부합하는, 지금까지와는 전혀 다른 새로운 관점에서 자신의 주제에 접근하는 법을 배워야 한다. 이러한 접근법의 혁신은 최근 철학과 신학 분야에서 결실을 거두기 시작했으며, 특히 전체론적 접근을 강조하는 심리학자와 사회학자들 사이에서 큰 공감을 얻고 있다." 데 이비스의 저서들은 뷜러의 요소 합성 못지않게 철학자와 신 학자 사이에 엄청난 논쟁거리를 제공했다.

토머스, 굴드, 데이비스 이 세 명의 저자는 모두 일반인 을 위해 글을 쓰는 걸 학자의 위신을 떨어뜨리는 행동이라 여기지 않으며 과학이 모든 현상에 대답을 내놓을 수 있는 건 아님을 인정하는 신세대 과학자 그룹에 속한다.

나는 1979년에 '이달의 책 클럽'◆에서 일하며 과학과 인문학 사이의 간격이 좁아지고 있음을 처음 인식했다. 당

◆ 미국의 최대 회원제 도서 통신판매 조직.

시 클럽 회원들에게는 하나같이 과학 울렁증이 있었다. 그들이 과학 서적을 집어 드는 경우는 오직 그것이 로맨스(고고학)나 모험(토르 헤위에르달 ✦✦), 그 밖의 다른 인문학적 외양을 띠고 있을 때뿐이었다. 왕가의 계곡 무덤 도굴꾼이나 뗏목을 타고 폴리네시아인의 이주 경로를 되짚어가는 모험가들의 이야기 같은 다채로운 의상을 빌려 입는 한, 과학이 인문주의자의 두뇌를 괴롭힐 일은 없었다.

그러나 1980년대 초에 들어서면서 이 같은 과잉 배려를 원치 않는 새로운 독자 세대가 성년이 되어 나타났다. 생태운동에 대해 교육받고, 원자력 기술의 위협을 몸소 느껴 온 이들 세대는 자신을 지키고 그들의 삶터를 지키기 위해서 화학과 물리학에 대해 더 많은 걸 알고 싶어 했다. 그리하여 이제는 양자역학에서 쿼크에 이르기까지 '이달의 책 클럽' 회원들이 시도할 엄두조차 내지 못할 만큼 지적이거나 난해하다고 느끼는 과학 서적 분야는 거의 남아 있지 않다. 회원들이 선호하는 작가 중 한 명인 더글러스 호프스태터의 『괴델, 에셔, 바흐』는 출간된 지 10년이 넘었지만 여전히 인기가 높다. 여러 해 전, '이달의 책 클럽'은 그의 또 다

✦✦ 1914-2002년. 노르웨이의 인류학자, 탐험가. 중세 잉카제국에서 사용한 뗏목을 본뜬 콘티키호를 타고 1947년 4월 28일 페루의 카야오 항을 출발해 같은 해 8월 7일 동폴리네시아 군도에 도착했다. 이 경험을 토대로 폴리네시아인이 동남아시아에서 이주해 왔다는 종래의 학설을 뒤엎고 폴리네시아 문화의 페루 발상설을 주장했다.

른 저작인『메타매지컬 테마: 마음과 습관의 본질에 대한 탐구』Metamagical Themas: Questing for the Essence of Mind and Pattern 를, 저 어마어마한 제목을 보고도 눈 한 번 깜짝하지 않고 추천 도서로 선정했다. 이 책은 인간의 창조성에 대한 본질 이나 인공지능의 한계 같은, 일반인들이 쉽게 다가가기 어 려운 주제를 성찰하고 있다.

과학적 사고에 친숙한 젊은 회원들이 보낸 이러한 뇌 신호에 자극받은 '이달의 책 클럽'은 1986년에 설문지를 돌 려 회원들이 가장 관심 있어 하는 분야가 무엇인지 조사했 다. 선택지로 총 20개의 분야가 제시되었고, 설문 응시자는 이 중 단 한 분야만을 선택해야 했다. 도저히 고를 수 없다 는 반응과 함께 설문지가 되돌아왔다. 과학을 좋아한다 해 도 다방면에 관심이 있어서, 가령 물리학, 유전자 코드, 생 명 과정에 관심이 있는 만큼 천문학, 수학, 진화론에도 관심 이 있다는 게 그들의 설명이었다.

나는 이러한 변화를 지켜보면서 사람들이 '자신이 이해 하기엔 너무 어려운' 분야가 있다는 식의 생각에 더는 갇혀 있지 않다는 걸 깨달았다. 나 같은 사람도 예전에 비해 과학 을 덜 무서워한다. 더구나 루이스 토머스 같은 작가들 덕분 에 전보다 나 스스로를 덜 멍청하다고 느끼기까지 한다. 하지만 이러한 변화는 약간 때늦은 감이 있다. 만약 내가 좀 더 일찍 주요 분과 학문과 친해질 수 있었다면 지금보다는 덜 멍청했을 것이다. 부디 여러분은 나처럼 되지 않기를 바란다.

'주요 분과 학문'이라는 개념은 내가 지금까지 말해 온 것보다 훨씬 더 넓은 범위를 가리킨다. 내가 인문학과 과학만 거론한 이유는 이 두 영역이 상반된 것으로, 심지어는 천적 관계로 간주되어 왔기 때문이다. 하지만 이는 지나치게 논점을 단순화한 것이다. 스펙트럼의 한쪽 끝에 자리 잡은 영문학과 다른 한쪽 끝에 자리 잡은 화학 사이에 수많은 학문이 놓여 있다. 예를 들어 경제학은 영문학과 화학 양쪽에서 일종의 미스터리로 취급받는다. 혹자는 경제학은 경제학자에게도 미스터리라고 얘기할는지 모른다. 하지만 우리 중 누구도 경제학이 영문학이나 화학보다 우리의 일상생활에 훨씬 더 밀착되어 있는 학문임을 부인하진 못할 것이다. 그런데도 경제학 이론과 적용에 대해 우리가 더 알아서는 안 된단 말인가? 그 외의 온갖 학문들, 이를테면 고고학, 공학, 수학, 철학, 정치과학, 심리학, 종교학, 사회학은 어떤가? 이 학문들은 우리가 행동하고, 건설하고, 생각하고, 자신을 통제하고, 삶의 가치를 모색하는 방식에 대해 어떤 이야기를 들려줄 수 있을까?

이 학문들은 우리가 알고자 할 때, 우리가 알고자 하는 만큼만 우리에게 도움을 줄 수 있다. 명료하게 사고하고, 명료하게 글을 쓰고, 명료하게 글을 읽는 약간의 수고를 감내할 수만 있다면 우리가 이해하지 못할 학문은 없다. 이제 새로운 3R◆을 정의할 때가 되었다. 읽기Reading, 쓰기writing, 추론하기Reasoning가 바로 그것이다. 이 세 가지 요소가 한데 결합한 것이 배움이다. 우리가 배우고자 하는 학문에 대해 글을 씀으로써 그 학문을 이해하는 것이 가능해진다. 추론하기는 주의지속 시간이 터무니없이 짧아진 요즘 TV세대 아이들이 잃어버린 기술이다. 글쓰기는 우리 아이들이 이 기술을 되찾는 데 도움을 줄 것이다.

한 가지 자랑을 하자면, 나는 처음 가 보는 장소일지라도 그곳 어디에 학교가 있는지 안다. 필시 학교는 언덕 위에 있다. 도시에 언덕 비슷한 곳이 있으면 학교 설립자는 영락없이 그곳을 건설 부지로 선택한다. 모름지기 학문이란 상승의 추구임을 천명하기라도 하듯이 말이다. 구스타브아돌

◆ 환경보호운동에서 3R은 보존Resevation, 재사용Reusing, 재활용Recycle을 가리킨다.

프대학교는 루터파 계열 대학으로 역시 이러한 교육 이상을 그대로 구현한 장소에 자리 잡고 있었다. 식료품 상가와 은행이 들어서 있는, 그리 길지 않은 세인트피터 중심가의 주 도로를 지나면 갓길들이 언덕 위로 네다섯 블록 정도 이어지는데 그 꼭대기에 시계탑이 하나 우뚝 서 있다. 저런 시계탑이 서 있는 학교라면 올드 노스 교회 ✦✦ 같은 19세기 중엽의 석조 건물일 게 분명했다. 교육의 진리는 어김이 없다.

이틀간 구스타브아돌프대학교에 머물며 가을 학기에 'W' 강의를 맡을 교수들과 대화를 나눴다. 강의는 미술사부터 컴퓨터과학, 공학, 윤리학, 연극학에 이르기까지 교양 교육 전반을 아울렀다. 수업에 글쓰기를 도입한다는 계획에 다들 고무되어 있었다. 하지만 어떻게 해 나갈지에 대해서는 아직 구체적인 생각이 없는 듯했다. 나는 교수들과 가능한 여러 가지 접근 방식을 논의하며 글쓰기는 모방을 통해 배우는 것이라는 평소의 지론을 강조했다. 그리고 교수들에게 자기 분야에 추천할 만한 좋은 글이 있는지 물어보았다. 모두 그렇다고 답했다. 어느 수학과 교수는 추천할 만한 글이 아주 많다고 말했다. 물리학 교수 두 명은 아인슈타인의 상대성이론이 명료한 글쓰기의 전범이 될 만한 놀라운 작품이라고 했다. 다른 교수들도 각자가 생각하는 뛰어난 글들

✦✦ 1723년에 건설된, 미국 매사추세츠 주 보스턴 노스엔드에 있는 교회. 보스턴에서 가장 오래된 교회로 국립사적지로 등록되어 있다.

을 거론했다.

　나는 교수들에게 지금 얘기한 글들을 복사해 꼭 자료로 만들어 두라고 요구했다. 그러면서 글쓰기는 백지상태에서는 결코 가르칠 수도 배울 수도 없음을 다시 한 번 강조했다. 우리는 학생들에게 "자, 여기 네가 공부하는 분야에 대해 다른 사람들이 쓴 글이 있다. 이걸 읽고, 공부하고, 음미해라. 너 역시 이런 글을 쓸 수 있다"라고 말해 주어야 한다. 많은 학생이 자신이 전공하는 학문에도 저술이라 할 만한 것이 존재한다는 사실을 모른다. 예를 들어 수학에는 풀이답안 이상의 글이 있으며, 물리학에는 실험 보고서 이상의 글이 있다.

　나는 그런 글들을 찾아 나서는 작업, 즉 다양한 학문 영역에서 생산된 명료하고 뛰어난 글쓰기 사례를 수집해 한 권의 책에 담는 작업이 가능한지 고민했다. 지금까지 한 번도 글쓰기 주제로 생각해 보지 않은 자기 전공에 대해 글을 써야 하는 상황에 놓인 교사와 학생을 위한 안내서, 적어도 글쓰기와 배움의 과정에 뒤따르는 두려움을 상당 부분 해소해 줄 책. 이런 책은 또한 좋은 글을 쓰는 원리가 어떤 주제의 글에서든 동일하게 적용된다는 사실을, 가령 화학 분야의 잘 쓰인 글은 미술사 분야의 잘 쓰인 글과 동일한 글쓰기

원리를 따른다는 사실을 증명해 줄 것이다.

이제 남은 건 내 책을 쓰는 일이었다. 나는 구스타브아돌프대학교 교수들에게 가을 학기가 끝나면 다시 찾아올 테니 그동안 수업이 어떠했는지 얘기해 달라고 부탁했다.

3 교양 교육

여러 학문 분야의 저술을 조사하는 이 작업을 어디쯤에서 마무리할지 가늠하기는 쉽지 않았다. 하지만 적어도 어디서부터 시작할지는 쉽게 결정할 수 있었다. 생각은 어느새 내 인생에서 가장 폭넓은 배움의 시기였던 예일대학교 시절로 돌아갔다. 10년 동안 그곳에 머물며 두 가지 직책을 맡은 덕분에 나는 자유로움이 넘치는 그곳 지식공동체와 접촉할 수 있었다.

1970년에 나는 예일대학교에서 논픽션 글쓰기를 강의하게 되었다. 그 전까지 한 번도 가 본 적 없던 그 학교에 대해 내가 아는 거라곤 학교 마스코트가 불도그라는 것과 위펜푸프스♦가 모리스라는 바에서, 어쩌면 테이블 위에 올라서서, 노래를 불렀다는 것 정도였다. 나는 평생 뉴욕에서 살아온 4세대 뉴요커였다. 일터도 뉴욕에 있었다. 『뉴욕 헤럴드 트리뷴』에서 13년간 편집자 겸 작가로 근무했고, 그 후 11년간은 프리랜서 작가로 일했다. 프리랜서로 일하며 오랫동안 집에서 혼자 작업한 탓에 사람과의 접촉이 무척 절실했던 나는 예일대 측이 어떤 제안을 하든 받아들일 준비가 되어 있었다.

짐을 부리고 아이들을 새로 이사한 집에 막 풀어놓았을 때 『예일 동문회 잡지』 이사장에게 전화가 왔다. 얘기인즉슨, 갑작스런 내부 사정으로 편집자 자리가 공석이 되었다는 것이었다. 잡지의 발행 부수는 10만 부 이상이며, 예일대 학부와 미술, 건축, 신학, 희곡, 산림 연구 및 환경학, 법률, 의학, 음악, 간호학 등 예일대 산하 아홉 개 대학원 출신의 동문 전체에게 발송된다고 했다. 그러니까 그곳 편집자로 일해 보지 않겠느냐는 제안이었다.

처음엔 프린스턴대학교 출신의 중년 남자가 예일대학교 잡지의 편집자로 일하는 게 모양새가 우습다고 생각했다. 하지만 곧바로 다른 생각이 떠올랐다. '이 명문 종합대학을 이해하는 데 이보다 빠른 길이 있을까?' 편집자는 말하

♦1909년에 창단된 예일대학교의 남성 아카펠라 그룹으로, 미국에서 가장 오래된 대학교 합창단이다.

자면 '호기심 자격증'을 가진 사람이다. 게다가 난 글쓰기보다 편집 일을 더 좋아했다. 이야깃거리를 구상하는 게 좋았다. 작가와 함께 일하며 작가의 원고가 최고의 완성도를 갖추도록 돕는 게 좋았고, 특히 편집자로서 경험하는 놀라움의 요소를 좋아했다. 편집자는 매일 새로운 무언가를 배울 수 있는 자리이기 때문이다. 나는 이사장의 제의를 받아들였고, 이후 7년간 그곳에서 편집자로 일했다.

　　나는 이 잡지를 만들면서 한 번도 '예일대 동문의 전형적인 모습은 무엇인가, 나는 누구를 위해 이 잡지를 만들고 있는가'를 자문하지 않았다. 전형적인 인간이란 현실에 존재하지 않는다는 것이 나의 믿음이다. 독자의 취향은 모두 다르다. 나는 나 자신을 위해 글을 쓰고 나 자신을 위해 글을 편집한다. 내가 어떤 글에 흥미와 재미를 느낀다면 다른 많은 독자도 그렇게 느낄 것이라 생각한다. 그렇게 느끼지 않는 사람에게는 두 가지 선택권이 있다. 편집자를 해고하거나 잡지 구독을 중단하면 된다. 다른 한편으로 나는 섬세한 기술을 요하는 편집자의 세계에서 살아남으려 분투하는 사람 누구에게나 자신 있게 추천하는 두 가지 힘의 원천, 즉 자신감과 자의식에서 힘을 얻었다. 자기가 하고 있는 일에 자신감을 가질 수 없다면 그 일은 그만두는 게 좋다.

『예일 동문회 잡지』 편집자로서 나는 예일대학교 전체를 활동 영역으로 삼았다. 모든 학과의 새로운 소식을 알고자 했고, 어느 학과의 어떤 교수가 무슨 연구를 하고 있는지 세세히 파악하려 했다. 한편 예일대는 은제 공예품과 직물, 바빌로니아 석판, 티베트 경전, 보즈웰◆과 프랭클린의 논문 원본, 찰스 린드버그와 거트루드 스타인의 육필 원고에 이르기까지 희귀 소장품을 끝도 없이 보유하고 있었다.

1972년에는 서부역사협회Western History Association가 뉴헤이븐에서 연례 모임을 갖는다는 소식을 들었다. 어째서 뉴헤이븐일까? 나는 미국 서부사의 권위자인 하워드 라마 교수에게 지금까지 미시시피 동부로는 한 번도 오지 않은 서부 사학자들이 어째서 지금 동부로 모여들고 있는지에 대해 기사를 써 달라고 부탁했다.

그는 "1940년대에 예일대학교는 여섯 명의 위대한 수집가가 모은 문헌, 지도, 원고, 신문, 그림 등 방대한 양의 서부개척시대 유물 자료를 축적해 미시시피 서부 지역 역사 연구에 큰 역할을 했다"라고 썼다. "이 모든 유물을 한자리에 모은 (예일대의) 베이네케도서관은 미국 서부사 전공자들에게 일종의 만남의 장소가 되었고, 내가 올해로 21년째 가르치고 있는 미국 서부사 강의가 개설되는 계기가 되

◆ 1740-1795년. 『새뮤얼 존슨의 생애』The Life of Samuel Johnson를 쓴 유명 전기 작가.

었다." 또한 라마 교수는 "서부 지역 역사 연구가 새로운 국면에 들어서면서 학생과 대중 모두에게 완전히 새로운 의미로 다가가고 있다. 낭만적이고 영웅적인 역사를 지닌 옛 서부 지역은 20년 만에 오늘날 미국이 직면한 가장 본질적인 문제를 생생히 드러내는 곳이 되었다"는 점이 고무적인 사실이라고 말했다. 이어서 그는 오랜 세월 미국인 사이에 굳건히 남아 있던 편견들, 이를테면 인디언, 멕시코계 미국인, 서부개척시대의 영웅, 개척민 여성과 가족, 자연과 땅과 물에 대한 미국인의 인식이 어떻게 하루아침에 변화했는지 설명했다. 내 시곗바늘은 여전히 존 웨인❤❤과 빌리 더 키드❤❤❤에 머물러 있었으므로, 라마 교수의 글은 내게 새로운 뉴스였다.

관심의 방향을 땅에서 정신으로 돌려 보면, 예일 신학대에서 온 글이 있다. 베네딕트회 수사 아이단 캐버나는 이 대학의 전례학과 교수였다. 전례학 교수란 어떤 일을 하는 사람일까? 그가 보내온 탁월한 기사의 한 대목은 이런 나의 궁금증을 풀어 주기에 충분했다.

그 누구도 직접 지혜를 가르칠 수는 없다. 적어도 나는 그렇다. 내 연구 분야인 전례학을 가르치면서 내가 하는 일은

❤❤ 1907-1979년. 미국의 영화배우. 다수의 서부영화와 전쟁영화에 출연했다.
❤❤❤ 1859-1881년. 미국 서부의 악명 높은 총잡이로 본명은 윌리엄 보니. 21년이라는 짧은 생애 동안 21명을 살해했다.

단지 우리 모두에게 지혜를 일깨워 줄 수 있는 사실과 방법과 통찰의 세계로 학생들을 초대하는 것이다. 이런 관점에서 나의 연구 분야는 매우 풍요롭다. 우리의 연구는 궁극적으로 텍스트가 아니라, 머나먼 옛날부터 사람들이 정기적으로 모여 생존을 위한 투쟁에 가장 도움이 되는 가치들을 표현해 오던 다양한 방식을 대상으로 한다. 내일 아침을 맞이하리라는 보장 없이는 영원한 삶을 꿈꿀 수 없다. 전략적 목표는 전략을 위한 전술 자체에서 태어난다. 일상의 작은 것들, 가령 소금, 냄새, 기름, 빵, 와인, 노래, 씨앗, 춤, 웃음, 눈물, 육체, 아기 심지어 생각과 말까지 생존 전술의 한 부분을 구성한다. 전례학자는 바로 이런 것들을 연구의 대상으로 삼는다.

또 한번은 예일대의 저명한 레슬링 코치 버트 워터먼을 인터뷰한 적이 있다. 워터먼은 자신이 맡은 레슬링 선수 중 한 명인 마이클 폴리아코프[1]를 언급했다. 고전을 전공한 이 학생은 고대의 격투기 운동을 주제로 졸업논문을 쓰고 있었다. 그래서 여름방학 기간을 이용해 영국, 이탈리아, 그리스의 박물관을 돌며 격투기 운동을 언급한 고전 작품에 부합하는 고대 그리스의 꽃병 그림들을 직접 찾아보았다고 한

다. 편집자가 누리는 행운이란 이런 걸 말하는 것 아니겠는가! 나는 마이클 폴리아코프에게 연락해 진행 중인 논문에 대해 물었다. 그는 이렇게 말했다.

"고대 격투기 운동을 논문 주제로 정한 건 현재 이 분야에 대한 지식이 매우 부족하기 때문입니다. 특히 레슬링 같은 운동은 고대 그리스인의 생활 곳곳에 녹아 있던 문화인데도 말이지요."

그는 자신이 찍은 기원전 550년에서 기원전 430년 사이의 물병과 잔, 주화, 조각상 사진들을 보여 주었다. 거기엔 모두 레슬링 선수와 심판의 모습이 그려져 있었는데, 현대 레슬링에서 볼 수 있는 자세와 조금도 다르지 않았다. 우리는 인터뷰에 곁들일 레이아웃을 짰고 폴리아코프는 사진 캡션을 썼다. 다음은 그중 하나다.

검은목항아리. 기원전 520-기원전 510년경에 활동한 레아그로스 도예화가들이 제작했다. 최고의 기술과 우아함을 가진 헤라클레스가 아테네 여신과 헤르메스가 굽어보는 가운데 거인 안타이오스를 물리치는 장면을 묘사한 이 그림은 야만주의에 대한 문명주의의 승리를 상징한다. 헤라클레스가 사용하고 있는 기술 동작은 '프런트 챈서리'라는 것으로, 오늘날 예일대학교 레슬링 선수들도 자주 사용하는 동작이다.

지금까지 소개한 세 편의 글은 예일대학교의 다양한 학과에서 생산된 수백 편의 논문 가운데에서 임의로 꼽아 본 것에 불과하다. 이곳에서 생산된 논문은 대부분 교육과 학습, 연구에 관한 것들이다. 문화, 예술, 도서관 자료 및 특별 수집품을 다룬 논문도 상당수다. 스포츠와 학습 태도, 사회적 변화에 대한 연구 논문도 그에 못지않게 많다. 하지만 주제와 내용을 막론하고 내가 접한 논문은 하나같이 재미있고 유익했다. 이 논문들을 접하며 내가 얻은 교훈은 별개의 학문처럼 보일지라도 사실 모든 학문은 서로 분리되어 있지 않다는 사실이었다. 무엇보다 내가 나의 직업에 갖고 있던 평소의 믿음, 즉 세심하게 쓰이고 편집된 훌륭한 글을 통해서라면 우리가 이해하지 못할 학문은 하나도 없다는 사실을 재확인했다.

1973년에 나는 예일대학교에서 운영하는 총 열두 개

기숙대학 가운데 하나인 브랜포드칼리지의 학장으로 취임했다. 이때부터 나의 배움엔 한층 더 속도가 붙었다. 각 대학마다 있는 기숙 학장은 자신이 맡은 학교를 학구적, 사교적 공동체로 운영하는 역할을 맡는다. 또한 각 대학엔 전 학과의 학부 교수 및 대학원 교수, 학과장, 연구 과학자, 사서, 그 외 여러 학자로 구성된 100명이 넘는 동료 직원이 소속되어 있었다.

그 시절의 동료 가운데 특히 각별한 기억으로 남아 있는 사람은 유럽 전역에서 명망이 높았던 에스토니아 시인 고故 알렉시스 라니트다. 전후 이민자였던 라니트는 미국에서 도서관 사서가 되었고, 내가 학장으로 있을 당시엔 예일대학교박물관 슬라브족 및 동유럽권 소장품 담당 큐레이터로 일하고 있었다. 한번은 그에게 '학장과의 티타임' 때 와서 이야기를 들려 달라고 부탁한 적이 있다. '학장과의 티타임'이란 학생들에게 그들이 평소에 만나기 어려운, 내가 개인적으로 높이 평가하는 명사들과 접할 기회를 주기 위해 매주 열던 행사였다. 나는 그가 학생들에게 자신의 이야기를 들려주고 그가 지은 시를 몇 편 낭송해 주기를 바랐다.

지금도 그날 오후를 기억하는 건 크게 세 가지 이유에서다. 하나는 라니트가 들려준 제2차 세계대전 이전 유럽의 드넓은 인문주의적 풍경 때문이다. 그는 전위적인 예술을 수행하던 모든 화가와 작가를 속속들이 꿰고 있는 듯했다(화가 조르주 브라크가 이러한 전위적 예술가의 전형이었다).

또한 나는 그날 행사의 마무리로 그에게 시집에 있는 작품을 낭송해 달라고 부탁했을 때 그가 자리에서 일어서던 순간을 기억한다. 시에 바치는 경의. 그 외의 나머지는 그저 추억일 뿐이리라. 하지만 시 자체의 아름다움은 지금도 생생히 기억할 수 있다. 에스토니아어는 성조 언어다. 호흡이 긴 낯선 운율 규칙을 가지고 있다. 이전에 이 언어를 들어본 사람은 우리 중 아무도 없었다. 하지만 번역은 필요치 않았다. 알렉시스 라니트가 겨울 호수에 대한 시를 낭송하겠다고 말하면 우리는 곧 얼어붙은 호면 위의 죽은 낙엽을 보며 한기를 느꼈다. 우리는 시가 언어의 경계를 초월하는 기적의 순간을 함께했다. 단어 하나하나가 마치 음악처럼 가슴에 스며들어 왔다.

하지만 특유의 폭넓은 사고로 나의 배움에 가장 큰 자양분이 되었던 동료는 음악, 그중에서도 아프리카계 미국 흑인 음악을 연구했던 윌리 러프 교수다. 흑인 재즈 베이시스트 겸 프렌치호른 연주자였던 러프는 브랜포드칼리지의 거주 교수였다. 그는 그곳의 다른 동료 학자들이 진행하는 다양한 연구에 관심이 많았다. 특히 그의 관심을 끈 동료 교수는 예일 의과대학의 신경학과 교수이자 간질병 권위자인 길버트 글레이저 박사였다. 러프 교수는 평생 음악인으로 살며 터득해 온 지식에 만족하지 않고 리듬에 대해 더 많은 것을 알고 싶어 했다. 그는 글레이저 박사의 연구가 그 실마리가 될지도 모른다고 생각했다. 러프 교수는 브랜포드칼리지 당국에 '상이한 학문 영역의 최고 전문가들이 만나 리듬이 어떤 방식으로 작동하는지에 대해 토론하는 장'으로서 예일 의과대학과 음악대학의 합동 심포지엄을 3일 동안 개최하고 공동 후원해 줄 것을 제안했다.

　나는 그의 아이디어가 마음에 들었다. 러프 교수가 심포지엄에 초대한 이들(대다수가 예일대학교 소속이었다)도 하나같이 그의 제안을 반겼다. 그중 일부는 재즈 드러머 조 존스, 무용가 제프리 홀더, 시인 존 홀랜더, 인도네시아의 가믈란 오케스트라 단원들, 하프시코드 연주자이자 바흐 연구자인 랠프 커크패트릭처럼 창조 행위를 통해 리듬을 체득하고 이를 직접 시연해 보일 수 있는 예술가들이었다. 하지만 세미나에 학문적 엄밀성을 부여한 이들은 주로 예술 공연과 무관한 분야의 전문가였다. 가령 금속학자 시릴 스미스는 분자 구조상의 균형과 불균형에 대해, 지질학자 존 로저스는 수정의 결정結晶 과정에서 보이는 정확한 숫자적 반복 현상에 대해, 동물학자 G. 에벌린 허친슨은 호숫물의 리드미컬한 움직임에 대해 발표했다. 또한 미술사학자 맬컴 코맥은 그림에 나타난 리듬에 대해, 글레이저 박사는 생리학적 측면에서 바라본 두뇌의 역할 및 리듬 조절에 대해 이야기했다.

3일 동안 진행된 심포지엄에서 상이한 영역의 전문가들이 서로의 이야기에 귀를 기울였다. 이러한 진행 방식은 이후 러프 교수가 주관하는 리듬에 관한 모든 학제 간 세미나에 적용되었다. 러프 교수는 무관해 보이는 삶의 다양한 영역 간의 리듬적 유사성을 발견해 내는 작업을 이어 가면서 여러 분야(건축학, 천문학, 물리학)의 예일대학교 교수들에게서 리듬에 대한 논의를 이끌어 냈다.

나는 예일대학교를 떠난 이후에도 러프 교수와 연락을 주고받았다. 그 덕분에 인생에서 가장 값진 경험을 두 차례 할 수 있었다(한 번은 상하이에서, 또 한 번은 베네치아에서). 그와 함께한 여행은 내가 예일대학교에서 배운 것, 즉 시대적·문화적으로 먼 거리에 놓인 다양한 영역 간의 연관성을 찾는 작업의 연장선에 있었다.

나는 여행에서 돌아오면 『더 뉴요커』에 그에 대한 기사[2]를 기고했다. 그런데 두 번 모두 다루기 어려운 여러 소재를 하나의 일관된 내러티브로 녹여 내느라 애를 먹어야 했다. 이는 논픽션 글쓰기의 중요한 과제이자 이 책이 말하고자 하는 핵심적인 내용이기도 한 만큼 러프 교수와 함께한 두 번의 여행을 간단히 설명하겠다.

첫 번째 여행은 1981년 6월에 떠났다. 러프 교수는 오랜 세월 함께한 파트너 드위크 미첼과 함께 중국에 재즈를 소개하기 위해 2년 동안 (그가 배운 여덟 번째 외국어인) 만다린어를 공부했다.

여행의 절정은 미첼-러프 듀오가 상하이음악학원에서 연 콘서트였다. 공연은 러프 교수가 학생과 교수로 이루어진 300여 명의 관객에게 재즈가 어떻게 가창 전통의 반대쪽에 있다고 할 서아프리카의 드럼 음악에서 발생했는지를 중국어로 설명하는 것으로 시작되었고, 미첼이 앞서 한 중국인 학생이 피아노로 연주한 중국 전통음악을 즉석에서 우아하게 변주하는 것으로 마무리되었다. 그토록 상반된 여러 힘이 한 공간에서 어우러질 수 있다는 사실이 놀랍기만 했다. 결국 모든 차이는 음악이라는 단일한 힘 안에서 녹아 사라졌다.

그로부터 2년이 지난 어느 날, 우연히 러프 교수에게 전화를 걸었다. 그는 아무도 없는 밤, 산마르코대성당에서 프렌치호른으로 그레고리안 성가를 연주하기 위해 조만간 베네치아에 갈 예정이라고 말했다. 이는 그가 30여 년 전 예일대학교에서 공부하던 시절부터 품어 온 꿈이었다. 당시 그의 지도 교수였던 작곡가 폴 힌데미트는 음악과 과학의 관계를 연구하는 데 천착했고(그의 영웅은 요하네스 케플러였다) 베네치아가 음악의 수도로 명성을 떨쳤던 1500년대와 1600년대에 산마르코대성당에서 연주된 음악에 특히 관심이 많았다. 그곳 성당의 음향효과는 많은 작곡가, 특히 가브리엘리, 차를리노, 몬테베르디 같은 작곡가가 새로운 형식의 다성음악을 창조하는 데 영감을 주었다. 러프 교수가 말했다.

"힌데미트 교수님은 음악이 핵심적인 소통의 도구가 될 수 있음을 보여 주셨지요. 음악은 가장 직접적으로 내게 말을 걸어오는 언어입니다. 나는 가브리엘리가 작곡한 다성 합창곡의 풍부한 음색을 사랑합니다. 연주자들과 합창단이 산마르코대성당 상층 양편에 서서 이 곡을 연주하고 노래했다고 합니다. 예전부터 꼭 그곳에 가서 실제 소리를 들어 보고 싶었습니다."

산마르코대성당에서 연주할 곡으로 그레고리안 성가를 선택한 이유는 예전에 카네기홀에서 가수 폴 로브슨의 공연을 본 기억 때문이라고 했다. 폴 로브슨은 세계 각지의 민속음악이 같은 뿌리를 가지고 있음을 보여 주기 위해 동아프리카 부족의 찬송가와 13세기 슬로바키아의 단성 성가 그리고 미국계 흑인의 영가를 불렀는데, 이 노래들이 모두 거의 똑같게 들렸다고 한다. 에티오피아교회와 수단교회가 한때 비잔틴제국의 동방정교회에 속해 있었다는 것이 폴 로브슨의 설명이었다. 따라서 아프리카 음악이 비잔틴교회의 전례음악과 비슷한 특징을 보이고, 비잔틴교회 음악이 훗날 유럽에 받아들여지면서 초기 로마가톨릭교회의 그레고리안 성가에 영향을 끼쳤다는 것이다. 러프 교수가 말했다.

"그래서 내가 산마르코대성당에서 연주하게 될 음악은 중세 시대 이래 그곳에서 연주되어 온 종교음악이 될 겁니다. 그리고 그레고리안 성가는 내가 연주하는 영가 중에서도 핵심이라고 할 수 있기 때문에 그중 몇 곡을 연주할 생각이에요."

나는 고대음악의 여러 흐름이 한곳에서 만나는 이 장관을 놓치고 싶지 않았다. 그래서 러프 교수에게 베네치아에서 내가 합류해도 괜찮을지 물었다. 러프 교수는 성당에 허가를 받을 수 있을지 확신할 수 없다고 말했다. 그가 음향효과를 테스트하고 연주를 녹음하려면 성당 안에 사람이 아무도 없을 때 연주할 필요가 있었다. 나는 운에 맡겨 보겠다고 얘기했지만, 사실 러프 교수에게 거는 건 위험부담 없는 도박이었다.

허가를 얻는 과정은 그 자체가 한 편의 극적인 이야기라 할 만큼 수없는 퇴짜의 연속이었다. 하지만 러프 교수는 한 늙은 몬시뇰◆을 (이탈리아어로) 설득해 결국 마지막 미사가 끝나는 저녁 7시 30분부터 두 시간 동안 산마르코대성당을 이용할 수 있었다.

지금도 그때 그곳에서 보낸 두 시간을 생각하면 놀랍기만 하다. 여름에 산마르코대성당을 찾는 방문객은 하루 2만 5,000명에 달한다. 하지만 그날 밤 우리를 안으로 들여보내 준 성구관리인을 제외하면 그곳에 있던 사람은 나와 러프 교수, 오직 둘뿐이었다. 러프 교수가 프렌치호른으로 첫 음을 내자마자 폴 힌데미트 교수가 옳았다는 걸 실감했다. 소리는 대성당의 거대한 돔 구석구석을 파고들면서 놀라울 정도로 긴 여운을 남겼다. 러프 교수는 『통합 성가집』Liber Usualis 을 펼치고 가톨릭 예배 때 연주되었던 가장 오래된 찬송가 몇 곡을 연주하기 시작했다. 다양한 미사에서 쓰였던

　　　◆ 주교와 교황청에 종사하는 고위 성직자들을 높여 부르는 호칭.

찬가와 기도문 암송 시에 연주하던 음악, 「영광송」, 「자비송」, 「상투스」♦♦, 「하느님의 어린 양」Agnus Dei 그리고 아름다운 성체 찬미가. 놀랍도록 순수한 음악이 공간을 가득 채웠다.

나는 신도석에 앉아 교회 밖으로 기울어 가는 햇빛을 바라보았다. 갑자기 천장의 황금빛 모자이크가 빛을 잃었고 실내엔 어둠이 드리워졌다. 성구관리인이 다가와 러프 교수의 악보 책 옆에 촛불을 가져다 놓았다. 러프 교수는 연주를 계속했다. 우리는 각자 자신만의 생각에 잠겼다. 천년의 세월이 그 두 시간 속에서 허물어지고 있었다. 나는 산마르코 대성당이 건설된 1067년 이래 그곳에서 연주돼 온 음악을 듣고 있었다.

성당 밖 광장에서 시계가 9시를 가리키는 소리가 들려왔다. 러프 교수는 『통합 성가집』을 덮고 중앙 돔 아래에 서서 「거기 너 있었는가」Were You There When They Crucified My Lord? 를 연주했다. 이 위대한 흑인 영가는 그레고리안 성가만큼이나 장엄하게 들렸다. 러프 교수가 연주를 마쳤을 때 성구관리인이 급히 달려왔다.

"좋아요, 정말 좋아요!"

박수를 치며, 자신이 느낀 기쁨을 어떻게 전달해야 할

♦♦ 미사 때에 감사송感謝頌 후 암송되거나 노래로 불리는 찬미가.
"거룩하시도다, 거룩하시도다, 거룩하시도다"로 시작한다.

지 몰라 했다. 하지만 그의 얼굴 표정이 이미 모든 걸 말하고 있었다. 미국의 영가가 그곳의 가톨릭 예배 음악보다 그를 더욱 감동시켰다는 것이 그날 밤의 마지막 신비였다. 하지만 따져 보면 전혀 이상한 일이 아니었다. 5음계 곡인 「내려오라, 모세여」Go Down, Moses를 포함해 그날 러프 교수가 연주한 모든 영가는 앞서 연주한 성가들과 너무나 비슷해 거의 구분되지 않을 정도였기 때문이다. 물론 둘을 구분하고 싶은 마음도 전혀 들지 않았지만 말이다.[3]

　　뉴욕으로 돌아온 나는 글[4]을 쓰려고 노력했지만 (상하이 때와 마찬가지로) 소재의 풍요로움에 완전히 압도되어 있었다. 내가 써야 할 이야기는 스트라빈스키의 무덤 방문을 포함해 상이한 세월과 문명 간의 수많은 접점을 품고 있었다. 너무나 많은 이야깃거리가 내 앞에 널려 있었고 나는 독자들에게 그 풍성한 이야기를 온전히 전달해야 했다. 논픽션 작가는 훌륭하고 깔끔한 문장을 써야 할 뿐 아니라 그러한 문장들을 논리정연하게 조직함으로써 과거 회상이 여러 번 반복되기 십상인 복잡한 글의 여정 속에서 독자들이 자칫 길을 잃거나 지루해하지 않도록 해야 한다. 이번 글의 경우 독자들이 힌데미트 교수와 산마르코대성당의 음향효과, 가브리엘리, 베네치아 악파에 대해 그리고 같은 원류에서 생겨난 비잔틴제국의 전례와 그레고리안 성가, 흑인 영가에 대해 알지 못하면 지적으로나 정서적으로 러프 교수의 여정에 동참하기 어려웠다. 하지만 글 속에 너무 많은 정보를 담으면 독자에게서 미지의 세계를 여행하는 즐거움을 빼앗고, 글은 순례 여행을 떠나는 순례자의 이야기처럼 낡고 진부해질 것이었다.

좋은 소재가 지나치게 많은 글을 쓸 때마다 글을 완성하지 못할지도 모른다는 절망감이 든다. 이야기를 제대로 전달하기 위해 필요한 배경 정보를 전부 담아내는 게 불가능하다는 생각이 들기 때문이다. 그런 비관적인 감정에 빠져 있을 땐 두 가지 사실을 기억하는 게 좋다. 하나는 글쓰기가 선형적이고 순차적이라는 사실이다. 문장 A 다음에 문장 B를, 문장 B 다음에 문장 C를 논리적으로 이어 간다면 결국엔 문장 Z에 도달하게 될 것이다. 또 다른 하나는 꼭 필요한 만큼의 정보만을 독자에게 제공해야 한다는 점이다. 그 이상은 일종의 자기만족이다. 글을 쓸 때 반드시 필요한 것은 선행 지식이 아니라 정보를 서술적 순서에 따라 배열하는 능력이다. 어떤 독자는 내가 베네치아 악파에 대한 전문가일 거라고 생각할 수 있다. 사실 나는 러프 교수에게 베네치아에 갈 거라는 얘기를 듣기 전까지 베네치아 악파나

가브리엘리에 대해 한 번도 들어 본 적이 없었다. 베네치아로 날아가 대운하가 내려다보이는 한 카페에서 그를 만나기 전까지 어떠한 세부 정보도 알지 못했다. 말하자면 나의 공부는 여행지에서 즉석으로 이루어진 것이다. 그리고 그때 얻은 지식만으로도 나와 비슷한 비전문가 독자들에게 내 이야기를 전달하기에 충분했다.

어려운 부분은 그다음이었다. 새로이 얻은 지식을 문장 A에서 Z까지 논리적으로 이어지는 하나의 서사로 녹여 내는 작업이었다. 글을 시작하며 미리 생각해 둔 것은 마지막 문장뿐이었다. '성구관리인은 성당 문을 열며 우리에게 따스한 이탈리아식 작별 인사를 건넸다. 우리는 성당을 나와 베네치아의 혼잡한 거리 속으로 섞여 들었다.' 나머지 문장을 쓰는 데는 오랜 시간이 필요했다. 세부적인 정보를 조금씩 덧붙였다가 그것이 글을 읽는 데 꼭 필요한 정보가 아니거나 독자가 스스로 알아낼 수 있는 내용임을 깨닫고는 다시 조금씩 지워 가기를 반복했다. (오랜 시행착오 끝에 내가 얻은 교훈은 이렇다. 독자가 정서적으로 글에 개입할 여지를 제공할 것. 작가는 말을 아끼면서 왜 이 소재가 그토록 감동적인지 설명하고 싶다는 유혹에 저항해야 한다.) 글을 완성한 뒤에야 만족감이 찾아왔다. 나는 글을 쓰는 과정 자체는 좋아하지 않는다. 하지만 마침내 글을 끝냈을 때, 마치 수학 문제의 풀이 답안처럼 그 이상 더할 것도 뺄 것도 없는 완벽한 한 편의 글을 완성했을 때 커다란 기쁨을 느낀다. 글쓰기만큼 즐거움을 뒤로 미루는 작업도 없을 것이다.

산마르코대성당의 음향효과와 글쓰기의 세공 작업에 대해 꽤 길게 이야기한 듯하다. 내가 이런 옛날이야기를 한 이유는 이 책이 정보를 명확하고 간결하게 전달하는 과정으로서의 글쓰기에 대한 것이기 때문이다. 오직 쓰기, 다시 쓰기, 다듬기, 구체화하기의 힘겨운 반복 작업을 통해서만 한 편의 명확하고 간결한 글을 완성할 수 있다.

이 책을 처음 쓰기 시작하면서 예일대학교에서 일하던 시절, 윌리 러프 교수처럼 나를 특별한 세계로 안내해 준 그곳의 교수들에 대해 생각했다. 전공이 영문학이 아님에도 글쓰기에 각별한 관심을 쏟았던 교수들이 특히 기억에 남았다.

그중에서도 머릿속에 가장 먼저 떠오른 이들은 교수 세계의 스타 작가라 할 역사학자들이었다. 그들은 역사학 지식을 다음 세대에 전달하는 수단으로서 글쓰기가 가진 중요성을 잘 알고 있었고, 학생들의 보고서를 평가할 때도 글의 내용에 앞서 훌륭한 문장력을 요구했다. 명료한 글쓰기는 명료한 사고의 필연적인 산물이며, 따라서 글쓰기가 배움에 핵심적인 역할을 한다고 생각했던 다른 학과 교수도 몇 명 생각이 났다.

그렇게 떠오른 10여 명의 교수 명단을 만들어 그들에게 편지를 썼다. "선생님의 연구 분야에서 생산된 뛰어난 글쓰기 사례를 찾고 있습니다. 500단어 내외로 된, 고등학생도 이해할 수 있을 만한 글입니다. 선생님이 쓰신 글 중에서 추천할 만한 게 없을까요? (물론 나는 그들이 그런 글을 썼다는 걸 알고 있다.) 없다면 다른 학자의 글 중에서 추천해 주시겠습니까?"

반응은 즉각적이고 우호적이었다. 추천 글이 담긴 우편물이 속속 도착했고, 동봉한 편지에는 추천 저자 소개와 내가 미처 생각지 못한 부분에 대한 지적이 담겨 있었다. 예를 들어 역사학 교수 중 내가 가장 좋아하는 문장가인 에드먼드 모건은 편지에 이렇게 썼다.

"500단어 내외로 된 한 단락의 글을 고르는 게 쉽지 않더군요. 내가 좋아하는 단락들은 대개 앞의 내용을 읽어야 그 울림을 제대로 느낄 수 있는 종류의 것이기 때문입니다. 나는 글쓰기에서 이 '울림'이라는 특성을 가장 중요시합니다. 글은 단순히 앞서 서술된 내용이 아니라 누구나 이해할 수 있는 상식과 경험에 따라 반향을 일으킵니다. 당신께 새뮤얼 엘리엇 모리슨(나는 그가 최고의 역사학자는 아닐지라도 금세기 최고의 역사학 저술가라고는 생각합니다)의 글 몇 단락을 그리고 페리 밀러와 조지 오토 트래블얀의 글 몇 단락을 보냅니다. 이 글들이 당신이 원하는 바에 부합할지 염려스럽군요. 왜냐하면 이 글들의 강점은 설득력(울림)에 있지 명확성에 있지는 않기 때문입니다."

물론 충분하다. 울림은 좋은 글쓰기의 한 특성임에 틀림없기 때문이다. 나는 모건 교수가 모리슨, 밀러, 트래블얀의 글과 함께 조금 겸연쩍어하며 소개한 자신의 책『공화국의 탄생』The Birth of the Republic에서 바로 그 울림을 느낄 수 있었다. 그가 보내온 글 중에 그 글이 가장 마음에 들었고, 이는 하등 이상할 게 없는 일이었다.

대영제국 정부는 애초에 지구의 절반을 통치하도록 조직된 기구가 아니었다. 끝없는 영토 확장 사업으로 바빠지기 전까지만 해도 영국인은 이를테면 뉴욕에 발효된 항공조

례법보다는 요크셔의 유료도로 문제를 훨씬 더 중요하게 여겼다. 식민지 관리는 왕이 맡았는데, 왕은 그 업무를 남부 외무장관(그의 주요 업무는 남부 유럽 국가들과의 외교였다)에게 떠넘겼다. 남부 외무장관은 순수 자문기구에 가까운 상공위원회에 떠넘겼다. 상공위원회가 외무장관에게 할 일을 지시하면, 외무장관이 정부 관료들에게 지시했고, 정부 관료들은 식민지 주민들에게 지시했다. 그리고 식민지 주민들은 자기 마음대로 했다.

이러한 제도 또는 제도의 부재에도 한 가지 미덕은 있었다. 그것은 적어도 제국에 해악을 끼치지는 않았다. 당시 모국인 영국과 식민지가 똑같이 번영 일로에 있었다는 사실이 이를 증명한다. 통치 면에서 비효율적이긴 했지만 대영제국은 엄청난 번영을 구가하고 있었고, 대서양 양안의 지식인들은 이러한 성공이 영국 정부의 갈팡질팡하는 통치 방식과 밀접한 관련이 있다고 믿었다. 제국의 번영과 비효율을 모두 제국이 누리는 자유의 산물이라고 본 것이다. 자유, 비효율, 번영은 종종 함께 나타나며, 특히 앞의 둘을 구분하기는 쉽지 않다. 대영제국은 비효율적이었지만 국민은 풍족했고, 자유로웠다.[5]

더할 나위 없이 간결하고 인간적이며 유머러스한 글이다. 또한 이 글에는 울림이 있다. 울림을 '누구나 이해할 수 있는 상식과 경험'의 산물이라 했을 때, 정부의 갈팡질팡한 행보를 이해하지 못할 사람은 아무도 없을 것이고, 비효율의 절정이라 할 수 있는, 그래서 어쨌든 우리의 번영과 자유를 앗아갈 일은 없을 미국의 갈등조정제도를 이해하지 못할 미국인도 없을 것이다.

내 명단에 있던 또 한 명의 교수는 예일 의과대학의 정신의학 및 의학사 교수 데이비드 무스토 박사였다. 미국의 약물중독 역사에 관심이 많은 그는 1972년에 『예일 동문회 잡지』에 눈이 번쩍 뜨이는(적어도 내겐 그랬다) 글[6]을 기고했다. 이 글에 따르면 "다른 나라와 비교했을 때 미국의 헤로인 및 모르핀 사용량은 제1차 세계대전 무렵 일부 미국 의학자들이 헤로인이나 모르핀 중독을 '미국인의 병'이라고 불렀을 정도로 압도적이었다." 코카인은 더 흔하게 사용되었다. "1880년 무렵부터 1900년까지 코카인은 흥분제 또는 강장제로 널리 애용되었으며, 사람들이 가장 많이 마시는 소다 음료수에도 함유되어 있었다."

무스토 박사는 이 놀라운 사실을 뒷받침하는 자료로 20세기에 접어들 무렵 제약 회사들이 만든 제품 광고사진을 보내 주었다. 그중 하나는 멧커프 사의 코카 와인Coca Wine 광고였다. 이 제품의 주성분이 코카인이었다. 다른 광고 둘은 코카인을 기침 억제제로 자랑스럽게 선전하고 있었다. 하나는 훗날 아스피린을 만든 바이어 사가 낸 광고다. 다른 하나는 마틴 H. 스미스 사의 광고로, 다음과 같은 설명이 실려 있다. "글리코-헤로인은 최고의 치유 효과를 발휘하도록 헤로인 함유량을 조절했으며 성인은 물론 입맛이 까다로운 아이도 쉽게 먹을 수 있는 제품입니다. 글리코-헤로인의 기침 완화 및 치료 효과는 지난 몇 년간 의학 저널에 발표된 수많은 연구 논문을 통해 입증되어 왔습니다." 성인 복용량은 두 시간에 한 스푼, 10세 이상 아이는 반 스푼, 3세 이상 아이는 5-10방울이었다.

이 글을 읽은 뒤부터 나는 무스토 박사가 새로운 글을 발표할 때마다 빠짐없이 찾아 읽었다. 그는 의사들의 무지가 환자들의 침묵과 만나는 어둠의 경계선을 지키는 야경꾼이라 할 만했다. 그에게 그동안 쓴 글 중 몇 편을 보내 달라고 부탁했다. 그는 『뉴욕 의학 회보』에 최근 발표한 글을 보내 주었다. 그 글은 이렇게 시작한다.

의학 기술이 질병과 고통을 유발할 수 있다는 사실은 슬픈 패러독스라 하지 않을 수 없다. 주술사와 초기 서구 의학으로부터 사후 '미국 의학의 아버지'라 불리는 윌리엄 하비나 벤저민 러시에 이르는 수백 년의 세월 동안 의술은 거리낌 없이, 때로는 사회적 요청에 따라 신체적 해악을 유발했다. 의사들은 자신만만하게 부상병에게 끓인 기름을, 전염병에는 발포제, 구토, 소독 요법을 처방했다.

이러한 처방 중 상당수가 20세기에도 존속했다. 특히 의사와 대중 모두에게 인기가 높았던 감홍(염화제1수은)은 제1차 세계대전 이후 제2차 세계대전 이전까지도 애용되었다. 사혈 요법도 오랫동안 합법적인 치료로 인정받았다. 1909년 당시 영어권 사회에서 가장 명망 높은 의사였던 윌리엄 오슬러 경조차 폐렴의 일부 증상에 대한 처방으로 사혈 요법을 추천했다.

의술의 역사를 살펴보면 환자에게 아무런 효과가 없거나 오히려 해를 끼치는 처방을 내린 기록이 셀 수 없이 많다. 그리고 그중 많은 경우 의사와 환자 모두가 치유 효과에 확신을 갖고 있었다. 의원병醫原病, 잘못된 처방으로 인한 합병증 및 상해는 오늘날까지도 의료계에서 흔하게 벌어지는 사건이다. 우리는 특정 조제약에 대한 중독 증상을 약물 요법이 야기한 우발적 효과의 한 형태로 볼 수 있다.[7]

'의원병'이란 의료 처방으로 발생한 질환을 뜻한다. 이것은 명확한 정의가 있는 의학 전문용어이고, 무스토 박사는 의학 저널에 싣는 글을 썼음을 상기하자. 이런 전문용어가 나온다고 해도 여전히 그의 글은 누구나 이해할 수 있는 명료한 글쓰기의 훌륭한 사례다. 더구나 '의원병'은 내가 그랬던 것처럼, 누구나 쉽게 뜻을 찾아볼 수 있는 용어다. 새로운 용어를 배우는 즐거움과 더불어, 웹스터사전을 찾아보면 무스토 박사의 글이 다루고 있는 문제의 심각성을 더욱 실감케 하는, 아이러니한 설명을 읽을 수 있다. "특히 의사의 진단이나 시술로 인해 야기된 환상통, 질병이나 장애를 가리킴." 무스토 박사의 글은 다음과 같이 이어진다.

19세기 동안 유기화학과 의약 산업이 비약적으로 발전하면서 자연 물질의 순도가 대폭 향상되었다. 아편이나 코카인 잎 같은 자연 물질에서 추출해 낸 몇 가지 유효 성분은 의약품의 효능을 크게 높였다. 나아가 조제 기술이 향상됨으로써 모르핀 같은 유효 성분이 더욱 효과적으로 인체생리학에 활용될 수 있었다. 여기에 피하주사기가 개발되면서 다시 한 번 엄청난 진보가 이루어졌다. 그리하여 19세기 후반에 이르면 아편 중독의 여러 형태가 나타나기 시작한다. (……)

고통과 두려움을 줄여 주는 커다란 인도주의적 가치 덕분에 아편은 의료 종사자들이 치열한 환자 확보 경쟁에서 승리하기 위해 애용하는 체스판의 폰 같은 수단이 되었다. 의료 서비스 제공자(동종 요법 치료사, 일반 의사, 무면허 접골사, 지방의 무속 치료사 등)의 수는 사회가 필요로 하는 이상으로 많았다. 의학 이론상의 혼란, 넘쳐 나는 의사 그리고 일반 의사들이 처방하는, 흔히 그들이 '영웅적 치료'라고 부르는 고통스러운 시술에 대한 환자들의 반감 등으로 인해 아편이 매력적인 대안 처방으로 떠올랐다. 무엇보다 아편은 고통이 없고, 환자의 고통과 두려움을 확실히 덜어 줄 뿐 아니라 증상의 원인과 치료법이 아직 확실하게 밝혀지지 않은 여러 질병의 증상을 참을 만한 것으로 만들어 준다. 그리하여 19세기 초에 시작된 미국의 아편 수입량은 인구 증가율을 웃도는 성장 속도를 보여 주었다. 수입 통계조사가 시작된 1840년부터 1인당 아편 소비량이 일정 수준으로 유지되기 시작한 1890년대 중반까지 미국에서의 1인당 아편 소비량은 12그레인◆에서 52그레인으로 늘어났다.

◆ 1그레인은 0.0648그램이다.

이어서 무스토 박사는 미국에서 의료 처방이 야기한 중독 증상 사례의 증거자료를 제시한다. 그리고 미국의 중요한 희곡 작품 중 하나인 유진 오닐의 『밤으로의 긴 여로』가 '의원병적 중독에 대한 드라마'이며, '의사가 야기한 의존성'의 위험이 진통제 및 기타 통증 완화제의 대량생산과 더불어 우리 시대에 만연해 있음을 지적한다. "복합적인 부작용과 중독 효과라는 위험이 따르지만 증상 완화에 확실한 효능을 발휘하는 의약품의 존재는 의사에게 거대한 유혹이다."

무스토 박사의 글은 학자의 지식을 복잡한 현실 문제에 적용한 탁월한 사례로, 내가 이 책에서 다루고자 하는 글의 성격에 정확히 부합했다. 나의 목표는 어느 학문에나 교사와 학생이 모두 읽고 이해할 수 있는 훌륭한 저술이 존재한다는 사실을 증명하는 것이다. 이를 위해 나는 가급적 다양한 학문 영역에서 모범이 될 만한 글들을 찾아 소개하고자 했다.

말할 것도 없이 역사학과 글쓰기는 자연스러운 동맹이다. 식민사든 의학사든 관계없이, 역사학은 글쓰기를 필요로 하고 글쓰기 역시 역사학을 필요로 한다. 그렇다면 글쓰기와 아예 무관하거나 거리가 멀다고 여겨지는, 이를테면 지질학 같은 학문에서는 어떤 글을 찾을 수 있을까? 자기 편의적인 모호함을 과시하는 온갖 인문학 분야들은 어떤가? 나는 예일대학교 철학과 명예교수였던 고故 브랜드 블랜샤드가 선물로 준 『철학적 스타일에 관하여』On Philosophical Style라는 작은 책을 떠올렸다. 이것은 세상에서 가장 뜬구름 잡는 얘기처럼 보이는 철학적 글쓰기에 대한 책이다. 나는 글쓰기에 자신이 없어질 때면 이 책을 펼쳐 아래와 같은 대목을 읽으며 다시금 용기를 얻곤 했다.

철학이 난해한 학문인 것은 분명하다. 하지만 소수의 철학적 재능을 타고난 이들뿐 아니라 일반 대중도 이해할 수 있고, 심지어 짜릿한 지적 흥분마저 느낄 수 있는 작품을 쓴 작가들이 분명히 존재해 왔다. 가령 소크라테스와 플라톤은 수백만 독자의 마음속에 평생 남을 작품을 썼다. 베르그송은 결코 대중에 영합하지 않았지만 한때 파리의 독자들에게 큰 인기를 끈 작품을 썼다. 영국의 철학사를 돌아보면 모호한 것을 명확하게 만드는 재능을 가진 작가가 놀라울 정도로 많았다. 철학의 학문적 난해성이 어떤 철학 작품의 난해성에 대한 참작 사유는 될 수 있을지라도 비난을 면케

할 면죄부가 될 수는 없다. 철학 작품이 어렵지 않을 수 있다는 걸 증명한 전문가는 수없이 많다.[8]

그래서 나도 그런 전문가를 찾아보기로 했다. 하지만 우선 글쓰기가 배움과 어떤 관련이 있는지에 대해 좀 더 알아볼 필요가 있었다. 우리는 글쓰기를 통해 무엇을 배울 수 있는가? 글쓰기를 통해서가 아니면 얻을 수 없는 어떤 배움이 존재하는가? 나는 그 답을 얻기 위해 구스타브아돌프대학교로 돌아가 범교과적 글쓰기 수업의 첫 학기가 어떻게 마무리되었는지 살펴보기로 했다.

4 배움을 위한 글쓰기

내가 탄 비행기의 기장이 기내방송으로 미니애폴리스 주의 현재 기온이 영하 25도라고 말한 그 순간, 나는 1월에 구스타브아돌프대학교를 방문하기로 한 나의 어리석은 결정을 후회했다. 우리는 미시간 호수 위 상공을 지나고 있었고, 내가 집으로 돌아갈 방법은 없었다. 영하 25도라니! 미네소타의 얼어붙은 툰드라를 달리다가 렌터카가 고장 나 멈춰 서기라도 하면 꼼짝없이 죽은 목숨이었다. 뉴욕 출신의 도시내기인 내게 미네소타 주 사람들처럼 타고난 생존 능력이 있을 리 만무했고, 더구나 그곳 사람들이 고속도로에서 비명횡사하지 않도록 늘 차에 넣어 다니는 휴대용 스토

브나 두꺼운 담요, 마른 음식 같은 것도 없었다. 이제는 운명에 맡기는 수밖에 없었다. 믿기지 않을 정도의 무시무시한 추위 속에서, 도로의 행방을 찾기 위해 가늘게 뜬 눈으로 눈보라 몰아치는 풍경을 더듬으며 천천히 전진해 나갔던 것이다. 마침내 구스타브아돌프대학교에 닿았을 때 나를 맞아준 여성이 말했다.

"선생님 차에 로프라도 있었으면 했어요. 몇 년 전에 여기서 멀지 않은 곳에서 여섯 명이 죽었거든요. 차를 몰고 나왔다가 갑작스런 눈 폭풍을 만나 끝내 돌아가는 길을 찾지 못한 거였지요. 이곳에선 여차하면 운전대에다 몸을 묶을 수 있도록 차 트렁크 안에 늘 로프를 넣어 갖고 다녀요."

물론 내 차엔 로프가 없었지만, 이젠 아무래도 좋았다. 나는 살아남았고, 그곳 교수들의 환대가 몸과 마음을 빠르게 덥혀 주었으니까. 이틀 동안 지난 학기에 강의를 맡았던 여러 교수가 나를 찾아와 함께 이야기를 나눴다. 그중 상당수는 지난번 방문 때 만난 이들이었다. 그들에게 가을 학기 동안 'W' 강의를 어떻게 진행했고, 그로부터 무엇을 배웠는지 물었다. 다양한 이야기가 나왔지만 한 가지 점에서만큼은 다들 의견을 같이했다. 수업에 글쓰기를 도입함으로써 학생들의 학습 성취도가 훨씬 좋아졌다는 것이었다. 학생을 자처한 교수도 많았다. 심리학 교수인 바버라 심프슨은 이렇게 말했다.

"저 역시 글을 잘 쓴다고는 할 수 없어요. 고등학생 시절엔 글쓰기를 무던히도 무서워했었죠. 그래서 더 'W' 강의를 맡고 싶었는지 몰라요. 지난 학기엔 학생들에게 수업 시간 마지막 5분 동안 그날의 수업 내용을 요약하는 보고서를 쓰게 했어요. 학생들이 제가 한 이야기를 제대로 이해했는지 스스로 점검하는 데 그 보고서가 꽤 도움이 된 것 같아요. 심리학은 굉장히 어려운 과목이에요. 누구나 다 아는 얘기를 하는 것 같지만 실제로는 광범위한 연구에 기초해 있죠. 글 쓰는 방식도 예전에 비해 훨씬 더 구체적으로 변했어요. 1960년대까지만 해도 심리학은 개연론에 근거한 과학에 불과했고, 그만큼 용어도 모호한 것이 많았죠. 이제 그런 건 더 이상 안 통해요."

불분명한 사고는 글쓰기의 가장 큰 적이다. 정치학부 교수 노먼 윌벡이 말했다.

"학생들은 명료하게 쓰는 법을 몰라요. 제가 내준 첫 번째 숙제는 '미국의 가장 중요한 정책 목표는 무엇인가'를 주제로 보고서를 쓰라는 것이었어요. 가치 평가를 요구하는 작문이죠. 전에는 아무도 이런 숙제를 내주지 않았어요. 가령 '독립선언문에 대해 쓰시오' 같은, 어떤 주제를 설명하거나 분석하는 글만을 요구했으니까요. 학생들이 제출한 글은 한마디로 재앙 수준이더군요. 처음부터 끝까지 횡설수설의 연속이었어요. 구체적인 목표나 정책을 제시하기보다는 '더 나은 소통'이니 '세계 평화' 같은 추상적인 얘기만 늘어놓았죠. 거의 모든 보고서에 제가 적은 코멘트는 '무슨 말을 하고자 하는지 알 수 없음'이었어요. 학생들에게 글을 쓸 때 좀 더 구체적인 개념과 주제에 생각을 집중하라고 주문했어요. 글에 담긴 내용이 아니라 글의 명료성, 보편성, 논리성, 타당성, 정확성 등을 기준으로 보고서를 평가하겠다는 얘기도 했지요. 학기 말에 미국의 정책 목표라는 똑같은 주제로 숙제를 내주었어요. 이번에 제출한 글들은 훨씬 명료하고 구체적이더군요. 결국 학생들의 문제는 글쓰기 능력이 아니라 사고 능력에 있었던 거죠."

국제경제경영학을 가르치는 클레어 맥로스티 교수는 이런 사정을 처음부터 인지하고 있었다. 그가 학생들에게 나눠 준 강의계획서는 수업의 우선순위가 어디에 있는지를 명확하게 표방했다. 그에 따르면 학생들이 학기 중 필수적으로 제출해야 하는 세 개의 보고서는 '작문 능력, 문법적 정확성, 철자법, 글의 구성 및 내용' 등을 기준으로 성적이 매겨졌다. 또한 맥로스티 교수는 처음 세 번의 수업을 전공이 아닌 글쓰기와 추론에만 할애했다.

"우리 학생들이 왜 글을 못 쓰는지 고민하고 있을 때 어느 심리학과 선생님이 그런 얘기를 하더군요. 학생들은 글을 못 쓰는 게 아니라 추론 능력이 부족한 거라고요. 그 얘기가 내내 마음속에 남아 있었습니다. 그래서 학생들에게 필독 도서로 처음 내준 책이 빈센트 라이언 루기에로의 『생각의 완성』과 마이클 스크리븐의 『추론』Reasoning 이었어요. 요즘 학생들은 TV 시청에 1만 5,000시간을 쓰고, 주의집중 기간이 짧기로 유명한 세대지요. 내 목표는 학생들에게 추론 능력을 길러 주는 것이었어요. 그래서 '시험 답안을 논리적으로 쓰지 못하면 낮은 평점을 받게 될 것이다. 대신 필요하다면 추가 시간을 주겠다'고 얘기했지요. 학기가 끝나고 학생들에게 강의가 어땠는지 소감을 물어보니 글쓰기가 수업 내용을 이해하는 데 중요한 역할을 했다는 얘기가 많더군요."

나는 처음 세 번의 수업을 전공과 무관한 주제에 할애했다는 그 대담성이 마음에 들었다. 이를 통해 맥로스티 교수는 학생들에게 다음과 같은 분명한 메시지를 전달한 것이다. '경제경영학은 중요하다. 하지만 명료하게 사고하고, 명료하게 쓰는 것 이상으로 중요하진 않다. 세상의 모든 경제학 이론을 공부한다 해도 명료한 사고와 명료한 글쓰기 없이는 그 모든 것이 헛일이다.' 맥로스티 교수는 나 이상으로 논리광이라는 칭호에 어울리는 사람이다. 나는 사유가 글쓰기의 기초라는 사실을 경험을 통해 알고 있었지만 지금까지 사유를 과정의 측면에서 생각해 본 적은 없었다. 사유는 어떤 방식으로 작동하는가? 왜 어떤 사람은 다른 사람보다 더 직접적으로 사고하는가? 명료한 사고를 방해하는 요인은 무엇인가? 명료한 사고는 교육될 수 있는가?

그가 말한 『생각의 완성』을 수첩에 적었다. 집에 돌아가자마자 구해서 읽어 볼 생각이었다. 우리의 글쓰기 습관이 모호성에 얼마나 오염되어 있는지, 또 그로부터 얼마나 자유로워질 수 있는지를 이해하는 데 그 책이 도움이 될지 모른다는 생각이 들었기 때문이다. 역사학부 케빈 번 교수는 말했다.

"읽기, 쓰기, 생각하기는 통합된 하나의 과정입니다. 아무리 가치 있는 아이디어라 해도 남에게 제대로 설명하지 못하면 소용이 없습니다. 이번 글쓰기 프로그램을 통해 깨달은 건 수업에서 글쓰기 비중을 지금보다 훨씬 더 높여야 한다는 사실이었습니다. 지금까지 우리 교수 대부분은 글쓰기 숙제만 내줬지 학생들이 그걸 제대로 해낼 수 있는지에는 관심을 갖지 않았습니다. 다른 어딘가에서 글 쓰는 법을 배워 왔을 거라고 생각하면서요. 하지만 그렇지 못한 경우가 대부분이지요. 역사학 교수들은 늘 글쓰기의 중요성을 이야기하지만 실제 수업 시간에 학생들에게 글 쓰는 법을 가르치는 경우는 거의 없습니다. 이제는 강의 시간을 쪼개서라도 글쓰기 교육에 신경 써야 합니다. 물론 그러려면 많은 노력이 필요하겠지요. 실제로 해 보니 정말 어렵더군요. 학기가 너무 짧아서 계획한 강의 주제를 다 소화하기에도 빠듯했어요."

학기 초에 번 교수는 학생들에게 자신이 생각하는 뛰어난 역사학 텍스트를 제출하고 그것이 잘 쓴 글이라고 생각하는 이유를 설명하게 했다. 그가 말했다.

"이를 통해 학생들은 좋은 글쓰기의 요건이 무엇인지 고민하게 되었어요. 그리고 좋은 글쓰기는 하나가 아닌 여러 형태일 수 있다는 걸 깨달았지요. 역사학 글쓰기에 대해 학생들이 서로 묻고 답하는 과정에서 일어난 변화는 매우 놀라웠습니다. 어떤 글을 두고 글쓰기 방식의 관점에서 토론하면서 학생들의 생각이 훨씬 더 또렷하고 명확해졌다는 것을 알 수 있었어요."

이런 이야기들을 들으며 한 가지 기분 좋은 깨달음을 얻었다. 글쓰기의 교육적 효과가 다른 어떤 교육 수단도 닿을 수 없는 세밀한 영역에까지 미친다는 사실이었다. 화학과 교수인 로런스 포츠가 들려준 이야기는 이런 나의 깨달음을 한층 더 명확하게 해 주었다. 지난 학기에 포츠 교수는 졸업 이후 화학 관련 직업을 얻고자 하는 3, 4학년 학생을 대상으로 '기기분석법'이라는 'W' 수업을 진행했다고 한다. 포츠 교수가 말했다.

"학생들의 실험 보고서를 평가할 때 두 가지 기준을 적용했습니다. 실험 내용의 우수성이 하나고, 실험의 진행 과정과 결과 그리고 그 결과에 대한 자신의 해석을 글로 얼마나 훌륭하게 표현해 냈는가가 다른 하나입니다. 실험 내용이 아무리 좋아도 글을 제대로 쓰지 못한 학생은 최고 점수를 받을 수 없었습니다. 모든 글쓰기가 그렇지만, 실험 보고서 역시 일종의 사고 훈련입니다. 화학 교수가 학생들의 실험 과제를 평가하는 가장 쉬운 방법은 학생들에게 실험을 통해 얻은 숫자를 색인 카드에 적어 제출하라고 하는 겁니다. 하지만 그렇게 하면 학생들이 배우는 게 없어요. 거기엔 중요한 연결 고리가 빠져 있습니다.

저는 학생들이 무엇보다 먼저 실험 보고서 쓰는 법을

익히기를 바랐습니다. 실험 보고서를 쓰면 이전 실험이 어떻게 이루어졌고, 이번 실험에서는 어떤 결과를 기대할 수 있으며, 앞으로의 실험은 어떻게 계획해야 할지 알 수 있게 됩니다. 실험 계획을 세우면 실험의 진행 과정을 기록할 때나 강의실과 실험실에서 배운 내용을 하나로 엮어 글로 풀어낼 때 도움이 되지요. 이렇게 실험 보고서를 쓰면 실험 중 난관에 부딪쳤을 때 어떤 과정을 거쳐 그런 상황에 도달하게 되었는지 스스로 파악할 수 있습니다. 그러면서 자연스럽게 배우는 것이죠. 보고서를 읽어 보면 학생들이 어떤 식으로 사고했는지 한눈에 알 수 있습니다. 그러면 보고서에 기술된 실험의 진행 과정에 대해 몇 가지 조언을 해 줄 수도 있지요. 학생들은 이런 내 조언을 참고해 다시 실험에 임하고요. 단순히 숫자로 된 답안지만으로 성적을 평가한다면 이런 식의 피드백은 불가능합니다. 실험 보고서는 학생들이 자신의 연구를 다시 생각해 보도록 유도합니다."

이 얘길 들었을 때 내가 "유레카!"라고 외쳤는지 모르겠다. 그리스인이 아니니까 그러진 않았을 것이다. 범교과적 글쓰기의 진면목을 이보다 더 정확하게 묘사할 수 있을까? 글쓰기가 학생의 머릿속을 들여다보는 창이 될 수 있음을 이보다 더 명확하게 입증하는 게 가능할까? 글쓰기를 통해 학생이 어떻게 사고하는지, 어떻게 잘못된 길로 들어서는지, 어떻게 다시 다른 길을 모색하는지 지켜볼 수 있다!

예/아니요 식의 답안에만 기초해 학생들의 성적을 평가한다면 이 같은 내밀한 관찰은 할 수 없다. 이는 물리학처럼 숫자로 된 답안이 주를 이루는 순수과학 과목에만 해당되는 이야기가 아니다. 인문학이나 사회과학 역시 주로 학생이 무엇을 아는지만을 측정할 뿐 어떻게 알게 되었는지에 대해서는 아무것도 말해 주지 않는 사지선다형이나 단답형의 시험문제로 학생들의 학습 성취도를 평가한다. 예를 들어 경제학에서는 연구 결과를 주로 숫자나 추정치, 확률 같은 것으로 표현한다. 하지만 미래의 경제학도는 미래의 화학도와 마찬가지로 이런 결과에 이르게 된 과정을 기술할 수 있어야 하며, 교사는 그것을 꼼꼼히 읽어 주어야 한다.

물론 학생들의 글을 꼼꼼히 읽고 고치려면 상당한 노력이 필요하다. 단순히 답이 맞는지 틀린지만을 체크하고 넘어가는 편이 훨씬 쉽다. 안타깝지만 글쓰기 교육에는 지름길도 쉬운 길도 없다. 글쓰기를 처음 가르칠 때만 해도, 학생들에게 좋은 글을 쓰기 위한 몇 가지 원칙을 설명해 주는 것만으로 소기의 목적을 달성할 수 있으리라 생각했다. 글쓰기의 금과옥조인 명료성, 단순성, 간결성을 강조하고, 가급적 능동형 동사, 짧은 단어, 짧은 문장을 쓸 것을 주문하고, 여행기나 스포츠 기사나 인터뷰 기사를 쓸 때 맞닥뜨릴 수 있는 어려운 점 따위를 설명해 주면 학생들이 집으로 돌아가 내가 얘기해 준 대로 쓰겠거니 했다.

하지만 그런 일은 일어나지 않았다. 수업 시간에 얘기한 내용 중 10분의 1이라도 학생이 기억하고 실천에 옮긴다면 그 글쓰기 교사는 운이 좋은 것이다. 잘못된 습관은 간단히 고쳐지지 않는다. 글쓰기를 가르치려면 흡사 외과수술을 집도하듯 학생이 쓴 글을 철저히 뜯어보고 첨삭하는 힘겨운 과정을 거쳐야 한다. 학생은 자신의 취약점이 자연스럽게 드러나는, 자신이 직접 쓴 글을 통해서만 글쓰기의 이론과 실제를 하나로 연결할 수 있다. 이는 학생과 교사 모두에게 매우 힘겨운 작업이다. 자식에게 매를 드는 부모의 심정으로, 글쓰기 교사가 바라는 것은 오직 학생들이 더는 뜯어고치지 않아도 되고, 더는 안타까움의 한숨을 내쉬지 않아도 되는 글을 쓰는 것이다. 나 역시 학생들의 글을 읽으며 어디서부터 손봐야 할지 알 수 없을 만큼 많은 문제점을 발견할 때면 나도 모르게 신음을 내뱉곤 한다.

그런데도 왜 누군가는 멀쩡한 정신으로 글쓰기 교사가 되려 하는가? 대답은 이렇다. 그들의 정신은 전혀 멀쩡하지 않다! 글쓰기 교사는 사회복지사, 보육교사, 간호사 같은 직업 이상으로 자신의 일에 과도하게 시간과 에너지를 쏟아 붓는 직업이다. 글쓰기 교사들이 자신의 일에 대해 나누는 이야기를 듣고 있다 보면 마치 그들이 경건한 소명을 받은 사람들처럼 느껴진다. 글쓰기 교사는 글뿐 아니라 그 글을 쓴 사람까지 떠맡기를 요구받는 직무이기 때문이다. 범교과적 글쓰기의 정착을 위해서라도 좀 더 다양한 과목의 교사들이 글쓰기 교육을 자신의 소명으로 받아들이게 되기를 희망한다. 우리는 학생들의 글을 읽음으로써 그들의 개별성을 다시금 인식한다. 그리하여 어떤 과목을 가르치든, 교사로서 우리가 짊어진 궁극적인 소명은 폭넓은 교양을 갖추고, 자신이 살아가는 세상에 책임감을 느낄 줄 아는 지성인을 기르는 데 있음을 깨닫는다.

1957년, 소비에트연방이 최초의 인공위성을 발사했을 때 우리나라의 교육 이상에 재미있는 일이 벌어졌다. 하룻밤 사이에 스푸트니크호는 우리를 기술 강박증 국가로 변모시켰고 매년 많은 수의 기술자를 배출해 내는 것을 지상 목표로 삼게 했다. 그때 이후로 순수과학은 미국이 신봉하는 지고의 학문으로 자리 잡았다. 하지만 많은 과학 전공 교수가 오늘날에는 대학 수업에서 이러한 과거의 전통을 가르치지 않으며, 과학이 현재 또는 미래 사회에 미치는 영향력에 대해서도 다루지 않는다고 말한다. 포츠 교수가 내게 말했다.

"저도 스푸트니크호 시대의 학생이었습니다. 1967년에 오벌린대학교를 졸업했지요. 당시 제가 배운 화학은 철두철미한 순수과학이었습니다. 주관적 가치에 대해 이야기하는 건 오직 쉬는 시간, 커피를 마실 때뿐이었지요. 그래서 우리 세대의 화학 교수들은 화학의 학문적 배경에 대해 논하는 걸 두려워합니다. 학생 시절에 그런 걸 배운 적이 없었으니까요. 하지만 이제는 우리 학교를 비롯해 여러 대학이 과학사나 과학 윤리에 많은 관심을 기울이고 있습니다. 그리고 우리는 비과학 전공 학생들에게 다가가려고 열심히 노력하고 있습니다. 저는 이번 학기에 '화학적 시한폭탄'이라 불리는 유해폐기물 강의를 진행했습니다. 학생들에게 러브커낼 사건◆의 법적, 윤리적 문제를 논하는 보고서를 제출하도록 했지요. 10년 전만 해도 이런 강의를 개설하는 건 꿈도 꾸지 못할 일이었습니다."

이러한 가치들은 교실에서가 아니면 그 어디서도 배우지 못할 것이다. 기술에 대한 지식을 갖추었다는 이유로 높게 평가받고 애지중지 대접받는 대학생은 장차 이해득실의

◆ 1978년 미국 뉴욕 주 나이아가라 폭포 근처의 러브커낼이라는 운하에 후커케미컬 사가 매립한 독성 화학물질로 인해 토양오염이 발생해 각종 질병을 유발하여, 지역 주민이 집단으로 이주함은 물론 지역 일대가 환경재난지역으로 선포된 사건.

논리에 따라 움직이는 세상에 나왔을 때 윤리적 고민 자체를 하지 않을 것이다. 오늘날 미국인은 유례가 없을 만큼 당혹스러운 윤리적 딜레마를 겪고 있다. 화학폐기물, '스타워즈', 원자력 에너지를 비롯해 산성비, 유전자 접합, 대리모 사업에 이르기까지, 우리가 매일 직면하는 과학적·생물의학적 문제들에 대해서 무엇을 어떻게 고민해야 하는지조차 모르고 있다. 이런 문제 대다수가 자신의 결정이 우리의 일상생활에 또는 인류의 삶 자체에 어떤 영향을 미칠지 이해하지 못했음을 이제야 인정하고 있는 과학자들의 유산이다. 수많은 저 자업자득의 재앙을 생각해 보라. 너무나 많은 호수와 강이 죽어 가고 있다. 너무나 많은 물고기와 새가, 유타 주 같은 지역의 수많은 사람이 불행하게도 과학자들의 직접적인 영향권 아래 살고 있다. 보팔, 체르노빌, 스리마일 아일랜드처럼 평생 한 번도 들어 본 적 없던 낯선 지명들이 이제는 과학기술이 초래한 재앙의 대명사로 통용되고 있다.

포츠 교수가 언급한 최근의 두 가지 교육 경향(과학기술의 사회적 책임에 더욱 깨어 있는 미래의 과학자 양성, 우리 같은 일반인이 좀 더 과학에 친숙해지도록 돕는 교육적 노력)을 들으며 내가 반가움을 느낀 이유도 여기에 있다. 모든 걸 과학자의 '소관'에 맡겨 둔 채 막연히 위기의식만 느긴다면 변하는 것은 아무것도 없다. 사회공동체의 일원으로서 우리는 우리가 알고 있는 것과 모르고 있는 것에 책임을 져야 한다.

이 모든 것과 관련하여 글쓰기는 어떤 역할을 할 수 있는가? 글쓰기는 우리가 사실과 개념을 이해하는 데 사용하는 수단이 된다. 읽기와 달리 글쓰기는 육체적인 활동이다. 글을 쓰려면 연필, 펜, 타자기, 워드프로세서 같은 도구를 사용해야 한다. 글쓰기는 반복되는 언어적 노력을 통해서 사유를 뒤쫓고 조직화하고 마침내 명료하게 표현해 내는 과정으로 우리를 이끈다. 우리는 글을 쓰면서 끊임없이 '나는 지금 내가 말하고자 한 것을 말하고 있는가?'라고 자문한다. 그리고 그 대답은 '아니요'인 경우가 많다. 이러한 질문은 자신의 글쓰기가 올바른 방향으로 가고 있는지를 아는 데 유용하다.

구스타브아돌프대학에서 들은 얘기 중 철학과 교수 딘커틴의 말이 가장 인상적이었다. 그는 이렇게 말했다.

"이번 학기에 제가 A를 준 보고서 대다수가 사실은 '실패작'이었습니다. 철학에서는 학생이 자신이 이르고자 한 곳에 왜 도달할 수 없었는지를 보여 주는 보고서가 오히려 뛰어난 보고서인 경우가 종종 있지요. 그것은 발전입니다.

아무것도 증명한 게 없는데도 마치 무언가를 증명해 낸 것처럼 스스로를 속이는 것보다는 그게 더 낫지요."

실패는 성공만큼이나 우리에게 많은 교훈을 주는 위대한 교사라고 믿어 왔기에 나는 그의 이야기가 마음에 들었다. 하지만 대부분의 미국인은 실패를 좋아하지 않는다. 승리가 이곳의 국가적인 신조다. 행복의 추구 같은 소리는 집어치워라. 그 학생은 '성취자'인가 아닌가? 시험에서 높은 점수를 받는 학생을 우리는 얼마나 사랑하는가. 게임에 지는 축구팀을 얼마나 싫어하는가. '프린스턴 동문회 위클리' 코너로 날아오는 독자 편지를 읽을 때마다 나는 고등교육을 받은 저 엘리트들이 자신의 모교 축구팀 성적이 시원찮다고 그토록 언짢아하는 것에 매번 놀라곤 했다. 독자 투고란은 모교 축구팀을 못마땅해하는 프린스턴 졸업생들의 온갖 아우성으로 가득했다.

하지만 축구팀이든, 다른 누구에게 있어서든 실패는 세상의 끝이 아니다. 글쓰기에 있어(따라서 배움에 있어서도) 실패는 종종 지혜의 시작이다. 이 점은 종교학 교수인 개릿 폴이 들려준 이야기에서도 확인할 수 있었다. '사업경제의 윤리학'을 강의한 그는 학기 초에 학생들에게 보고서 숙제를 내주면서, 그 글을 수업 시간에 다른 학생들 앞에서 큰 소리로 낭독하게 하겠다고 말했다. 그가 말했다.

"그 덕분에 학생들은 선생이 아닌 동료 학생들을 위한 글을 썼지요. 그 결과는 학생들에게 일종의 계시 같았어요. 그들은 자신이 쓴 글을 접한 다른 학생들의 반응을 보고 많은 걸 배울 수 있었을 겁니다. 좋은 보고서는 학생들에게서 올바른 질문을 자연스레 끌어냈고 그 자체가 수업을 이끄는 교사의 역할을 했습니다. 형편없는 보고서는 금세 티가 났지요. 그런 글에서는 이끌어 낼 만한 논의가 거의 없었으니까요. 어디서부터 이야기를 시작해야 할지 알 수가 없고 내용도 너무나 모호해서 번번이 앞부분으로 돌아가 무슨 말을 하고자 하는지를 파악하기 위해 애써야 했어요. 이런 경험을 통해서 학생들은 한 편의 글이 한 편의 사유임을 깨달았을 겁니다. 학기가 끝날 무렵엔 다들 입을 모아 글쓰기를 통해 해당 주제를 훨씬 더 잘 이해하게 되었다고 이야기하더군요."

동료 교수들과 마찬가지로 폴 교수 역시 자신의 분야에서 훌륭한 글쓰기의 모범 사례가 될 만한 글을 많이 발견했다. 그가 학생들에게 낸 과제 가운데 가장 마음에 든 주제는 광고의 도덕성 문제였다. 그는 학생들에게 존 케네스 갤브레이스의 책 『풍요한 사회』 중 '의존효과'를 다루고 있는 한

장을 읽고, 이어서 그에 대한 반론이라 할 프리드리히 폰 하이에크의 「의존효과에 대한 불합리한 추론」The Non-Sequitur of the Dependence Effect 을 읽도록 했다(두 편 모두 『기업 윤리 이론』Ethical Theory in Business 이라는 비평 선집에 수록되어 있다). 폴 교수가 말했다.

"특히 제가 강조한 점은 하이에크의 논증에서 확인할 수 있는 뛰어난 간결성이었습니다. 그건 마치 대수학 논문에서나 볼 수 있을 법한 간결성이지요. 필요한 모든 요소가 적재적소에 배치되어 있고, 사족이라 할 만한 건 단 한 글자도 들어 있지 않아요. 그리고 또 한 가지, 학생들에게 하이에크의 반론이 매우 짧다는 사실을 강조했습니다. 이제는 예전보다 우리가 수업 시간에 토론하는 글의 질적 완성도에 좀 더 관심을 기울이게 되었습니다."

이렇게 나는 이틀간 구스타브아돌프대학교에 머물며 교양 교육 과정에 속하는 강의 대부분을 일별하고, 글쓰기가 학생들의 수업 내용 이해에 어떤 영향을 끼쳤는지 확인했다. 일부 과목의 경우 아직까지 그렇게 큰 변화를 느낄 순

없었다. 지리학이 그런 분야 중 하나였는데, 지리학 교수 로버트 더글러스는 앞으로 글쓰기를 강의의 핵심 요소로 삼을 것이라고 했다. 그가 말했다.

"최근 졸업한 제자들과 요즘도 계속 연락하고 있어요. 그런데 다들 하는 얘기가 자기들이 학교 다닐 때 글쓰기 수업이 반드시 필요했다는 거예요. 왜냐하면 그 친구들이 대부분 도시계획, 소매점 부지 선정과 관련된 분야 또는 경제발전계획이나 지방토지사용계획과 관련된 정부 기관에서 일하고 있는데 업무 내용을 명료하게 요약한 보고서를 엄청나게 써야 한다는군요."

모국어에 대한 합당한 존경심을 길러 주기 위해 더글러스 교수는 제자들에게 자신의 글쓰기 영웅인 J. B. 잭슨의 『유적의 필요성과 기타 주제들』The Necessity for Ruins and Other Topics과 『지방 풍경의 발견』Discovering the Vernacular Landscape 같은 책을 보내 준다고 했다. 그가 말했다.

"J. B. 잭슨이 쓴 신간 리뷰를 읽어 보면 가장 먼저 그의 언어가 가진 명료한 스타일, 문장의 간결성과 문체의 아름다움에 감탄하게 됩니다. 저는 그의 글을 두 가지 방식으로 활용하는데요, 이를테면 학생들에게 이런 식으로 말하지요. '자, 잭슨이 미국 중서부 지방 소도시들의 특성과 격자형 도시 구조에 대해 어떤 이야기를 했는지 살펴봅시다.' 그다음 엔 학생들에게 그의 글쓰기 스타일 자체를 비평해 보라고 합니다. 그의 글쓰기 스타일이 이토록 효율적인 이유는 무 엇인가?"

이처럼 수많은 학과목의 교수들에게 이야기를 듣는 동 안 영문과 교수들은 이 모든 것을 어떻게 생각하고 있을까 궁금했다. 영문학과 부교수 클로드 브루가 그에 대한 답을 주었다.

"범교과적 글쓰기는 우리가 맡은 역할을 보완해 줍니 다. 지금보다 글쓰기의 저변이 훨씬 넓어지는 건 물론이고 요. 범교과적 글쓰기는 올바른 방향으로 가고 있는 셈이지 요. 이 나라에서 영문학은 거의 문학이나 문학비평으로 한 정되기 때문에 영문학과에서 가르치는 글쓰기는 자연히 문 학 편향적일 수밖에 없습니다. 사실 대학원 과정에 글쓰기 수업이 개설된 것도 최근의 일입니다. 우리 영문과 선생들 은 학생들에게 글쓰기를 가르치기 위한 교육을 전혀 받지 못했어요.

그런 의미에서 영문학과의 모든 교수가 작문을 가르치 는 전통을 가진 구스타브아돌프대학교에 오게 된 것은 제게 행운이라고 할 수 있지요. 저는 5년째 과학에 관한 글쓰기 강의를 하고 있습니다. 그 덕분에 다른 영문과 교수들에게 비판을 받기도 했어요. 하지만 이 수업을 통해 한 가지 중요한 사실을 알게 되었지요. 학생들이 제출한 작문 숙제는 끔찍한 문학적 스타일의 글이었는데, 알고 보니 그들은 영문과 교수라면 그런 식의 글을 좋아할 거라고 생각했던 겁니다. 그래서 평소 같으면 절대 하지 않을 이야기로 종이를 가득 채웠던 거죠. 저는 학생들에게 과학에도 그 분야만의 뛰어난 저술이 있다는 걸 보여 주고자 노력했습니다. 그래서 로렌 아이슬리의 『광대한 여행』이나 스티븐 제이 굴드의 『다윈 이후』, 토머스 쿤의 『과학혁명의 구조』 같은 책을 읽게 했지요."

나는 브루 교수에게 다른 대학 영문과에서는 학생들의 보고서를 평가할 때 작문 능력과 내용상의 우수성을 구분해 작문/문학 식으로 점수를 매기는데, 이에 대해서는 어떻게 생각하느냐고 물었다.

"저는 그런 방식은 받아들일 수 없어요. 그건 분리를 강조하니까요. 글쓰기는 나눌 수 있는 게 아니에요."

나는 내가 믿어 온 글쓰기의 진리를 이처럼 확고하게 옹호하는 영문과 교수를 만나게 되어 무척 기뻤다. 사실 많은 영문학 교수가 그들의 분야(글쓰기)가 영문학이라는 울

타리를 넘어 다른 교과의 교사들에게 넘어가는 것을 달가워하지 않는다. 화학 선생이 글쓰기를 가르친다고? 지리학 선생이? 많은 영문학 교사가 여전히 글쓰기 교육에 대한 그들의 기존 입장을 고수하려 한다. 그들은 화학 보고서의 문장은 자신들이 고치고, 글에 담긴 내용은 화학 선생이 고치면 되지 않느냐고 묻는다. 물론 그 질문에 우리는 이렇게 답할 수 있다. 글을 쓰는 행위 자체가 이미 하나의 사유 활동이며, 화학 용어로 말하자면, 일종의 유기합성물 같은 것이라고 말이다. 따라서 영문학 교사가 화학 보고서에 담긴 뒤엉킨 생각까지 명료하게 고쳐 주지 못한다면, 문장을 아무리 깔끔하게 다듬는다 해도 글에는 별 도움이 되지 않을 것이다. 언어적 개성은 글쓰기에 권위와 위엄을 부여해 준다. 루이스 토머스가 세포생물학에 관한 탁월한 글을 쓸 수 있었던 건 그가 기본적으로 뼛속까지 세포생물학자였기 때문이다. 그가 훌륭한 작가이기도 하다는 사실은 일종의 덤일 뿐이다.[1]

구스타브아돌프대학교에서 나를 찾아온 마지막 방문객은 앤 가윅과 메릴리 밀러라는 두 간호학과 교수였다. 그간 온갖 분야의 교수들이 나를 찾아오긴 했지만 마지막 방문객이 간호학과 교수라는 사실에는 놀라지 않을 수 없었다. 내가 알기로 간호사는 전문 기술자이며 대부분 병원에서 근무한다. 기술자들이 읽고 쓰는 것 또는 바칼로레아 교육을 통해 대체 무엇을 얻고자 하는 것일까?

두 교수는 이런 내 고정관념을 깨 주었다. 병원에서는 첨단 기술이 간호 업무를 상당 부분 대체한 지 오래이며, 오늘날엔 많은 간호사가 건강관리 산업 분야에 진출해 활약하면서 우리 시대의 가장 중요한 미개척 분야들을 주시하고 있다는 것이 그들의 설명이었다. 밀러 교수가 말했다.

"오늘날 바칼로레아 교육은 간호사가 지도자나 의사결정자, 중재자 역할을 맡는 데 도움을 줍니다. 보살핌은 우리 사회에서 매우 중요한 역할이고, 간호사는 위험 상황이 생겼을 때 문제를 파악할 수 있는 조직 내의 유일한 사람인 경우가 많아요. 가령 맞벌이 가정의 아이가 갑자기 아플 때 상황을 파악하고 해결할 수 있는 유일한 존재가 간호사인 것이죠.

우리는 간호사 학생들에게 안전벨트부터 데이케어, 노동환경 내 존재하는 유독물질에 대한 노동자의 알 권리에 이르기까지 온갖 건강 이슈의 변화를 선도하는 주체가 되라고 주문하고 있어요. 우리 간호사들이 사회적·정치적인 문제에도 더욱 깨어 있기를 바라지요. 그런 의미에서 우리가 간호학과 학생들에게 필수적으로 듣게 하는 수업이 바로 '미국 소수자' 강의예요. 사회학 과정이긴 하지만 학생들은 이 수업을 통해 문화적으로 다른 여러 조직 구성원과 더불어 일하는 법을 배울 수 있지요. 우리 학생 중 상당수가 장차 활동하게 될 이곳 미니애폴리스 주에도 꽤 많은 동남아시아계 사람이 살고 있어요."

두 교수 모두 학생들에게 폭넓은 독서와 글쓰기를 요구했다. 가윅 교수가 말했다.

"우리는 학생들이 논문에 익숙해지도록 유도하고 있어요. 특히 관련 저널을 찾아보며 특별히 관심 끄는 논문을 하나 골라 그것을 요약하고 간단하게 논평하는 글을 쓰는 과제를 내주죠. 글쓰기는 학생들이 건강관리 계획을 짜는 데 도움을 줘요. 또 사고방식을 넓혀 주고 그들이 응당 가져야 할 심도 깊은 질문을 제기할 수 있게 해 주죠. 학생들과 함께 그들이 쓴 글을 읽고 토론하는 과정은 매우 흥미로워요. 글쓰기가 반드시 혼자만의 작업일 필요는 없다는 걸 학생들이 깨달았을 때, 그러니까 그들의 글을 함께 읽어 줄 동료가 곁에 있다는 걸 알았을 때 놀라운 일이 벌어지죠. 그런 식으로 함께 한 주제를 붙잡고 씨름하다가 자연스럽게 다음 글쓰기 주제로 넘어가는 거예요."

자신이 가르치는 내용을 설명하며 즐거워하는 두 교수의 표정을 보고 있자니 독서와 글쓰기를 간호사 교육과정의 필수 불가결한 요소로 삼는 것이 세상에서 가장 당연한 일처럼 느껴졌다. 그렇게 하지 않고서야 어떻게 나날이 높아져만 가는 우리의 기대치에 부응하는 간호사를 길러 낼 수 있겠는가? 나는 늘 범교과적 글쓰기가 올바른 교육 방식이라고 생각해 왔다. 하지만 지금까지 내게 이토록 명확하게 범교과적 글쓰기Writing across the curriculum가 교과의 경계를 얼마나 멀리까지 '가로지를 수 있는지'across 얘기해 준 사람은 아무도 없었다.

5 나만의 견해와 원칙

화가 파울 클레는 일찍이 제자들에게 "예술이란 직관의 날개를 단 정확성"이라고 말한 바 있다. 나는 이 말이 좋은 글쓰기의 정의가 될 수 있다고 생각한다. 나는 창작 과정 중 찾아오는 별난 생각들에 기꺼이 놀랄 준비가 되어 있는 클레의 열린 태도를 좋아한다. 너무나 정확하여 차가워 보일 수 있는 그의 그림은 창작자의 유머와 난센스, 변덕을 통해 비로소 생기를 얻는다. 클레의 그림에서는 언제나 그림의 물질성을 뛰어넘는 인간애가 느껴진다. 특히 그의 그림이 담고 있는 모든 난센스가 어떤 의미로 다가오는 순간, 나는 한 화가뿐 아니라 한 인간과 연결되어 있다고 느낀다.

작가로서 나는 클레만큼이나 나의 잠재의식에서 찾아오는 예기치 않은 방문객들을 언제든 기쁘게 맞을 준비가 되어 있다. 이 책을 쓰는 도중에도 기억은 나를 예상치 못한 무수한 길로 이끌었다. 예를 들어 나는 디어필드아카데미 시절 나에게 그토록 큰 영향을 끼친 라틴어 선생님을 그동안 까맣게 잊고 있었다는 사실을 깨닫고 깜짝 놀랐다. 비단 결처럼 부드럽고 새하얀 염소수염을 기르던 찰스 헌팅턴 선생님의 모습이 빅토리아시대의 찬란한 광휘와 함께 별안간 내 눈앞에 선명하게 떠올랐다. 인지 과정의 기적이라 할 그 순간을 경험하면서 나는 글쓰기가 망각 속에 묻혀 있던 과거를 우리가 가장 필요로 하는 순간에, 우리가 필요로 하는 바로 그 모습으로 현재에 불러낸다는 사실을 다시금 깨달았다. 어느 작가의 글에서든, 글의 내용을 결정짓는 가장 중요한 요인은 기억과 직관, 우연이다. 이성은 이 세 가지 요인에 영향받지 않는 나머지 부분을 채운다.

그런 의미에서 이 책의 목표를 위해 다소 거칠게 일반화하자면, 세상엔 크게 두 가지 유형의 글쓰기가 있다. 설명적 글쓰기, 즉 기존의 정보나 생각을 남에게 전달하기 위한 글쓰기가 그중 하나다. 이것을 'A형 글쓰기'라 부르기로 하자. 다른 하나는 탐구적 글쓰기다. 이것은 글을 쓰는 가운데 비로소 자신이 무엇을 말하고자 하는지를 깨닫게 되는 글쓰기다. 이것을 'B형 글쓰기'라고 부르자. 두 글쓰기 유형 모두 나름의 존재 가치와 유용성이 있다.[1]

글쓰기를 가르치는 사람으로서 나는 주로 'A형 글쓰기'에 집중한다. 우리 사회에 절대적으로 필요한 글쓰기가 바로 'A형 글쓰기'이기 때문이다. 우리는 일상적인 정보조차 제대로 전달하지 못하는 사회에 살고 있다. 직원들에게 회사 정책을 설명하는 글 하나 쓸 줄 모르는 기업 경영자, 상관에게 자신의 생각을 제안서 형태로 제시할 수 없는 직원, 제대로 된 제품 설명서 하나 없는 제조 회사, 안내서에 기재된 발병 시 보험금 지급 방식을 어떻게 설명해야 할지 몰라 쩔쩔매는 보험설계사, 가정 통신문을 쓰느라 애먹는 교사, 신설된 세금 양식 기재 방법에 대한 제대로 된 안내문 하나 없는 내국세입청 등등. 'A형 글쓰기'는 글을 쓰는 입장에서든, 읽는 입장에서든, 우리가 하루를 살아가는 동안 가장 필요로 하는 글쓰기다. 이 글쓰기의 유일한 목적은 정보 전달에 있다. 그 이상도, 이하도 아니다.

'A형 글'을 쓰는 작가에게 가장 먼저 해 줄 조언은 단 한 단어로 표현할 수 있다. '생각하라!' 스스로에게 '나는 무엇을 말하고자 하는가?'라고 질문하라. 그다음 떠오른 것을 글로 표현하라. 그리고 다시 한 번 '말하고자 한 것을 제대로 표현했는가?' 스스로에게 질문하라. 글을 읽는 사람의 입장에서 생각하라. 당신의 문장이 그 주제에 대해 전혀 아는 게 없는 사람도 충분히 이해할 수 있을 만큼 명료하게 쓰였는가? 그렇지 않다면 어떻게 해야 당신의 문장을 좀 더 명료하게 만들 수 있을지 고민하라. 그런 다음 다시 써라. 이어서 생각하라. '다음 문장은 무엇을 이야기해야 하는가? 이 문장은 이전 내용과 논리적으로 매끄럽게 이어지는가? 도달하고자 하는 결론과도 무리 없이 이어지는가?' 그렇다는 대답이 나오면 그 문장을 써라. 그다음 또 물어라. '이 문장은 내가 말하고자 하는 바를 모호하지 않게 제대로 표현하고 있는가?' 그렇다고 판단되면 또 생각하라. '자 이제 독자들이 그다음 알고 싶어 하는 것은 무엇인가?' 이런 식으로 끊임없이 생각하고, 쓰고, 다시 쓰는 과정을 반복하라. 명료하게 사고하도록 스스로를 강제할 때만 명료한 글을 쓸 수 있다. 매우 단순한 이치다. 진정한 어려움은 글쓰기가 아니라 생각하기에 있다.

'B형 글쓰기'(탐구적 글쓰기)에서는 이러한 숙고 과정이 필요치 않다. 어떤 방향으로 글을 써 나갈 것인지 사전에 계획할 필요도 없다. 글을 쓰는 동안 저절로 윤곽이 드러날 것이기 때문이다. 오늘날 미국의 가장 뛰어난 글쓰기 교사는 대부분 이런 방식의 글쓰기만이 가르칠 가치가 있다고 생각한다. 그들의 입장에서 보면 주로 기술적인 측면만 고려되는 'A형 글쓰기'와 달리 'B형 글쓰기'는 일종의 자아 발견 여정이다. 그들은 작가가 인적미답의 영역에 진입할 때만 자신의 진정한 잠재력과 목소리와 의미를 찾을 수 있다고 생각한다. 사실상 의미란 작가가 그것을 찾으러 나서기 전까지는 존재할 수도 없는 것이다.

나는 그들의 견해에 100퍼센트 동의하지 않는다. 세상에서 살아남고 자신의 목표를 이루는 데 두 가지 글쓰기 유형이 모두 필요하다고 생각하기 때문이다. 하지만 나는 그들의 이론, 즉 글쓰기가 자아 성장의 수단이며 따라서 글쓰기는 곧 즐거움이자 경이로움이라는 생각에 깃든 휴머니즘의 가치를 사랑한다. 그렇다고 해서 'B형 글쓰기' 작가들이 글쓰기의 문법과 규칙에서 자유로울 수 있다고는 생각지 않는다. 쓰고자 하는 내용을 아무리 자신의 잠재의식에서 길어 올린다 해도 결국 그들에게는 다른 작가와 마찬가지로 그것을 독자가 이해할 수 있는 글로 표현해 내야 할 의무가 있다. '자동 기술'은 탐구적 수단일 뿐 제멋대로 써도 좋다는 허가증이 아니다.

이런 이론적 논의는 너무 추상적이어서 여기서는 별 도움이 되지 않을 듯하다. 이제 기본적인 질문으로 돌아가야 할 때다. 무엇이 좋은 글을 좋게, 나쁜 글을 나쁘게 만드는가? 내가 생각하는 몇 가지 중요 개념을 다음과 같이 정리해 보았다.

픽션 vs 논픽션:

이 책은 픽션과 아무런 관련이 없다. 나는 여기서 논픽션 또는 사실적 글쓰기만을 다루고 있다. 이러한 글쓰기에는 우리가 살아가는 현실 세계를 소재로 삼기에 진실을 이야기해야 할 책임이 있는 모든 종류의 글쓰기가 포함된다. 반면 픽션 작가(소설가)는 오직 자신의 예술에 책임을 질 뿐이다. 그들의 재능은 사실의 영역에 묶여 있는 작가들이 갈 수 없는 내적 세계, 즉 상상과 성찰과 환상의 세계로 우리를 인도한다. 그에 대한 보답으로 독자인 우리는 그들과 그것이 그들의 예술적 비전에 따른 것인 한, 얼마든지 천천히, 두서없이, 우회적·생략적으로 또는 숨 막히도록 단조롭고 빽빽한 문장으로 작품의 주제를 표현해도 좋다는 양해각서를 체결한다. 밀도 있는 문장은 사실 윌리엄 포크너의 팬들이 가장 좋아하는 그의 문학적 특징 중 하나다.

나는 그런 문장엔 취미가 없다. 차라리 헨리 제임스의 형편없는 담당 편집자가 되겠다. 다시 말해 글을 헨리 제임스의 글답게 만드는 모든 요소를 제거할 것이다. 하지만 나는 모든 소설가들의 자기 방식대로 쓸 권리를 존중한다. 예를 들어 내가 초현실주의적 소설이라 할 『캐치 22』, 『중력의 무지개』, 『선禪과 모터사이클 관리술』 같은 작품을 좋아하는 이유는 이 작품들을 쓴 세 명의 작가(조지프 헬러, 토머스 핀천, 로버트 피어시그)가 기존의 소설 형식으로는 자신이 구상한 작품을 제대로 구현할 수 없음을 깨닫고 자기만의 소설 미학을 발명해 냈기 때문이다. 아마 많은 사람이 내가 포크너를 싫어하는 것만큼이나 이 작가들을 싫어할 것이다. 하지만 픽션 독자로서 우리에게는 작가의 방식이 '틀렸다'고 말할 권리가 없다. 다만 그의 작품이 나와는 맞지 않는다고 말할 수 있을 뿐이다.

반면 논픽션 작가에게는 이러한 면제 특권이 주어지지 않는다. 우리는 다양한 측면에서 논픽션 작가의 글을 문제 삼을 수 있다. 소재로 다루는 사실이나 인물, '인용문', 글의 정서, 이야기의 윤리적 뉘앙스에 이르기까지 논픽션 작가는 자신이 쓴 글을 모두 책임져야 한다. 또한 논픽션 작가에게는 독자에 대한 책임이 있다. 그의 독자들은 글이 서툴러 이야기가 지지부진하거나 알아듣기 어렵거나 모호하거나 지루하거나 주제와 관련 없는 곁길로 빠지는 것을 용서치 않는다. 픽션이 논픽션보다 더 높은 평가를 받으며 파르나소스 언덕의 신전처럼 떠받들어질 수는 있다. 그러나 훌륭한 논픽션을 쓰는 것은 픽션을 쓰는 것보다 여러 면에서 더 어렵고 더 높은 정확성이 요구되는 작업이다.

정보 vs 소음:

최근에 내가 읽은 책 중에서 제러미 캠벨의 『문법적 인간: 정보, 엔트로피, 언어 그리고 삶』Grammatical Man: Information, Entropy, Language, and Life 이 가장 유용했다. 이 책은 제2차 세계대전 이후에 생겨났음에도 그 뒤 줄곧 우리의 삶을 지배해 온 '정보이론'에 관한 이야기다. 범교과적 글쓰기가 일종의 거대 정보시스템으로 기능할 수 있다는 생각을 갖게 되면서, 게다가 1982년에 출간된 『문법적 인간』이 그해 '이달의 책 클럽'에 몰고 온 파장을 떠올리며 이 책을 구입했다. 당시 '이달의 책 클럽'의 여러 편집위원이 열광적인 반응을 보인 덕분에 자연스럽게(이보다 자연스러운 이유가 어디 있겠는가) 이 책이 우리의 추천도서로 선정되었다.

이 책은 그 내용이 흥미진진하기도 했지만, 명료성과 논리를 길잡이 삼아 독자들을 험준한 미지의 영역으로 인도해 가는 이른바 선형적 글쓰기의 본보기라 할 만했다. 제러미 캠벨은 스스로에게 다음과 같이 묻는다. '이 분야의 초심자가 그다음에 알아야 할 내용은 무엇인가? 그것을 가장 이해하기 쉽게 전달하는 서술 방식은 무엇인가?'

언어, 기억, 꿈, 인공지능, 확률 이론, 레이더, 전자학, 유전자 코드 같은 주제만큼이나 다양하고 복잡하기 그지없는 정보의 발신 및 수신 메커니즘이라는 낯선 세계로의 여행을 이제 막 시작하면서 제러미 캠벨은 처음으로 독자에게 다음과 같은 말을 건넨다.

'정보'가 새로운 과학 용어로 정의된 것은 1940년대에 들어오면서부터다. 과학 용어로서 이 단어가 가리키는 의미는 상당히 최근에 생겨났다. 일반 사전들에 나와 있는 어느 뜻풀이와도 닮아 있지 않다. 하지만 이 단어는 수학자와 통신공학 기술자까지도 충분히 만족시킬 만큼의 엄밀한 서술을 통해 점차 과학과 관련 없는 평범한 사람들마저 충분히 매력을 느낄 만한 개념으로 자리 잡아 가고 있다. 또한 이 단어는 그동안 거의 쓰이지 않았던 본래의 몇 가지 말뜻을 이제 막 되찾기 시작했다. 이에 따라 마치 유전자 메시지가 세포들에게 생체 조직 건설을 지시하는 것처럼, 혹은 라디오 발신기에서 나온 신호가 우주 공간 속을 여행하는 우주선의 복잡한 항로를 안내해 주는 것처럼, 정보를 단순히 수동적으로 놓여 있는 대상이 아니라 물질세계를 '일깨우는' 활성제 같은 것으로 파악하는 관점이 새로이 대두되었다.

이러한 관점에서 볼 때 정보는 형태가 없는 것에 형태를 부여하고, 살아 있는 형상의 고유한 성격을 특정하며, 심지어 특별한 정보 코드를 통해 인간의 사고 패턴을 결정하는 데 기여할 만큼 세상에 작용하는 보편적인 원리로 나타난다. 또한 이러한 방식으로 정보는 우주 시대의 컴퓨터 기술, 고전물리학, 분자생물학, 인간의 커뮤니케이션, 언어와 인간의 진화 같은 각양각색의 영역을 모두 포괄한다.

자연은 이제 더 이상 물질과 에너지만으로 구성되어 있다고 볼 수 없다. 금세기 들어 놀라운 발전을 거듭해 온 화학과 물리학이라는 열쇠로도 자연의 모든 비밀의 문을 열 수는 없다. 세계에 대한 설명이 완벽해지려면 자연을 구성하는 제3의 요소가 필요하다. 그러므로 화학과 물리학의 강력한 이론들에, 최근에 생겨난 신 이론인 정보이론이 더해져야 한다. 자연은 물질, 에너지, 정보의 결합체로 해석되어야 한다.[2]

『문법적 인간』에서 반복되는 주제 중 하나는 메시지의 완전성을 보호해야 한다는 것이다. 정보 전달을 방해하는 적은 바로 '소음'이다. 이것은 인간이나 자연계가 발산하는 메시지에 간섭하는 우발적 요소들을 가장 완벽하게 정의하는 단어다. 인쇄의 오류, 레이아웃이 잘못된 페이지, 사진의 내용을 제대로 설명하지 못하는 캡션이 바로 '소음'이다. 알아보기 힘든 필체는 소음이다. 일그러진 TV 화면은 소음이다. 건망증, 엉킨 발음, 오작동하는 뇌세포는 소음이다. 메시지가 의도한 질서에 혼란을 야기하는 모든 것이 소음이다. 소음은 도처에 존재하며 무질서는 매우 강력한 자연력이기 때문에 캠벨의 표현을 빌리면 자연계는 메시지가 '최대한 본래의 형태'로 목적지에 닿을 수 있도록 무수히 많은 백업시스템을 만드는 쪽으로 진화했다. "거의 모든 의사소통 형태에서 공통적으로 발견되는 사실은 언제나 정보 전달에 요구되는 실제 양보다 더 많은 양의 메시지가 발신된다는 점이다."

확실히 글쓰기는 질서보다 무질서가 지배적인 영역에서 이루어지는 작업이다. 잘못될 가능성이 있는 모든 일은 어김없이 실제로 일어난다는 머피의 법칙은 물리학 법칙만큼이나 문장에도 가차 없이 적용된다. (『문법적 인간』을 읽은 덕분에) 물리학 법칙에 빗대어 얘기하자면 에너지는 감소하는 경향이 있다는 열역학 제2 법칙(이른바 엔트로피 증가 법칙으로 알려진), 즉 더 안 좋은 쪽으로 변화하려는 경향이 문장에도 있는 것이다. 오랜 세월의 경험을 통해 작가란 우주의 근본적인 무질서에 맞서는 존재임을 알고 있던 나는 무질서의 왕자라 할 엔트로피가 우리가 사용하는 모든 문장 위에 소음을 흩뿌리고 있다는 사실에 오히려 위안을 느꼈다. 애매성은 소음이다. 불필요한 중복은 소음이다. 잘못된 어휘 사용은 소음이다. 모호성은 소음이다. 전문용어는 소음이다. 과장과 허세는 소음이다. 난삽함은 소음이다. 저 모든 불필요한 형용사('진행 중인' 과정'ongoing' progress), 저 모든 불필요한 부사('성공적으로' 모면한'successfully' avoided), 동사에 붙는 온갖 쓸모없는 전치사(주문하다order 'up'), 군더더기에 불과한 저 모든 어구(진실로 말하자면in a very real sense)는 소음이다.

정보는 당신의 신성한 창작물이고 소음은 오염 물질이

다. 메시지를 사수하라.

모호성:

누군가는 '모호성은 7대 죄악에 들어갈 만한 중죄이니, 당연히 양식 있는 자라면 글을 쓸 때 모호한 표현을 쓰지 않으려 할 것'이라고 생각할지 모르겠다. 하지만 그건 생명의 추진력을 갉아먹는 엔트로피와 거의 동급인 또 하나의 자연력을 간과한 섣부른 추측이다. 그 자연력이란 바로 속물근성이다. (빅토리아시대의 소설가들이 어두운 이야기를 시작해야 할 때 꺼내 드는 표현을 빌리면) 그렇다오, 친애하는 독자여. 안타깝게도 세상엔 일부러 모호해지기를 바라는 작가가 실제로 존재한다. 이들은 주로 학계에 서식하며 이른바 지식인이 모여 있는 곳이라면 어디서든 쌍안경의 도움 없이 멀리서도 손쉽게 알아볼 수 있다. 짧은 단어, 능동형 동사, 구체적인 일상어는 이들을 위한 것이 아니다. 이들은 단순한 스타일이 사고의 단순성을 나타내는 증거라고 믿기 때문이다. 실제로는 단순한 스타일이야말로 그들이 시도할 엄두조차 내지 못하는 치열한 사유와 성실한 집필의 결과물인데도 말이다.

　의도적으로 모호해 보이려 애쓰는 이런 작가들에게 내가 느끼는 적의로 인해 자칫 객관성을 잃을 수 있으니 이들에 대한 비판은 내가 신뢰해 마지않는 피터 메더워 경에게 부탁하기로 한다. 메더워는 1960년에 노벨의학상을 수상한 영국의 생물학자다. 내가 그를 알게 된 것은 과학 분야의 훌륭한 글쓰기 사례를 추천해 달라고 부탁할 때마다 사람들이 자주 그의 이름을 거론했기 때문이다. 나는 이를 좋은 징조로 받아들이고 그가 쓴 책 『플루토의 국가』Pluto's Republic를 구입했다. '플루토의 국가'라는 흥미로운 제목은 피터 경이 철학에도 관심이 있다는 걸 알게 된 한 이웃이 우스갯소리로 그에게 "선생이 흠모한 것은 '플루토'의 국가◆가 아니던가요?"라고 물은 데서 따왔다. 피터 경은 이것이 그의 책이 탐구하고자 하는 '지식인의 지하 세계'(과학을 둘러싼 다양한 오해들)에 딱 들어맞는 이름이라고 생각했다. 이 책에 실려 있는 에세이 중 하나인 「과학과 문학」에서 피터 경은 모호성에 대해 이렇게 이야기한다.

　18세기에 모호성은 철학이나 과학 분야의 글은 물론이고 신학적인 글에서도 결점으로 간주되었다. 의미를 감추는

◆ 플라톤과 플루토의 발음이 유사해 이를 가지고 말놀이한 것. 명왕성을 뜻하는 플루토는 본디 지하 세계의 신 하데스에게서 온 이름이다.

것은 의미의 부재를 은폐하려는 것과 같았다. (……) 하지만 이러한 계몽주의 시대에도 사람들은 모호성이 가진 매력을 분명히 인지하고 있었다. 존슨은 드라이든을 평하며 "그는 빛과 어둠이 한데 뒤섞이는 의미의 가장자리 쪽으로 걸어가기를 좋아했다"고 말한 바 있다. 우리도 어느 정도까지는 그렇지 않은가? 난해하고 고차원적인 형식과 베일에 싸여 있던 의미가 마침내 명확해지는 순간에 느끼는 일종의 상실감 속에는 어떤 쾌락적인 요소가 들어 있음을 우리는 분명히 알고 있다.

하지만 수사적 측면에서 봤을 때 모호성은 명백한 악덕이다. (……) 글 속에 불합리한 추론, 논점 일탈, 패러독스가 난무하고, 단지 고상해 보이려는 목적으로 농담을 할 때마저 괴델, 비트겐슈타인, 위상기하학 같은 뭔가 있어 보이는 것들을 늘어놓는다면 독자들은 작가가 그 글에서 무엇을 말하고자 하는지를 찾는 데 애를 먹을 수밖에 없다. 그런 글의 의미를 파악하려면 잘 모르는 외국어로 쓰인 글을 더듬더듬 읽어 나갈 때와 같은 노력을 해야 한다. 두 경우 모두 작가가 전하고자 하는 의미와 그에 대한 독자의 이해 사이에 힘겨운 추론 과정이 개입하지만 후자의 경우 추론이 독자의 몫인 반면, 전자의 경우 추론이 작가의 몫이라는 사실을 우리는 쉽게 잊어버린다. 결국 우리는 일종의 신용 사기의 희생자였던 셈이다.

과학과 철학은 물론이고 문학의 사유 영역에서도 독창적이고 중요한 생각을 전달하고자 하는 작가라면 자신의 글이 오해받을 위험을 자청하려 하지는 않을 것이다. 따라서 모호하게 쓰는 작가는 글솜씨가 부족하거나 악취미가 있는 것이다.[3]

이야기를 이어 가기에 앞서 메더워 본인의 문체에 주목하자. 그의 문장은 다소 긴 편이지만 설득력이 있고 특유의 위엄도 갖추고 있다. 우리는 세련되고 재치 넘치며 헛소리를 싫어한다는 점에서 특히 호감 가는 정신과 함께하고 있다.

E. B. 화이트는 모호성과 관련해 가장 매력적이라 할 만한 조언을 남겼다. 모든 작가가 적어도 1년에 한 번은 읽어야 마땅한 책인 『영어 문장 다듬기』에서 그는 이렇게 말하고 있다. "글쓰기에서 대체 불가능한 미덕을 꼽는 건 불가능한 일일지 모른다. 하지만 그것에 가장 근접한 것은 바로 명료성일 것이다. 의도적으로 모호하게 또는 난삽하게 쓰는 작가에게 우리는 이렇게 요구할 수 있다. '모호하되 명료하게 모호하라! 난삽하되 우리가 이해할 수 있는 방식으로 난

삽하라!'"[4]

목소리와 어조:

『플루토의 국가』를 읽고 얼마 지나지 않아서 나는 또 한 명의 노벨상 수상자가 쓴 책을 구입했다. 리처드 파인만이 랠프 레이턴에게 구술한 내용을 엮은 『파인만 씨, 농담도 잘하시네!』였다. 이 책이 『뉴욕 타임스』 베스트셀러 목록에 15주간이나 머물렀다는 건 익히 알고 있었다. 게다가 파인만을 20세기 이론물리학의 거인이라 칭하며 경의를 표한 바 있는 제러미 번스타인 같은 과학자 겸 작가들의 책에서 번번이 그의 이름과 마주치곤 했었다.

이 책은 파인만의 전기였는데, 첫 세 페이지 정도만 읽고도 파인만이 세계에서 가장 똑똑한 사람이라는 걸 믿기에 아무런 어려움이 없었다. 하지만 독자에게 그런 믿음을 갖게 하는 것이 저자가 가장 바라는 바는 아닐 터였다. 이 책의 부제는 '흥미로운 한 인간에 대한 탐색'이다. 책 표지의 광고 문구는 '억누를 수 없는', '그 어디에도 안주하지 않는', '격렬한', '괴짜 같은'처럼 모든 면에서 재미있는 사람이라는 파인만의 대중적인 이미지를 이용하고 있다. 결국 이 모든 것이 어우러져 낳은 결과는 '실험실 가운을 입은 헤니 영맨◆'과 같은 진부함이다.

누군가는 구술을 엮은 파인만의 책과 이를테면 메더워의 저서처럼 저자가 직접 집필한 책을 비교하는 건 공평하지 않다고 생각할지 모른다. 하지만 '책'이라고 내세우는 건 둘 다 마찬가지다. 다시 말해 이것은 위대한 두 과학자가 각자 독서 대중에게 자신을 선보이는 방식을 선택한 결과인 것이다. 메더워는 글을 쓰는 방식이 곧 우리가 자기 자신을 정의하는 방식이라는 것, 즉 문체가 곧 그 자신이라는 것을 알고 있었다. 실제로 그의 문체는 강건하면서도 유연한 그의 인격을 그대로 반영하고 있다. 파인만 역시 그에 못지않게 강건하고 유연한 인격을 가졌음에도 그의 문체는 너무 가볍고 촐싹거린다. 그는 마치 자신을 파티장의 스타처럼 보이고자 하는 것 같다. 동료 과학자를 지칭할 때 그는 매번 'guy'나 'fella' 같은 단어를 쓴다. 심지어 '그 친구'fella가 오펜하이머나 페르미, 보어 같은 인물인 경우에도 마찬가지다.

나는 파인만이 파티장의 스타가 되는 걸 원치 않는다. 나는 그가 사람들에게 세계에서 가장 똑똑한 과학자로 보이길 바란다. 격의 없이 구는 태도로 말할 때 그는 나뿐만 아

◆ 1906-1998년. 영국의 코미디언, 영화배우. 『좋은 친구들』, 『세계사』 등의 영화에 출연했다.

니라 그 자신의 격까지 낮추고 있는 것이다. 나는 결국 책 읽기를 중단했다. C마이너스짜리 문장으로 A플러스짜리 정신을 표현하는 걸 도무지 참을 수 없었기 때문이다. 나는 정신과 언어는 불가분의 관계에 있다고 믿어 의심치 않는 다. 자신의 언어를 훼손하는 것은 자신의 인격을 훼손하는 것과 같다.

　내 생각엔 옆집에 사는 재미있는 괴짜 친구의 이야기라 는 식으로 포장하지 않는 한 세계에서 가장 똑똑한 과학자 의 책을 아무도 사려 하지 않을 거라는 출판사 측의 논리에 파인만이 설득당한 게 아닌가 싶다. 하지만 그로 인해 15주 연속 베스트셀러에 선정되었다는 점을 감안하면 이를 가타 부타 문제 삼기도 어렵다. 그럼에도 나는 여전히 그의 작가 와 편집자가 그에게 못할 짓을 했다고 생각한다. 『파인만 씨, 농담도 잘하시네!』가 출판 시장에서 사라지고 한참이 지난 뒤에도 루이스 토머스의 『세포의 삶』이나 더글러스 호 프스태터의 『괴델, 에셔, 바흐』 같은 책은 꾸준히 팔릴 것이 다. 그리고 작가들 또한 영원히 지혜롭고 재능 있는 인물로 기억될 것이다. 토머스와 호프스태터는 독자에게 친구처럼 굴려고 애쓰지 않았다. 그들은 진심이 담긴 언어는 무거운 내용도 성공적으로 담아낼 수 있다는 걸 알고 있었다.

우리가 새겨야 할 교훈은 바로 이것이다. 최고를 위한 값싼 대용품은 없다.

|

간결성:

글쓰기는 대개 짧은 것이 긴 것보다 낫다. 짧은 단어와 짧은 문장이 긴 단어와 긴 문장보다 독자의 눈과 의식에 더 쉽게 읽힌다. 따라서 간결한 진술은 독자를 배려하는 최상의 형태라 할 수 있다. 그럼에도 장황하게 쓰는 작가들의 머릿속엔 지금 자신이 독자에게 큰 무례를 저지르고 있다는 생각 같은 건 떠오르지 않는다. 대부분의 글은 내용을 조금도 손상시키지 않은 채 절반으로 줄일 수 있다.

간결성은 의식의 체계성을 나타내는 하나의 징표다. 그에 대한 증거로 옥스퍼드대학교의 저명한 교수 A. L. 로즈가 쓴 편지를 살펴보고자 한다. 이 편지는 한 미국인 학자가 자신이 윌리엄 셰익스피어의 '잃어버린' 시 한 편을 찾아냈다고 주장해 한창 논란이 일었던 1985년 12월 8일 『뉴욕 타임스』에 게재되었다. 이 미국인 학자는 컴퓨터 분석 결과 기존에 알려진 셰익스피어의 작품들과 자신이 새로 찾아낸 시에 비슷한 단어와 어구가 나온다는 점을 증거로 들었다. 이에 대해 로즈는 다음과 같이 반박한다.

편집자님께

셰익스피어의 새로운 시를 발견했다는 어느 학자의 주장과 관련하여(11월 24일 자, 1면) 여러 곳에서 제 견해를 밝혀 달라는 요청을 받았습니다. 그것이 말도 안 되는 주장이라고 생각하는 이유는 다음과 같습니다.

— 그 시는 셰익스피어의 기존 시들과 닮은 구석이 전혀 없다.
— 우리는 셰익스피어의 초기 시인 「연인의 불평」, 「비너스와 아도니스」 같은 작품을 통해 셰익스피어의 초기 시 스타일이 어떤지 잘 알고 있다. 그 시는 이와 전혀 비슷하지 않다.
— 셰익스피어는 생존 당시에도 대단히 유명했기 때문에 사람들이 몰라보고 그냥 지나친 그의 작품이 존재할 가능성은 거의 없다. 오히려 정반대 상황이 벌어졌다. 당시 사람들은 그의 유명세를 이용하려고 너도나도 셰익스피어라는 이름으로 시를 발표했다. 그리고 그 시들은 그가 쓴 작품이 아님이 명확히 입증되었다.

결론은 명백하다. 평범한 그 시가 셰익스피어의 작품일 가능성은 없다. 그와 같은 시는 필사본 컬렉션에도 여러 편 들어 있다.

그 시가 셰익스피어의 작품이라고 믿고 싶어 하는 사람들은 전통적인 의미에서 훌륭한 학자일 수는 있으나 지나치게 학문적인 사고에 치우쳐 있다. 영문학자는 시인일 필요가 있으며, 그런 면에서 이들은 시를 보는 눈이 없다. 컴퓨터는 무엇이 시인지를 판단하는 능력이 없다.

총 133개의 단어로 이루어진 판결문이다. 물론 로즈의 편지에는 학계의 논란을 재밌는 읽을거리로 만들어 줄 자극적인 불쾌감이나 비난 같은 것은 담겨 있지 않지만 그와 전혀 다른 차원의 즐거움이 있다.

|

전문용어:

전문용어는 전문화된 영역에서 활동하는 사람들이 서로 대화할 때 다른 방식으로는 그 뜻을 온전히 표현할 수 없다고 믿으며 일상적으로 사용하는 그들만의 용어를 가리킨다. 이들은 어딘가에서 자신의 모국어를 잊어버렸다. 하지만 잘 쓰인 문장을 통해서라면 우리가 접근할 수 없는 전문 분야란 존재하지 않는다 해도 과언이 아니다.

몇 년 전에 어쩌다 어느 대기업의 자문위원을 맡았다. 처음 위원회 모임에 참석했을 때 누군가가 위원회 의장에게 위원회 결성 목적을 물었다. 의장은 이렇게 대답했다.

"우리는 문화적 인적자원 전략의 토대를 마련하고 우리 회사 전체에 그 영향력을 전파하기 위해서 상호 소통을 통해 상승작용을 도모하는 회사 내 산하단체입니다."

나로선 그것만으로도 위원회에 대한 관심을 거두기에 충분했다. 그래서 얼마 지나지 않아 위원회 존속권이 박탈(위원회 결성 계획이 백지화되었다는 뜻이다)되었다는 소식을 들었을 때 매우 기뻤다. 그래도 신은 존재했던 것이다. 직장 세계에 그런 쓰레기 같은 언어가 발붙일 자리는 없다.

그래도 나는 운이 좋은 편이었다. 대부분의 미국인은 직장 상사가 쏟아 내는 그런 말도 안 되는 쓰레기를 감내해야 한다. 뉴욕의 한 대형 은행이 최근 직원들에게 보낸 사내 공문은 다음과 같이 시작한다(그리고 이런 문장이 총 열두 페이지에 걸쳐 계속된다).

그동안 우리가 기울인 노력에는 근본적인 전략적 지평이 결여되어 있었으며, 전략 성명서에 따라 우리가 적용한 방법론은 충분히 실천 지향적이지 않았다고 평가할 수 있다.

이러니 수많은 미국인이 자기가 다니는 직장을 싫어하는 것도 당연하다 할 것이다. 누가 이런 비인간적인 언어로 직원들을 상대하는 대표와 함께 일하고 싶어 하겠는가? 오늘날 미국에서 가장 쓸데없이 복잡하게 쓰고 말하는 부류는 대개 책임자의 위치에 있는 사람들이다.

이번엔 어느 학교 교장이 새 학기를 맞아 교사들에게 보낸 편지의 한 대목을 읽어 보자.

다차원적인 도전에 맞서 새 학기에 우리가 직면한 여러 사안 및 필요 사항에 대한 탐색 및 결의에 필요한 역량 극대화에 헌신하는 협력의 정신에 따라, 각 부서 목표 책임 교사들께서는 가장 편리한 구성 방식을 결정하는 문제와 가장 밀접하게 관련된 학기별 사안 및 필요 사항의 확인 작업을 시작해 주십시오.

부디 그 협력적인 동료 교사의 목록에서 내 이름은 빼

주길 바란다.

　물론 전문용어에도 다양한 형태가 있다. 지금 살펴본 두 예문은 (대부분이 명사인) 현학적 전문용어의 전형으로, 이런 유형의 전문용어는 특히 기업 경영부서, 은행, 보험회사, 교육기관, 정부 기관 등에서 널리 사용된다. 조직 구성원들은 이런 용어를 사용함으로써 자신이 조직 내에서 중요한 존재라는 느낌을 가질 수 있을지 모르지만 사실상 그것은 아무 뜻도 없는 단어다. '근본적인 전략적 지평'이란 대체 무엇을 뜻하는가? '가장 편리한 구성 방식을 결정하는 문제와 가장 밀접하게 관련된 사안'이란 무엇인가? 외부인이 부질없는 희망을 품고 일반적인 언어로 번역해 보려 해도 여러 명사가 뭉쳐 있는 어구가 반복적으로 등장해 골치를 아프게 한다. 최근에 발견한 이런 기발한 명사 조합의 예로는 '소통촉진능력개발조정'communication facilitation skills development intervention이 있다. 명사가 다섯 개나 등장함에도 무엇을 말하려 하는 건지 구체적인 그림이 떠오르지 않는다. 나는 암호해독가가 된 기분으로 어구를 분석해 보았다. '조정'='돕다' 또는 '가르치다', '개발'+'촉진'='향상시키다', '소통 능력'='글쓰기'. 결론: 아이들의 글쓰기 실력을 키워 주는 프로그램.

하지만 전문용어 중에 가장 큰 비중을 차지하는 것은 어떤 분야에서 필요에 따라 새롭게 만들어 낸 특수 용어다. 제한된 범위 안에서 적절히 쓰인 이러한 용어들은 부정적 의미의 전문용어와는 그 성격이 다르다. 이것은 전문 분야에서 사용하는 일종의 작업 도구로서, 특정 필요에 따라 생겨난 어휘인 경우 일반 사람들도 그 뜻을 쉽게 익힐 수 있다. '양수천자'amniocentesis, '고급 주택화'gentrification, '초전도성'superconductivity 같은 단어가 그 예다. 문제는 전문용어가 마치 목발처럼 쓰일 때, 다시 말해 전문 분야의 사람들이 다른 말로는 그 뜻을 제대로 표현할 수 없다는 핑계로 과도하게 그들만의 사적 언어에 의존할 때 생겨난다. 가령 전문용어에 대한 사회과학자들의 집착은 인력으로는 거의 치유가 불가능한 수준이다.

다음은 어느 유명한 사회학자의 책에서 무작위로 뽑은 문장이다. 책 전체가 이런 문장으로 채워져 있다.

현상 모델링을 구성하는 세 번째 중요 요소는 외적 행위를 인도하는 상상적·언어적 내용의 형태에서 발견되는 모형화한 패턴들의 기호적 표현의 적용과 관련된다. 표현적 체계의 복귀는 새로운 행위 패턴 생산을 위해 구성적 반응들이 어떻게 결합되고 연속되어야 하는가에 관한 자기교수自己教授의 기본 토대를 제공하는 것으로 짐작된다.

이것은 아무짝에도 필요 없는 표준 강도 86도짜리 전문용어를 남발하는 것이거나 한 사회학자가 다른 사회학자에게 그들 입장에서는 『합 온 팝』Hop on Pop이나 『시 스팟 런』See Spot Run 같은 아이들 그림책에 쓰인 글만큼이나 쉽게 느껴지는 언어로 말하는 것이거나 둘 중 하나다. 나는 이 글을 비교적 쉽고 단순한 문장으로 다시 쓸 수 있을 거라 믿는다. 하지만 한편으로 이 글은 다른 사회학자들을 위해, 이를테면 사회학 저널에 싣기 위해 쓴 글이므로 전문적인 언어로 쓰여도 문제 될 게 없다는 저자의 주장(그는 필경 이렇게 주장하리라)에도 일리가 있다고 생각한다. 그렇지만 어떤 전문가가 일반 독자를 위한 글을 쓸 때마저 이처럼 전문용어를 남용한다면 후안무치까지는 아니더라도 무책임하다는 세간의 비판은 면키 어려울 것이다.

엘리트의 글쓰기 :

신문 기사에서 또는 누군가에게 미국인의 글쓰기 실력
이 형편없다는 얘기를 읽거나 들어 보았을 것이다. 장담컨
대 통탄스러운 작금의 상황을 야기한 것은 바로 교육받은
지식인 계층이고, 그 피해자는 비지식인 계층과 어린 청소
년들이다. 다음 두 문장 중 어느 것이 더 형편없는지 생각해
보라.

— 현재 실현되고 있는 수준 이상의 성장 및 수익 잠재력을 찾
  기 위한 바버라 외부의 위치 재변경 작업이 진행 중임.
— 바버라는 왜 우리가 좀 더 잘할 수 없는지 그 이유를 찾기
  위해 노력할 것이다.

첫 번째 문장은 작년에 내 편지함에서 발견한 어느 회
사의 메모다. 민망할 정도로 허세를 부리고 있다. 하지만 기
업에서 쓰는 전형적인 문장이기도 하다. 두 번째 문장은 다
소 교양은 없어 보여도 훨씬 더 도움이 된다. 명료한 글쓰기
가 민주주의 사회의 기초를 이루는 한 요소라 한다면, 이러
한 글쓰기를 정착시키는 데 있어 대학 졸업장 가진 사람들
에게 무언가를 기대해선 안 된다. 아이비리그의 동문회 잡

지는 졸업생들이 보내온, 문장 자체가 성립되지 않을 만큼 문법적으로 지저분하기 짝이 없는 편지로 넘쳐 난다. 이런 해로운 쓰레기 더미를 청소하는 작업은 위쪽에서 먼저 시작해야 한다.

|

글을 죽이는 명사:

아마 (나를 포함하여) 글쓰기 교사 중에서 구약 「전도서」의 '빠른 자가 이기는 것이 아닌 경주'에 관한 절◆을 조지 오웰이 현대 산문으로 번역한 글을 학생들에게 읽히지 않은 사람은 없을 것이다. 그렇다 하더라도 여기서 한 번 더 읽어 보는 것도 나쁘지 않을 것이다. 그 글은 다음과 같다.

나는 돌아와 해 아래서 보았다. 빠른 자가 경주에 이기는 것도, 힘센 자가 전쟁에 승리하는 것도, 지혜로운 자가 빵을 얻는 것도, 학식 있는 자가 재물을 모으는 것도, 기술 있는 자가 은총을 입는 것도 아님을. 시간과 기회는 그들 모두에게 임하나니.

◆「전도서」9장 11절.

아름다운 문장이다. 사용된 단어는 모두 짧고 보기에도 시원시원하다. 눈에 곧바로 육박해 들어와 글을 읽고 싶게 만든다. 더욱 중요한 사실은 이 글에 사용된 모든 명사가 실제적인 의미를 갖는다는 점이다. 그것들은 사물(빵), 활동(경주·전쟁), 보상(재물·은총), 운명 조건(시간·기회)처럼 우리의 일상 현실과 직접적으로 연관된 대상을 지시한다.

이번엔 허세 가득하고 요식적인 언어로 쓰일 만한 내용을 조지 오웰이 어떤 식으로 쓰고 있는지 살펴보자.

현시대의 현상을 객관적으로 숙고해 본다면 경쟁적 활동에서의 성공이나 실패는 개인의 내적 능력에 비례하지 않는 경향을 보이며, 오히려 예측 불가능한 요소가 결정적 요인으로 고려되어야 한다는 결론에 이를 수밖에 없다.[5]

역시 훌륭한 문장이다. 하지만 명심하라. 바로 이런 문장이 우리가 물리쳐야 할 적이다. 이 문장은 언뜻 봐도 더는 읽고 싶지 않게 만든다. 사람들은 잔뜩 허세 부리는 언어로 자신을 표현하는 정신과 함께하는 데 시간을 허비하고 싶어 하지 않는다. 문장이 이처럼 무겁고 생기 없게 느껴지는 이유는 그 안에 어떤 인간도 담겨 있지 않기 때문이다. 여기엔 오로지 '숙고', '결론', '능력', '경향' 같은 개념뿐이다. 개념을 나타내는 명사는 글의 생동감을 죽인다. 좋은 글쓰기는 명확하고 구체적이다.

좀 더 최근에 쓰인 글을 예로 들어 보겠다. 신좌파the New left 와 민주사회를 위한 학생연맹the Students for a Democratic Society의 선언문으로 채택된 「포트휴런 성명서」다. 1960년에 작성된 이 문서는 대안문화운동의 중요한 역사적 자료라 할 수 있다. 톰 헤이든이 쓴 이 성명서의 초안은 다음과 같이 시작한다.

> 모든 세대는 과거로부터 여러 문제를 물려받으며, 아울러 그 문제가 이해되고 해결되도록 하는 수단으로서 일련의 지배적인 견해와 가치관 또한 물려받는다.

성명서라는 걸 감안하더라도 개념명사와 수동형 동사가 너무 많이 쓰였고 지나치게 일반론적이다. 실제로 헤이든에게 이와 비슷한 지적을 한 사람이 있었다. 그러자 헤이든은 즉석에서 분명하고 구체적인 문장으로 고쳐 써 다음과 같은 명문名文을 완성했다.

우리는 비교적 편안하게 자랐고 지금은 대학에 머물고 있으나 우리가 물려받은 이 세상을 편치 않은 시선으로 바라보고 있는 세대다.

글을 살리는 동사:

글의 생동감을 살리는 한 가지 방법은 개념명사를 능동형 동사로 바꾸는 것이다. 동사는 작가가 가진 가장 강력한 도구다. 동사는 움직임을 형상화하기 때문이다. 능동형 동사는 문장을 앞으로 나아가게 한다는 점에서 수동형 동사보다 강력하다. 또한 능동형 동사는 '나', '우리', '그녀', '너', '소년', '소녀' 같은 대명사나 명사를 필요로 하므로 누가 무엇을 했는지를 구체적으로 그려 볼 수 있다. 대명사나 명사가 능동형 동사와 함께 있는 문장을 읽을 때 우리는 구체적인 순간에 일어난 구체적인 사건을 영상화해 받아들인다. 수동형 동사에는 이러한 활력이나 구체성이 없다.

능동형 문장: 나는 연못 위에서 스케이트 타는 소년들을

보았다.

수동형 문장: 소년들이 연못 위에서 스케이트 타는 모습이 목격되었다. (누구에게? 언제? 얼마나 자주?)

다음은 1962년 3월 25일에 매디슨 스퀘어 가든에서 열린 웰터급 복싱 챔피언 결정전에서 에밀 그리피스와 싸우던 베니 파레트가 12라운드 시합 도중 사망하던 순간을, 이 경기를 직접 참관한 노먼 메일러가 기록한 글의 일부다. 능동형 동사에 실려 오는 저 무시무시한 펀치에 주목해 보라.

파레트는 선 채로 죽었다. 그가 열여덟 번의 펀치를 맞았을 때 그 사건의 심리적 범위 안에 있던 모두에게 뭔가가 일어났다. 그의 죽음의 일부가 우리에게까지 뻗쳐 왔다. 누군가는 공기 중에 떠도는 죽음을 느꼈다. 그는 여전히 로프를 등진 채 서 있었다. 이전 라운드와 마찬가지로 코너에 몰린 채 그는 약간 후회가 된다는 듯이 희미한 미소를 짓고 있었다. 마치 '이렇게 죽게 될지는 몰랐는데'라고 말하는 듯이. 그리고 그 순간 그의 머리가, 여전히 고개는 꼿꼿이 치켜든 채 뒤로 기울어지기 시작했다. 죽음의 숨결이 그의 곁으로 다가오고 있었다. 그는 떠나가고 있었다. 그리고 마침내 그가 떠났을 때, 그의 팔다리가 아래로 내려앉았고, 그는 천천히 링 플로어로 가라앉았다. 지금까지의 그 어떤 복서보다도 천천히, 모로 기운 거대한 배가 심해의 무덤 속으로 1초, 1초 미끄러져 들어가듯이. 그가 쓰러져 갈 때, 그리피스가 휘두르는 펀치의 굉음이 멀리서 젖은 통나무를 쪼개는 거대한 도끼 소리처럼 우리의 마음속에 메아리치고 있었다.[6]

이 장면을 수동형 동사와 개념명사를 사용해 묘사한다고 생각해 보라. '파레트의 죽음이 관객에 의해 감각되었다. 그리고 그 느낌은 마치 공기 속을 떠도는 존재처럼 지속되었다.'

능동형 동사는 작가의 가장 좋은 벗이다. 물론 모든 개념명사를 능동형 동사로 바꿀 수는 없다. 하지만 그렇게 해 보려 한 사람이 얼마나 되겠는가?

|

눈에 보이게 그리기:
글쓰기는 초등학교의 '보여 주며 이야기하기' 수업과

같다. 작가는 단순히 이야기만 해선 안 된다. 독자가 그것을 볼 수 있도록 만들어야 한다. 노먼 메일러의 글이 증명하듯이 능동형 동사는 눈에 보이도록 글을 쓰는 데 가장 이상적인 수단이다. 능동형 동사는 우리를 강제적으로 사건의 목격자가 되게 하기 때문이다.

명사 또한 능동형 동사만큼 보여 주기에 효과적이다. (당연하게도) 이때의 명사는 개념명사와 관련이 없다. 내가 말하는 명사는 수천 개의 단순명사, '집', '의자', '땅', '나무'처럼 우리가 살아가는 일상 세계 속의 사물을 나타내는 명사다. 개념명사는 주로 라틴어에 기원을 두고, '-ion'으로 끝나는 경우가 많으며, 길이가 긴 반면, 단순명사는 앵글로색슨어에 기원을 두며 짧고, 투박하고, 수수하고, 유구한 역사를 가졌다. 좋든 싫든 우리의 뼛속에 새겨져 있는 이러한 단어들은 쉽게 정서적 공명을 불러일으킨다. 작가는 이 단어들로 친숙한 그림을 그려 보임으로써 곧바로 독자의 정서에 닿을 수 있다.

버지니아 울프의 에세이 「병듦에 관하여」On Being Ill 는 148개 단어로 된 한 문장으로 시작한다. 이 문장은 내가 지금까지 간결성에 대해 말해 온 모든 것과 정면으로 배치된다. 사실상 이것은 내가 읽어 본 문장 중 가장 길다. 하지만 나는 이 문장을 좋아한다. 여기서 문장의 길이는 문제 되지 않는다. 작가가 문장을 처음부터 끝까지 완벽하게 장악하고 있는 데다가 놀랍도록 생생한 이미지를 그려 내 보이는 명사들 덕분에 마음의 눈으로 끝까지 문장의 흐름을 따라갈 수 있기 때문이다.

병이 얼마나 흔한 것인지를 생각해 볼 때, 그것이 우리의 정신에 얼마나 엄청나고 놀라운 변화를 가져오는지를 생각해 볼 때, 생명의 빛이 잦아들면서 드러나는 미지의 영토를, 가벼운 감기의 공격으로도 드러나는 영혼의 황무지와 사막을, 조금만 열이 올라도 보이는 영혼의 절벽과 밝은 빛깔의 꽃들이 여기저기 피어 있는 잔디밭을 그리고 질병의 손아귀 아래 뿌리째 뽑혀 나가는 우리 안의 늙고 우람한 떡갈나무들을 생각해 볼 때, 이빨을 뽑기 위해 치과 의자에 누워 있을 때 우리가 어떻게 죽음의 구덩이 속으로 빠져들어 가게 되며, 우리가 어떻게 우리의 머리 위로 차오르는 소멸의 바닷물을 느끼게 되는지를, 천사와 하프 연주자 무리 가운데서 자신의 모습을 더듬어 찾다가 문득 깨어나 치과 의자 위로 몸을 일으켰을 때, 우리가 어떻게 귓가에 들려오는 의사의 "입을 헹구세요, 입을 헹구시라고요"라는 말을 천국에서 몸을 기울여 우리를 맞이하는 신의 인사와 혼동하는지를 생각해 볼 때— 이 모든 것을 생각해 볼 때, 왜냐하면 우리는 어쩔 수 없이 그것에 대해 자주 생각하게 되므로, 질병이 사랑과 전쟁과 질투만큼이나 문학의 중요한 주제로 다뤄지지 않는다는 사실이 이상하게 느껴진다.[7]

즐거움:

나무랄 데 없는 한 편의 글을 완성해 내는 작업은 참으로 힘겹다. 어떤 글은 독자에게 말 그대로 힘겹게 이뤄 낸 '과업'이라는 인상을 줄 때가 있다. 어쨌든 목표를 달성한 글에 그 이상의 다른 무언가를 요구해선 안 되겠지만, 막상 독자의 마음은 그렇지가 않다. 말하자면 우리는 작가가 글을 쓰는 동안에 좀 더 즐거웠기를, 적어도 그의 글에서 그런 인상을 받게 되기를 바라는 것이다. 다음은 대영제국의 마지막 인도총독으로 잘 알려져 있는 루이스 마운트배튼을 다룬 평전의 첫 단락이다. 저자는 필립 지글러이고 이 책의 제목은, 적절하게도, 『마운트배튼』Mountbatten 이다.

해군 제독, 버마의 마운트배튼 백작이 소일 삼아 읽는 책은 오로지 족보, 그것도 자기 가문의 족보밖에 없었다. 마운트배튼은 델리에 있는 총독 관저에서 전임 총독들이라면 매콜리의 시를 읽거나 하다못해 애거서 크리스티의 신작 탐정소설을 읽고 있었을 밤 시간에 가문 대대로 전해 오는 카펫 위로 편히 발을 뻗은 채 샤를마뉴대제부터 자기 대에 이르는 조상들의 계보를 훑거나 비텔스바흐 왕가, 로마노프 왕가, 합스부르크 왕가, 호엔촐레른 왕가의 족보를 옆에 두고 수시로 들춰 봐야 할 만큼 거미줄처럼 복잡하게 얽혀 있는 방계 가문의 족보를 경탄의 눈으로 들여다보곤 했다. 족보 연구는 그에게 지그소 퍼즐을 풀 때와 같은 즐거움을 주었을 뿐 아니라 그의 두드러진 성격적 특징 중 하나라고 할 수 있는 가문에 대한 드높은 자부심을 한껏 북돋아 주었다.[8]

얼마나 매력적인 도입부인가. 독자는 이야깃거리를 재미있게 다룰 줄 아는 작가와 함께 미지의 여행을 떠난다. 글쓰기에 있어 즐거움보다 전염성이 강한 요소는 없다. 나는 유머 작가 S. J. 페렐먼에게 이러한 즐거움의 미덕과 관련해 가장 탁월한 설명을 들었다. 나는 열여섯 살 때부터 페렐먼의 열렬한 애독자였고 지금까지도 여전히 그의 글을 즐겨 읽는다. 그가 죽기 얼마 전인 1978년에 예일대학교 학생들과의 만남에 그를 초대한 적이 있었다. 한 학생이 그에게 유머 작가가 되려면 무엇이 필요한지 물었다. 그가 말했다.

"유머러스한 글을 쓰는 데 필요한 것은 대담성과 활력 그리고 유쾌함입니다. 그중에서도 가장 중요한 건 바로 대담성이지요."

이어서 그는 이렇게 말했다.

"작가가 즐거워하고 있다고 독자가 믿도록 만들어야 합니다."

그의 이 말을 들은 순간, 특히 문득 떠올랐다는 듯 덧붙인 다음과 같은 말을 들은 순간 나는 무언가에 세게 얻어맞은 듯한 충격을 받았다.

"뭐, 실제로는 그렇지 않다 하더라도 말이지요."

나는 실제로 그의 인생에 즐겁지 않은 날이 많았다는 것을, 그 역시 남들 이상으로 우울과 감정적인 고통에 시달려 왔다는 것을 알고 있었다. 그럼에도 그는 무려 40년 동안 매일 아침 타자기 앞에 앉아 독자들의 시름을 날려 버릴, 롤러코스터처럼 짜릿한 글을 썼던 것이다. 하기는, 세상을 사랑하고 걱정하는 작가라면 어찌 행복하게만 살 수 있겠는가.

여기에 생각이 미치자 페렐먼이 대담성 외에 다른 것에 대해서도 이야기했다는 사실이 떠올랐다. 그는 용기에 대해 얘기했다. 유머는 온갖 위험 요소를 가진 대단히 어려운 글쓰기 장르다. 글로써 독자의 일상에 기쁨을 주는 일을 업으로 삼으려면 지속적인 용기가 필요하다. 그는 에너지에 대해서도 얘기했다. 에너지는 창조적 작업을 가능케 하는 신성한 불꽃이다. 우리는 에너지의 존재를 거의 즉각적으로 감지한다. 우리는 바흐나 모차르트를, 피카소를, 마크 트웨인을, 프랭크 로이드 라이트를, 루이즈 니벨슨을, 프레드 애스테어를, 루실 볼을, 토스카니니를, 노먼 메일러를, 톰 울프를 우리의 통제력 안에 둘 수 없다. 우리는 그들의 작품에 담긴 생명력의 거센 물결에 금세 휩쓸리고 만다. 그 순간에는 우리에게 그들이 매일 아침 창조의 스위치를 켜고 에너지의 불꽃을 되살리기 위해 쏟아부었을 그 모든 노력에 대해 생각할 겨를조차 주어지지 않는다.

하지만 페렐먼이 마지막으로 강조한 것은 바로 기술로서의 글쓰기였다. 글쓰기는 일종의 수공예 기술이며, 작가는 목수나 TV 수리 기사처럼 매일 자신의 연장을 들고 일터로 가는 기술자와 같다. 그러므로 가령 오후 6시까지 즐거운 분위기의 글을 한 편 써내야 한다면 기분이 아무리 좋지 않더라도 반드시 그 시각까지 그것을 완성해 내는 것이 작가인 것이다. 그를 대신해 그 일을 해 줄 사람은 아무도 없다.

지금까지 내가 생각하는 글쓰기에 대한 몇 가지 견해와 원칙을 설명했다. 곧 이어질 2부를 읽으며 이러한 원칙들이 어떻게 적용되는지 찾아보길 바란다. 여기서 내가 제시한 예문은 모두 명료하고 단순한 글쓰기, 인간적인 온기와 즐거움이 담긴 글쓰기를 실천하는 저자들의 글이다. 나는 각각의 인용문에 왜 그것을 훌륭한 글이라고 생각하는지, 어떤 점에서 그 글이 마음에 드는지를 설명하고자 노력했다. 그러므로 2부는 글 쓰는 법에 대한 더욱 실전적인 강의가 될 것이다.

2부 또한 '배움을 위한 글쓰기'를 다루고 있다면(실제로 그렇다), 그것은 대개 함축적인 방식으로 이루어질 것이다. 이미 앞서 명확하게 제시한 바 있는 똑같은 개념들을 반복함으로써 여러분의 독서를 지루하게 만들고 싶지 않기 때문이다. 배움의 수단으로서의 글쓰기에 대해서는 오직 두 개의 장(9장과 11장)에서만 구체적으로 언급할 것이다. 하지만 2부에서 소개할 저자들이 명료한 글을 쓸 수 있게 된 이유는 바로 배움으로서의 글쓰기와 다시 쓰기 덕분이다. 즉 이들은 글쓰기를 통해 명료하게 사고하고 논리적으로 개념을 조직하는 법을 배웠고, 자신이 무엇을 알고 있고 무엇을 더 알아야만 하는지를 깨달았으며, 그로부터 새로운 지식 영역을 탐험할 계기를 얻을 수 있었던 것이다.

글쓰기를 통해 여러분의 배움에도 똑같은 변화가 일어날 수 있다.

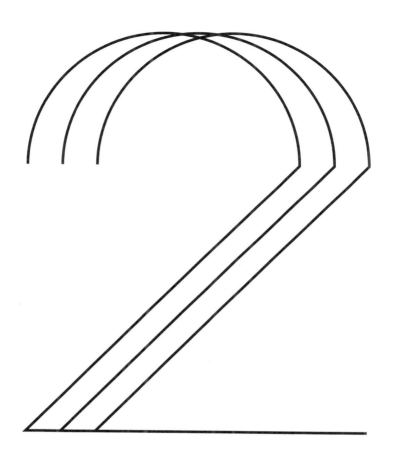

6 땅, 바다, 하늘

내가 브랜포드칼리지의 학장으로 재직하던 시절, 사각형의 안뜰을 둘러싼 고딕 양식 건물에 함께 기거한 교수 중에는 명예교수 취임을 앞두고 있던 저명한 지질학 교수 존 로저스가 있었다. 그는 1948년에 부임해 온 이후 내가 그곳을 떠난 1979년까지도 여전히 거주 교수로 근무하며 여러 학장이 부임해 오고 떠나가는 모습을 시간의 강물 위에 일어나는 잔물결인 양 무심히 지켜봐 왔다. 지질학자답게 보통 사람들보다 더 긴 안목으로 세상을 바라보았던 그는 5, 6년마다 학장의 숙소에 누군가가 들고 나는 것 정도의 작은 소란에는 눈썹 하나 까딱하지 않았다.

하지만 그는 휴머니스트이기도 했다. 오래된 과학 저널과 논문이 빼곡하게 들어찬 그의 방 한복판에는 스타인웨이 그랜드피아노가 놓여 있었다. 그는 튼튼한 지질학자의 손가락으로 피아노 건반을 눌러 바흐의 푸가와 쇼팽의 에튀드를 매우 아름답게 연주했다. 한번은 내게 찾아와 수줍은 표정으로 학교 식당에서 스크랴빈◆의 피아노 작품 전곡을 연주해도 괜찮은지 물었다. 시기별로 스크랴빈의 작곡 스타일이 어떻게 변화해 왔는지를 살펴보는 기회가 되리라는 것이었다. 이는 지금까지 어떤 연주회에서도 시도되지 않은 일이었다.

그 연주회(당연히 나는 허락했다)는 음악적으로는 물론이고 학문적으로도 일품이었다. 그도 그럴 것이 지질학자 겸 피아니스트인 존 로저스가 음악 여행을 안내해 줄 뛰어난 프로그램 노트를 썼기 때문이다. 나는 존 로저스가 훌륭한 논문만큼이나 훌륭한 글쓰기를 중요하게 생각하는 사람이라는 걸 익히 알고 있었기에 그리 놀라지 않았다. 어느 해인가 그는 엉망진창으로 쓰인 한 학생의 논문을 읽다가 분통이 터진 나머지 「나쁜 글쓰기 규칙」이라는 제목의 선언문을 써서 수업을 듣는 학생들에게 나눠 주기도 했다. 다음은 그 선언문에 나오는 규칙의 일부다.

◆ 1872-1915년. 러시아의 작곡가, 피아니스트. 주요 작품으로 교향곡 『법열의 시』, 『프로메테우스』 등이 있다.

— 동일 개념을 나타내는 동일 단어를 절대 쓰지 말 것. 그럼으로써 독자가 그것이 앞서 나온 것과 같은 개념인지 아닌지 알 수 없게 할 것.

— 1인칭 대신 가급적 '필자' 같은 모호한 단어를 (특히 방금 다른 작가들을 언급한 상황이라면 더더욱) 쓸 것. 독자가 누가 무엇을 생각하는지 또는 당신이 무슨 생각(생각이라는 게 있다면)을 하는지 확신할 수 없도록 '생각된다'라든지 '여겨진다' 같은 표현을 써 주면 더욱 좋음.

— 수동형 동사를 써도 될 때 군이 능동형 동사를 쓰지 말 것. 이는 군더더기를 덧붙여 문장을 더더욱 그럴듯해 보이게 함으로써 당신과 사실 사이 그리고 당신과 독자 사이를 멀어지게 하는 데 도움을 줌.

매년 예일대학교의 학년 일정이 끝나는 6월이 되면 나는 조만간 존 로저스 교수가 나를 찾아오리라는 걸 알았다. 산악용 장화를 신은 방문객과 운동화를 신은 방 주인의 만남이었지만 어쨌든 그것은 일종의 격식을 차린 방문이었다. 옛날 교수들이 대개 그렇듯 지나치게 형식을 지키려는 습관이 몸에 밴 그는 여름방학을 맞아 학교를 떠나기 전에 꼭 떠난다는 사실을 내게 알리려고 했다. 그럴 때마다 마치 C. P. 스노◆의 소설 속에 살고 있는 듯한 기분이 들었다. 이런 순간을 제외한다면 대학 학장이란 행사 집행위원도 아니고 건물 관리인도 아닌 어정쩡한 존재로 살아가는 것에 불과했다.

"어디로 떠나십니까?"

그가 자리에 앉으면 내가 으레 던지는 질문이었다. 그가 말했다.

"우랄 산맥에 가 보려고 합니다. 이번이 초행입니다. 러시아어를 배우기 전까지는 가지 않기로 했었거든요."

작년 여름에는 호주 서부의 산맥을 찾았다. 말하자면 그는 산맥 수집가였다. 산맥은 그에게 우표나 동전, 고양이만큼이나 친숙하고 오랜 친구였다.

최근 그에게 전화를 걸어 산맥에 대해 쓴 글이 있는지 물었다. 그는 과학 저널에 발표하려고 쓴 글밖에 없다고 답했다. 나는 그거면 된다고 말했다. 존 로저스가 쓴 과학 논문이라면 일반인도 쉽게 이해할 수 있을 거라는 생각이 들었기 때문이다. 그는 「산맥의 생명사 — 애팔래치아 산맥」이라는 제목의 논문을 보내왔다. 논문은 이렇게 시작한다.

◆ 1905-1980년. 영국의 물리학자이자 화학자, 소설가. 주요 작품으로 『두 문화와 과학혁명』The Two Cultures and the Scientific Revolution이 있다.

이제부터 다루려는 주제에 대한 나의 관심은 아마도 어린 학생 시절 헌책방에서 제임스 게이키의 『산맥, 그 발생과 성장 그리고 쇠퇴』Mountains, Their Origin, Growth and Decay(1913)를 집어 들던 그 순간부터 시작되었을 것이다. 나는 그 책에 금세 매료되었다. 물론 내용은 절반도 채 이해하지 못했고, 가족들이 책 제목을 '산맥, 그 원인과 치료법'이라고 바꿔 부르며 나를 놀리곤 했지만 말이다. 그때 이후 산맥은 언제나 내게 매혹의 대상이었다.

물론 산맥은 살아 있는 생명체가 아니다. 하지만 제임스 게이키와 더불어 우리 지질학자들은 오랫동안 산맥이 지질 연대상 일련의 시기들을 거친다고 믿어 왔다. 다시 말해 산맥은 어떠한 발생 조짐도 없는 시기부터 발생 단계(지향사)와 성장 단계(조산운동)를 거쳐, 개석과 소멸 작용을 통해 대개 새로이 생긴 퇴적물 더미 아래로 매장되는 쇠퇴 단계에 이른다. 본 논문에서는 산맥의 보편적인 생명사가 아니라 개별 산맥, 즉 내가 가장 잘 아는 미국 남동부 애팔래치아 산맥의 생명사를 살펴볼 것이다. 가장 먼저 산맥의 북부 지역, 특히 그 근방에서 태어나 (게이키의 책을 읽으며) 자랐고, 내가 인생에서 가장 긴 시간을 보냈던 뉴잉글랜드 지역을 집중적으로 살펴볼 것이다.[1]

이보다 인간적인 도입부가 있을까? 지질학은 일반인이 이해하기엔 너무 어렵고 건조한 학문이라는 편견을 불식시킬 만하지 않은가? 예일대학교의 피보디박물관 저널에 발표한 존 로저스의 또 다른 논문 「코네티컷 주의 지질학적 역사」는 다음과 같이 시작한다.

지질학은 땅의 과학이며, 특히 지질학을 특징짓는 요소는 땅이 존재해 온 기간에 대한 시간 감각이다. 지질학자는 천문학자가 행성 간 거리를 광년 단위(10^{13}킬로미터)로 생각하듯이 땅의 오랜 역사를 수백만 년(10^6년) 단위로 생각하며, 편의상 땅의 전체 역사를 '시대'era라 부르는 너른 구획으로 구분 짓는다. 사실 지질학자들이 사용하는 이 시대구분은 흥미롭게도 역사학자들이 유럽사를 기술할 때 사용하는 시대구분, 즉 현대, 중세, 고대, 선사시대와 유사하다. (실제로 지질학의 시대구분은 시기별로 존재한 생명체를 기준으로 하는데 왜냐하면 암석 지층의 상대연령은 주로 그것이 포함하고 있는 생명체 화석에 의해 결정되기 때문이다.) 심지어 시대 간 비율도 크게 다르지 않다. 즉 앞 시대가 그다음 시대보다 더 길고, 가장 오래된 선사시대는 알려진 사실이 가장 적음에도 이후의 다른 모든 시대를 지극히 짧아 보이게 만들 만큼 길다. 알다시피 코네티컷의 현재 모습은 수백만 년에 걸쳐 일어난 지질학적 작용의 결과이며, 그곳의 땅은 적어도 이런 각 시대의 흔적 일부를 보존하고 있다.

현재 코네티컷의 지형적 특징을 빚어낸 지질학적 작용은 지금도 지속적으로 지표면에 영향을 끼치고 있다. 나는 지표면을 덮고 있는 숲, 초원, 잔디 같은 식물과 동물, 인간과 (인간은 이미 땅의 풍경을 상당 부분 바꿔 놓았지만) 인간이 만들어 낸 시설물 같은 요소는 무시할 것이다. 우리가 지금 보고 있는 산과 계곡의 형태를 만들어 낸 주된 비유기적 작용 원인은 물, 특히 유수流水와 토양수土壤水의 작용이다. 큰 풍수해가 일어났을 때 볼 수 있는 것처럼 유수는 토양을 씻겨 내리고 침식시키며, 토양수는 점진적으로 단단한 암석 안으로 스며들어 가 일종의 화학적 반응을 일으키거나 암석의 갈라진 틈에 스며든 물이 얼었다 녹았다를 반복하며 내부를 깨뜨림으로써(우리는 이를 풍화작용이라 부른다) 암석을 점토와 진흙 그리고 양토壤土로 변화시킨다.

이 두 종류의 물은 서로 협력한다. 토양수가 유수가 쉽게 쓸고 내려갈 수 있도록 암석을 무른 물질로 약화시키면, 유수가 떠내려가기 알맞게 준비된 이 암석 부스러기들을 아래로 운반하고, 다시 토양수가 이 암석 부스러기들 속으로 훨씬 더 깊이 파고들 수 있게 된다. 이런 과정이 모든 암석에 균일하게 작용하는 건 아니다. 상대적으로 풍화작용에 대한 저항력이 강한 암석이 있고, 침식작용에 대한 저항력이 강한 암석이 있다. 물론 어느 암석도 이 작용에 완벽하게 면역될 수는 없지만, 상대적으로 저항력이 강한 암석이 언덕이나 산이 되고 저항력이 낮은 암석은 평지가 된다. 뉴헤이븐에 있는 이스트록이나 웨스트록, 메리든의 행잉힐스, 하트퍼드 서쪽의 텔컷 산이 그런 예이다.[2]

지질학적 변화의 원인을 설명하면서 뉴헤이븐에 살아본 사람이라면 누구나 아는 이스트록과 웨스트록을 예시로 든 저자의 배려가 돋보인다. 이처럼 과학 저자는 일상생활과 결부된 예시를 드는 데 주저함이 없어야 한다. 로저스 교수는 이어지는 글에서도 코네티컷 독자들에 대한 배려를 잊지 않는다.

당연히 유수는 산 아래로 흐른다. 하류로 갈수록 점점 더

불어나 물줄기가 개울이 되고, 개울이 강이 된다. 유수의 침식 능력, 특히 암석 부스러기를 운반하는 능력은 속도와 용적 면에서 급속도로 증가하기 때문에 물줄기가 계곡이 되고, 강은 심지어 견고한 바위산의 옆구리를 뚫어 협곡을 이룰 수도 있다. 탤컷 산의 타리프빌 지역을 뚫고 흐르는 파밍턴 강이나 미들타운의 동부 및 남동부 고지대를 꿰뚫어 롱아일랜드사운드로 흐르는 코네티컷 강이 바로 그런 예다.

신생대는 지금까지 약 6,000만 년 정도 지속되어 왔으며, 그동안 물은 엄청난 양의 암석을 풍화하고 침식하고 운반했다. 아마도 이 기간 동안 수백 미터 높이에 달하는 암석이 마모되어 코네티컷의 지표면 위로 내려앉았을 것이다. 침식된 물질은 대서양으로 운반되어 쌓였고, 지금도 여전히 대륙붕은 물론 대륙붕단 너머에까지 쌓이고 있다. 요컨대 현재 우리가 보고 있는 풍경은 이러한 끊임없는 침식작용의 결과다. 코네티컷 주에서는 미 서부의 일부 지역에서 볼 수 있는 것처럼 최근의 화산활동이나 지진단층에 따른 융기로 형성된 산악 지형은 찾아볼 수 없다. 대서양은 신생대 내내 현재의 위치에 있었기 때문에 코네티컷의 지표면은 이 바다의 존재에 맞춰졌다. 코네티컷에 흐르는 주요 강들은 남쪽이나 남동쪽으로 흐르며, 세부적인 차이는 있지만 전체적으로 봤을 때 지표면은 같은 방향으로 경사져 있다.

깊이 있으면서도 어렵지 않은 서술로 능수능란하게 독자들을 지질학의 광대한 시간 속으로 끌어들인다. 그리하여 우리는 신생대가 '지금까지 약 6,000만 년 정도 지속되어 왔다'는 문장의 '지금까지'라는 말에도 눈 하나 깜짝하지 않으며, 미국 서부 지역의 등고선 일부를 형성했으나 코네티컷에는 영향을 미치지 않은 '최근의' 화산활동도 자연스럽게 받아들인다. 이것이 가능한 이유는 물론 그의 글이 잘 쓰였기 때문이다. 문장은 명료하고, 구성은 논리적이며, 유수의 흐름과 토양의 침식 같은 지질작용에 대한 설명은 머릿속에 쉽게 떠오르는 시각적 이미지로 제시된다. 저자의 탁월한 글솜씨 덕분에 독자들은 자연이 수백만 년 동안 이룩해 온 모든 것을 무한히 빠른 움직임으로 시각화해 그려 볼 수 있다. 이것이 바로 뛰어난 글쓰기가 머릿속으로만 그려 볼 수 있는 학문, 가령 천문학처럼 무한히 큰 것을 다루거나 세포생물학과 아원자물리학처럼 무한히 작은 것을 다루는 학문에 가져다주는 혜택이다. 언어는 우리에게 주어진, 심연을 가로지르는 줄사다리다.

광대함의 영역을 단순화해 보여 주는 데 성공한 또 한 명의 과학자로 제임스 트레필이 있다. 물리학 교수이자 (눈으로 볼 수 없는 현상에 대해 이야기하는) 『원자에서 쿼크까지』From Atoms to Quarks 의 저자인 트레필은 어느 물리학도에게 이렇게 말한 바 있다.

"세상 전체가 물리학 실험실입니다. 우리가 주변에서 보는 것은 모두 매우 적은 숫자의 기본 법칙에 따라 움직입니다. 물질 대상의 움직임을 기술한 뉴턴의 3법칙, 열과 관계된 현상을 기술한 열역학 3법칙, 전기와 자력을 기술한 맥스웰의 네 가지 방정식, (당신이 어느 과학철학자와 이야기하고 있느냐에 따라서) 아원자 세계의 물리학이라 할 수 있는 양자역학의 몇 가지 법칙이 바로 그것입니다."

이 열 개 남짓한 법칙으로 무장한 트레필은 몬태나 주 로키마운틴의 베어투스 산맥에 자석처럼 이끌려 『산꼭대기의 과학자들』이라는 책을 썼다. 트레필은 이 책에서 자신이 산을 오르며 밟았던 땅의 나이에 관한 실제적인 물음을 고찰하면서 "바위의 외양은 사람의 얼굴처럼 그것의 지나온 삶에 대해 말해 준다"고 썼다.

지구의 나이를 계산하는 것은 학식 있는 자들이 오랫동안 즐겨 온 주요한 지적 여흥거리였다. 17세기에는 영국계 아일랜드인 주교 제임스 어셔가 성서 계보에 등장하는 인간들의 수명을 합산하는 방법을 이용해 땅은 기원전 4004년 10월 26일 화요일, 오전 9시에 생겨났다는 결론을 내렸다. 이후 과학자들은 지구의 나이를 계산하는 데 바다의 연도와 지표면을 통과하는 열의 흐름, 강의 퇴적물 형성 비율 등을 이용해 동일한 숫자를 결과로 내놓았다. 각양각색의 분야에서 이 역사적인 주제에 대해 논의한 내용을 살펴볼 때 19세기부터 20세기 초까지 사람들이 제시한 우리 행성의 나이는 갈수록 더 길어지는 경향을 보였다는 걸 알 수 있다.

방사성연대 결정법이 고안되면서 지구의 나이를 계산하는 중요한 신기술이 추가되었다. 이 신기술은 한 가지 단순한 전제, 즉 지구의 나이는 적어도 지표면에 존재하는 가장 오래된 바위의 나이보다 많을 것이라는 가정에 기반을 둔다. 나이를 수량화할 수 있는 바위를 찾는다면 지구의 나이는 적어도 그 바위의 나이보다 더 많다는 확신을 얻을 수 있는 것이다.

1931년, 워싱턴에 있는 미국국립연구회의 the National Research

Council의 한 회의에서 미국인 지질학자 아서 홈스는 지구의 나이가 최소 14억 6,000만 년이라고 발표했다. 이러한 주장은 사우스다코타 주의 블랙힐스에서 가져온 광물의 우라늄-납 연대 결정법 계산 결과에 따른 것이었다. 이때 이후로 세계에서 가장 오래된 바위가 위치한 장소는 대륙과 대륙을 오가며, 한때는 소련이었다가 남아프리카공화국이었다가 콩고였다가 하는 식으로 널뛰기를 반복했다. 나는 1960년대에 짧게나마 몬태나 주의 베어투스 산에서 발견된 31억 년 된 지르콘이 지구 상에서 가장 오래된 바위로 기록되었다는 사실을 알고서 기뻤다. 그리고 그것이 계기가 되어 지금 이 책을 쓰기에 이르렀다.[3]

작가 자신은 물론, 1931년에 지구의 나이가 최소 14억 6,000만 년이라고 발표함으로써 아마도 동료 회원들의 경악에 찬 반응을 불러일으켰을 아서 홈스 그리고 그로부터 불과 30년 뒤 지구의 나이를 최소 31억 년이라고 계산한 이름이 밝혀지지 않은 한 지질학자에 이르기까지, 태고의 사실을 다루는 가운데 가끔씩 등장하는 사람들의 존재가 글에 얼마나 도움이 되는지 주목하라. 이로 인해 독자들은 과학자들의 아직도 끝나지 않은 지구 연대 측정 게임에 직접 참여하고 있는 듯한 기분을 느낀다.

오늘날에는 그린란드 서쪽 해안에서 발견된 울퉁불퉁한 잿빛 변성암이 세계에서 가장 오래된 바위로 알려져 있다. 루비듐-스트론튬 연대 측정법으로 측정한 결과 약 38억 년 전에 생겨난 것으로 추산된다. 바위의 일부는 퇴적물이 굳어 생성된 것으로 밝혀졌으며, 이러한 사실은 38억 년 전 그 일대의 땅이 바다 아래(바다가 아니더라도 큰 규모의 강이나 호수 아래)에 잠겨 있었음을 알려 준다.

하지만 저자는 여전히 근본적인 질문이 남아 있다고 말한다. 어떻게 하면 가장 오래된 바위의 나이를 넘어 지구의 나이 그 자체에 이를 수 있을까?

방사성연대 결정법으로 지구의 융해 및 분화 이전에 생겨난 물질의 나이를 측정하는 건 불가능하다. 사실상 융해는 땅에 관한 모든 지질학 시계를 초기화시키는 사건이다. 우리가 융해를 뛰어넘어 지구가 형성되던 그 순간에 다가가려면 다른 간접적인 측정법을 사용해야 한다.

이런 측정법 중 하나는 방사성연대 결정법으로 운석을 조사하는 것이다. 우라늄-납 연대 측정과 루비듐-스트론튬 연대 측정 결과 모두 지구에 떨어진 운석들이 46억 년 전에 형성된 것이라는 사실을 가리키고 있다. 이 운석들이 행성이 생겨나던 시기의 물질이라면 우리는 지구가 이 운석이 형성되던 때와 동일한 시기, 즉 46억 년 전에 생겨났다는 결론에 이를 수 있다.

두 번째는 달에서 가져온 암석의 연대를 측정하는 방법이다. 알다시피 달은 오직 지표면 상에서만 분화가 진행되었고, 그만큼 땅이 굳는 속도도 빨랐다. 달 표면의 지질학 시계는 지구 표면의 지질학 시계보다 훨씬 더 이른 시기에 초기화되었다. 따라서 지구 암석에 대한 연대 측정 결과가 지구의 형성 시기를 알려 주는 정확한 지표가 될 수 없는 데 반해 달 표면의 연대 측정 결과는 달의 형성 시기를 훨씬 더 정확하게 보여 주는 지표가 된다. 따라서 지구와 달의 형성 시기가 같다고 가정한다면, 지구는 46억 년 전에 생겨났다는 결론에 이르게 된다.

여기까지만 살펴보겠다. 70년 동안 이어진 지구의 나이에 관한 과학자들의 추론을 따라가느라 지금쯤이면 여러분의 머리가 제법 아플 것 같다. 그럼에도 트레필 교수는 기대 이상으로 흥미진진하게 이야기를 풀어 나간다. 그는 단순히 지구의 나이에 대해서만 이야기하고 있는 것이 아니다. 그보다 훨씬 더 흥미로운 이야기, 즉 17세기 어셔 주교의 (6,000년이 채 안 되는) 성서학적 추정에서부터 인간이 실제로 달에 가서 가져온 (46억 년 된) 암석에 대한 포타슘-아르곤 연대 측정에 이르기까지, 지구의 나이를 둘러싼 인간 추론 능력의 놀라운 진보의 역사를 다루고 있는 것이다.

인간의 지각 범위에서 벗어난 영역을 다루는 학문을 대상으로 하는 범교과적 글쓰기 교육 프로그램은 이러한 인문학적 접점에 주목해야 한다. 예를 들어 우리는 지구에 관한 연구가 우리가 살아가는 현재와 관련돼 있기를 바란다. 지구에 관한 연구는 우리에게 어떤 의미를 갖는가? 우리는 왜 그것에 관심을 가져야 하는가? 이처럼 '왜 배우는가'를 이해할 때 더 훌륭한 글을 쓸 수 있고, 더 많은 것을 배울 수 있다.

여러 해 전 보이시주립대학교 교수진과 과학 수업에 어떻게 글쓰기를 도입할 것인가를 주제로 토론회를 열었는데, 그 자리에서 이 문제를 거론한 적이 있다. 그곳에 있던 지질학 교수 몬테 윌슨은 학생들에게 학문적으로 뛰어나고 동시에 산문으로서도 뛰어난 글을 읽히려 노력한다고 말했다. 예시가 될 만한 글을 추천해 달라고 부탁하자 그는 네 편의 글을 보여 주었다. 과연 그 글들은 과학 논문으로서나 산문 작품으로서나 최고라 할 만했다.

첫 번째 글은 도표와 지형도로 가득한 전형적인 과학 문서로, 미연방 정부에서 발행한 것이다(지질조사 전문 보고서 596). 「아이다호 주州 스네이크 강 평원을 덮친 후기 홍적세 보너빌 호湖 대홍수」라는 제목을 달고 있는 이 글은 저자인 해럴드 몰드가 현지 조사를 통해 초창기 보너빌 호가 북동쪽으로 범람하면서 엄청난 양의 물이 아이다호 주 프레스턴 근처 레드록 패스를 덮쳐 스네이크 강 평원으로 쏟아졌던 사건, 그 재앙의 흔적이 오늘날까지도 생생하게 남아 있는 이른바 보너빌 호 대홍수 사건 당시에 실제로 어떤 일이 일어났는지를 철저하게 재추적한 연구 보고서다. 윌슨 교수가 말했다.

"해럴드 몰드의 보고서는 전문적 글쓰기의 탁월한 사례입니다. 전문 지질학자들을 대상으로 쓰였지만 일반인도 쉽게 읽을 수 있는 글이지요. 학문적으로도 최상급이라 할 만합니다. 사실 해럴드 몰드는 이 보고서로 지형 연구(우리가 지형학이라고 부르는 것이죠)에 기여한 공로를 인정받아 1970년에 미국지질학회상을 수상했습니다. 그의 문장은 무겁고 답답한 과학 논문이 아니라 재미있는 소설을 읽고 있는 듯한 기분이 들게 합니다."

해럴드 몰드의 글은 홍적세에 일어난 사건을 마치 며칠 전에 있었던 일인 양 생생하게 묘사한다.

퇴적암은 마일109 지점의 철로鐵路 구덩이와 그보다 높은 위치에 있는 그랜드뷰 분지의 꼭대기에 특히 많이 분포되어 있는데, 이 지역은 홍수로 물에 잠겨 일시적으로 깊은 호수가 형성되었던 곳이다. 이곳에서 발견되는 현무암은 대단히 둥글고 매끄럽다. 이에 비춰 볼 때 이 돌들이 당시 물에 휩쓸려 내려오는 동안 수없이 구르고 부딪치며 침식을 겪었으리라는 것을 쉽게 짐작할 수 있다. (……)[4]

윌슨 교수가 보여 준 나머지 세 편의 글은 성격이 조금 달랐다. 윌슨 교수가 설명했다.

"이 글들은 과학 논문이 아니에요. 과학과 관련된 주제에 대해서 쓴 산문이지요. 이를테면 존 뮤어가 쓴 지진 글은 자연에 대한 경외감을 잘 표현하고 있을 뿐 아니라 지진을 실제 풍경에 결부시켜 탁월하게 묘사하고 있어요."

확실히 이보다 나은 글을 쓸 수는 없을 것 같다. 이것은 1872년 3월 26일 밤, 요세미티 계곡을 덮친 인요 대지진을 회상하는 한 위대한 자연주의자의 글이다. 지진 발생 당시 존 뮤어는 센티넬록 아래 위치한 블랙스 호텔의 경비원으로 근무하고 있었다.

어느 날 오전 두 시경, 나는 요세미티 계곡이 진동하는 것을 느끼며 잠에서 깼다. 처음 느껴 보는 감각이었지만, 이토록 기묘하고 거친 움직임과 우르릉거리는 소리가 무엇을 뜻하는지는 명백했다. 나는 곧 굉장한 일이 벌어질 것이란 확신 속에서 기쁨과 두려움을 동시에 느끼며, 숙소를 뛰쳐나와 소리쳤다.

"엄청난 지진이다!"

격렬하고 불규칙한 진동이 대단히 짧은 간격으로 계속되었다. 걸음을 옮기려면 거센 물결을 가르는 배의 갑판 위에 선 것처럼 균형을 잡으려 애써야 했다. 절벽들이 곧 무너지리라는 건 기정사실이었다. 무엇보다 바로 코앞에 있는 914미터 높이의 센티넬록이 무너져 내릴 걸 생각하니 더럭 겁이 났다. 언제 떨어질지 모를 바윗덩이를 피하기 위해 커다란 소나무 뒤로 몸을 웅크렸다. 문득 (계곡의) 애추崖錐들이 이러한 지진으로 생겨났을 것이란 확신이 들었다. 그리고 머지않아 그에 대한 확실한 증거를 직접 보게 될 것이었다.[5]

'애추'란 절벽 아래 쌓여 있는 돌무더기를 뜻한다. 존 뮤어가 사용한 지질학 용어는 이것이 유일하다. 이 단어만 빼면 존 뮤어의 언어는 빅토리아시대 소설을 방불케 할 만큼 드라마틱하다. 계속 읽어 보자.

달빛이 쏟아지는 고요한 밤이었다. 처음 1, 2분간은 땅 밑에서 낮게 우르릉거리는 소리, 불안에 떠는 나무들이 작게 바스락거리는 소리 외에는 아무것도 들리지 않았다. 마치 자연이 산과 씨름하며 잠시 숨을 참고 있는 듯했다. 바로 그때였다. 기묘한 침묵 속에서 무언가가 흔들리는 듯싶더니 별안간 엄청난 굉음이 터져 나왔다. 조금 멀리 떨어진 거리에 있는, 내가 오랫동안 연구해 왔던 이글록이 무너지기 시작했다. 나는 보았다. 수천 개의 바윗덩이가 공기와 마찰해 빛을 뿜으면서 자유로이 곡선을 그리며 계곡 아래로 쏟아져 내리는 것을. 무시무시하게 장대하고 아름다운 광경이었다. 거대한 바위 폭풍이 휘몰아치는 가운데 한 줄기 불길이 450미터 상공을 가로지르며 무지개처럼 허공에 반원을 드리웠다. 그 소리는 상상도 할 수 없을 만큼 깊고 드넓고 격렬해 마치 지구 전체가 이제 막 목소리를 얻은 짐 승처럼 자신의 자매 행성들을 부르고 있는 듯했다. 평생 들 어 온 모든 천둥소리를 다 합친다 해도 이 바위의 울부짖음 에는 미치지 못하리라. 산맥 전체를 뒤흔들며 쏟아져 내리 는 수천 개의 바위가 하늘을 찢을 듯 동시에 토해 내는 울 부짖음을 상상해 보라.

이어지는 단락들은 이 단락만큼 묘사가 풍부하지 않다. 하지만 정확하고 간결한 문장으로 당시의 장엄함을 손에 잡 힐 듯 생생하게 그려 내는 데 성공하고 있다.

바위 폭풍은 머지않아 잦아들었다. 나는 새로 생긴 애추를 직접 눈으로 보고 싶은 마음에 달빛으로 환히 빛나는 계곡 을 가로질러 거대한 바위, 불을 뿜는 격렬한 비행을 마치 고 이제는 고요히 안식을 취하고 있는 그 거대한 바위들이 쌓여 있는 곳까지 뛰어 올라갔다. 바위들은 서로 부딪치고, 신음하고, 속삭이면서 천천히 제자리를 잡아 가고 있었다. 절벽에서 이따금 작은 바위 부스러기들이 떨어져 내리는 것 외에 눈에 띄는 움직임은 없었다. 먼지구름이 계곡 전체를 지붕처럼 뒤덮어 해가 뜬 뒤에도 걷히지 않았다. 바위 폭풍이 숲을 잡초처럼 짓이겨 놓은 탓에 공기 속은 부러진 소나무 가지 냄새로 가득했다.

계곡에 일어난 변화를 살피면서 이곳저곳 돌아다니던 중 계곡 중턱에 사는 인디언들을 발견했다. 당연히 그들은 공포에 질려 있었고, 분노한 바위의 정령이 자신들을 죽이려 한다고 생각하는 듯했다. 겨울을 나려고 계곡을 찾은 몇몇 백인이 오래된 허칭스 호텔 앞에 모여서 인디언들만큼이나 겁에 질린 표정으로 어디로 가야 지진에서 안전할지 의견을 교환하고 있었다. 위급 상황에서 적나라하게 드러나는 사람들의 솔직한 모습을 지켜보는 건 언제나 흥미로운데, 지진이 모두를 그렇게 만들었던 것이다. (……)

이번엔 75년을 훌쩍 뛰어넘어 앨런 패턴의 『울어라, 사랑하는 조국이여』Cry, the Beloved Country를 읽어 보자. 나는 1948년 출간 당시 이 소설이 몰고 왔던 사회적 파장을 기억한다. 그것은 최초로 남아프리카공화국의 고통을 세상에 알린, 독특한 개성과 진정성의 힘을 가진 목소리였다. 나는 지금까지 이 작품을 문학작품으로만 알고 있었다. 이 작품이

전 세계 독자들의 마음을 사로잡은 이유도 여기에 있다. 하지만 이것이 훌륭한 지질학 텍스트일 수도 있다는 생각은 미처 해 보지 못했다. 윌슨 교수가 말했다.

"『울어라, 사랑하는 조국이여』는 거의 50년 전에 쓰인 작품이지만 지금도 여전히 엄청난 호소력을 갖고 있습니다. 특히 1장은 생태학적 원리의 사회적 중요성을 일깨우는 아름다운 글입니다."

다음은 이 소설의 1장 전문이다.

익소포에서 언덕으로 이어지는 아름다운 길이 있다. 풀로 뒤덮이고 경사가 완만한 이 언덕의 아름다움은 그 어떤 노래로도 온전히 표현해 낼 수 없으리라. 이 언덕길을 11킬로미터 정도 오르면 캐리스브룩에 닿는다. 안개가 끼지 않은 날은 그곳에서 아프리카에서 가장 아름다운 계곡을 굽어볼 수 있다. 당신 주변엔 풀과 고사리가 돋아 있을 것이고 어디선가 남아프리카공화국 초원에 사는 새 티티호야의 고적한 울음소리가 들려올 것이다. 당신의 발아래로는 드라켄즈버그 산맥에서 출발해 바다에 이르는 움짐쿨루 계곡이 펼쳐져 있다. 그리고 계곡 너머, 강 뒤편으로는 거대한 언덕이 첩첩이 이어지고 또 그 너머로는 인젤리와 동부 그리퀄랜드 산맥이 우뚝 서 있다.

무성하게 우거진 풀이 온통 땅을 뒤덮어 흙이 보이지 않을 것이다. 풀은 빗물과 안개를 머금고 있다가 땅속으로 흘려보내 온 협곡의 강을 먹여 살린다. 풀은 온전히 보호되고, 풀을 뜯는 가축은 많지 않다. 흙이 드러날 만큼 풀을 태우는 법도 없다. 우리는 신발을 신은 채 땅 위에 서지 않는다. 땅은 조물주에게서 온 것이며, 그만큼 신성한 것이기 때문이다. 땅을 돌보고, 지키고, 사랑하라. 그러면 땅도 인간을 돌보고, 지키고, 사랑해 준다. 땅을 파괴하면 인간 역시 파괴된다.

당신이 서 있는 곳에는 무성하게 우거진 풀이 온통 땅을 뒤덮어 흙이 보이지 않을 것이다. 하지만 푸른 언덕은 무너진다. 푸른 언덕은 계곡 아래로 추락하고, 추락하면서 본성을 바꾼다. 언덕은 차츰 붉은 흙을 드러내며 황량해진다. 그렇기에 빗물과 안개를 머금을 수 없고, 협곡의 강들을 먹여 살릴 수 없다. 너무나 많은 가축이 풀을 뜯고, 너무나 많은 풀이 태워진다. 신발을 신은 채 땅 위에 선다. 왜냐하면 땅은 거칠고 뾰족하며, 돌이 발바닥을 찌를 것이기에. 아무도 땅을 돌보지 않고, 지키지 않고, 사랑하지 않는다. 땅도 인간을 돌보지 않고, 지키지 않고, 사랑하지 않는다. 티티호

야도 더 이상 이곳에서 노래하지 않는다.

거대한 붉은 언덕이 외로이 서 있다. 흙이 붉은 살점처럼 찢겨 나간다. 번개가 치고 그 위로 구름이 비를 쏟아붓고, 죽은 강이, 흙의 붉은 피로 물든 강이 살아난다. 계곡 아래쪽에서는 여인들이 남은 흙을 일구지만, 옥수수는 사람의 키만큼도 자라지 않는다. 계곡엔 늙은 남자, 늙은 여자, 엄마와 어린 자식들만 산다. 장정들은 떠나고 없다. 젊은 사내, 젊은 처녀는 떠났다. 흙은 더 이상 그들을 지켜 주지 못한다.[6]

윌슨 교수가 추천한 네 번째 글은 환경보호 활동가 알도 레오폴드의 책 『모래 군郡의 열두 달』에 나오는 한 절이다. 그동안 많은 사람이 내게 이 책을 언급한 것으로 보아(내 취향엔 미사여구가 다소 많다는 느낌이지만) 애독자가 꽤 되는 듯하다. 윌슨 교수는 이 책에서 지질학 강의 때 다루는 여러 현상에 대한 유용한 설명을 찾을 수 있다고 했다. 「털빕새귀리가 땅을 장악하다」Cheat Takes Over 라는 소제목이 붙은 이 글을 소개하면서 그는 이렇게 말했다.

"현장학습을 나간 학생들은 성가신 털빕새귀리 때문에 자주 투덜거리곤 합니다. 그런 학생들에게 레오폴드의 이 글을 읽어 보라고 권하지요. 이 글이 탁월하게 표현하고 있는 생태적 관계성의 원리에 대해 성찰해 보기를 바라면서요."

4세대 뉴요커로서, 흙이 아닌 시멘트에 굳건히 뿌리내린 존재인 나는 지금껏 털빕새귀리의 거칠거칠한 잎을 만져 보기는커녕 그런 풀이 있는지조차 몰랐다. 알도 레오폴드 덕분에 이 '초대받지 않은 손님'의 방문을 받지 않아도 되는 도시인들은 운이 좋은 것이란 사실을 알게 되었다.

생태적 침입자는 초기 정착민과 더불어 이 땅에 첫발을 들였다. 스웨덴의 식물학자 페테르 칼름은 유럽에 서식하는 대부분의 잡초가 1750년에 이미 뉴저지와 뉴욕에 정착했다는 사실을 발견했다. 이 잡초는 정착민들이 쟁기로 흙을 일구기가 무섭게 맹렬한 속도로 자라났다.

좀 더 늦게 도착한 또 다른 침입자들은 방목지 가축들이 발굽으로 잘 다져 놓은 수천 제곱미터의 비옥한 땅을 발견했다. 그들에게 이 땅은 이미 완벽하게 갖춰진 최적의 온상溫床이었다. 이들의 성장 속도는 너무나 빨라서 제대로 기록하기가 어려울 정도였다. 어느 화창한 봄날 아침이면 하룻밤 사이에 온 천지가 신종 잡초로 뒤덮여 있는 걸 볼 수 있었다. 특히 주목할 만한 사례는 산간 지역과 북부의 야

트막한 언덕에 번져 나가는 말귀리 또는 털빕새귀리(학명 *Bromus tectorum*)라고 부르는 잡초였다.

용광로 국가에 찾아온 이 새로운 식구에 대해 지나치게 낙관적으로 생각하는 사람이 있을까 봐 말해 두지만 털빕새귀리는 이른바 잔디를 형성하는 풀이 아니다. 뚝새풀이나 바랭이처럼 매년 가을에 시들고 그해 가을이나 이듬해 봄에 다시 자생하는 한해살이 잡초다. 유럽의 경우 이 잡초의 주요 서식지는 초가지붕의 썩어 가는 밀짚 속이다. 이 풀의 학명은 지붕을 뜻하는 라틴어 'tectum'에서 온 것으로, 풀이하자면 '지붕 위의 참새귀리'Brome of the roof다. 인가人家 지붕에서 자랄 수 있는 식물이라면 이 비옥하고 건조한 땅, 미 대륙이라는 광활한 지붕에서도 잘 자랄 것은 불문가지다.

오늘날 서북부 산악 지역의 측면에 늘어선 언덕들은 꿀처럼 진한 노란빛을 띠고 있다. 이는 한때 그곳을 뒤덮었던 다발풀과 밀싹 같은 재래종을 밀어내고 언덕 전체를 장악한 털빕새귀리의 빛깔 때문이다. 이 언덕 아래를 지나면서 저 멀리 꼭대기까지 구불구불 이어지는 언덕의 화려한 빛깔에 탄성을 발하는 운전자들이 이런 사정을 알 리 없다. 언덕의 화려한 빛깔은 말하자면 상한 피부를 감추려고 바른 분과 같다.

이러한 식물 종 대체 현상의 원인은 과도한 방목에 있다. 가축들이 언덕에서 풀을 뜯고 땅을 짓이겨 놓으면 조만간 새로운 식물이 이 짓무른 맨흙을 뒤덮는다. 털빕새귀리가 바로 그것이다. (……)[7]

존 뮤어와 알도 레오폴드는 동시대 시민들에게 지구가 훼손되고 있음을 경고한 최초의 저자들로, 이들의 저서는 1960년대에 '생태학'이라는 용어를 널리 유행시킨 환경운동의 출범에 크게 기여했다. 특히 존 뮤어는 시에라클럽◆의 창설자이기도 하다. 오늘날에는 땅과 공기와 물을 오염시키는 화학작용제에 대한 경각심이 날로 높아진 덕분에 대부분의 사람이 한 세대 전만 해도 거들떠보지 않았을 지질학 관련 글을 일상적으로 접하고 있다. 예를 들어 콜로라도주에서 발행되는 『하이 컨트리 뉴스』('미 서부의 환경을 걱정하는 사람들을 위한 신문')는 오직 환경 관련 이슈만을 다루는 신문이다. 기사 중 상당수는 환경보존 문제와 관련해 하루가 멀다 하고 터지는 개인의 이익과 공공의 이익 간의 법적·정치적 갈등에 관한 것이다. 또한 지질학(산사태), 공학(치수 사업), 기상학(산성비) 같은 학문 영역과 관련

◆ 1892년에 창설된 미국의 가장 오래된 환경운동단체. 1972년에는 국제적인 조직으로 발전했다.

된 기사도 상당수다. 에드 마스턴과 메리 모런이 공동 집필한 다음 기사는 1986년 봄, 레드스톤 인근에서 발생한 지질학적 재난을 더없이 명료하게 설명하고 있다.

지난 한 달 동안 콜로라도 서부 머디크리크에서 일어난 산사태로 약 1억 4,000만 세제곱야드에 달하는 바위와 모래, 흙이 60미터 아래로 이동했다. 1984년 도시 전체와 철도, 고속도로를 집어삼킨 유타 주 시슬 산사태 때보다 몇 배나 더 큰 이 세계 최상급의 산사태는 인근 산간 지역에 산재한 마을들을 완전히 파괴했다.

이번 산사태로 크리스털리버밸리와 노스포크밸리 사이의 133번 국도가 폐쇄되었다. 다행히 산사태 발생 지역에 거주하는 주민은 극소수였으나 산간 지역 주민 일부가 피해를 입었다. (⋯⋯)

이번 산사태로 산 중턱의 언덕 세 개가 무너져 내렸다. 각각의 산사태 발생 면적은 너비가 1.6킬로미터, 높이가 3.2킬로미터에 달했다. 평균 1억 4,000만 세제곱야드 규모의 바위와 모래, 흙으로 뒤섞인 토사가 한꺼번에 이동했지만 산사태가 발생한 언덕의 내부 압력 크기는 서로 달랐다. 쪼개진 바위들이 하천을 집어삼키고, 나무를 반 토막 냈으며 산 아래로는 거대한 흙더미가 쌓였다.

산사태 지역을 가로지르는 오래된 국도는 이번 산사태의 위력을 가장 생생하게 보여 주는 현장이다. 차를 타고 카본데일에서 산사태 발생 지역 쪽으로 달려오다 보면 갑작스럽게 흙더미에 막힌 지점과 만나게 되는데, 차에서 내려 바라보면 언덕 아래 한참 멀리 떨어진 곳에서 도로의 나머지 모습을 찾아볼 수 있다.

이번 산사태의 원인은 무엇일까? 콜로라도 주 정부 소속 지질학자 존 롤드의 말에 따르면 최초의 산사태는 약 5,000년에서 8,000년 전에 일어난 것으로 추정된다. 당시는 마지막 빙하기가 막 끝난 시기였기 때문에 지표면은 물론 흙 속에도 물이 풍부했다. 콜로라도 지역에서 일어난 산사태 중 상당수가 바로 이 불안정한 시기에 발생했다.

존 롤드는 올해 들어 산사태가 빈번해진 것은 그리 놀라운 일이 아니라고 말한다. 지난 5년간 콜로라도 서부의 강수량은 평균 강수량을 상회했으며, 그만큼 토양 속 수분량이 증가했기 때문이다. (……)[8]

지금까지 살펴본 글들로 보건대 아무래도 땅은 생각만큼 단단한 것 같지 않다. 하지만 적어도 눈으로 볼 수는 있다. 지진이나 산사태는 우리가 볼 수 있고, 따라서 그 위험에서 벗어나려고 노력할 수 있다. 바다는 그렇지 않다. 우리는 사진이나 영화, 해저 생태를 연구하는 작가의 글을 통해서만 인간의 시선이 뚫고 들어갈 수 없는 그 심연의 세계를 얼핏 들여다볼 뿐이다.

심해의 신비를 다룬 가장 뛰어난 작품으로 레이첼 카슨의 『우리를 둘러싼 바다』를 꼽을 수 있다. 그녀는 이 책 이후 출간한 『침묵의 봄』으로 더 잘 알려져 있다. DDT 같은 화학물질이 지구에 끼치는 장기적인 해악에 대해 경각심을 일깨운 이 책은 1960년대 초기 환경운동의 활성화에 크게 기여했다. 하지만 그녀 특유의 힘 있고 아름다운 문체의 매력은 『우리를 둘러싼 바다』에서 이미 나타나고 있다. 레이첼 카슨은 본디 해양생물학자였다. 하지만 처음부터 바다를 주제로 글을 쓰지는 않았다.

다음 글은 과학적이면서 동시에 탁월한 역사 이야기다. 먼저 그녀는 독자를 위해 우리의 상상력 너머에 존재하는 '햇빛이 닿지 않는 바다' 속 생물의 세계를 상상한다. 이어서 과학자들이 어떻게 심해를 탐구하기 시작해 마침내 몇 가지 놀라운 사실을 밝혀낼 수 있었는지 이야기한다. 그녀의 이야기에는 미지의 영역으로 한 걸음 한 걸음 걸어 들어가며 이전의 지식 위에 새로운 지식을 쌓아 가는 과학자들의 이야기 같은 호소력이 있다. 하지만 이제 우리가 진입해 들어갈 미지의 영역은 저 수직의 심연이다.

햇빛이 비치는 해수면과 해저의 숨겨진 언덕 그리고 계곡 사이에는 우리에게 거의 알려진 바 없는 광대한 영역의 바다가 존재한다. 온갖 신비와 풀리지 않은 수수께끼를 지닌 이 깊고 어두운 바다는 지구의 대부분을 뒤덮고 있다. 전 세계의 대양을 합치면 지표면의 약 4분의 3을 차지한다. 적어도 흐릿하게나마 햇빛이 가닿는 대륙붕과 산재한 모래톱 및 사주砂州 지역을 제외한다면, 여전히 지구의 절반가량은 세상이 시작된 이래 지금까지 수마일 깊이에 이르는 빛 없는 물속에 잠겨 있다.

심해는 그 어떤 세계보다도 고집스럽게 자신의 비밀을 지켜 가고 있다. 인간은 온갖 방법을 동원했음에도 지금까지 그 입구 언저리에 불과한 깊이에 닿아 보았을 뿐이다. 다이빙 헬멧을 쓴 인간은 약 10패덤◆ 깊이의 해저를 걸을 수 있다. 지속적으로 산소를 공급해 주는 장비를 포함해 너무 무거워서 거의 움직이지 못할 정도의 완전한 잠수 장비를 갖춘 인간이 내려갈 수 있는 한계 깊이는 약 150미터다. 역

◆ 주로 수심을 측정하는 데 사용하는 단위. 1패덤은 약 1.83미터다.

사적으로 빛이 닿지 않는 깊이까지 잠수하는 데 성공한 사람은 오직 둘뿐이다. 윌리엄 비브와 오티스 바턴. 1934년에 이들은 잠수구 안에 들어간 상태로 버뮤다에서 멀리 떨어진 바닷속 922미터 깊이까지 잠수했다. 또한 오티스 바턴은 1949년 여름에 단독으로 벤서스코프benthoscope 라고 부르는 잠수용 강구鋼球 안에 들어가 캘리포니아 앞바다에서 1,371미터까지 잠수하는 데 성공했다.

이처럼 운 좋게 심해를 직접 체험한 인간은 극소수에 불과하다. 그러나 해양학자들이 사용하는 (광투과, 압력, 염도 및 기온 등을 기록하는) 정밀 측정 도구 덕분에 우리는 이 으스스하고 소름 끼치는 지역을 상상으로 재구성해 볼 수 있다. 바람, 낮과 밤의 변화, 태양과 달의 인력, 계절의 변화에 따라 민감하게 반응하는 바다 표면과 달리 심해는 전혀 변화가 없거나 변화가 있다 하더라도 매우 느리게 진행된다. 햇빛이 닿는 깊이 그 너머의 깊은 바다에는 빛과 어둠의 교체가 없다. 그곳엔 바다 그 자체만큼이나 오래된 영원한 밤이 있을 뿐이다. 검은 물속을 끊임없이 헤쳐 나가야 하는 대부분의 생명체에게 그곳은 굶주림의 세계일 것이다. 먹이는 언제나 부족하고 찾기 어려우며, 호시탐탐 자신을 노리는 천적에게서 몸을 숨기고 쉴 만한 안식처 하나 없는, 태어나 죽을 때까지 그 영원한 밤의 감옥 속을 헤엄치고 헤엄쳐야 하는 그런 세계.

사람들은 보통 그처럼 깊은 바다에서는 아무것도 살 수 없을 것이라 생각했다. 그도 그럴 것이 명백한 증거가 나오기 전까지 그런 심연에 생명체가 있으리라 그 누가 상상할 수 있었겠는가?

한 세기 전 영국의 생물학자 에드워드 포브스는 이렇게 썼다. "바닷속으로 점점 더 깊이 내려갈수록 생명체의 종과 숫자도 점점 줄어들 것이다. 그리고 마침내 심연에 다다르면 생명체가 더 이상 존재하지 않거나 생명의 흔적을 나타내는 희미한 번뜩임만이 존재할 것이다." 그럼에도 포브스는 생명체의 존재 여부를 확실하게 가리기 위해 이 광대한 심해 공간에 대한 탐구가 계속되어야 한다고 주장했다.

하지만 그 당시에도 심해 생명체에 관한 증거는 차곡차곡 쌓이고 있었다. 1818년, 북극해를 탐사 중이던 존 로스 경은 1,000패덤 깊이의 해저에서 끌어올린 진흙 속에서('따라서 엄청난 수압을 받는, 이 어둡고 고요한 침묵의 세계에도 생명체가 존재한다는 것을 증명하는') 벌레를 발견했다. 또 다른 증거는 1860년, 불도그호가 페로 제도에서 캐나다 동부 지역의 래브라도까지를 잇는 케이블 매설 예상 경로를 조사하던 중 나왔다. 한 장소에서 일정 시간 이상 최대 1,260패덤 깊이까지 내려갈 수 있는 불도그호의 측연선測鉛線에 열세 마리의 불가사리가 붙어 있는 것이 발견되었다. 불도그호의 한 자연주의자는 이 불가사리를 통해 "심해가 오랫동안 전하고자 갈망해 온 메시지를 보내왔다"고 썼다. 하지만 당시의 모든 동물학자가 그 메시지를 받아들일 수 있었던 건 아니다. 그중 의심의 끈을 놓지 않던 일부 학자는 그 불가사리가 측연선이 물 위로 끌어올려지는 중 어딘가에서 "재빠르게 달라붙었을 것"이라고 주장했다.[9]

레이첼 카슨은 불도그호의 한 자연주의자 선원이 쓴 멋진 표현을 인용하며 독자에게 자신의 관심이 비단 과학에만 머물러 있지 않다는 걸 알린다. 마치 역사가처럼 불도그호 선원들이 남긴 항해일지와 관련 기록을 조사하면서 과학적 성취에 생명을 불어넣어 줄 인간적인 요소를 찾고 있다. 또한 그녀는 연대기적 서술을 사용해 과학적 진보가 순차적으로 이루어진다는 사실을 다시금 환기시킨다. 이어지는 두 단락은 독자들의 흥분을 고조시키며 과학적 발견의 순간을 다음과 같이 기록한다.

같은 해인 1860년, 지중해 어딘가에서 해저 1,200패덤 깊이에 매설돼 있던 케이블이 수리를 위해 물 위로 끌어올려졌다. 케이블에는 산호를 비롯해 다양한 고착동물이 두텁게 들러붙어 있었다. 그중엔 이제 막 자라기 시작한 것도 있었고, 몇 달 혹은 몇 년 이상 된 성체도 있었다. 케이블이 물 위로 끌어올려지는 과정에서 그것들이 들러붙었을 가능성은 전혀 없었다.

1872년, 포츠머스에서 출항한 챌린저호가 해로를 따라 항해했다. 수면 아래 수마일 깊이의 해저, 그 깊고 고요하고 붉은 진흙 바닥에서 빛 없는 바다를 거슬러 올라 서서히 끌어올려진 그물 속에서 기괴하게 생긴 낯선 생물의 모습이 나타났다. 그리고 그것은 곧 갑판 위에 부려졌다. 처음으로 햇빛 아래 모습을 드러낸, 이제껏 그 누구도 본 적 없는 그 괴상한 생물을 조사하면서 챌린저호의 과학자들은 마침내 저 까마득한 심연의 바닷속에도 생명체가 살고 있음을 깨달았다.

하지만 누가 뭐라 해도 우리에게 남겨진 궁극적인 미지의 영역은 내가 '하늘'이라고 부르려는(이렇게 불러야 그나마 무한한 공간이 주는 공포를 떠올리지 않을 수 있을 것 같아서) 영역이다. 사실 무한성은 마냥 즐겁게 생각할 수만은 없으며, 글을 쓰기에도 결코 만만치 않은 주제다. 이번에도 인간적인 접점을 찾아보는 것이 도움이 될 것 같다. 그래서 한 번 더 제임스 트레필(그렇다. 이번 장에서 지구의 나이가 46억 년이라는 그리 편치만은 않은 소식을 들려준 그 사람 말이다)의 『산꼭대기의 과학자들』을 참조하고자 한다. 여기서 그는 20세기 초에 한 미국인 천문학자가 어떻게 처음으로 우리 은하계가 훨씬 더 광대한 이야기 속의 극히 작은 부분에 지나지 않는다는 사실을 발견하게 되었는지 서술한다.

천체망원경을 산꼭대기에 설치하는 이유를 알아보는 것으로 이 이야기를 시작하는 게 좋을 것 같다. 망원경은 멀리 떨어진 곳의 대상이 발산하는 빛을 모아 주는 기구다. 이 빛을 분석함으로써 우리는 빛을 발산하는 대상에 대해 알게 된다. 이때의 대상은 가까운 거리에 있는 한 척의 배가 될 수도, 이웃 행성이 될 수도, 심지어 관측 가능한 우주의 저 끝 언저리에 있는 은하가 될 수도 있다. 때때로 이 도구는 조사 대상의 크기와 형태에 대해 육안으로 볼 때만큼이나 분명하고 구체적인 정보를 제공해 준다. 또 다른 경우

유입된 빛을 토대로 더욱 복잡한 분석 작업을 수행해 조사 대상의 온도나 화학조성 같은 정보를 산출해 내기도 한다. 어떤 형태가 되었든 우리가 수행하는 모든 분석은 결국 이 도구가 모을 수 있는 빛의 양에 따라 그 범위가 제한된다.

사람들은 보통 지구의 대기가 완벽하게 투명할 거라고 생각한다. 하늘을 올려다보면 종종 놀라울 정도로 먼 거리에 있는 대상까지도 볼 수 있기 때문이다. (……) 이러한 일상의 경험에 비추어 우리는 빛이 100마일♦ 정도 되는 대기의 두께도 쉽게 투과할 수 있다고 결론짓는다. 또한 우리는 지구의 대기가 우리 행성 주위에 매우 얇은 막을 형성하고 있음을 안다. '우주 공간'은 일반적으로 고도 5만 피트♦♦(대략 16킬로미터) 상공에서부터 시작된다고 생각한다. 이 말은 대기권에 진입한 빛이 지표면에 닿으려면 최대 16킬로미터를 더 이동해야 한다는 것을 뜻한다. 그렇다면 우리는 왜 빛의 원천에 고작 몇 킬로미터 더 가까워질 뿐임에도 굳이 산꼭대기에 올라가는 수고를 감수하는 것일까? 해수면 위치에서도 망원경은 똑같이 기능하지 않을까?

그 답은 우리가 관찰하고자 하는 대상이 무엇이냐에 달려 있다. 만약 우리가 비교적 밝은, 가까운 거리에 있는 대상을 관찰하고자 한다면 해수면 위치에서도 망원경은 완벽

♦ 1마일은 약 1.6킬로미터에 해당한다.
♦♦ 1피트는 약 30.48센티미터에 해당한다.

하게 제 기능을 발휘할 것이다. 갈릴레이는 피렌체의 자기 집 발코니에서 태양의 흑점과 달의 산맥을 관찰했고, 명왕성과 천왕성은 유럽의 대도시(베를린과 런던) 근처 평지에서 망원경을 통해 처음 관측되었다. 오늘날에도 (천문학이라고 불리는 분야에서) 가까운 별들의 위치는 이러한 망원경을 통해 연구되며, 심지어 그중 하나는 피츠버그 시내에 있다. 가까운 별들의 정확한 위치를 측정하는 것은 실제적으로 대단히 중요한 일이다. 인공위성의 이동 경로가 바로 이 별들의 위치에 따라 정해지기 때문이다. 하지만 이러한 연구는 전문 천문학자들의 주요 관심사가 아니다.

최첨단 연구에 사용되는 망원경의 관측 목표는 대개 훨씬 더 멀고 희미한 대상으로, 별이나 은하계, 성간구름 같은 것들이다. 19세기 중엽 이래로 천문학자들은 더 이상 하늘에 있는 대상의 위치를 밝혀내는 것만으로 만족하지 않았다. 이제 그들은 그 대상 자체에 대한 연구로 옮겨 갔다. 그리고 이러한 연구 작업에는 유입된 빛에 대한 복잡한 분석 과정이 요구됐다. (……)[10]

그리고 트레필은 이런 복잡한 분석 작업은 평지 높이에서는 불가능하다고 말한다. 도시가 내뿜는 '광光공해' 그리고 저고도 대기의 높은 밀집도와 왜곡 현상을 감안했을 때, "관측 대상이 지구에서 매우 먼 거리에 있을 경우, 실제 크기와 무관하게 관측 대상은 대단히 작게 보일 것이며" 그것이 발산하는 빛 또한 매우 희미할 것이므로 평지 높이에서는 분석이 불가능해지기 때문이다. 이것이 바로 산꼭대기에 망원경을 설치하는 이유다.

20세기의 천문학은 1920년대 초 로스앤젤레스 근처 윌슨산 정상에 100인치◆짜리 천체망원경을 설치한 것으로 시작되었다고 할 수 있다. 에드윈 허블은 유례없는 측정 능력을 가진 신형 도구를 사용해 우리 은하계가 단지 우주에 존재하는 수많은 은하계 중 하나일 뿐이라는 사실을 밝혀냈다. 그가 이 사실을 밝혀내는 데 사용한 기술은, 적어도 원리적으로는 매우 단순한 것이었다.

케페우스형 변광성變光星으로 분류되는 특정한 별들은 몇 주 또는 몇 달을 주기로 밝기가 증가하고 감소하기를 반복한다. 지구 가까이에 있는 이런 유형의 별들을 연구한 결과, 각각의 변광성이 공전주기를 1회 왕복하는 데 걸리는 시간은 그것이 발산하는 빛의 총량에 의해 결정된다는 사실이 밝혀졌다. 이는 망원경에 유입되는 별의 빛의 양을 계

◆1인치는 약 2.54센티미터에 해당한다.

산해 내면 그 별이 얼마나 먼 거리에 있는지 알아낼 수 있다는 뜻이다. 만약 어느 별이 매우 희미하게 보이는데도 밝기가 높은 주기에 속한다면 그 별은 대단히 먼 거리에 있다는 결론을 내릴 수 있다. 마찬가지로 어느 별이 밝기가 낮아지는 주기에 밝게 보인다면 그 별은 그만큼 가까운 거리에 있는 것이다.

허블은 실제 안드로메다 성운에 속하는 특정 별들을 연구 대상으로 삼은 덕분에 지구에서 그 별들까지의 거리가 2억 광년 이상이라는 사실을 알아낼 수 있었다. 이 2억 광년이라는 수치와 우리 은하계에 있는 별들 간의 ('고작' 10만 광년밖에 안 되는) 최대 거리를 대조하며 허블은 안드로메다 성운에 속한 별들의 집합이 우리 은하와 마찬가지로 하나의 '섬 우주'를 구성한다고 주장했다. 하룻밤 사이에 천문학의 지평이 단일 은하계 연구에서 우리의 우주를 구성하는 수십 억 은하계의 집합에 대한 연구로 확장되었다.

우리 인류가 우주에서 차지하는 위치에 대한 중대한 의미를 내포하고 있는 허블의 이 발견은 지구에서 수억 광년 떨어진 어느 은하계의 단일 항성 관찰에서 비롯되었다. 이는 과학의 역사에서 흔히 볼 수 있는 패턴이다. 종종 위대한 지적 진보는 측정 기기를 통해 얻은 잡다한 세부 정보를 다루는 능력에 의해 이루어진다.

7 미술과 미술가들

저명한 문필가나 학자의 집에 걸려 있는 그림들을 볼 때마다 자주 놀라곤 한다. 서가에 잘 정돈된 책들은 그들이 교양 있고 세련된 취향을 가진 사람이라는 걸 보여 준다. 하지만 벽에 걸린 그림은 비유하자면 대니엘 스틸이나 칼릴 지브란처럼 그들이 절대 읽지 않을 작가의 작품과 비슷하다. 확실히 그들은 시각적 판단 능력을 언어적 판단 능력만큼 중요하게 생각하지 않는 게 분명하다. 혹은 미술은 세상 어디에서나 볼 수 있는 것이니 구태여 그것을 배우려고 이를테면 온갖 책에 기울이는 노력만큼 애쓸 필요가 없다고 생각하는지도 모른다.

그렇다고 우리 집에 있는 미술품들이 방문객이 국립미술관에 잘못 찾아왔나 생각할 정도로 대단하다는 뜻은 아니다. 우리 집 벽에 걸린 그림이나 선반에 놓인 미술품이 좀 더 흥미롭게 보인다면 그건 전적으로 내게 미술을 가르쳐 준 아내 덕분이고, 우리 부부가 오랜 세월 세계 각지의 미술품들을 부지런히 보러 다닌 덕분이기도 하다. 내가 보통 사람보다 그림을 더 잘 볼 줄 안다고 생각하지도 않는다. 화가나 미술사가의 강연을 들을 때마다 그들이 얼마나 많은 걸볼 줄 알고 또 얼마나 많은 걸 알고 있는지 (그리고 내가 얼마나 아는 게 없는지) 새삼 실감하곤 한다.

미술에 관한 글쓰기는 적어도 다음 두 가지 요건을 갖추어야 한다. 첫째, 독자가 그 글을 통해 '보는 법'을 배울 수 있어야 한다. 그림, 건축, 조각, 사진은 물론이고 우리가 일상 풍경에서 마주치는 온갖 시각적 요소들을 어떻게 보고 이해해야 하는지를 제시해야 하는 것이다. 둘째, 우리가 보고 있는 것을 이해하는 데 필요한 정보를 제공해야 한다.

이러한 역량을 갖춘 작가로 조지 넬슨[1]이 있다. 미국인 디자이너인 그는 보행자 전용 도로를 비롯해 도시인을 위한 작품을 많이 디자인했다. 50년 디자이너 경력 가운데 상당 기간을 허먼 밀러 사◆와 함께했으며, 혁신적인 사무용 가

◆ 1923년 허먼 밀러가 설립한 미국의 가구 회사. 세계 최고의 사무용 가구 제작사로 손꼽힌다.

구 디자인으로 허먼 밀러 사의 명성을 높이는 데 크게 기여했다. 1960년대 중반에 한 잡지로부터 조지 넬슨이 제작한 파격적 스타일의 새로운 사무용 가구 관련 글을 써 달라는 청탁을 받고 짧게나마 그를 한 번 만난 적이 있다. 기사 청탁을 받기 전까진 그의 이름조차 들어 본 적이 없었고, 그가 디자인 세계에서 얼마나 큰 존경을 받는 인물인지도 몰랐지만, 개구쟁이 같던 그의 장난기만은 지금도 생생히 기억하고 있다. 그가 글쓰기를 얼마나 중요하게 생각하는 사람이었는지도 기억한다. 그때의 만남 이후 작고한 1986년까지 조지 넬슨이 쓴 글을 접할 때마다 그가 디자인계에 엄청난 영향력을 끼칠 수 있었던 비결은 바로 간결성과 휴머니티, 유머로 시각적 개념을 풀어내는 능력에 있었다는 걸 새삼 깨닫곤 했다. 그의 활기 넘치는 저서 『보는 법』How to See 의 한 대목을 읽어 보자.

시각적 이해는 대단히 다양한 차원에서 이루어진다. 이런 측면에서 시각적 이해는 기본적으로 언어적 이해와 다르지 않다. 론 레인저와 그의 충직한 동반자 톤토♦♦가 사막 위에 나 있는 말발굽 자국을 보고 무법자들이 방금 이 길을 지나갔으며, 흰 털이 섞인 붉은 말 위에 기막히게 아름다운

♦♦ 1933년 라디오로 첫선을 보이고, 미국 ABC 방송에서 드라마로 제작해 1949년부터 1957년까지 방영한 서부극 『론 레인저』 Lone Ranger 의 등장인물.

금발 아가씨를 인질로 태웠고, 이 무법자들의 두목이 탄 말은 최근 편자를 갈았다고 결론 내릴 때 우리는 얼마간의 어지럽혀진 모래흙을 보고 그토록 많은 정보를 읽어 내는 그들의 능력에 감탄하지 않을 수 없다. 하지만 론 레인저와 톤토가 피카소의 「게르니카」 앞에 선다면 과연 그 그림에서 어떤 걸 읽어 낼 수 있을지는 미지수다. 그림을 읽는 것은 또 다른 기술을 요구하기 때문이다. (……)

언어적 읽기와 마찬가지로, 시각적 읽기에 있어 이해의 완성도는 독자가 가진 축적된 정보의 수준과 직접적으로 결부된다. 옛 속담에도 있듯이 고양이도 왕을 볼 수는 있겠지만◆, 왕이 어떤 존재인지를 알고 본다면 시각적 메시지는 더욱 흥미로워질 것이다. 소통 과정 중에 메시지의 발신과 수신이 이루어진다는 점 그리고 수신자가 이해할 수 있는 언어 코드를 사용해야 한다는 점에서 시각적 소통은 다른 소통 방식과 다르지 않다.

이 사실은 현대 회화를 생각해 보면 더욱 명백해진다. 19세기 그리고 그 이전 시대까지만 해도 그림은 대개 어떤 대상을 똑같은 모습으로 재현한 사진과 다를 바 없었다. 그림을 보면 그려진 대상이 개인지, 한 가족인지, 정물인지, 풍경인지 바로 알 수 있었다. 가장 대중적인 차원의 그림 읽기

◆ A cat may look at a king. 누구에게나 기회는 있다, 사람 팔자 시간문제라는 뜻을 가진 영국 속담.

는 무엇을 그렸는지 알아보고, 그것을 바라볼 때 어떤 기분이 드느냐를 생각하는 것만으로 충분했다. 이런 의미에서 전통적인 회화는 우리가 TV 화면에서 보는 것, 즉 사진 이미지로 제시되는 이야기와 같다. 가령 경찰이 악당을 쫓는 이야기에서는 어김없이 차들이 끼익 끽 요란한 소리를 내며 커브를 도는 장면이 나오고, 절벽 아래로 떨어지거나 총격전을 벌이는 장면이 나오는 식이다. (……)

현대 회화에서 볼 수 있듯이 그림에서 주제나 시점 같은 기존의 친숙한 요소들이 사라지면 비언어적 이해 능력의 부재가 드러난다. 미술관은 왜 알루미늄 상자 네 개를 쌓아 둔 것을 예술 작품이랍시고 전시하는가? 단순히 흰색 면과 검은색 면을 잇대어 놓았을 뿐인 그림에 어떤 예술적 가치를 부여할 수 있는가? 페르낭 레제가 그린 사람들은 꼭 보일러처럼 생겼는데, 레제는 어디서 그런 사람을 봤단 말인가? 입체파 화가들은 어째서 기타, 테이블, 신문, 물병 같은 형상을 단면으로 잘게 자른 뒤 그것들을 뒤죽박죽 한데 합쳐 놓는 식으로 그림을 그리는가? 60년 전에 열린 뉴욕 아머리쇼Armory Show ❖❖를 보고 대중이 보인 일반적인 반응은 '화가들이 미쳤다'였다. 당시 사람들은 새로움에 신경질적인 적대감을 보이는 게 보통이었다. 하지만 알다시피 제

❖❖ 1913년 뉴욕에서 개최된 미국 최초의 국제 현대미술전으로 유럽의 새로운 미술운동을 신대륙에 소개하는 데 큰 역할을 했다. 대중의 매도와 공격을 받았지만 미국의 젊은 세대 화가들에게 큰 충격과 영향을 준 것으로 평가된다.

정신인 화가가 제정신이 아닌 그림을 그리는 건 얼마든지
가능한 일이다.[2]

가벼운 톤으로 그러나 결코 가볍지 않은 개념을 다루
고 있는 재밌는 글이다. 특히 '고양이도 왕을 볼 수 있다'라
는 속담을 인용한 문장이 마음에 든다. 잘 쓰인 농담이 대개
그러하듯이 이 문장 역시 마지막엔 절로 고개가 끄덕여지는
지적 충격을 선사한다. 잘 쓰인 농담은 글의 활력소가 된다.
이 문장은 유머 작가로는 과소평가된 헨리 데이비드 소로의
『월든』에 나오는 "말 앞의 마차는 아름답지도, 유용하지도
않다"는 문장을 떠올리게 한다.◆ 소로가 이 문장에 빗대어
논리적인 선후 관계를 따져 말할 줄 모르는 사람을 비판하
고 있다면 조지 넬슨은 속담을 인용해 미술은 아는 만큼만
보이는 것이라고 말하고 있다.

또한 조지 넬슨이 구체적인 소재를 중심으로 글을 풀어
가고 있다는 점에 주목하라. 그는 '입체주의' 같은 개념이 아
니라 실제 사람, 즉 '입체파 화가'를 이야기한다. 기존의 관
습을 깨뜨림으로써 새로운 미학을 창조한 그들의 다양한 작
업 방식을 보여 준다. 피카소와 브라크, 레제의 그림을 독자
의 눈앞에 그려 보인다. 그럼으로써 독자가 설사 그들의 실

◆ "말 앞에 마차를 갖다 놓지 말라"Don't put the cart before the horse
는 영어 격언에 빗댄 표현.

제 작품을 보지 못했을지라도 입체파 예술가가 어떤 작업을 해 나갔는지 이해할 수 있게 만든다.

오늘날 가장 꾸준히 미술에 관한 뛰어난 글을 생산하고 있는 작가는 『뉴욕 타임스』의 미술 비평가 존 러셀이다. 적어도 나는 그의 글을 읽을 수 있어서 매일 『뉴욕 타임스』를 사는 돈이 아깝지 않다고 느낀다. 그는 다방면으로 해박한 지식을 갖춘 작가지만 결코 유식함을 과시하지 않는다. 나는 그에게서 한 번도 지식을 과시하는 학자 같은 인상을 받은 적이 없다. 차라리 그는 자신이 평생 추구해 온 미술에 대한 열정을 조금이라도 더 많이 독자와 나누고자 하는 열혈교사처럼 보인다. 이제 살펴볼 글은 그의 책 『현대미술의 의미』Meanings of Modern Art 서문이다. 첫 문장은 얼핏 단순해 보인다. 하지만 독자는 첫 한두 문장을 채 다 읽기도 전에 놀랍도록 드넓고 미묘한 지적 여정 속으로 빠져드는 자신을 느끼게 될 것이다.

새로운 미술이 탄생할 때, 우리도 새롭게 태어난다. 우리는 시대와의 일체감을 느끼고, 함께 나눌수록 증폭하는 영혼의 에너지를 느낀다. 이것은 삶이 우리에게 응당 제공해야 할 가장 만족스러운 감각이다. 우리는 스스로에게 말한다.

"이런 미술이 가능하다면, 다른 모든 것도 가능할 것이다."
사람들이 단테의 작품을 처음 읽었을 때, 바흐의 평균율 곡
을 처음 들었을 때, 연극『햄릿』과『리어왕』을 보고 인간 본
성의 복잡성과 모순이 무대 위에서 재현될 수 있음을 처음
깨달았을 때와 마찬가지로 새로운 미술이 탄생하는 순간
은 인간 의식의 역사에 새로운 장이 열리는 순간이다.

사정이 이러한데도 새로운 미술과 대면했을 때 도통 아무
것도 이해할 수 없다면 얼마나 통탄스럽겠는가. 알 수 없
고, 믿을 수 없고, 좋아할 수 없는 대상이 깔보듯 자신을 내
려다본다고 느낄 때 우리는 이성적으로 깨어 있고 자극에
반응하는 인간이라는 자신의 정체성이 부정당한 듯한 굴
욕을 느낀다. 우리는 새로운 미술에서 응당 누려야 할 즐
거움을 누리지 못하고 있다. 아니 그 이상으로 우리는 삶의
중요한 한 부분을 잃고 있다. 왜냐하면 이보다 명백한 사실
은 없거니와 미술의 유일한 존재 이유는 바로 우리가 살아
가도록 돕는 데 있기 때문이다.[3]

존 러셀이 얼마나 재빠르게 독자와 공감대를 형성하는
지 주목하라. 그는 이해할 수 없는 예술 작품 앞에 섰을 때
우리가 느끼는 곤혹스러움을, 그 끔찍한 소외감을 잘 알고

있다. 소외감은 우리가 느끼는 가장 오래되고 가장 끔찍한 기분이다. 어릴 적 야구 시합의 '편 가르기 의식'이 다 끝나 가도록 선택받지 못했을 때, 또는 시합 내내 공 하나 날아오지 않는, 유년기 야구의 시베리아 벌판이라 할 수 있는 우측 외야에 섰을 때의 그 기분을 생각해 보라. 존 러셀은 우리가 얼간이가 아니라고 말한다. 그는 "날 믿으세요. 나 역시 여러분과 마찬가지입니다"라고 말한다. 물론 그건 거짓말이다. 그는 우리보다 훨씬 똑똑하다. 그리고 우리 역시 그가 똑똑하기를 원한다. 하지만 그럼에도 그가 우리의 기분을 알고 있다는 게 위안이 되는 것 또한 사실이다.

존 러셀은 이어서 미술은 "지난 수백 년간 지극히 중요한 삶의 여러 문제에 있어서 다른 그 어떤 정신적 원천보다 유용하게 기능했다"라고 쓰고 있다.

미술은 이 세상에 대한, 도래할 미래 세계에 대한 진실을 표현했다. 미술은 역사를 압축적으로 제시했고, 우리보다 지혜로운 사람들의 생각을 전해 주었다. 미술은 우리 모두가 듣고자 하는 이야기를 들려주었다. (……) 미술은 위대한 수수께끼에 답했고, 우리가 지닌 일반적인 지식과 현실 사이의 간격을 채웠으며, 영원을 그려 보였다. 결국 미술은 우리에게 새로운 확신을, 우리가 듣고자 한 진실을 주었다. 경험은 형태가 없는 것도, 이해될 수 없는 것도 아니며, 언어라는 장애물 없이도 표현될 수 있다는 진실 말이다.

미술은 우리가 태어난 순간부터 그토록 갈망해 온 잃어버린 전체성을, 자연과의 그리고 사회와의 합일의 감각을 되찾아 주었다. (……) 그러므로 미술의 토대가 하루아침에 우리가 이해하기 어려운 방식으로 바뀐 것처럼 보일 때 우리는 당황하고 낙담한다. 그렇다 해도 우리는 미술이 갈수록 쇠퇴해 언젠가 종말을 맞게 될 것이라 생각지는 않는다. 그보다는 오히려 우리 시대의 걸작이 과거의 위대한 예술적 성취에 견주어도 손색이 없을 것이라 생각하고 싶어 한다. 그리고 이는 내가 보기에 충분히 타당한 생각이다.

하지만 존 러셀은 미술이 지속적으로 그 목적과 표현 방식을 바꿔 왔기 때문에 우리의 근심이 계속된다고 말한다.

19세기 후반으로 접어들면서 미술은 사회에 대한 봉사라는 기존의 의무에서 놓여나 자신의 본질을 자유로이 탐구할 수 있게 되었다. 이에 따라 미술을 바라보는 시각 역시 다양해졌다. 스페인의 펠리페 4세는 군대가 전투에서 큰 승리를 거두었을 때 궁정화가 벨라스케스가 이를 기념할 작품을 만들 최고의 적임자임을 추호도 의심하지 않았다. 1793년에 마라가 욕실에서 살해당했을 때 자크루이 다비드가 서둘러 「마라의 죽음」을 그린 이유는 당시 대중의 요구에 따른 것이었다고 봐도 무방하다. 1834년 영국 국회의사당이 화재로 파괴되었을 때 미술은 그 사건을 묘사한 가장 인상적인 작품을 생산했다. 윌리엄 터너의 그림이 그날 밤하늘 위로 얼마나 거대한 불길이 솟구쳐 올랐는지를 보여 준다. 이 방면에 관한 한 미술에 필적할 예술은 없었다. 미술은 다른 어디에서도 얻을 수 없는 작품을 우리에게 선사했다. 그러나 화가들이 단순히 수동적인 기록자로 머물러 있던 건 아니었다. 1816년에 그 끔찍한 '메두사호 뗏목 사건'이 터졌을 때 화가 테오도르 제리코는 이 사건을 신문 지상에서 세상 밖으로 끄집어냄으로써 더욱 깊은 차원의 사회적 관심을 불러일으키는 데 성공했다.

사람들은 지금까지 내가 거론한 이런 그림에서 그들이 알고 싶어 했던 것을 얻었으며, 그림은 정확하고 유려한 표현으로 이를 전달했다. (……) 가령 우리가 더비의 조지프 라이트가 그린 「노인과 죽음」을 연구한다면 노년에 대해 더욱 깊이 이해할 수 있을 것이며, 이는 자신의 노년을 준비하는 데 도움이 될 것이다. 렘브란트의「유대인 신부」를 연구한다면 자기 자신을 다른 사람에게 온전히 맡기는 행위의 진정한 의미를 배우게 될 것이다. 죽어 가던 바토가 그려 낸, 세상에 이별을 고하는 듯한 이미지들을 연구한다면 세상을 사랑한다는 것 그리고 그 세상을 잃는다는 것이 무엇을 의미하는지 깊이 깨닫게 될 것이다. 마르셀 프루스트는 지금까지 이 세상에 살다 간 그 어떤 인간보다 뛰어난 관찰력을 가졌지만, 그런 그조차도 이렇게 쓸 정도였다. "샤르댕의 그림들을 보고 난 뒤에야 부모님 집 안의 나를 둘러싸고 있는 사물들이, 반쯤 비워진 테이블이, 끄트머리가 구겨진 테이블보가, 빈 굴 껍질 곁에 놓인 나이프가 얼마나 아름다운지 비로소 깨닫게 되었다."

하지만 존 러셀은 19세기가 저물어 갈 무렵부터 사람들이 옛 대가들의 그림으로는 채울 수 없는 새로운 욕구를 갖기 시작했다고 썼다. 사람들의 이러한 욕구는 옛 대가들이 활동할 땐 존재하지 않았던 것이다. 20세기가 초래한 유례없는 절망과 공포를 표현해 줄 새로운 대가가 필요했다.

푸생의「유아 대학살」Massacre of the Innocents 은 도저히 잊을

수 없는, 비명을 지르는 인간의 활짝 벌린 입 이미지를 보여 준다. 그러나 이 이미지는 위대한 고전주의 화가 푸생이 바라보는 그 사건 전체의 위엄 어린 조망 안에서 단지 지엽적인 요소로 존재할 뿐이다. 1893년에 에드바르 뭉크는 우리에게 (화가 본인의 표현을 빌리면) "세계 전체를 꿰뚫는 듯한", 갑자기 몰아치는 거대한 공포와 절망의 감정이 담긴 비명의 이미지를 보여 주었다. 이는 당시 유럽이 유일하게 필요로 한 이미지, 과거의 그 어떤 그림으로도 대신할 수 없던 이미지였다. 1945년에 나치 집단 수용소의 실상이 온 세상에 적나라하게 드러났을 때 유럽이 필요로 한 그림은 싸늘하고 강렬한 빛깔과 밀실 공포증을 불러일으키는 짓눌리고 뭉쳐진 형상 그리고 대상의 온전한 재현을 거부하는 피카소의 「시체 안치소」였다. 지난 수백 년간 제작된 최고의 미술 작품은 오늘의 현실 앞에서 어떠한 만족도 줄 수 없었다.

저널리스트로서 존 러셀은 미술과 우리의 일상생활이 연결되어 있다는 사실을 등한시하지 않는다. 몇 년 전 그는 그 자신의 표현에 따르면 "현재 미국에서 진행 중인 가장 야심 찬 미술 프로젝트"를 취재하기 위해 애리조나 주의

플래그스태프를 방문했다. 사화산 분화구인 로든 분화구를 예술 작품으로 재창조하고 있는 제임스 터렐의 작업을 취재한 것이다. 존 러셀의 『뉴욕 타임스』 취재 기사는 이렇게 시작한다.

우리 시대에 아직 결론이 나지 않은 문제 중 하나는 예술 작품으로서의 지상 구조물, 즉 외딴 장소에 자리하고, 대개 엄청난 제작 비용이 들며, 오직 소수의 사람만이 접근 가능한 거대 건축물의 존재 의의다. 그것은 도덕적 돌파구이자 다른 방식으로는 표현될 수 없는 순수성과 인간 의식의 풍요로움에 대한 상징인가? 아니면 돈 많은 한 인간의 우스꽝스러운 장난감이거나 아무런 실용성도 없는 성과 다리, 탑을 지어 대던 지난 18세기식 어리석음의 재연에 불과한가?[4]

존 러셀이 제기한 이 신선한 질문은 로든 분화구 프로젝트의 목적이 설명되면서 더더욱 선뜻 답하기 어려워진다. 터렐의 목적은 "방문객에게 이러한 방식, 이러한 장소가 아니면 어디서도 경험할 수 없을 우주와의 직접적인 교감을 선사하는 것이다. 그는 수천 년 뒤에 그 분화구를 찾아올 방문객까지도 계산에 넣고 있다. 사람들은 달과 지구가 18년 6개월마다 일직선 상에 놓이는 바로 그 순간을 고대하게 될 것이다."

프로젝트가 완성될 때까지 마냥 기다리고만 있을 수 없었던 존 러셀은 (1990년대의 어느 시기에) 로든 분화구 바닥에 누워 눈을 활짝 뜨고 하늘을 바라보았다. 그는 "그때 우리는 지름 1.5킬로미터가 넘는 거대한 분화구의 윤곽선이 이룬 완벽한 구체 모양의 우주를 경험했다"고 썼다. "부차적이고 비본질적인 것은 모두 사라졌다. 지상에 존재할 수 있는 가장 완벽한 고요, 그곳엔 어떠한 움직임도 소음도 존재하지 않았다."

천문학, 지질학, 생태학, 미학, 물리학, 심리학, 철학 그리고 종교학에 이르기까지, 한 편의 글이 얼마나 다양한 학문적 성찰을 유도할 수 있는지 생각해 보라. 하지만 이 글은 미술에 관한 글로 출발했고, 다양한 학문적 성찰로 나아가기 위해 먼저 한 예술가의 비전을 서술해야 했다. 이처럼 글쓰기는 종종 특별한 세계로 진입하는 유일한 통로가 된다. 모두가 그림이나 피아노나 춤에 재능이 있는 것은 아니다. 하지만 우리는 글쓰기를 통해 예술가의 의식에 접근할 수 있고, 그가 가진 문제의식과 해법을 이해할 수 있다. 또는 또 다른 작가의 글을 통해, 가령 지금처럼 존 러셀의 글을 통해 제임스 터렐의 의식에 접근할 수 있다. 글은 우리가 언제든 사용할 수 있는, 복잡한 개념을 명료하게 만드는 도구다.

예를 들어 원근법은 쉽게 정의하기 어려운 복잡한 개념이다. 이와 관련해 메트로폴리탄미술관에서 40년 넘게 판화 부문 큐레이터로 활동한 A. 하이엇 메이어의 『판화와 인간』Prints & People 을 살펴보자. 나는 메트로폴리탄미술관에서 열린 판화 전시회 때 직접 손으로 쓴 그의 글을 처음 읽었다. 그것은 작품 아래 붙은 안내문이었는데, 내가 그런 종류의 글에 갖고 있던 고정관념을 깰 만큼 흥미로운 것이었다. 박물관 안내문은 방문객들을 골탕 먹이기 위해 존재한다는 게 그동안의 나의 믿음이었다. 그렇지 않고서야 구태여 그토록 딱딱하고 엄숙한 문장으로, 그것도 베이지색 패널에 흰색 글씨로 써서, 아홉 살짜리 아이가 읽기에나 이상적일 위치에 달아 놓는 이유가 뭐란 말인가?

반면 하이엇 메이어가 쓴 안내문은 필요한 정보를 제공하는 단순한 설명문에 그치지 않았다. 격조 있으면서도 유머러스하고, 판화의 기술적 제작 과정은 물론 판화가와 판화 속 등장인물도 중요하게 다루는 인간적인 향취가 풍기는 글이었다. 무엇보다 즐거움을 주었다. 판화와 사랑에 빠진 사람이 아니라면 그런 글을 쓰는 건 불가능했다.

하이엇 메이어가 은퇴를 앞두고 있던 1972년에 출간한 『판화와 인간』은 내가 전시회 안내문을 보고 느꼈던 매력을 고스란히 담고 있다. 그 가운데 기술적인 주제(원근법)에 대해 연대기적 순서로 구체적인 예시를 들어 서술한 다음 대목을 읽어 보자.

고대와 중세 시대 사람들은 사물을 개별적이고 독립적인 개체로 바라본 반면, 르네상스 시대 사람들은 사물을 공간이라는 연속적인 매트릭스 안에 위치시켰다. 토스카나의 화가와 수학자 들은 1424년경에 이미 화가의 감각적 인상과 과학적 분석을 통합했다. 세상 모든 것의 본질을 알고자 했던 르네상스 시대 이탈리아에서는 학문 간 교섭이 활발했다. 과학자들은 세계의 복합성을 명확히 규명하기 위해 예술을 필요로 했고, 예술가들은 현상을 분석하는 원리를 세우기 위해 과학의 도움을 필요로 했다. 화가는 수학적 원근법을 이용해 지평선을 향해 펼쳐진 상상적 틀 속에서 '실제 크기'에 맞게 대상들을 재현할 수 있었다. 한 피렌체 사람이 이전까지는 하늘을 나는 새만이 볼 수 있었던 도시의 전체 모습을 정확하게 재현한 최초의 판화를 제작한 것도 바로 이 기술 덕분이었다.

원근법은 1483년부터 1499년까지 마치 원근법 그 자체가 목적인 양 연구에 몰두했던 레오나르도 다빈치와 프라 루카 파치올리◆에 의해 더욱 정교해졌다. 프라 루카 파치올리가 쓴 원근법 표현에 관한 첫 연구서는 이 기간에 이루어진 성과물이었다. 이에 자극받은 독일인들은 더욱더 놀라운 기법을 고안해 냈고, 바야흐로 원근법 연구는 누가 더 놀라운 것을 만들어 내느냐를 겨루는 일종의 시합이 되어 갔다.

프라 루카 파치올리가 한창 연구서 집필에 전념할 무렵, 원근법을 접한 프랑스 툴 성당의 참사회원 장 페를렝은 이 기법을 이용해 최초의 투시도법 안내서를 저술했다. 집 안 공간에도 원근법을 활용할 수 있음을 발견한 이 프랑스인 천재는 이 기법을 활용해 사적이고 매력적인 건축도면을 제작했다. 자신이 살던 집의 와인 창고와 참사회 회의장, 한 그루의 나무가 벽을 타고 자라고 있는 앞마당과 심지어 자신의 침실 공간 구조를 묘사한 최초의 판화 작품들이 바로 그것이었다. 이 목판화가 보여 주는 건축 형식은 그 아늑한 공간성 때문에 형식적인 면을 중시하던 당시에는 바로크

◆ 1445-1509년. 이탈리아의 수학자. 대수학 발전의 기초가 된 『산술집성』Summa de arithmetica, geometria, proportioni et proportionalita 을 저술했다.

시대의 위대한 건축가 비뇰라가 제시한 건축 형식만큼 널리 전파되지 않았던 것 같다. 이 로마인 건축가는 건축물의 파사드에 두더지의 시점을 기준으로 한 단축법을 적용했고, 구름 속에 누운 신의 발꿈치에 닿을 듯 힘차게 솟아오르는 인상을 주는 콜로네이드 양식을 통해 천장 공간이 위로 열리는 기법을 바로크 시대의 화가들에게 보여 줌으로써 만테냐의 가르침을 완성했다.[5]

이 대목은 목판화나 동판화 혹은 판화 제작법을 설명하는 과정에 곁들인 내용이다. 글과 더불어 자료 사진이 실려 있다. 하늘의 매가 내려다보는 피렌체의 전경과 파치올리의 8면체, 한스 렝커의 3차원상의 발상, 프랑스인 참사회원의 아늑한 침실 그리고 (건축가 비뇰라가 개발한) 살짝 술에 취한 듯한 두더지의 시점에서 바라본 발코니, 기둥, 아치형 천장의 복잡한 배치 구조 같은 사진이다. 이러한 사진들은 글을 보완해 주고 책에 대한 몰입도를 한층 높여 준다. 하지만 하이엇 메이어의 글만으로도 충분히 탁월하다.

300년 전의 이야기를 이미 수백 페이지에 걸쳐 썼는데도 여전히 그의 문장은 순종 혈통의 말처럼 활기차고 즐겁다. 이어지는 글을 읽으며 한 단락 안에 얼마나 많은 정보가 담길 수 있는지 보라. 또한 그의 문장을 통해서 한 인간의 생애와 작품이 얼마나 생생하게 되살아나는지 느껴 보라.

중국의 위대한 화가는 대개 글공부를 한 귀족 출신이었다. 유럽의 귀족도 글과 함께 그림 그리는 법을 배웠지만, 귀족 출신의 뛰어난 작가는 수없이 많은 데 비해 탁월한 화가는 단 한 명만 꼽을 수 있을 뿐이다. 앙리 마리 레몽 드 툴루즈 로트레크몽파 백작이 바로 그다. 어쩌면 10대 때 로트레크의 양쪽 다리가 부러지지 않았더라면, 그리하여 사촌들과 함께 사냥하는 것으로 세월을 허비하는 걸 막지 못했더라면 그의 그림 솜씨는 아버지보다 나을 게 없었을지도 모른다. 귀족 출신답게 중산계급 특유의 신중한 태도를 경멸했던 그는 자신처럼 쾌활한 표정으로 가장한 채 농지거리로 내면의 고통을 떨쳐 내며 살아가는 파리의 창녀와 무희의 세계로 뛰어들었다.

로트레크가 서른여섯 되던 해, 열병과 같은 과도한 삶에의 열정은 그의 생명을 완전히 연소시켰다. 그의 얼굴은 아기 때부터 늘 헬쑥했다. 로트레크는 간단한 스케치 수업을 받은 뒤 드가와 일본의 판화 작품에서 단 몇 개의 강렬한 선만으로 대상의 개성이 압축적으로 표현되도록 사람이나 동물의 얼굴 표정을 그리는 기법을 발견했다. 이런 표현법은 그려진 대상을 부분적 왜곡이 가해진 캐리커처처럼 보이게 했으나 그것엔 아이의 그림에서 볼 수 있는 놀랍고도 순수한 통찰이 담겨 있었다. 아이처럼 키가 작아 사람들을 올려다보는 데 익숙했던 로트레크는 그림 속 대상이 공중에 높이 걸려 있는 듯 보이게 하는 놀라운 각도로 사람들의 모습을 포착했다.

그는 쥘 셰레의 채색 석판화 습작을 보며 선 그리는 법과 색채감각을 훈련했다. 스물여섯에는 처음으로 포스터용 채색 석판화를 제작했다. 이후 생애의 마지막 10년 동안 그가 제작한 석판화 작품들 그리고 공격적 전략성이 돋보이는 포스터 작품들은 미술의 역사를 바꿔 놓았다는 점에서 그가 남긴 유화 작품들을 능가한다. 그의 포스터 작품이 처음으로 대로의 가스등 불빛 아래서 선명하게 타오르는 노란색, 오렌지색, 검정색을 드러냈을 때, 바야흐로 미술이 새로운 전환점을 맞이했다는 사실을 부인할 사람은 아무도 없었다.[6]

마지막으로 그의 문체를 살펴보자. 언뜻 화려해 보이지만 대단히 절제된 문장이다. 문장에서 느껴지는 특유의 활기는 의미를 정확하게 전달하기 위해 고른 구체적인 어휘에서 온다. 생생한 명사(창녀, 가스등), 효과적인 형용사('강렬한' 선, '놀라운' 각도), 강력한 동사(완전히 연소시키다, 선명하게 타오르다). 군더더기는 전혀 없다. 더도 덜도 아닌, 꼭 필요한 만큼의 단어만으로 쓰인 글이다.

자기 분야를 열정적으로 사랑하는 저자가 쓴 글은 언제나 즐겁게 읽을 수 있다는 걸 기억하자. 어떤 주제의 글이든 마찬가지다. 만약 어류학자가 된다면, 나는 판화에 미친 하이엇 메이어처럼 물고기에 미친 어류학자가 되고 싶다. 이런 마음이 들 때 독자는 저자와 정서적으로 소통한다. 따라서 설령 전혀 관심 없는 주제일지라도 이런 저자가 쓴 글이라면 읽어 보고 싶어진다. 어떤 취미에 갖는 광적인 열정은 그 자체만으로도 흥미로운 삶의 에너지다.

가장 강렬한 시각예술은 뭐니 뭐니 해도 사진이다. 사진은 일상의 경험에 곧바로 육박해 들어오는 강력한 언어다. 우리는 일상을 너무나 당연한 것으로 여긴다. 따라서 잠시 발걸음을 멈추고 위대한 사진을 위대한 사진이 되게끔 하는 요인이 무엇인지를 곰곰이 생각해 보는 경우가 좀처럼 없다. 그랜드캐니언에 카메라를 들이대 본 관광객이라면 알 테지만, 좋은 사진과 위대한 사진 사이에는 그랜드캐니언만큼이나 광활한 간격이 있다. 좋은 사진과 위대한 사진에는 어떤 차이가 있는 것일까? 예술성, 테크닉, 빛, 시선, 성격, 인내심 그리고 여기에 신비로운 행운이 더해져 그러한 차이가 생겨나는 것일까? 이는 분명히 설명될 수 있는 것일까?

뉴욕근대미술관 사진 부문 큐레이터인 존 자코우스키가 쓴 『사진가의 눈』Looking at Photograph 이 이 문제를 설명해 준다. 물론 사진을 다룬 책 중에는 이보다 더 뛰어난 저작이 있을지 모른다. 하지만 나로선 마땅히 떠오르는 게 없다. 존 자코우스키는 뉴욕근대미술관이 소장한 사진 작품 가운데 100점을 선별해 각 작품에 대한 짧은 에세이를 썼다. 여기엔 사진가, 사진가의 작업 과정, 사진에 대해 우리가 알아야 할 핵심적인 내용이 담겨 있다. 이 책에서 발췌한 대목 두 곳을 읽어 보자.

앤설 애덤스는 40년대 초반에 일정 기간을 두고 적어도 세 번에 걸쳐 (올드 페이스풀) 간헐천을 촬영했다. 이 작업으로 얻은 사진들은 저마다 뚜렷한 차이를 보였다. 이러한 차이는 작가의 적극적 해석 행위가 아닌 작가의 감성적 정확성에서 비롯한다. 앤설 애덤스는 피사체를 일반적이고 모호한 시선이 아닌 엄격한 정확성의 시선으로 바라본다. 문제는 (세잔이 말한 것처럼) 그 감각을 어떻게 실체화하느냐에 있다.

과거의 작품 중 최고라 평가받은 사진들은 일시적인 순간에 영원성을 부여하는 것에 관심을 두었다. 이러한 관심은 카르티에 브레송이 움직임의 흐름 속에서 자신의 '결정적' 순간을 포착해 낸 것처럼 움직임의 분석 작업으로 표현되었고, 심지어 보통 사람들의 눈에는 정적인 것으로 느껴지는 대상에 접근하는 방식에도 영향을 끼쳤다. 풍경은 일반적인 의미에서 볼 때 움직임이 없지만, 또 다른 측면에서는 끊임없이 변화한다. 특히 빛을 매개로 한 변화는 매우 뚜렷하다. 앤설 애덤스는 이전의 그 어떤 사진가보다도 특정 순간, 특정 장소에 떨어지는 빛의 효과에 대한 시각적 이해에 정확하게 대응했다. 앤설 애덤스에게 자연의 풍경은 고정되어 있는 단단한 조각상이 아니라 실체 없는 이미지, 빛에 따라 끊임없이 형태를 바꾸는 순간적인 이미지였다. 빛의 효과에 대한 이런 예민한 감각을 원동력 삼아 앤설 애덤스는 불멸의 사진 기법을 개발했다. 그가 개발한 기법은 그것을 필요로 하지 않는 사진가에겐 목에 건 맷돌처럼 무거운 멍에가 될지 모른다. 반면 앤설 애덤스는 그 기법만으로도 피사체를 표현해 내는 데 아무런 부족함이 없었다.[7]

저자는 겉으로만 정적인 자연의 이미지에서 멈출 줄 모르는 인간의 움직임으로 옮겨 와 리처드 애버던의 사진을 소개한다. 이 글은 리처드 애버던이 이전의 작업 방식을 버리고 그와 정반대되는 작업 방식을 택한 과정을 설명해 나간다. 글 자체가 마치 네거티브필름이 인화될 때처럼 독자의 눈앞에서 차츰 또렷해진다.

패션 사진가로 활동하던 초기부터 리처드 애버던은 움직임에 큰 관심을 가졌다. 아니, 그의 관심은 분석적이라기보다 일종의 선호 감정에 가까우므로 차라리 움직임의 '감각'에 관심을 가졌다고 해야겠다. 50년대 초 젊은 사진가였던 리처드 애버던은 움직임이란 본질적으로 좋은 것이라고 생각했던 듯하다. 사실 당시의 그는, 그 자신도 알고 있었는지는 모르지만, '진정한 스타일을 아는 사람은 땅 위에 내려서는 법이 없다'는 신념을 가진 일종의 제트족◆ 콘셉트의 건축가였다. 그가 찍은 수많은 인물 사진 중에 앉아 있는 모습이 한 장이라도 있었는지 모르겠다.

처음에 리처드 애버던은 움직이는 피사체를 느린 셔터속도로 촬영하는, 정공법에 가까운 작업 방식을 시도했다. 이렇게 촬영된 피사체는 가장자리가 솜털처럼 번져 있는 사출물射出物로 보였다. 어떤 사람들은 이 사진이 움직임을 표현하고 있다고 보았다. 실제로 그렇든, 그렇지 않든 한 가지 분명한 건 이 사진들이 움직이는 대상 자체에 대해서는 그다지 보여 주는 게 없다는 사실이었다. 이런 이유로 리처드 애버던은 이후 전혀 다른 접근 방식을 취했다. 움직이는 대상을 사진에 담는 가장 흥미로운 작업 방식은 피사체에서 움직임을 제거해 영원히 정지된, 크리스털처럼 투명한 화석으로 만드는 것이라고 생각하게 된 것이다. 베수비오 산에서 발굴된, 걷고 있던 중 산 채로 매장된 듯한 인간 화석, 아니 좀 더 가깝게는 갑작스러운 폭발의 재앙이 덮쳐 오기 직전의, 아직 무슨 일이 일어나고 있는지 미처 알아차리지 못한 인간의 표정 같은 화석 말이다. 신문에서 매일같이 확인할 수 있듯이, 연설자가 입을 크게 벌린 순간을 찍은 사진에는 매혹적이면서도 어딘가 미묘하게 불편한 구석이 있다. 사진이 주는 인상이 희극적이든, 비극적이든 그런 인상을 일으키는 근본 원인은 같다. 즉 살아 있는 생명체가 정지해 있다는 것이다.[8]

활기 넘치는 문체, 사진처럼 명료한 이미지(가장자리

가 솜털처럼 번져 있는 사출물, 크리스털처럼 투명한 화석)
와 함께 내가 좋아하는 이 글의 특성은 바로 자신감이다. 이
는 사진 작업의 창조적인 과정과 기술적인 과정을 모두 이
해할 수 있을 만큼 오랜 세월 지식을 쌓아 온 저자만이 보일
수 있는 당당함이다. 자기 견해를 토로하는 데 거침이 없고
단호하다. 여행 가이드 역할을 맡은 작가가 수줍음을 타서
는 안 될 노릇이다. 우리는 카리스마 있는 가이드를 원한다.

훌륭한 음악 글쓰기가 좀 더 잘 들을 수 있도록 독자를
돕듯이, 훌륭한 미술 글쓰기는 좀 더 잘 볼 수 있도록 독자
를 돕는다. 미술 글쓰기가 다루는 영역은 우리가 살아가는
이 세상만큼이나 넓다. 우리는 종종 눈앞에 직접 보여 주어
야 무엇이 올바른지 이해한다.

그래픽디자이너 폴 랜드는 『디자이너의 예술』A Designer's
Art에서 "옥스퍼드 영어사전을 보면 '그래픽'은 두 문단, '디
자인'은 무려 네 문단에 걸쳐 뜻풀이가 나오는데도 정작 '그
래픽디자인'이 무엇을 뜻하는지 아는 사람은 많지 않다"고
썼다. 저자는 '상업미술'이 그나마 자신의 전문 분야에 가장
가까운 명칭이지만 "속물적인 이미지가 있는 데다 개념 또
한 불분명해 차츰 사용하지 않는 추세"라고 했다. 그래서 저
자가 내린 나름의 정의는 다음과 같다. "그래픽디자이너는

언어 또는 그림으로 표현되는 개념을 창조하고, 시각적 소통과 관련된 제반 문제를 해결하는 사람이다. 인쇄 혹은 출시 이전에 그래픽디자이너의 손길을 거치는 물품은 가격표, 카탈로그, 신문, 잡지, 포스터, 브로슈어, 광고, 책 커버, 문구 용품, 로고, 포장, 제품명(상표), 표지판 등, 한마디로 언어 또는 그림의 시각적 처리가 필요한 물품 일체다."

폴 랜드 또한 디자이너의 손길을 필요로 하는 대부분의 영역에 뛰어들어 시각적 소통과 관련된 제반 문제를 매우 성공적으로 해결했다. 그 덕분에 우리는 그의 디자인을 미국적 풍경의 일부로 자연스럽게 받아들이고 있다. 우연히 창조된 디자인은 단 하나도 없다. 그가 디자인한 유명한 작품 중 하나인 IBM 사 로고를 예로 들어 보자. 나는 지난 5년간 세 대의 워드프로세서에 붙어 있는 이 로고를 보아 왔음에도 로고를 구성하는 알파벳의 글자 폭이 뒤로 갈수록 넓어진다는 점이 디자인상의 치명적인 문제일 수 있다는 사실을 전혀 몰랐다. 폴 랜드는 『디자이너의 예술』에서 이 문제를 역사적으로 가장 유용하고 보기 좋은 시각적 도구에 기대어 해결했다.

자연은 얼룩말의 몸에 줄무늬를 그려 넣었다. 인간은 깃발과 차양과 넥타이와 셔츠에 줄무늬를 넣었다. 줄무늬는 인쇄공에게 질서이며 건축가에게는 착시 효과를 불러일으키는 수단이다. 줄무늬는 현혹적이고, 때로 최면 효과를 발휘하며, 대개 보기에 좋다. 줄무늬는 보편적인 디자인이다. 줄무늬는 집과 교회와 모스크의 담장을 장식한다. 줄무늬는 이목을 끈다.

IBM 로고에 들어간 줄무늬는 사람의 이목을 끄는 역할을 한다. 줄무늬로 인해 세 개의 알파벳이 특별해지고 사람들의 머리에 쉽게 기억된다. 줄무늬는 효율성과 신속성을 나타낸다. 최근 줄무늬가 들어간 로고가 늘어나고 있는 것만 봐도 줄무늬가 얼마나 효과적인 디자인인지 알 수 있다.

시각적인 측면에서 본다면 한 무리의 글자 위에 겹쳐 놓은 줄무늬는 글자들을 하나로 묶어 주는 효과가 있다. IBM처럼 뒤로 갈수록 글자 폭이 넓어지는 로고에 특히 효과적이고, 밋밋한 글자에 다소 불안정하고 자유로운 인상을 가미해 준다.[9]

이 글의 놀라운 견고성에 주목하라. 폴 랜드는 140개의 단어만으로 비전문가가 알아야 할 줄무늬 디자인의 모든 역사를, 줄무늬 디자인을 적용한 우리 시대의 대표적인 상징을 예로 들어 설명하고 있다. 문체에서 드러나는 저자의 면모는 또 어떤가. 폴 랜드는 뛰어난 디자이너 그 이상이다. 휴머니스트이자 교사이며, 언제든 흔쾌히 우리 인생의 디자인을 맡기고 싶어지는 사람이다. 언제나 그렇듯, 문체는 곧 그 사람이다.

활자체는 우리의 일상 풍경에서 중요한 부분을 차지할 뿐 아니라 우리가 읽는 모든 글에 영향을 미친다. 나는 활자체에 특히 민감한 편이다. 어린 시절 내 방은 두 가지 취미(인쇄술과 야구)와 관련된 온갖 잡동사니로 가득 차 있었고, 침대로 가려면 그 물건들을 요리조리 헤쳐 가야만 했다. 방 한쪽에는 챈들러 앤드 프라이스 사의 인쇄기와 활자 보관용 서랍 선반, 활자 디자이너가 쓴 책들이 꽂힌 책장이 있었으며, 다른 한쪽엔 엄청나게 많은 빅리그 껌 카드와 메이저리그 뒷얘기를 담은 야구 잡지, 베이브 루스 같은 야구 선수들의 책이 산처럼 쌓여 있었다. 빅리그 껌 때문인지 내 방에서는 언제나 희미하게 포도 향이 났다.

나는 껌 카드에 적힌 타자들의 평균 타율 못지않게 인쇄술 관련 책을 읽는 데 열심이었다. 특히 다양한 형태와 크기의 활자체를 보여 주는 샘플 문장들은 아무리 봐도 싫증 나는 법이 없었다. 그것들은 "재빠른 갈색 여우가 자고 있는 게으름뱅이 개를 뛰어넘었다"The quick brown fox jumped over the lazy sleeping dog거나 "내 상자에 62개의 술병을 담아라"Pack my box with five dozen liquor jugs처럼 모든 알파벳이 들어가도록 지은 아무 뜻 없는 문장인데, 글자마다 다른 종류의 활자체로 인쇄되어 있었다. 덕분에 나는 지난 수백 년간 조판되고 인쇄된 모든 로마 활자 간의 미묘한 차이를 식별하는 능력을 기를 수 있었고, 어떤 활자체가 글의 분위기에 어울리고, 어울리지 않는지도 알게 되었다.

물론 이러한 판단은 상당히 주관적인 것이므로, 이를 글로 설명하기는 어려울지 모른다. 하지만 이미 많은 인쇄업자와 활자 디자이너가 그런 글을 쓴 바 있다. 영국의 활자 디자이너 비어트리스 워드도 그중 한 명이다.

(나의 첫 번째 일반 원칙은) 활자체의 미학적 조형성을 따지기 전에 먼저 활자체의 형태 자체가 알파벳 글자로서 제대로 기능할 수 있는지 여부를 따져야 한다는 것이다. 아무리 예쁜 활자체라 하더라도 그중 하나의 철자가 지나치게 휘거나 넓적하다면, 그 철자가 들어가는 단어는 자동적으로 결합될 수 없다. 몇 장 읽기도 전에 눈이 아파진다거나, (잠재의식적으로 느껴지는) 보는 즐거움이 없는 활자

체는 알파벳 글자로서 자격 미달이다. 이것이 활자체의 가장 중요한 기준이다. 이처럼 좋은 활자체와 나쁜 활자체를 구분하는 1차적 검토가 이루어진 뒤에야 활자체의 과학성과 예술성에 대한 논의가 가능하다.

두 번째 원칙은 단순하다. 사용할 가치가 있는 활자체여야 한다는 것이다. 디자이너가 서체를 고를 때 느끼는 괴로움과 즐거움은 매우 중요한 문제다. 이러한 괴로움과 즐거움은 단순히 시각적 아름다움에 대한 고려가 아니라, 여러모로 인간적인 것과 미묘하고도 밀접하게 연결된 어떤 것, 그래서 '인문학적'이라고밖에 표현할 수 없는 어떤 것에 대한 고려에서 비롯한다. 활자체에 인간적인 '목소리'가 담겨 있음을 인정하지 않는 것은 인간을 동물과 구별시켜 주는 요소를 인정하지 않는 것과 같다. 어떤 비난도 할 수 없게 만드는 천진한 눈빛, 논리를 초월한 순교자의 행위, 아이의 직관— 한 줌의 이끼에서 숲 전체에 대한 기억을 불러일으킬 수 있다는 사실 — 이 이성으로 헤아릴 수 없는 어떤 요인이 실재하며, 인류가 탐구해야 할 언어 외적인 세계가 엄연히 존재함을 보여 주는 증거다.

활자체 연구에서 얻는 지혜는 바로 이런 언어 외적인 요소, 즉 글의 내용에 어울리는 활자 형태의 문제에 놓여 있다.

개념을 사랑하는 사람은 언어를 사랑하고, 언어를 사랑하는 사람은 자연히 언어가 입은 '옷'에 각별한 관심을 갖기 마련이다. 그래서 생각하기를 좋아하는 사람일수록 개념의 명료성과 흐릿한 조판 사이의 불일치에 더욱더 큰 충격을 받는다. 이들은 마치 의식주의자나 변증론 철학자라도 된 듯이 활자체의 형태에 집착한다. 활자체의 특징을 묘사할 때도 '낭만적인', '소름 끼치는', '경쾌한'처럼 기술적 엄밀성이 결여된 어휘를 쓰기 시작한다. 하지만 현명한 사람이라면 이때 자신의 판단이 문학의 여신이 부리는 날랜 하인인 잠재의식적 사고 과정에서 나온 것임을 흔쾌히 인정하려 할 것이다.[10]

시각예술에 대한 글을 쓰고자 한다면 이런 언어 외적인 요소의 중요성을 기억하라. 미술 작품에는 거의 언제나 눈에 보이는 것 이상의 어떤 것이 있다. 예를 들어 기억과 상상력은 시각 정보를 처리하는 과정에서 매우 중요한 역할을 한다. 올더스 헉슬리는 실명 위기에 처했던 스물다섯 살 시절에 자신이 겪은 '시각적 재교육'의 경험을 기술한 『바라봄의 기술』The Art of Seeing에서 이 사실을 다음과 같이 말하고 있다.

인지능력은 과거에 어떤 경험을 얼마나 많이 했고, 그 경험을 얼마나 잘 이용할 수 있느냐에 따라 결정된다. 그런데 경험은 기억의 형태로만 존재하므로, 결국 인지능력은 기억에 달렸다고도 말할 수 있다. 이 기억과 밀접한 관련이 있는 상상력은 소설 속 이야기처럼 기억을 재구성해 과거의 어떤 실제 경험과도 다른 정신적 구조물을 만든다.

우리의 인지능력, 우리의 비전이 기억과 상상력에 의존하는 정도는 경험이 얼마나 일상적인 것이냐에 따라 결정된다. 우리는 기억 속에 없는 낯선 대상보다 우리에게 친숙한 대상을 더욱 분명하게 본다. 안경 없이는 글을 읽지 못하는 늙은 재봉사가 맨눈으로 바늘귀에 실을 꿴다. 어째서일까? 책보다 바늘에 더 익숙하기 때문이다. 사무실에서 하루 종일 일을 해도 눈이 피로하지 않은 사람이 박물관을 한 시간쯤 돌아다닌 뒤 머리가 지끈거릴 정도로 기진맥진해 집으로 돌아간다. 어째서? 사무실에서는 틀에 박힌 일상을 따르며 똑같은 글과 숫자를 보지만 박물관에서는 모든 게 낯설고 새롭고 색다르기 때문이다.

뱀을 무서워하는 부인이 다른 사람들의 눈에는 긴 고무 튜브로 보이는 물건을 왕뱀으로 착각한 경우를 생각해 보자.

검사 결과 부인의 시력은 정상이다. 그렇다면 왜 헛것을 본 것일까? 부인의 상상력이 뱀에 대한 과거의 기억을 이용해 무서운 뱀의 이미지를 구성했고, 이런 상상력의 영향을 받은 의식이 고무 튜브에서 얻은 시각 정보를 잘못 해석해 부인에게 그토록 생생하게 뱀을 보도록 한 것이다.[11]

마지막으로 뛰어난 미술사가 에른스트 곰브리치의 글을 소개한다. 이 글을 소개하는 이유는 단순히 작가가 탁월하기 때문만은 아니다. 우리 책이 전제하고 있는 한 가지 사실, 즉 과학과 인문학이 우리가 생각하는 것 이상으로 불가분의 관계에 있다는 사실을 잘 보여 주는 글이기 때문이다. 미술 관련 글이지만 뛰어난 과학 글쓰기라 할 만하다. 명료하고, 생생하고, 유려하고, 우리가 경험에 비추어 충분히 이해할 수 있는 구체적인 사례들에 기초한 글이다. 다음은 곰브리치의 『예술과 환영 : 회화적 재현의 심리학적 연구』라는 흥미로운 제목의 책에 나오는 한 대목이다.

인간의 눈이 되었든 닭의 눈이 되었든, 실제 그것의 망막에 비치는 것은 춤추듯 빠르게 움직이는 무수한 광점光點이다. 이 광점들에 자극받은 시세포층이 빛의 메시지를 두뇌로 전달한다. 그러나 이렇게 해서 우리가 보는 것은 안정된 형태의 세계다. 춤추듯 움직이는 광점과 안정된 형태의 세계, 이 둘 사이의 커다란 간극을 이해하려면 우리의 상상력과 꽤나 복잡한 도구의 도움이 필요하다.

책이든 한 장의 종이든, 아무 대상이나 생각해 보자. 어떤 대상을 바라볼 때 우리의 망막 위에는 그 대상이 발산하는, 다양한 파동 형태와 강도로 쉴 새 없이 빠르게 변화하는 빛의 패턴이 비친다. 이 패턴은 정확히 같은 형태를 반복하는 경우가 거의 없다. 우리가 바라보는 시선의 각도, 빛, 동공 크기 등이 계속 변화하기 때문이다. 한 장의 종이가 창문 쪽으로 향할 때 발산하는 흰빛의 양은 창문에서 멀어질 때 발산하는 흰빛의 양보다 몇 배 더 많다. 우리가 그런 빛의 변화를 알아차리지 못한다고는 말할 수 없다. 적어도 조도의 차이를 알려면 빛의 변화를 인식해야 한다.

하지만 맨눈으로는 이 모든 변화를 객관적으로 파악할 수 없다. 이를 파악하려면 하나의 색깔 입자만이 보이도록 주변의 다른 색깔 입자를 가려 주는 장치, 즉 심리학자들이 '축소 스크린'이라고 부르는 장치를 이용해야 한다. 연구자들은 이 마법의 도구를 이용해 놀라운 사실들을 발견했다. 객관적으로 그늘 속에 있는 하얀 손수건이 햇빛 속에 있는 석탄 덩이보다 더 어두울 수 있다. 이때 우리가 하얀 손수건과 석탄 덩이를 혼동할 가능성은 거의 없다. 일반적으로 석탄 덩이는 우리가 보아 온 대상 가운데 가장 검은 것에 속하고, 하얀 손수건은 가장 흰 것에 속하기 때문이다. 따라서 이 경우는 우리가 의식하는 밝기의 상대성과 관계가 있다. 시각 정보의 해석 과정은 빛의 메시지가 망막에서 우리의 의식으로 전달되는 동안 일어난다.

우리의 눈은 끊임없이 빠르게 움직이는 빛의 변화에 비교적 둔감한 편이다. 심리학에서는 이러한 속성을 '항상성'이라고 부른다. 어떤 대상의 색깔, 형태, 밝기는 비록 거리나 조명, 보는 각도 등의 변화를 인식한다 하더라도 우리 눈에 비교적 일정하게 보인다. 새벽이든 한낮이든 해가 기울 무렵이든 우리의 방과 방 안에 있는 사물은 우리 눈에 똑같은 형태와 빛깔로 남아 있다. 우리는 이런 문제에 주의를 기울여야 할 어떤 특수한 상황에 직면했을 때만 대상의 불확실성을 인식할 수 있다. 그때 우리는 인공조명 아래 놓인 낯선 천의 색깔을 쉽사리 판단하지 못하고, 벽에 그림이 똑바로 걸려 있는지 확인하기 위해 방 한복판으로 걸어가려 할 것이다.

이런 경우를 제외하고 평상시 우리의 시각적 유추 능력, 즉 보이는 대상들의 관계에서 형태와 빛깔을 추론해 내는 능력은 대단히 뛰어나다. 영화관에 갔을 때 다들 스크린 중앙에서 멀리 떨어진 자리에 앉아 본 경험이 있을 것이다. 처음에는 스크린과 스크린에 비치는 영상이 너무 왜곡되고 비현실적으로 보여 영화관을 나가고 싶은 마음이 든다. 하지만 몇 분만 지나면 자신이 앉은 위치에 적응하고, 어느새 스크린도 적절한 화면 비율을 되찾은 것처럼 보인다. 형태와 색깔도 마찬가지다. 처음엔 희미한 빛이 거슬리나 눈이 생리학적으로 적응하면서 대상들의 전체적인 관계에 대한 감각을 되찾게 되고 세상은 다시 친숙한 모습으로 우리 앞에 다가온다.

다양한 변화 속에서 동일성을 인식하고 변화된 조건들에서 안정된 형태를 유추해 내는 능력, 인간과 동물에게 공통된 이런 시각 능력이 없다면 미술 역시 존재할 수 없을 것이다.[12]

8 자연 세계

1987년 5월 23일, 『뉴욕 타임스』는 55년 동안 오로지 자이언트 바다거북 연구에 전념했던 동물학자 아치 카의 별세 소식을 알리는 장문의 기사를 게재했다. 그 기사를 통해 처음 접한 그의 인생 이야기는 무척이나 흥미로웠다. 아치 카는 주로 코스타리카에 현장 캠프를 두고 활동하면서 사람들이 식용을 목적으로 무분별하게 포획해 한때 멸종 위기에 몰렸던 바다거북의 개체 수를 늘리는 데 기여했다. 또한 거북의 몸에 꼬리표를 다는 방법으로 그때까지 베일에 가려져 있던 바다거북의 번식주기와 1,200마일이나 되는 거리를 집단으로 이동하는 생태적 특성의 비밀을 일부 밝혀냈다.

그리고 그와 그의 동료들이 이 생물 종을 지키기 위해 해 온 활동들을 이해하기 쉽게 설명한 열한 권의 대중 저서를 출간했다. (55년에 이르는 활동 기간 동안 그의 학문적 근거지 역할을 한 곳은 게인즈빌에 위치한 플로리다대학교였다.) 그중 여러 권이 문학상을 받았고, 특히 『바람이 불어오는 길』은 카 교수가 시작한 바다거북 연구 및 구호 활동을 조직적으로 지원하는 카리브해보존협회Caribbean Conservation Corporation의 출범 계기가 되었다.

처음엔 평생을 한 동물에게 헌신하는 사람이 있다는 것이 믿기지 않았다. 그때 문득 아버지의 인생이 떠올랐다. 아버지는 91세에 돌아가실 때까지 식을 줄 모르는 열정으로 셸락◆ 사업에 온 힘을 쏟으셨다. 아버지의 할아버지, 즉 나의 고조할아버지는 독일계 이민자로 1849년에 윌리엄 진서 앤드 컴퍼니라는 셸락 제품 생산 회사를 설립했는데, 이 회사는 1909년 아버지가 대학을 졸업하고 회사 경영에 뛰어들 무렵엔 바다거북이 멸종 위기에 처했던 것처럼 심각한 폐업 위기에 몰려 있었다. 아치 카에게 바다거북의 생활 주기가 그러했듯, 아버지에게 캘커타 북부에서 나뭇가지 위에 고치를 짓는 랙깍지벌레의 생활 주기는 신비로움 그 자체였다. 아버지는 고품질의 셸락을 생산하는 데 온 열

◆ 천연수지의 일종. 인도와 타이에 많이 사는 랙깍지벌레Laccifer lacca의 분비물에서 얻는다.

정을 불태우셨고 자연스레 사업도 번창하기 시작했다. 아버지는 자신의 일을 진정으로 사랑했고 또 그 일을 훌륭하게 해내셨다. 그런 아버지를 지켜보면서 나는 어린 나이에 '좋아하는 일을 하면 자연히 그 일을 잘하게 된다'는 인생 원리를 배웠다.

아치 카도 마찬가지였으리라. 나는 서점에 가서 그가 쓴 『이처럼 훌륭한 물고기: 바다거북의 자연사』So Excellent a Fishe: A Natural History of Sea Turtles 를 구입했다. 책 제목은 "새끼와 성체를 막론하고 무분별하게 바다거북을 사냥하고 포획하는 행위를 금지"함으로써 "이처럼 훌륭한 물고기"를 멸종 위기에서 구하고자 1620년 버뮤다의회가 통과시킨 한 법안에서 따온 것이다. 당시 나는 자연 세계에 관한 글쓰기를 소개하는 장에 어떤 작가의 글을 넣을지 고민하고 있던 참이었기에, 때마침 아치 카를 알게 된 것에 큰 기쁨을 느꼈다. 하지만 이를 단지 운이라고만 볼 수는 없었다. 누군가의 말처럼(아마 체스터필드 경이 한 말일 것이다) 행운은 준비된 자에게만 찾아온다고 하지 않던가. 작가의 머릿속은 의식적으로든 잠재의식적으로든 하루 24시간 내내 작업 중이다. 작가라면 언제든 행운을 맞이할 준비가 되어 있어야 한다.

열정, 의심의 여지없이 아치 카의 책에도 녹아 있을 이 열정이라는 특성은 좋은 글을 쓰기 위한 필수 요소다. 내가 '범교과적 글쓰기' 프로그램을 신뢰하는 이유도 여기에 있다. '범교과적 글쓰기' 프로그램은 학생들에게 자신이 흥미를 느끼는 주제의 글을 쓰도록 적극 장려함으로써 글쓰기가 그들의 인생에 유용한 수단이 될 수 있음을 일깨워 준다. 대학 입학을 희망하는 학생이 대학의 입학사무처에 자신이 얼마만큼 우수한지 어필하는 에세이를 제출해야 할 때 얼마나 빨리 글 쓰는 법을 익히는지 알면 놀랄 것이다. 왜 써야 하는지도 모르고 썼던 그간의 온갖 작문 숙제(엉성한 논리, 답답한 문장)는 깔끔하게 쓰인 그 한 편의 글을 위해 존재했던 것이다. 동기부여는 비강 스프레이 이상으로 머리를 맑게 해 주는 특효약이다.

나는 아치 카의 『이처럼 훌륭한 물고기: 바다거북의 자연사』를 읽으며 바다거북의 중요한 두 가지 생태적 특성에 금세 매료되었다. 첫째, 바다거북은 '엄청나게 먼 거리를 여행하는 동물 여행자' 중 하나다. 바다거북은 아직 분명하게 규명되지 않은 일종의 항법을 이용해 놀랍도록 정확하게 어센션 섬과 카리브 해의 여러 해변 사이를 오간다. 둘째, 몸무게가 300파운드◆에 달하는 암컷 바다거북은 산란기가

◆ 1파운드는 약 453.592그램에 해당한다.

되면 안전하고 낯익은 바다를 떠나 적대적인 환경이라 할수 있는 해변으로 올라와 알을 낳는다. 암컷 바다거북은 몸이 너무 무거운 데다 알을 낳는 데 집중하느라 적들과 제대로 싸우지 못한다. 아치 카는 "일단 알을 품으면 암컷은 그 일을 마칠 때까지 개들이 자신의 보금자리를 파헤치려 하거나 술 취한 인디언들이 자기 등을 북처럼 두들겨도 맞서 싸우지 않고 슬금슬금 피한다"고 쓰고 있다.

이처럼 불리한 환경에서 암컷 바다거북이 한 번에 낳는 알의 개수는 자연의 수량 조절 능력이 얼마나 뛰어난지를 보여 주는 단적인 예다.

녹색 거북이 해변에 올라와 한 번에 낳는 알은 대략 100개 정도다. 고등어나 바닷가재 같은 다른 해양성 동물이 낳는 알의 개수보다는 많지 않지만 도마뱀이나 암탉이 낳는 알의 개수보다는 많다. 알의 개수를 결정하는 생물학적 원리에 관해 아직 밝혀진 것은 거의 없다. 하지만 한 가지 분명한 사실은 바다거북이 낳는 알의 개수로 결정된 이 절묘한 매직 넘버가 바다거북의 개체 수와 운명을 적정선에 맞게 조절하는 역할을 한다는 것이다. 많다면 너무 많고 적다면 너무 적은 이 숫자는 참으로 경이롭다.[1]

멋 부리지 않은 순수한 문체가 마음에 든다. 필요한 내용을 모두 담은 뒤 '경이롭다'라는 표현으로 글에 정서적 무게를 얹었다. 이로써 독자에게 지금 이곳에서 놀라운 일이 벌어지고 있음을 알린다. 반면 내가 만난 경영 컨설턴트 중에는 숫자를 말할 때 쓸데없이 '단위 기준'을 곁들이며 멋을 부리는 사람이 있었다. 가령 여섯 캔들이 맥주 한 팩의 생산 비용을 이야기할 때 "5달러입니다" 하지 않고 굳이 "단위 기준 5달러입니다"라고 말해야 직성이 풀리는 사람이었다.

바다거북 알과 알에서 갓 깨어난 새끼가 맞이할 위험한 미래를 생각할 때, 바다거북은 왜 굳이 고집스레 해변으로 와 알을 낳으려 하는 걸까 궁금해하는 사람이 있을 것이다. 차라리 크고 단단한 것으로 하나만 낳아서 새끼주머니 같은 곳에 넣어 다닌다거나 우연의 법칙을 무시해도 되게끔 바닷속에서 수백만 마리의 유충을 낳아 플랑크톤과 섞이게 하면 좋지 않은가 생각하면서 말이다. 하지만 거북에겐 포식자를 이기기 위해, 적어도 포식자에게서 살아남기 위해 선택한 그들만의 방식이 있다. 그 방식이란 바로 100개의 알을 낳는 것이다. (……)

거북 알과 거북 새끼를 먹이로 삼는 동물을 조사해 보면 육식성 동물과 잡식성 동물, 척추동물과 무척추동물을 망라해, 거북의 보금자리 근처에서 살아가는 거의 모든 동물이 포함된다는 걸 알 수 있다. 개미와 게에서 곰에 이르기까지 포식자의 크기는 매우 다양하다. 그중에는 해변에 서식하는 동물도 있고, 해안 숲에 서식하는 동물도 있다. 평소엔 내륙 깊숙한 곳에 살다가 거북이 알을 낳으려고 해변으로 올라오는 철에만 나타나는 포식자도 있다. 토르투게로(토르투게로는 카 교수의 캠프가 자리한 곳이다)의 시퀴레스 개, 랜초누에보 코요테가 그렇다.

오늘날 인간을 제외한 토르투게로 해변의 주요 포식자는 개와 독수리다. 독수리보다 개가 더 위협적이다. 개는 알을 품은 암컷 거북 밑으로 들어가 눕거나 암컷 거북이 알을 덮지 못하게 한 뒤 물어 간다. 땅도 독수리보다 잘 판다. 사실 대부분의 사람은 독수리가 땅 파는 모습을 상상조차 해 본 적 없을 것이다. 하지만 독수리는 상상 이상으로 땅을 잘 판다. 또 다른 주요 포식자로는 주머니쥐, 내륙 최북단 농가에서 키우는 소수의 돼지, 와리 떼, 거북의 산란기와 부화기에 맞춰 내륙 숲에서 해변으로 찾아오는 흰입페커리 등이 있다. 해변에 거북의 보금자리가 수백 개 생겨나고, 알을 깨고 나온 새끼 거북들이 겨우 2.5센티미터 남짓한 깊이의 얕은 구덩이 속에 다닥다닥 붙어 미지의 세상으로 나갈 때를 기다리는 10월 초엔 특히 대참사가 벌어진다. 카리브 해 지역에는 거북이 알을 낳기에 적합한 해변이 수천 마일이나 펼쳐져 있는데도 초록 거북이 와리 떼의 위협을 무릅쓰면서까지 터틀보그 해변으로만 가는 이유는 바로 그곳 주변에 페커리가 건너오기 어려운 석호가 있기 때문이다. (……)

새끼 거북들은 보금자리를 빠져나오는 즉시 지체 없이 움직인다. 빠른 걸음으로 곧장 모래사장을 가로질러 바닷속으로 들어간다. 이때가 거북의 생애에서 가장 위험한 순간이다. 하지만 이 순간은 그리 길지 않다. 1, 2분 남짓, 바다까지 가는 길에 장애물이 많으면 그보다 약간 더 걸리는 정도다. 하지만 아무리 그렇다 해도, 왜 어미 거북은 어린 새끼를 굳이 바다에서 멀리 떨어진 해변에, 더군다나 먹을 것도 없고, 시야가 가려 길을 찾기도 어려워 보이는 모래언덕이나 바위 아래 두는지 상식적으로 이해하기 어려울 수 있다. 새끼 거북은 보금자리를 떠나 온갖 포식자들이 호시탐탐 자신을 노리는 세계로 들어선다. 그러므로 최대한 빠르게, 곧장 바다로 가야 한다. 새끼 거북은 바다를 볼 수도,

본 적도 없지만 신호에 반응하듯 본능적으로 바다의 존재를 감지한다.[2]

흥미진진한 글이다. 마치 내가 실제로 토르투게로 해변에 서서 파도를 향해 기어가는 새끼 거북을 지켜보며 부디 그들이 와리와 마주치지 않고 무사히 바다에 도착하기를 간절히 기도하고 있는 듯한 기분이 든다. 하지만 단순히 매력적인 내용을 다룬다고 해서 뛰어난 글이 되는 건 아니다. 이 글이 뛰어난 이유는 내용이 과학적 관찰과 사실에 뿌리박고 있기 때문이다. 그리하여 100개의 거북 알과 땅을 파는 독수리, 거북의 산란기에 해변을 찾는 코요테, 새끼 거북에게 신호하는 바다의 이미지가 우리의 머릿속에 오랫동안 남을 수 있는 것이다.

『이처럼 훌륭한 물고기: 바다거북의 자연사』를 읽고 바다거북에 대해 기대 이상으로 많은 걸 배웠다. 하지만 바다거북의 생태는 여전히 신비의 베일에 싸여 있다. 아치 카 교수조차 그 신비의 극히 작은 일부분만을 밝혀내는 데 성공했을 뿐이다. 그래서 더 즐거운 독서가 됐는지 모른다. 어떻게 평생을 한 생물 종만 연구하며 살 수 있을까 놀라워한 게 언제였던가 싶게, 이제는 바다거북이 어떻게 거대한 대양을 건너 자신이 원하는 목적지에 정확히 닿을 수 있는지를 규명하려면 여러 명의 과학자가 힘을 합쳐 평생 연구에 매진해야 할지도 모른다는 생각이 든다.

또 한 가지, 이 책을 읽으며 '훌륭한 작가의 손길을 거친 과학은 예상치 못한 인간적인 측면을 드러낸다'는 생각을 했다. 이 책의 경우 거북의 몸에 단 꼬리표가 그 접점이 되었다. 아치 카는 카리브 해 지역 주민들에게 꼬리표를 단 거북을 발견하면 그것을 떼어 언제 어디서 발견했는지를 적은 편지와 함께 플로리다대학교로 보내 달라고 부탁했다. 꼬리표를 찾은 이들은 어떤 사람이었을까? 아치 카는 꼬리표를 발견한 이들이 보내온 편지를 책에 일부 소개하고 있다. 그들은 인근 어부 혹은 멀리 떨어진 마을이나 섬에 사는 해안 거주민으로 평소 동물학 교수에게 편지 쓸 일이 없는 사람들이었다. 하지만 그들은 이 교수가 무언가 중요한 걸 밝혀내려 한다는 걸 이해했고, 그 일에 소소하게나마 도움을 주고자 애썼다. 호의 어린 이들의 편지는 이 책에 매력을 더해 주는 요소다.

당신께 애정 어린 인사를 보내며, 제가 금속 명판을 달고 있는 거북을 발견했다는 소식을 알려 드리고자 합니다.

(……)

저는 미스키토 해안의 다쿠라 마을에 사는 미스키토 인디
언입니다. 이걸 보내 드리려고 가장 가까운 우체국을 찾아
24킬로미터 떨어진 푸에르토카베자스까지 나왔답니다.
(……)

니카라과 바다로 흘러내려 가던 이 거북을 발견했다는 소
식을 기쁜 마음으로 전합니다. 발견 장소는 피어라군의 석
호이고, 발견 시각은 8월 18일 목요일 아침 6시입니다. 제
가 제대로 말씀드린 게 맞는지 모르겠네요. (……)

마룬케이에서 그물을 던지던 중에 이 거북을 잡았다고 말
씀드릴 수 있어 기쁩니다. 작년 10월 17일 아침 9시에 잡았
습니다. 그 밖에 별다른 건 없지만, 어쨌든 알려 드립니다.
(……)

베네수엘라 코조로 해안에서 잡은 거북의 등에 이 꼬리표
가 붙어 있었습니다. 당신의 연구에 필요할 것 같아 보내
드리는 바입니다. 우정 어린 포옹을 전하며. (……)

---

8 자연 세계

카리브 해의 푸른 바다에서 내 책으로 불쑥 뛰어든 아치 카와 달리 찰스 다윈은 예전부터 늘 다뤄 보고 싶은 학자였다. 찰스 다윈이 작가로서는 뛰어나지 않을지도 모른다는 생각은 해 보지 않았다. 앎의 영토를 획기적으로 넓힌 학자라면 개념을 명료하게 글로 표현하는 능력도 당연히 뛰어날 것이기 때문이다. 글쓰기는 리더십의 시녀이기도 하다. 에이브러햄 링컨과 윈스턴 처칠은 힘 있는 문체가 돋보이는 글솜씨를 무기 삼아 명예로운 자리에 올랐다. 하지만 내 이론이 항상 맞는 건 아니다. 가령 벅민스터 풀러◆는 혁신적인 사상가였지만 온갖 생각이 뒤죽박죽 뒤섞인 형편없는 글을 썼다. 내 이론을 빗겨 간 인물은 그뿐만이 아니다.

다행히 찰스 다윈은 나를 실망시키지 않았다. 내 판단이 옳았음을 증명하는 데는 그의 책을 단지 두 페이지 정도 읽는 것만으로도 충분했다. 찰스 다윈의 『비글호 항해기』는 이렇게 시작한다.

거센 남서풍 때문에 두 번이나 회항한 끝에 마침내 1831

◆ 1895-1983년. 지오데식 돔Geodesic dome 양식을 창안한 미국의 건축가.

년 12월 27일, 10문의 대포를 갖춘 범선 비글호는 여왕 폐하의 명을 받아 데번포트에서 출항했다. 비글호의 지휘자는 피츠 로이 선장이었다. 이번 원정의 목적은 킹 선장이 1826년부터 1930년까지 수행한 파타고니아, 티에라델푸에고 탐사를 마무리하고, 칠레와 페루, 태평양의 몇몇 섬 해안을 조사하며, 크로노미터로 이 지역들의 거리를 측량하는 것이다. 1월 6일, 테네리프 섬에 닿았으나 선내에 콜레라가 퍼질 것을 우려해 상륙하지는 않았다. 다음 날 아침, 울퉁불퉁한 그랜드카나리 섬 뒤편으로 해가 떠오르자 우리는 테네리프 섬의 산봉우리 끝이 햇빛을 받아 밝게 빛나는 장관을 바라보았다. 그동안에도 산꼭대기 아래는 여전히 뭉게구름으로 뒤덮여 있었다. 그때가 첫날이었다. 내게 평생 잊지 못할 기쁨을 준 기나긴 여정의 첫날. 1832년 1월 16일, 우리는 케이프드버드 군도의 가장 큰 섬인 세인트자고의 포르토프라야 섬에 상륙했다.[3]

찰스 다윈이 말한 기쁨의 날들은 비글호가 다시 잉글랜드 땅에 닿기까지 4년 하고도 9개월 동안 이어졌다. 이 항해는 장차 자연계에서 인간이 차지하는 위치에 대한 찰스 다윈의 견해를 혁명적으로 바꿔 놓는다. 하지만 당시의 그는

"자연사에 기록될 만한 가치가 있는 것을 수집하고, 관찰하고, 기록할" 기회를 얻기 위해 비글호에 승선한 스물두 살의 젊은 동식물 연구자에 불과했다.

첫 단락은 주로 비글호 원정의 목적을 독자에게 소개하는 데 할애돼 있다. 하지만 우리는 이어지는 단락을 읽으면서 금세 이 저자가 예사로운 관찰자가 아님을 느끼게 된다.

바다에서 바라보는 포르토프라야 섬 인근은 황량해 보인다. 과거에 있었던 화산활동과 모든 걸 태워 버릴 듯 맹렬하게 쏟아져 내리는 남국의 햇빛이 이곳의 토양을 식물이 살 수 없게끔 바꿔 놓았다. 계단처럼 이어진 고원 위로 끝이 뭉툭한 원통 모양의 봉우리가 여기저기 솟아 있고, 섬 뒤편으로는 좀 더 높은 산들이 들쭉날쭉하게 이어지며 수평선과 경계를 이루고 있다. 안개가 자욱한 날에 바라보는 이곳 풍경은 세상에서 경험할 수 있는 가장 흥미로운 것이다. 특히 배를 타 본 경험이 별로 없고, 코코아나무 숲속을 처음 거닐어 본 이라면 때 묻지 않은 눈으로 그 풍경의 진가를 알아보리라. 일반적으로 이 섬의 풍광은 단조롭고 지루하다고 여겨진다. 하지만 영국적 풍경에 익숙한 사람이라면 누구나 이 불모지에 깃든 장엄한 아름다움을 느낄 수 있을 것이다. 수목이 좀 더 있었더라면 오히려 이 장엄한 아름다움이 파괴되었을 것이다. 아닌 게 아니라 넓게 펼쳐진 이 섬의 용암 평원 위로는 초록빛 이파리 하나 찾아보기 어렵다. 그러나 그럼에도 염소 무리와 몇몇 소가 용케 그곳에서 살아가고 있다.

『비글호 항해기』에 담겨 있는 온갖 자연 생물에 관한 이야기는 500페이지에 달하는 책 어디를 펼쳐도 인용할 부분을 찾을 수 있을 만큼 다채롭고 풍성하다. 그중 내가 여기에 소개하려는 대목은 다윈이 갈라파고스 제도에 머물 당시의 기록이다. 다윈은 그곳의 고립된 환경 속에서 다른 어느 곳에서도 볼 수 없는 독특한 생물 종으로 진화한 여러 동물을 관찰하며 종의 기원 및 적자생존 원리의 착상을 얻었다.

때는 1835년 가을, 비글호가 항해를 시작한 지 무려 4년이 다 되어 가던 시점이었음에도 다윈은 조금도 시들지 않은 열정으로 진화상의 돌연변이로 여겨지는 어느 도마뱀 종에 대해 이렇게 기술한다.

바다이구아나라는 놀라운 도마뱀은 오직 이곳 갈라파고스 섬들에서만 서식한다. 이곳엔 대체로 비슷한 형태를 띤 두 종류의 이구아나가 있다. 하나는 육지성이고, 다른 하나는 해양성이다. 이 중 후자가 바로 바다이구아나다. 이 생물의 특징을 처음 조사한 벨 씨는 짧고 넙데데한 머리, 길이가 고르고 튼튼한 발톱으로 보아 이 생물이 육지성 이구아나와 전혀 다른 독특한 생태적 특징을 보일 것이라 예측했다. 바다이구아나는 갈라파고스의 어느 섬에서나 흔히 볼 수 있는 도마뱀이다. 보통 무리를 이룬 채 바위 해변에 산다. 적어도 나는 해안에서 약 10미터 이상 떨어진 내륙에선 바다이구아나를 본 적이 없다. 바다이구아나는 흉측한 생물이다. 빛깔은 칙칙하게 검고, 지능이 낮으며, 느릿느릿 움직인다. 다 자란 바다이구아나의 길이는 보통 1미터 정도지만, 일부는 1.2미터까지 크고 무게는 9킬로그램까지 나간다.

꼬리는 옆으로 퍼진 형태고, 네 발에 모두 물갈퀴가 돋아 있다. 때로 해안으로부터 수백 미터 떨어진 바다에서 헤엄치고 있는 모습이 목격되기도 한다. (……) 이 도마뱀은 몸통과 납작한 꼬리를 이용해 몸을 뱀처럼 움직이며 매우 쉽고 빠르게 헤엄을 치는데, 이때 네 다리는 움직이지 않고 몸에 바짝 붙인 상태를 유지한다. 선원 중 한 명이 갑판 위에서 바다이구아나의 몸에 무거운 추를 매달고 바닷속에 가라앉혀 보았는데, 그놈은 곧 죽을 것이라는 예상과 달리 한 시간 뒤 줄을 끌어올렸을 때도 살아서 활기차게 움직였다. 바다이구아나의 네 다리와 강력한 발톱은 해변의 울퉁불퉁하고 잘게 쪼개진 화산암 덩어리 위를 기어 다니기에 더없이 알맞다. 그래서 예닐곱 마리로 이루어진 한 무리의 바다이구아나가 파도 위 몇 피트 높이의 검은 바위 위에 엎드려 다리를 활짝 펼친 채 햇볕을 쬐고 있는 모습이 자주 목격된다.

바다이구아나의 배를 절개했을 때 내장 속에 잘게 잘린 해초(파래)가 가득 들어 있는 것을 보았다. 이 해초는 밝은 초록빛 또는 어두운 붉은빛을 띠며, 자라면서 가는 잎사귀 형태로 퍼진다. 해변 바위에서는 전혀 본 기억이 없는 것을 보면, 해안에서 약간 떨어진 바닷속 밑바닥에서 자라던 것이라고 추측해 볼 수 있다. 이로써 바다이구아나가 가끔 바다로 나가는 이유가 설명된다. 바다이구아나의 배 속에 든 건 해초뿐이었다. 바이노 씨가 한 바다이구아나의 배 속에서 게의 일부 조각을 찾아내긴 했지만 그것은 내가 어떤 거북의 배 속에서 이끼에 섞인 애벌레를 발견한 것과 비슷하게, 해초 속에 우연히 섞여 들어간 것일 가능성이 높다.

    과학적인 관찰이 끝없이 이어지는 가운데 틈틈이 등장하는 인간의 활동이 얼마나 반갑게 느껴지는가. 다윈은 우리에게 이것이 원정 중에 일어난 일이며, 과학 연구는 대개 여러 사람과의 협업을 통해 수행된다는 사실을 일깨운다. 처음으로 바다이구아나의 특징을 규정하며 바다이구아나가 매우 독특한 종일 것이라 예측한 벨 씨, 다윈만큼이나 강한 탐구심으로 바다이구아나의 배 속에 든 내용물을 조사한 바이노 씨, 바다이구아나의 몸에 무거운 추를 매달고 한 시간 동안 바닷속에 가라앉혔다가 끌어올려 바다이구아나가 여전히 살아서 활발하게 움직이는 걸 발견한 어느 선원…… 삽화처럼 중간중간 등장하는 이들의 이야기를 읽으며 독자는 자신이 비글호의 항해에 함께하고 있는 듯한 기분을 느낀다. 또한 해변의 바위 위에 누워 일광욕을 하며 섬 안쪽으로는 10미터 이상 들어가지 않는 이 독특한 도마뱀에 대해 저자가 조금씩 더 많은 것을 알아 가는 과정을 따라가면서 우리는 실제 과학 연구가 이처럼 점진적인 발견의 과정임을 깨닫게 된다. 그리하여 이 사랑스럽다곤 할 수 없는 도마뱀에 대해 다윈이 또 어떤 사실을 알아냈을지 더욱더 궁금해지는 것이다.

다른 초식동물들과 마찬가지로 바다이구아나는 커다란 내장 기관을 갖고 있다. 먹이의 특성, 꼬리와 발의 형태, 스스로 바닷속으로 들어가 헤엄치는 모습이 자주 목격된다는 사실 등에서 바다이구아나가 전형적인 해양성 동물임을 알 수 있다. 그런데 한 가지 특이한 점이 있다. 바다이구아나는 다른 해양성 동물과 달리 겁에 질렸을 때 바다로 뛰어들지 않는다. 따라서 해변 바위의 한쪽 구석으로 몰아 쉽게 잡을 수 있다. 구석에 몰린 상황에서도 바다이구아나는 바다로 뛰어들지 않고 순순히 꼬리를 잡힌다. 전혀 물려 하지도 않는다. 다만 극도로 겁에 질렸을 땐 양쪽 콧구멍으로 약간의 분비액을 분사한다. 바다이구아나를 한 마리 잡아서 최대한 멀리, 썰물이 지면서 생긴 깊은 물웅덩이 쪽으로 던졌더니 얼마 뒤 내가 서 있는 곳으로 되돌아왔다. 몇 번을 던져도 마찬가지였다. 그놈은 일단 물웅덩이에 빠지면 이따금 발로 울퉁불퉁한 바닥을 디디며 바닥 근처에서 우아하고 재빠른 동작으로 헤엄을 쳤다. 웅덩이 가장자리에 도착하면 바로 물 밖으로 나오지 않고 주변의 해초 다발이나 웅덩이 벽의 틈새로 들어가 몸을 숨겼다. 그 상태로 있다가 위험이 지나갔다고 느끼면 비로소 마른 바위 위로 올라와, 최대한 빠르게 발을 놀려 원래 있던 곳으로 기어갔다.

나는 몇 번이나 바다이구아나를 같은 장소로 몰아서 잡았다. 수영 솜씨가 그토록 뛰어난데도 절대 물속으로 뛰어들려 하지 않았다. 더구나 그놈을 잡아서 던지면 방금 설명한 방식대로 원래 있던 곳으로 돌아왔다. 일견 어리석어 보이는 이 유별난 습성은 바다이구아나가 처한 환경적 조건에서 기인한 것으로 보인다. 해변에는 이렇다 할 바다이구아나의 천적이 없지만 바다에서는 종종 상어 떼의 먹이가 되곤 한다. 그리하여 고착된 유전적 본능에 따라 해변을 안전한 장소라 느끼고 어떤 위급 상황에서도 바다가 아닌 해변에서 숨을 곳을 찾으려 하는 것이다. (……)

나는 이곳 섬의 주민들에게 바다이구아나가 어디서 알을 낳는지 아느냐고 물어보았다. 그들은 육지성 이구아나가 어디서 알을 낳는지는 잘 알지만─육지성 이구아나는 섬 전역에서 매우 흔하게 볼 수 있으므로 놀랄 일도 아니다─바다이구아나가 어떤 식으로 번식하는지는 전혀 모른다고 말했다.

이는 연구에 완전히 몰입한 과학자의 글이다. 하지만 다윈은 자신이 쓰는 글의 목적이 정보 전달에 있음을 잊지 않는다. 『비글호 항해기』가 지닌 강점은 무엇보다 뛰어난 유용성에 있다. 논픽션 글쓰기는 독자에게 읽기 전에는 몰랐던 새로운 정보나 개념, 견해를 제공해야 한다. 글을 쓰는 목적은 개인마다 다를 수 있다. 우리는 때로 자기만족을 위해, 심리 치료를 위해, 무언가를 잊지 않기 위해, 자기 인생을 되돌아보기 위해 글을 쓴다. 하지만 그 글의 유효성은 그것이 다른 사람에게 얼마나 도움이 되느냐에 따라 결정된다.

자연 세계를 주제로 한 유용한 글을 쓰기 위해 꼭 다윈이 될 필요는 없다. 우리 주변에서 살아가는 동물, 물고기, 새에 관해 쓴 중요한 작품도 얼마든지 있다. 예를 들어 내가 즐겨 읽는 『미주리 환경운동가』는 미주리 주 독자에게 미주리 주의 아름다운 자연을 소개하는 동시에 환경보호 정보를 제공하는 잡지다. 기사의 논조는 언제나 차분하고 친절하며 '사냥하지 마라, 낚시하지 마라'는 식으로 훈계를 늘어놓기보다는 정확한 정보 전달에 중점을 둔다. 다음 예문은 파충류학자 톰 존슨이 사람들이 물뱀에 갖는 '불필요한 걱정과 두려움'을 불식시키고자 쓴 기사다.

낚시꾼 사이에서 물뱀은 자주 '호전적인' 생물로 분류된다.

다른 야생동물과 마찬가지로 물뱀도 자기방어 본능에 충실하다. 그래서 사람에게 붙잡히면 격렬하게 몸부림치고, 물려고 하고, 꼬리 아래 있는 분비샘에서 악취를 풍기는 사향을 방사하기도 한다. 일반적인 믿음과 달리 물뱀은 자기방어를 위해, 먹이를 사냥하기 위해 물속에 있을 때도 물 수 있다. 하지만 어떤 경우든 물뱀에 물린 상처가 단순 찰과상 이상으로 심한 경우는 없다.

물뱀은 무얼 먹고 살까? 물뱀을 죽이려 한다면 먼저 이 질문부터 곰곰이 생각해 보길 바란다. 사람들은 대개 물뱀이 물고기를 너무 많이 잡아먹고 아무런 득도 되지 않는 동물이라고 잘못 생각하고 있다. 일부 낚시꾼은 물뱀이 낚시감을 잡아먹는다 하여 보이는 족족 잡아 죽이려 한다. 사실은 정확히 그 반대다. 물뱀은 대개 낚시감이 될 수 없는 물고기, 특히 병들었거나 상처 입은 물고기만을 잡아먹는다. 여러 연구 논문을 통해 입증되었듯이 물뱀은 물고기 수나 우리의 낚시에 아무런 위험이 되지 않는다. 물뱀은 물속 환경에서 포식자이자 피식자다. 물뱀은 물고기 외에 개구리, 올챙이, 도롱뇽, 가재 등을 잡아먹고, 반대로 어린 물뱀은 농어, 강꼬치고기, 줄무늬농어, 황소개구리, 밍크, 수달, 왜가리 등의 먹이가 된다.

낚시꾼들이 물뱀을 좋아하지 않는 또 다른 이유는 물뱀이 공격적이라는 인식 때문이다. 물뱀이 보트 뒤를 쫓아왔다거나 심지어 보트 안으로 뛰어들려 했다고 이야기하는 낚시꾼들이 있다. 이는 실제로 일어나는 일이다. 하지만 물뱀이 공격적이기 때문은 아니다. 물뱀은 먹이 ― 병들었거나 상처 입은 물고기 ― 를 냄새로 감지한다. 물뱀의 혀는 상처 입은 물고기가 내뿜는 냄새를 재빨리 감지한다. 그래서 물고기를 많이 낚은 낚시꾼은 상처 입은 물고기가 내뿜는 냄새를 따라 보트 주위로 몰려든 굶주린 물뱀들을 자주 본다. 하지만 이때 물뱀은 '물고기가 어디 있지?'만을 생각할 뿐이다. 이것은 공격성의 발로가 아니라 먹이가 있는 장소에 대한 자연스러운 반응이다. 물뱀은 포식자로서 또는 시체 청소동물로서 행동하는 것일 뿐 낚시꾼을 공격하려는 것은 아니다.[4]

소나 돼지처럼 좀 더 평범한 동물을 다룰 순 없을까?(라고 여러분이 말하는 소리가 들린다.) 물뱀이나 바다거북, 바다이구아나처럼 우리가 평생 한 번 보기도 어려운 신기한 동물 이야기는 충분히 한 것 같으니 말이다. 이제부턴 우리 주변 어디에서나 만날 수 있는 곤충과 새에 대한 글을 살펴보고자 한다.

곤충을 다룬 글이라고 하면 아무래도 가장 먼저 떠오르는 이름이 프랑스의 곤충학자 장앙리 파브르다. 파브르의 글을 이번 장에 포함시킨 이유도 여기에 있다. 대가의 작업을 구경하는 건 언제나 즐겁다. 하지만 두 가지 이유가 더 있다. 하나는 번역의 문제와 관련된다. 파브르는 프랑스어로 글을 썼다. 따라서 번역을 가능케 하는 글쓰기 요소가 무엇이냐는 문제를 생각해 볼 수 있다. 또 다른 이유는 파브르가 굴곡진 이력을 지닌 작가라는 사실이다. 놀라운 변신을 이룬 파브르는 지금 다니는 따분한 직장에서 은퇴하면 꼭 글을 쓰리라 생각하는 모든 이의 수호성인이라 할 만하다.

1823년, 프로방스 지방에서 농부의 아들로 태어난 파브르는 거의 평생 동안 가난 속에 살았다. 교사로 일하며 간간이 아이들을 위한 과학 교육용 책을 쓰는 것으로 돈을 벌었지만 그것만으로는 온 식구가 먹고살기에 턱없이 부족했다. 파브르는 오전 수업만 있는 수요일 오후와 여름방학 기간을 이용해 곤충 세계를 연구했다. 55세 되던 해에 그동안 모은 돈으로 세리냥 외곽의 귀퉁이 땅을 사들였다. 땅이 척

박해 가축을 키우거나 농사를 짓기엔 적합하지 않았지만 말벌과 야생벌 같은 곤충들이 자라기엔 더없이 이상적인 장소였다. 파브르는 이곳에서 곤충을 연구하고 글을 쓰며 여생을 보내고자 했다. 그리하여 그는 이곳에서 기념비적인 저작 『곤충기』 집필에 착수했다. 28년에 걸쳐 총 열 권으로 완성된 이 저작이 한 권씩 정기적으로 출간되는 동안 이를 주목한 이는 거의 없었다. 따라서 이 장대한 이야기가 몇 권으로 마무리될지 궁금해하는 사람은 아무도 없었다.

파브르 작품 선집 『J. 앙리 파브르의 곤충 세계』The Insect World of J. Henri Fabre를 엮은 에드윈 웨이 틸은 서문에서 다음과 같이 썼다. "파브르는 세상의 오랜 무관심 속에서 수십 년 동안 고된 연구와 집필에 매달렸다. 명성을 누린 건 고작 생애의 마지막 5년이었다. 『곤충기』 10권이 출간되었을 때 파브르는 84세였다. 마지막 권이 출간된 직후 모리스 마테를링크, 에드몽 로스탕, 로맹 롤랑 같은 문학계의 유력 인사가 갑자기 파브르의 이름을 거론하기 시작했다. 1920년, 세리냥에서 파브르의 업적을 기리는 기념제가 열렸다. 정부 관료, 연구 기관과 과학계의 대표자들이 앞다투어 그에게 경의를 표했고, 마을엔 그의 동상이 건립되었다. 이전까지 이 '곤충학계의 호메로스'에 대해 들어 본 적 없던 사람들이 가정에서, 여행길에서 그의 책을 읽기 시작했다. 런던, 브뤼셀, 스톡홀름, 제네바, 상트페테르부르크 등지의 여러 과학 단체에서 그를 명예회원으로 추대했다. 프랑스 정부는 그에게 연간 400달러의 연금을 지급했고, 이 '일등시민'을 만나기 위해 대통령이 직접 세리냥을 방문하기도 했다. 평생을 가난과 고된 노동, 세상의 무관심 속에서 살았고 이제 아흔에 가까운 노인이 된 파브르는 노안으로 잘 보이지 않는 눈을 깜박이며 자신에게 쏟아지는 눈부신 찬사의 빛을 바라보았다."

파브르의 작품이 번역의 한계를 뛰어넘어 여러 나라의 독자들에게 읽힐 수 있었던 건 결코 요행이 아니었다. 파브르의 작품을 영어로 옮긴 번역자 알렉산더 테세이라 드 마토스는 "나는 외국어로 쉽게 옮길 수 있는지의 여부가 좋은 글을 판별하는 하나의 기준이 된다고 생각한다"고 말했다. "번역자를 괴롭히는 건 이른바 '독창적'이라는 핑계로 쓸데없이 꼬고 비틀어 놓은 문장이다. 반면 파브르의 문장은 언제나 단순하고 직설적이다."

파브르는 어린 학생들이 재미있게 읽을 수 있도록 단순하면서 흡입력 있는 문장을 구사해야 하는 과학 교육용 책을 단기간에 써내며 이런 직설적인 문체를 익혔다. 파브르에게 글쓰기는 밥벌이인 동시에 일종의 수련이었던 셈이다. 이후 오랫동안 염원해 온 진짜 자기 작품에 착수했을 때, 파브르는 이미 이 책에서 여러 번 강조한 바 있는 글쓰기의 핵심 요소이자 비할 데 없이 소중한 재능인 '열정'을 문장에 불어넣었다. 또한 그는 자신의 개성을, 놀라울 정도로 따스한 인간적인 온기와 유머를 글에 녹여냈다. 나는 한 번도 '매력'과 '곤충학자'를 연관지어 생각해 본 적이 없다. 곤충에 관심이 있기는커녕 모기, 말벌, 바퀴벌레 때문에라도 벌레라면 손사래부터 치는 사람이다. 하지만 파브르가 곤충에 기울이는 관심엔 넘치도록 흥미가 있다. 작가와 글의 주제와의 관계는 논픽션 글쓰기의 성패를 좌우하는 핵심적인 요소다.

이제 파브르가 글의 서두를 어떤 식으로 써 나가는지 살펴보자.

내 연구실의 보물 1호는 노예사냥꾼으로 유명한 아마존개미 Polyergus rufescens 의 개미집이다. 바로 앞에 떨어져 있는 먹이조차 먹을 수 없을 만큼 노쇠해져 더 이상 새끼를 키우거나 식량을 찾아 나설 수 없는 아마존개미는 자신을 먹여 주고 집 안을 정돈해 줄 하인을 필요로 한다. 그래서 아마존개미는 노예로 부릴 어린 개미를 수시로 훔쳐 온다. 근처의 개미집, 즉 다른 개미 종족의 보금자리를 공격해 유충을 약탈해 오는데, 이 유충은 낯선 환경에서 금세 성충으로 자라나 아마존개미의 충실하고 부지런한 노예 개미가 된다.

본격적인 무더위가 시작되는 6, 7월이면 아마존개미들이 한낮에 병영을 비워 둔 채 원정을 떠나는 모습을 자주 보게 된다. 원정대는 4-6미터에 이르는 긴 행렬을 이룬다. 행군 중에 주의를 끄는 것과 마주치지 않는 한 대열을 흩뜨리는 법이 없다. 하지만 전방에 다른 종족의 개미집으로 의심되는 목표물이 나타나면 선두는 즉각 행군을 멈추고, 한자리에 떼를 지어 모인다. 척후대가 파견된다. 잠시 후 잘못된 목표임이 밝혀지면 대열을 정비하고 행군을 재개한다. 정원에 난 길을 가로지른다. 풀밭 속으로 들어갔다가 한참 뒤 다시 길 위로 모습을 드러낸다. 낙엽 더미를 통과한다. 다시 나온다. 그렇게 행군을 계속한다. 마침내 검은 개미의 개미집을 발견한다. 재빨리 유충이 잠들어 있는 방으로 몰려 내려간다. 얼마 후 노획물을 물고 개미집 밖으로 나오는 아마존개미들이 보인다. 지하 도시 입구에서는 검은 개미와 아마존개미 간의 혼란스러운 싸움이 벌어진다. 하지만 전력의 우열이 뚜렷해 금세 결판이 난다. 승리는 아마존개미에게 돌아간다. 원정대는 노획물, 즉 고치에 싸인 유충을

입에 물고 서둘러 집으로 출발한다.[5]

　확실히 파브르는 좋은 번역자를 만났다. 번역자 드 마토스는 추상적인 어휘보다 구체적인 어휘를 선호하고, 예민한 언어 감각으로 리듬과 뉘앙스를 살린다. 하지만 솜씨가 부족한 번역자가 번역했더라도 서술의 명확성이 돋보이는 파브르의 문체적 특징은 그대로 드러났을 것이다. 파브르는 마치 포트도지를 기습한 코만치 인디언을 묘사하듯 개미의 습격을 묘사한다. 원정대가 집으로 돌아가는 여정 또한 이에 못지않게 생생하다.

　（약탈을 하러 갈 때）어떤 경로를 택할 것이냐는 원정대에게 중요하지 않다. 특별히 선호하는 경로 없이 맨흙이든, 풀밭이든, 낙엽 더미든, 바위 밑이든, 벽돌 틈이든, 덤불 사이든 가리지 않는다. 반면 집으로 돌아갈 때의 길은 엄격하게 정해져 있다. 아마존개미들은 노획물을 진 채 아무리 고생스럽더라도 언제나 동일한, 대개는 수없이 지그재그로 돌아가는 복잡한 경로를 따라간다. 본디 이 길은 그들이 처음 적의 추격을 받았을 때 따라갔던 길이다. 그리하여 아마존개미들은 아까 지나왔던 지점을 다시 지나가는 일을 반

복하더라도, 아무리 힘이 들더라도, 눈앞에 어떤 위험이 닥치더라도 절대 정해진 경로를 바꾸지 않는다. 그들에게 이는 생존과 직결되는 긴요한 문제이기 때문이다.

이 대목에 이르러 독자의 마음속엔 '예시를 들어 달라'는 요구가 생긴다. 훌륭한 작가는 항상 독자가 무슨 생각을 하는지, 그다음엔 어떤 내용이 나오길 바라는지 알고 있다. 파브르는 곧바로 구체적인 사례를 들어 자신의 일반론에 못을 박는다.

가령 아마존개미들이 두텁게 쌓인 낙엽 더미 위를 지나간다고 가정해 보자. 개미들에게 낙엽 더미는 도처에 구멍이 숭숭 뚫린 길이다. 그리하여 매 순간 구멍에 빠지는 개미가 속출할 것이고, 안간힘을 써서 구멍 밖으로 빠져나오느라, 흔들리는 낙엽 끄트머리를 다리 삼아 그 옆의 낙엽 위로 기어오르느라 마침내 낙엽의 미로를 다 빠져나올 때쯤엔 원정대 대다수가 완전히 기진맥진할 것이다. 하지만 그것은 그들에게 아무런 문제가 되지 않는다. 들고 있는 짐이 아무리 무거워도, 앞으로 또 어떤 힘겨운 미로를 헤쳐 가야한다 해도 기필코 그 길을 고수한다. 정해진 경로에서 약간만, 단 한 걸음만 벗어나면 이 고생을 하지 않아도 되는 평탄한 길을 택할 수 있음에도 이런 약간의 이탈조차 결코 허용하지 않는다.

어느 날인가 약탈을 마치고 돌아가는 아마존개미 떼를 본 적이 있다. 그들은 정원 연못의 둘레돌 안쪽 가장자리를 따라가고 있었다. 연못에는 일전에 (개구리, 두꺼비 같은) 양서류 생물 대신 풀어놓은 금붕어가 있었다. 북쪽에서 불어오는 강한 바람이 별안간 개미 대열의 측면을 강타하자 그 대열에 있던 개미들이 몽땅 연못 속으로 날아갔다. 금세 금붕어가 모여들었다. 그들은 물에 빠진 개미들을 잠시 지켜보다가 순식간에 삼켜 버렸다. 엄청난 재앙이었다. 금붕어들이 자리를 떠났을 때 개미 원정대는 상당수의 병력을 잃은 뒤였다. 나는 이제 그들이 경로를 바꾸리라고, 둘레돌 절벽 길 대신 물에 빠질 위험이 없는 연못 주변 길을 택하리라고 생각했다. 예상은 빗나갔다. 개미들은 유충을 입에 문 채 여전히 그 위험천만한 길을 따라 행진했고, 금붕어는 개미에다 개미의 노획물까지 덤으로 포식하게 되었다. 바람이 불자 또다시 많은 수의 개미가 연못으로 떨어져 물고기 밥이 되었던 것이다.

파브르와 작별하기 전에, 그가 우리의 여름밤을 색다른 기쁨으로 채워 주는 반딧불이에 대해 쓴 글을 읽어 보자. 어떻게 곤충이 그토록 매혹적인 빛을 발할 수 있을까? 파브르는 반딧불이를 다음과 같이 소개하고 있다.

삶의 소박한 기쁨을 찬미하며 꼬리 끝으로 불을 밝히는 이 흥미롭고 작은 생물만큼 대중적인 명성을 누리는 곤충은 많지 않다. 반딧불이를 모르는 사람이 있을까? 반딧불이가 보름달에서 떨어져 나온 불꽃처럼 풀밭 위에 너울거리고 있는 밤 풍경을 다들 한 번쯤은 보았으리라. 반딧불이의 옛 희랍어 명칭 'λαμπουριζ'은 '밝게 빛나는 꼬리'를 뜻한다. 학계가 붙인 이름도 이와 비슷한 뜻을 지녔다. 학명 람피리스 노크틸루카*Lampyris noctiluca*는 '등불 운반자'라는 뜻이다. 우리가 평소에 부르는 반딧불이glow-worm라는 이름보다 이 생물의 특징을 더욱 정확하고 시적으로 표현해 준다.

사실 우리는 반딧불이의 이름에 들어가는 이 '벌레'worm라는 단어를 문제 삼지 않을 수 없다. '등불 운반자'는 벌레가 아니다. 외관상으로도 절대 벌레로 보이지 않는다. 땅속을 기어 다니는 벌레와 달리 반딧불이에겐 마음대로 움직일 수 있는 여섯 개의 다리가 있다. 또한 활동 반경이 협소한

벌레와 달리 반딧불이는 세상 이곳저곳을 활발히 돌아다닌다. 성체가 된 반딧불이 수컷은 딱정벌레처럼 제대로 된 두 쌍의 겉날개를 지닌다. 반면 암컷은 날개가 없어 비행의 기쁨을 모른 채 평생 애벌레 형태로 살아간다. (하지만) 이런 암컷조차 '벌레'라는 명칭에는 어울리지 않는다. 우리 프랑스 사람들은 몸을 가릴 외피가 없는 상태를 "벌레처럼 벌거벗었다"고 표현한다. 하지만 반딧불이는 꽤 견고한 껍질을 전신에 두르고 있다. 빛깔도 매우 선명하다. 전체적으로 짙은 갈색이고, 가슴 부위, 특히 가슴 아랫부분은 엷은 분홍빛을 띤다. 등껍질 양쪽 가장자리엔 밝고 선명한 붉은색 점이 있다. 그 어떤 벌레가 이런 복색을 갖추고 있단 말인가.

반딧불이를 '벌레'라는 오명에서 구해 내기 위해 파브르는 "당신이 무얼 먹는지 알려 주면 당신이 어떤 사람인지 말해 주겠다"고 말한 식도락가 앙리 브리야사바랭을 인용한다. 파브르는 이와 동일한 접근법을 "우리의 곤충 연구에도 적용해야 한다"고 쓴다. "동물학이 거둔 크고 작은 지적 성과는 대부분 위장과 관련돼 있다. 식생에 관한 정보는 생물 연구의 가장 핵심적인 자료다." 이어서 파브르는 겉보기엔 유순해 보이는 반딧불이가 사실은 '대단히 포악한 포식자'라는 사실을 이야기한다. "반딧불이의 주요 먹이는 달팽이다. 성찬을 즐기기 전에 반딧불이는 먹이의 몸에 마취제를 투여한다. 마치 수술을 집도하는 외과의처럼 경이로운 솜씨로 먹이를 재우는 것이다."

이후 파브르는 여섯 페이지에 걸쳐 반딧불이의 기괴한 식사 과정을 설명한다. 그 과정은 크게 먹이를 재우는 복잡한 마취 행위와 앙리 브리야사바랭의 테이블에서 벌어질 법한 세심하고 까다로운 미식 행위로 나뉜다. 식사를 마친 뒤 반딧불이는 "제 몸을 머리부터 발끝까지 세심하게 씻고 단장한다. 반딧불이는 왜 그토록 몸단장에 정성을 들이는 것일까? 겉보기엔 그저 몸에 묻은 먼지나 달팽이에게서 묻은 끈적이는 점액을 없애기 위한 행동처럼 보이지만 말이다."

여기까지 살펴본 뒤에야 파브르는 비로소 우리 모두가 알고 있는 반딧불이의 재주를 언급한다.

만약 반딧불이에게 그저 입맞춤하듯 먹이를 이리저리 돌려가며 마취제로 재우는 재주밖에 없었다면 그들이 이토록 세상에 널리 알려지진 않았을 것이다. 반딧불이에겐 제 몸을 등불처럼 밝히는 재주가 있다. 반딧불이는 빛을 낸다. 곧

충이 유명해지는 데 이보다 더 근사한 구실이 어디 있으랴.

곤충의 세계에 대한 글을 파브르만큼 잘 쓰는 작가가 다시는 나오지 않으리라고 생각하는 사람도 있을 것이다. 하지만 블라디미르 나보코프는 이미지의 정밀성에 있어서 만큼은 파브르에 필적하는 뛰어난 글을 썼다. 나비와 나방(물론 파브르의 경우, 나비와 나방은 그의 우주를 구성하는 작은 일부분일 뿐이다)에 대한 나보코프의 집착은 러시아에 살던 어린 시절에 시작되었다. 나비와 나방에 관한 그의 글에서 느껴지는 강렬한 밀도는 이 작가가 나비와 나방에 얼마나 깊이 빠져 있었는지를 보여 주는 증거다.

나보코프에게 영어는 제2 외국어였다. 그럼에도 그의 글은 영어를 모국어로 쓰는 그 어떤 작가도 따라올 수 없을 만큼 뛰어난 이미지의 정밀성을 보여 준다. 그의 걸작『롤리타』는 소설인 동시에 미국의 풍경을, 모텔과 햄버거 가게로 가득한 이 나라의 황량한 거리 풍경을 세밀하게 담아낸 여행 안내서이기도 하다. 나보코프의 정밀성은 가장 스타일리시한 자서전이라고 할 수 있는『말하라, 기억이여』에서 극치를 이룬다. 다음 인용문은 나보코프가 왕성한 탐구심으로 '나비와 자연의 중심 문제 간의 관련성'을 골똘히 생각하던 자신의 어린 시절을 회상하는 대목이다.

나는 의태擬態의 신비에 각별한 관심을 가졌다. 특히 자연
생물이 인간이 만든 물건과 닮아 있는 모습에서는 예술적
인 완벽성마저 느끼곤 했다. 가령 나비의 날개에 있는 거
품 모양 반점(완벽한 착시 효과를 발휘하는)이나 번데기
의 반질반질 윤이 나는 노란색 마디(날 먹지 마세요—난
이미 납작해져 버린, 버림받은 표본에 불과하니까요)는 마
치 바닥에 떨어진 독액毒液을 떠올리게 한다. 생김새와 빛
깔이 벌과 비슷한 어떤 나방은 땅을 길 때나 더듬이를 움직
일 때 나방이 아닌 벌의 움직임을 흉내 낸다. 어떤 나비는
나뭇잎으로 위장하면서 나뭇잎의 세부적인 형태뿐 아니라
나뭇잎에 난 벌레 먹은 구멍까지 표현한다. 다윈의 '자연도
태' 이론으로는 자연 생물이 다른 대상의 겉모습뿐만 아니
라 행동까지 모방하는 현상을 설명할 수 없다. 위장술이 포
식자의 감지 능력을 훌쩍 뛰어넘어, 필요 이상으로 세밀하
고 정교하다는 점을 감안하면, 이를 단순히 '생존 본능'에
따른 현상이라고 보기도 어렵다. 나는 자연에서 예술이 추
구하는 것 같은 '무용無用한' 기쁨을 발견했다. 자연과 예술
에 나타나는 이러한 기쁨은 모두 일종의 마법, 매혹과 속임

수의 놀이이다.[6]

마지막으로 새에 관한 글을 읽어 보자. 지금까지 나를 로저 토리 피터슨◆과 혼동한 사람은 아무도 없었지만, 고백하건대 나는 종종 새의 모습(비행, 울음소리, 둥지 짓기, 철새의 이동)에서 말로는 설명하기 어려운 경이로움을 느끼곤 한다. 그럴 때면 글러버 모릴 앨런의 『새와 새의 특성』 Birds and Their Attributes 을 펼쳐 본다. 이 책은 1925년에 출간되었다. 하지만 「깃털」, 「새의 몸 빛깔과 그 활용」, 「부리, 발톱, 날개, 뼈」 같은 장을 읽다 보면 과연 요즘 사람 중에 새에 대해서 앨런 교수보다 더 많이 아는 사람이 있을지 혹은 앨런 교수만큼 새의 생태를 명료하고 생생하게 글로 표현하는 사람이 있을지 궁금해진다. 태양에 너무 가까이 날아갔던 이카로스 이래로 인간이 부러워하고 모방해 온 새의 특성을 앨런 교수가 어떻게 설명하고 있는지 살펴보자.

새가 어떻게 처음 날 수 있게 되었는지는 모른다. 다만 새의 초기 조상들은 뒷다리를 이용해 땅 위를 달렸고, 그로

◆ 1908-1996년. 미국의 조류학자. 20세기 환경보호운동의 태동에 기여했다.

인해 상대적으로 자유로워진 앞다리가 날개나 돛처럼 진화한 것이라 추측해 볼 수 있다. 새의 초기 조상들은 이렇게 진화한 앞다리를 이 나뭇가지에서 저 나뭇가지로 활강하는 데 이용했으며, 이때 날개는 활짝 펼치고 다리는 뒤로 쭉 뻗은 자세를 취했을 것이다. 여러 종의 박쥐는 비행할 때, 쭉 뻗은 발과 꼬리 끝에 걸쳐 쳐진 막을 통해 추가적인 도움을 얻는데, 이러한 막을 '비막'飛膜(potagium)이라 한다.[7]

앨런 교수는 독자에게 '비막'이라는 동물학 전문용어를 제시한다. 이는 특수 분야의 글을 쓰는 작가가 갖는 특권이다. 교양을 갖춘 독자라면 새로 접하는 낯선 용어를 자기 것으로 만드는 데서 기쁨을 느껴야 한다. 나는 '비막'이라는 용어를 알게 되어 기쁘다. 하지만 작가 또한 독자가 위화감을 느끼지 않도록 전문용어를 절제해 사용해야 한다. 지식을 과시하거나, 비전문가를 무시하려는 의도로 전문용어를 남발해서는 안 된다. 앨런 교수는 자신의 논의에서 왜 이 용어가 중요한지 설명한다.

만약 새의 조상들이 날개에 깃털이 돋기 전에 활강하는 법을 배웠다면, 분명 그들에겐 오늘날의 박쥐나 고대의 익룡처럼 손가락과 손가락 사이 그리고 꼬리 끝부터 다리에 걸쳐 얇은 피부막이 나 있었을 것이다. 하지만 이 '비막'만으로는 부족하기 때문에, 새의 조상이 활강하던 시점에는 이미 날개 깃털이 공기 중에 떠 있는 상태를 유지해 줄 만큼 충분히 자란 상태였을 것으로 추측된다.

고대의 새들이 비행할 때 다리를 뒤로 뻗었을 것이라는 추측은 충분히 설득력이 있다. 박쥐와의 유사성도 있지만 무엇보다 초기 조류에 속하는 대부분의 종, 가령 오리, 아비새, 왜가리, 두루미, 매, 올빼미, 비둘기, 뻐꾸기 같은 새가 오늘날에도 뒷다리를 뒤로 뻗은 자세로 비행한다는 사실이 이에 대한 유력한 근거가 될 수 있다. 반면 더욱 진화한 조류 종 또는 나뭇가지에 앉는 새들은 대부분 언제든 가지를 움켜잡을 수 있도록 다리를 앞으로 모은 채 비행한다. 까마귀, 참새, 휘파람새, 개똥지빠귀 등이 여기에 속한다. (……)

활강 단계 이후의 비행은 날개를 퍼덕이고 돛처럼 활짝 펼치는 동작을 교대로 반복하는 방식으로 이루어졌을 것이다. 직선비행을 하지 않을 때의 참매가 이런 식으로 비행한다. 원시 조류는 몸집이 작았을 것이고, 점차 날갯짓 빈도수가 증가함에 따라 비행 속도도 빨라졌을 것이다. 유럽에서 새의 몸에 자동기록기를 부착하는 방식으로 측정한 결과에 따르면 비둘기의 분당 날갯짓 수는 480회, 오리는 540회, 참새는 780회였다. (……)

일단 공기 중에 몸을 떠운 상태를 유지하는 법을 익힌 새는 차차 활공 기술이나 기류를 타고 공중에 가만히 머무는 것 같은 더욱 높은 수준의 비행 기술을 익힐 것이라 가정할 수 있다. 섬세한 조절 능력을 이용해 움직임 없이 공중에 머무는 기술은 털발말똥가리에게서 볼 수 있다. 털발말똥가리는 언덕 경사면 위로 불어오는 상승기류를 탄 채 공중에 움직임 없이 머물 수 있다. (……)

앨런 교수는 스포츠 담당 기자가 부러워할 만큼 생생한 필치를 자랑한다. 독자들이 그림처럼 생생하게 떠올릴 수 있도록 움직임을 전달하는 것은 가장 어려운 종류의 글쓰기에 속한다. 특히 무용 비평가는 이런 글쓰기가 얼마나 어려운지 잘 알고 있다. 언제나 그렇듯, 이 경우에도 구체적인 세부 묘사가 도움이 된다.

증기선 승객들은 배가 바람을 가를 때 생기는 상승기류를 이용해 날갯짓 없이 바람에 뜬 채로 증기선을 따르는 갈매기의 비행 솜씨에 자주 감탄한다. 하지만 이때 갈매기가 해당 영역을 조금만 벗어나도 기류의 힘이 떨어지면서 날개를 퍼덕이지 않고는 이전과 같은 위치를 유지할 수 없게 된다. 이 사례를 보더라도 새가 공중에서 정지 자세를 취할 때 기류의 힘을 얼마나 섬세하게 이용하는지 알 수 있다.

공중에서 평형을 유지하는 것이 최고의 비행 기술은 아니다. 아직 하나가 더 남아 있다. 앨런 교수는 뛰어난 교사나 논픽션 작가라면 누구나 그렇게 하듯이, 단순한 것에서 복잡한 것의 순서대로 설명한다.

새들의 비행 기술 가운데 가장 복잡하고 흥미로운 것이 바로 활공이다. 활공은 날개를 활짝 펼친 상태에서 별다른 자세의 변화 없이 공기를 가로질러 상승하고, 하강하고, 갑자기 속도를 높이거나 줄이고, 공중에서 선회하거나 똑바로 나아가는 기술을 말한다. (……)

바람이 잔잔할 때는 기류를 이용해 비행하는 대신 공중에서 선회를 반복한다. 높이의 변화 없는 선회, 이른바 '자유선회'ease-circling 를 하기도 한다. 바람이 거세짐에 따라 선회 횟수는 차차 줄어든다. 그렇게 맴돌며 바람이 불어 가는 방향으로 이동하다가 어느 순간 날개를 살짝 움직여 기류를 타고 급강하하는 경우가 많다.

높이의 변화 없이 선회할 때 날개는 어깨에서 곧게 뻗은 상태를 유지한다. 곧장 직선 방향으로 활공할 때는 손목 부위를 약간 구부려 날개의 주 깃털이 부리와 거의 같은 높이가 되게끔 한다. 이렇게 하면 속도를 더욱 높일 수 있는데, 이를 '플렉스 글라이딩'flex gliding이라 한다.

언제나 활공비행이 가능한 건 아니다. 바람이 잔잔한 이른 아침이나 늦은 오후에는 활공이 불가능할 수 있다. 하지만 아침 시간일지라도 대기의 가장 아래층 기온이 상승하며 상승기류가 생길 때는 가능하다. 다시 말해 대기는 다소 특정한 시간에만 '활공 가능한' 상태가 된다. 그리고 이 '활공 가능성'은 점차 증가한다. 이는 몸이 가벼운 새일수록 더 먼저 선회를 시작한다는 사실에 의해 증명된다.

보다시피 앨런 교수의 활공 능력 또한 새 못지않다.

9 수학 글쓰기

어느 날 필라델피아의 저먼타운프렌즈스쿨German town Friends School에서 수학과 수석 교사로 근무하고 있다는 조앤 컨트리먼이 내게 편지를 보내왔다. 내가 범교과적 글쓰기에 관심을 갖고 있다는 소식을 들은 모양이었다. 그녀는 편지에 이렇게 썼다.

"여러 해 전부터 학생들에게 수업 시간에 배운 내용을 주제로 수학 글쓰기를 시켜 오고 있어요. 예상한 대로 결과는 놀라웠죠. 글쓰기를 통해 학생들이 수학에 대한 고정관념에서 벗어나게 된 것 같아요. 아이들은 수학은 교사만이 정답을 알고 있는 학문이라는, 그래서 자신은 그저 선생님이 나눠 주는 모범 답안을 삼키고 소화시키면 된다는 식으로 생각하잖아요. 수학을 전공하지 않은 대부분의 사람이 그런 식으로 생각하죠. 정답 자체는 중요하지 않아요. 어떤 과정을 통해 그런 답이 도출되었고, 또 그것이 어떤 다른 결과로 이어질 수 있느냐를 탐구할 때 수학은 진정 재미있는 학문이 될 수 있어요."

그녀의 편지는 흥미로웠다. 확실히 수학은 숫자의 세계다. 그런 세계를 글쓰기로 이해하는 것이 가능할까? 숫자가 아닌 문장을 써서 수학 문제를 풀고, 교사가 제시한 문제에서 한 발 더 나아가 스스로 새로운 문제를 생각해 낼 수도 있을까? 나는 선생님이 수학적 진리의 유일한 관리인이 아닐 수 있다는 생각을 한 번도 해 본 적이 없었다. 초등학생 때 내게 수학을 가르쳤던 E. 그랜트 스파이서 선생님 역시 그런 생각은 꿈에도 해 보지 않았으리라. 스파이서 선생님은 정답의 절대적인 소유권을 주장함으로써 나를 잔뜩 주눅 들게 했다. 내 수학 공포증은 그 시절에 시작되었다. 요즘도 나는 수표장 잔액을 맞추는 데 성공하면 이번 달은 아주 운이 좋다고 생각한다. 계산을 할 때면 나도 모르게 심장 발작을 일으킨 사람처럼 연신 가슴을 두드리곤 한다. 차변에서 '빌려 와' 작은 수에서 더 큰 수를 빼야 할 때면 그야말로 울

화가 치민다. 내가 계산을 맞게 했는지 자신이 없어질뿐더러, 남들이 계산할 때는 안 그러는데 유독 내가 계산할 때만 이런 경우가 자주 생기는 것 같기 때문이다. 어째서 내게만 이런 시련이 찾아오는가?

스파이서 선생님이라면 이런 식의 자기 연민을 경멸했을 것이다. 수학에 감정이 자리할 곳은 없다고 믿는 분이었으니까. 선생님은 소위 '계산머리'가 있어서 "12 곱하기 9는?" 하고 물으면 곧바로 얼마(뭐, 그게 얼마가 됐든) 하고 척척 답이 나오는 그런 분이었다. 학생이 바른 답을 대지 못하면 선생님의 둥그스름한 얼굴은 금세 붉어지기 시작했다. 자라나는 신세대 대다수가 이토록 멍청하다는 믿기지 않는 사실 앞에서 급기야 얼굴은 물론 벗겨진 머리까지 온통 진홍빛으로 물들곤 했다. 선생님의 험상궂은 눈초리 아래서 공부한 몇 년 동안 조금도 수학을 배우지 못했던 나는 결국 수학을 화학과 더불어 '적성에 맞지 않는 과목'이라는 림보 속에 처넣어 버렸다.

그리고 이제 여기, 우리 집 우편함에 들어 있던 한 수학 교사의 편지가 있다. 학생들에게 글쓰기를 시키는 수학 교사, 분수와 코사인의 세계에 몸담고 있는 인문주의자. 조앤 컨트리먼은 자신이 아직은 소수지만 조금씩 인원이 늘고 있는 진보적인 수학자 그룹의 일원이며, 수학 글쓰기라는 교육 방법을 교사들에게 소개하는 워크숍에 자주 초청받고 있다고 했다. 나는 그녀에게 전화를 걸었다. 수학 글쓰기가 구체적으로 어떤 것인지 설명을 듣고 싶었다. 전화기의 신호음이 울리는 동안 내 손바닥은 땀으로 흥건히 젖어 수화기를 제대로 잡고 있기가 힘들 지경이었다. 내 전화를 받은 컨트리먼은 자신도 한때 수학 공포증이 있었다고 말했다.

"제가 선생님께 도움이 될 거예요."

그녀가 말했다. 그녀와 만날 약속을 했다. 필라델피아로 가서 그녀와 이야기를 나누고 수업에도 참관할 작정이었다.

후기 빅토리아시대 양식으로 지어진 그녀의 집에(나는 그 집의 환상적인 곡선과 다채로운 세부 장식의 아름다움에 아낌없는 찬사를 보냈다) 자리를 잡자마자 첫 질문을 던졌다.

"수학이란 무엇입니까?"

그녀가 말했다.

"이 집에 들어온 후 선생님이 말씀하신 모든 게 수학과 관련돼 있어요. 저희 집 지붕창과 층계, 원형 창이 아름답다고 칭찬하셨잖아요. 그때 선생님은 수학적인 관점에서 그것들을 보고 계셨던 거예요."

나는 미학적인 관점에서 본 것이라 생각한다고 말했다. 몰리에르◆의 연극에 등장하는 한 부르주아 신사가 그동안 자신이 얼마나 따분한 얘기만 하며 살아왔는지를 문득 깨달았을 때의 심정이 이러할까. 나는 내가 한 말들이 수학과 관련돼 있다는 소리에 어안이 벙벙했다. 그녀가 설명했다.

"물론 미학적인 관점에서 얘기하신 것도 맞지요. 하지만 이 집이 지어진 방식은 물론 선생님이 보고 계시는 모든 형태에는 흥미로운 수학적 원리가 숨어 있어요. 안타깝게도 대부분의 사람은 그런 방식으로 세상을 보지 않지만요. 다들 수학은 낯설고 자신과 무관한 학문이라고 생각하잖아요."

"네, 그렇죠. 그래서 수학이란 뭘까요?"

여전히 수학의 정의가 궁금했던 내가 재차 물었다. 그녀가 말했다.

"모든 학문은 결국 이 세상을, 우주를 이해하기 위해 고안된 수단이 아닐까요? 수학도 그런 수단 중 하나죠. 문학이 그렇고, 철학이, 역사학이 그런 것처럼요. 수학은 현상

◆ 1622-1673년. 프랑스의 극작가·배우. 『타르튀프』, 『동 쥐앙』, 『인간 혐오자』 등의 희곡을 썼다.

에서 반복되는 패턴을 탐구하고 추상화하는 방식으로, 다시 말해 특수 사례를 탐구해 일반 이론을 이끌어 내는 방식으로 이 세상에 대한 해석을 수행하죠. 물론 아이들은 수학을 이런 식으로 정의하지 않아요. 아이들은 수학을 산수라고 말하겠죠. 더하기, 빼기, 곱하기, 나누기 같은 것들이요. 아이들이 처음 배우는 게 바로 그런 것이니까요. 우리는 산수 교육에 지나치게 많은 시간을 쓰고 있어요. 우리를 대신해 훨씬 더 빠르고 정확하게 그 일을 해 줄 전자계산기가 있는데도 말이에요. 특히 장제법長除法은 더 이상 가르칠 필요가 없다고 생각해요. 그걸 배우느라고 아이들이 너무 많은 시간을 허비하고 있어요. 되레 역효과만 나고 있죠. 오늘날의 장제법 교육은 아이들이 진짜로 중요한 게 뭔지, 다시 말해 무엇을 위해서 그런 계산을 해야 하는지를 보지 못하게 만들어요. 복잡하고 지겨운 계산은 계산기에 맡겨 두면 돼요. 그래야만 아이들이 '이 의자를 모두 덮으려면 얼마나 많은 천이 필요할까' 같은 흥미로운 문제를 생각할 여유를 가질 수 있어요."

"의자를 덮으려면 천이 얼마나 필요한지를 묻는 질문은 산수의 차원을 뛰어넘는 건가요?"

"그렇죠. 그건 수학을 실제 세계와 관련짓도록 유도하

는 질문이니까요. 이런 연관성이 없으면 아이들은 언제나 수학을 나와는 관계없는, 내가 살아가는 세상과는 무관한 공부라고 생각하게 돼요. 그런 인식이 고등학교까지 그대로 이어지고 있어요. 그리고 고등학교에서는 계산이나 문제 풀이만을, 숫자로 된 정답만을 강조하고요."

언제부터 숫자가 아닌 글쓰기를 통해 아이들을 수학의 세계로 이끌 수 있다고 생각하게 되었느냐고 물었다.

"서른 살 때부터 수학을 가르쳐 왔어요. 그 전엔 필라델피아 교육지구의 도시교육계획 입안자로 일했고요. 그래서인지 교사가 되어 첫 수업을 맡았을 때부터 학교에서 배우는 공부와 실제 현실에서 사용되는 공부의 관계에 대해 고민을 많이 했어요. 사람들은 대개 수학을 혼자서 공부하는 과목이라고 생각해요. 혼자서 공부하고, 혼자서 시험 보고……. 남들과 같이할 수 있는 게 없다고요. 그런 고정관념이 싫었어요. 그래서 처음부터 아이들을 여러 그룹으로 나누어 서로에게 수학을 가르치고, 시험문제를 내게 했어요. 수학은 개인적인 공부라는 편견을 없애고 싶었기 때문이에요.

다른 한편으로 아이들이 좀 더 적극적인 자세를 갖게 되길 바랐어요. 수학은 능동적인 사고를 요구해요. 가만히

앉아서 선생님이 '자, 이게 장제법이라는 거야. 몇 단계 과정
으로 나뉘니까 잘 봐' 하는 식으로 얘기해 줄 때까지 기다리
고 있어서는 절대 수학을 잘할 수 없어요. 학생이 먼저 움직
여서 선생님에게, 가령 '내가 이 물건을 총 53개 가지고 있
다면 방 안에 있는 사람들에게 몇 개씩 나눠 줘야 할까요?'
라고 물어볼 수 있어야 해요. 아이들은 대개 선생님은 모든
걸 알고 있고 자기는 아무것도 모른다고 생각해요. 자기 힘
으로는 아무것도 알아낼 수 없을 거라고 단정 짓죠. 그런 태
도가 마음에 들지 않았어요.

그래서 첫 수업부터 학생들에게 글쓰기를 시켰어요. 우
선 아이들에게 수학 자서전을 쓰게 하자는 계획이었지요.
아이들의 머릿속에 얼마나 굉장한 생각이 들어 있는지 그때
야 알게 되었어요. 수학 공부에 대한 아이들의 기억은 매우
구체적이었어요. 단순히 '난 수학이 싫어' 같은 게 아니라 '지
난 3학년 중간시험 때 톰프슨 선생님이 덧셈 문제를 100개
나 냈어. 제대로 풀지 못할까 봐 너무 겁이 났어' 같은 식이
었죠. 다들 수학 시간에 느낀 감정을 생생하게 표현했어요.
멋진 이야기를 쓴 아이도 많았어요. 사실 수학 자서전 쓰기
에 열성을 보인 아이 중 상당수는 수학을 그리 잘하지 못하
는 편이었어요. 그들의 글을 읽으면서 '아, 이 아이들은 텅

빈 그릇 같은 존재가 아니구나, 이제 겨우 열세 살이지만 이미 수학에 대해 많은 것을 경험해 왔구나' 새삼 깨달았어요. 아이들과의 소통이 가능하겠다고 생각했죠."

하지만 '수학에 대한 글쓰기'와 '수학 글쓰기'는 엄연히 다르다. 그녀에게 어떻게 회상으로서의 글쓰기에서 배움을 위한 글쓰기로 나아갔느냐고 물었다. 그녀는 학생들에게 글쓰기로 탐구할 수 있는 수학 주제를 생각해 보라고 했다.

"가장 기억에 남는 학생은 훗날 프로 테니스 선수가 된 아이예요. 그 아이가 말했죠. '선생님, 테니스 코트에서 기하학을 배울 수 있을까요?' 그 아이는 테니스 서브를 분석하고, 그 과정에서 발견한 여러 문제를 고찰해 보고서를 썼어요. 테니스 코트에서 자신이 펼치는 플레이와 수학 사이에 연관성이 있음을 인식하게 된 것이죠. 예전의 그 아이라면 상상조차 하지 않았을 생각이에요. 자기는 수학과 맞지 않는다고 노상 말하고 다니던 학생이었으니까요."

그 글이 학생의 서브 기술 향상에 도움이 됐는지는 묻지 않았다. 곧 다른 질문이 떠올랐다.

"수학 글쓰기로 기존의 수학 공부 방식으로는 배울 수 없는 어떤 것을 배우기도 하나요? 아니면 수학 영재라면 전통적인 수학 공부법으로도 충분히 필요한 모든 걸 배울 수 있나요?"

조앤 컨트리먼이 말했다.

"처음 수업을 시작하면서 가장 고민했던 문제가 바로 그거였어요. 수학을 잘하는 학생들이 굳이 글쓰기로 시간을 낭비하고 싶지 않다고 생각하지는 않을까 걱정스러웠죠. 하지만 그런 아이들도 나중엔 글쓰기가 수학 공부에 정말 큰 도움이 됐다고 얘기하더군요."

실제 사례가 어떠한지 궁금했다. 조앤 컨트리먼은 두 편의 글을 보여 주었다. '열세 개의 약수를 갖는 숫자'가 무엇인지를 구하는 글이었다. 그녀는 대개 학생들에게 먼저 제시된 문제에 대해 토론하고, 다음과 같은 형식에 따라 글을 쓰게 한다고 말했다. (1) 문제를 기술하라. (2) 자신의 해법을 기술하라. (3) 그 과정에서 발견한 것들을 설명하라.

첫 번째로 그녀가 소개한 글은 프랜시스 바가스라는 7학년 남자아이가 쓴 편지 형태의 글이다. 다른 누군가에게 말하는 방식으로 글을 쓸 때 학생들이 더 쉽게 쓰는 경우가 많았다는 점에 착안해 그녀가 고안한 글쓰기 형식이다. 프랜시스의 편지는 이렇게 시작한다.

짐에게

수업 시간에 약수가 열세 개인 숫자를 찾는 문제가 나왔어.
처음엔 그냥 머리로만 생각해 봤는데 그랬더니 가망이 없
었어. 그래서 종이에 1부터 20까지 각 숫자의 제곱수를 적
고, 그 옆에 그 수가 가진 약수들을 쭉 적은 다음, 개수를
세 보았지. 그 결과 약수를 세 개 가진 제곱수는 모두 그 제
곱근이 소수라는 사실을 알았어. 그래서 아래에 적은 것 같
은 목록을 만들었지. (……) 목록을 보면 각 숫자를 제곱할
때마다 약수의 개수가 두 개부터 순차적으로 증가한다는
걸 알 수 있을 거야. (……)

이런 논리적 순서에 따라 몇 문장을 더 쓴 끝에 프랜시
스는 짐에게 그 문제의 숫자가 무엇인지 말해 줄 수 있었다.
컨트리먼이 말했다.

"글쓰기는 문제를 탐구하고 해결하는 방법이죠. 학생들
은 글을 쓰는 과정에서 지성은 물론 상상력과 감성까지 전
부 동원해요. 이런 점이 배움에 엄청난 도움이 되지요."

그녀의 말이 옳다. 적어도 대부분의 학문에서는 그렇

다. 하지만 수학의 경우 사정이 조금 다르지 않을까? 그녀가 보여 준 두 번째 글이 답을 주었다. 다음은 이언 차일즈라는 7학년 학생이 쓴 글이다. 첫 번째 글과 확연히 다른 방향에서 문제에 접근하고 있다.

열세 번째 약수

토요일 아침, 나는 임무를 기다리며 사무실에 앉아 있었다. 순간 날카로운 노크 소리가 들려왔다.

"들어오세요."

내가 말했다. 천천히 문이 열리더니 긴 오버코트를 입고 모자를 쓴 한 남자가 들어왔다. 그의 얼굴은 그늘에 가려 보이지 않았다. 그는 천천히 내 책상 앞으로 다가와 봉투를 하나 떨어뜨렸다.

"읽어 보시오."

그가 말했다.

'국가 일급 기밀: 약수를 열세 개 가진 숫자를 찾아라. 실패할 경우 이 세상은……' 거기까지 읽었을 때 갑자기 종이가 불타올랐다. 아마도 일정 시간이 지나면 자동으로 파기되도록 만들어진 것 같았다.

"임무를 받아들이겠소?"

그가 물었다.

"네."

"좋소. 당장 시작하시오."

그는 돌아서서 문을 향해 걸어가다 한마디 덧붙였다.

"가능한 빨리 끝내시오."

나는 곧 문제의 그 숫자가 완전제곱수여야 한다는 사실을 깨달았다. 완전제곱수의 제곱근들은 서로 동일한 약수를 갖고 있으므로, 완전제곱수는 약수의 개수가 홀수인 유일한 숫자이기 때문이다. 또한 그 숫자의 제곱근은 소수일 수가 없다. 왜냐하면 소수를 제곱근으로 갖는 완전제곱수는 언제나 세 개의 약수만을 갖기 때문이다.

제곱수를 일일이 다 열거해야 할까? 아니 그러려면 시간이 너무 오래 걸리는 데다 엄청난 노력이 필요할 것이다. 아, 알겠어! 완벽한 방법이 떠올랐어! 왜 미처 그 방법을 생각하지 못했을까? 2의 거듭제곱수를 하나씩 써 보자. 그래, 맞아! 2의 열두 번째 제곱수가 바로 약수를 열세 개 가진 숫자야!

결론: 나는 '약수를 열세 개 가진 숫자는 4096'이라고 정부에 보고했다. 이 임무가 세계 평화를 지키는 일에 어떤

역할을 했는지는 모르지만 어쨌든 난 지금도 무사히 살아
있다. 이 임무를 해결하는 과정에서 많은 걸 배웠다. 예를
들어 나는 이제 어떤 숫자의 약수 개수를 구하는 법과 세
개의 약수를 가진 숫자를 구하는 법(소수의 제곱)을 안다.

그녀가 학생들에게 주문한 또 다른 글쓰기 형태는 수업
시간에 배운 내용을 일기로 쓰도록 하는 것이었다. 조앤 컨
트리먼이 말했다.

"일기를 쓸 때는 성급히 판단을 내리려 하지 말라고 얘
기해 줬어요. 자유로이 질문하고 실험하며 자신의 생각을
적고, 자신이 아직 무엇을 이해하지 못했는지 적어 보라고
했죠. 처음엔 아이들이 자기 생각을 검열하지 않고 글 쓰는
걸 힘들어했어요. 누구도 자기가 쓴 글을 비평하지 않을 거
라는 확신을 갖기가 어려웠던 거죠."

다음은 닐 스웬슨이라는 12학년 학생이 미적분을 배운
지 한 달 정도 됐을 때 쓴 일기의 한 대목으로, 생각의 연속
적인 흐름이 잘 드러나 있다.

나는 첫날 일기에 미적분이 기존 수학의 추상화 방식으로
는 풀 수 없는 문제를 해결하기 위해 고안된 방법인 것 같

다고 썼다. 미적분 역시 상당 부분 추상적 사고를 요구하므로 내 생각이 완전히 옳다고는 할 수 없다. 그렇다 해도 추상적 사고가 미적분의 본모습은 아니다. 미적분은 움직임의 문제를 해결하는 방법이다. 미적분으로 대상의 움직임을 정확하게 계산해 낼 수 있다. 미적분 없이는 대상의 순간속도를 구할 수 없다. 우리는 대상이 일정한 비율로 변화할 때, 즉 그것의 미분계수 또는 접선의 기울기가 본래 선의 기울기와 같을 때만 그것의 실제 변화율을 구할 수 있다. 반면 변화율이 일정치 않은 경우에도 평균속도를 구할수는 있다. 하지만 이때 구한 값은 정확하지 않다.

어쩌면 닐과 이언도 10대 시절의 나처럼 글을 쓰는 데 더 소질 있는 아이들일지 모른다는 생각이 들었다. 나도 10대 시절에 이들처럼 수학 글쓰기를 했다면 열세 개의 약수를 가진 숫자와 움직이는 대상의 순간속도에 대해 글을쓸 수 있었을지 모른다. 아니면 적성이란 결국 자신에게 생소한 사고방식을 요구하는 불편한 과목은 무조건 피하고 보려는 나 같은 사람들이 만들어 낸 핑계이자 미신에 불과한걸까? 나는 그녀에게 대부분의 사람이 문과 기질, 이과 기질로 구분된다고 보는 것이 과연 타당한 생각인지 물었다.

"물론 그런 식의 구분은 가능하다고 생각해요. 하지만 중요한 건 비슷한 적성을 가진 사람이라도 생각하는 방식이 저마다 매우 다를 수 있다는 사실이죠. 지난주 7학년 수업 시간에 영화관에 x명의 아이를 데려가는 데 드는 총비용에 관한 방정식 문제를 공부했어요. 영화표 값이 3달러, 버스 대절 비용이 28달러, 우리가 사용 가능한 돈이 총 150달러일 때, 이를 방정식으로 나타내면 3x+28=150이 되겠죠. 학생들에게 이 등식에 대해 이야기해 보라고 했어요. 이 등식이 뜻하는 바가 무엇인지 설명해 보라고요. 아이들이 이해하는 방식은 무척 다양했어요. 한 아이는 x가 얼마인지에만 관심을 보였어요. 정답에만 관심이 있었던 것이지요. 또 한 아이는— 이게 제가 바란 반응이었죠—x의 해답이 무엇인지에는 관심이 없고, 대신 x에 영화표 값에 해당하는 3을 곱하면 몇 명을 데려가든 그 총인원 수에 해당하는 전체 비용을 구할 수 있다는 사실에 주목했어요. 제가 관심을 갖는 건 정답이 아니에요. 여기서 몇 명을 영화관에 데려가야 하는지는 전혀 중요하지 않아요. 제가 바라는 건 학생들이 수학을 문제 탐구의 방식으로 받아들이는 거예요."

문득 구스타브아돌프대학교의 철학 교수에게 들은 말이 떠올랐다. 그는 학생들이 제출한 뛰어난 보고서 중 상당수가 사실은 일종의 실패작, 즉 목표한 결론에 자신이 왜 이를 수 없었는지를 보여 주는 글이었다고 했다. 나는 조앤 컨트리먼에게 정답을 맞히지 못해도 수학을 잘한다고 볼 수 있는 학생이 있느냐고 물었다.

"네, 물론이죠. 그런 경우가 적지 않아요. 요즘 AP◆ 미적분 시험에는 선다형 문제가 50퍼센트, '자유서술형' 문제가 50퍼센트로 출제되고 있어요. 자유서술형 문제는 올바른 답을 구했느냐가 아닌, 답안에 기술된 정보의 양에 따라 점수를 매기죠. 아이들에게 항상 해 주는 말이 있어요. '네가 문제를 다룰 줄 안다는 걸 보여 주면 돼. 네가 문제에 논리적으로 접근할 수 있고, 문제의 경계를 명확히 설정할 수 있다는 걸 증명할 수만 있으면 꼭 그 도형의 면적이 얼만지 몰라도 좋은 점수를 받을 수 있어.' 그래서 아이들이 답안지에 '적분 값을 구하진 못했지만, 만약 그 값만 안다면 이 도형의 면적이 얼마인지 알 수 있다'는 식으로 쓴 걸 읽을 때면 기분이 참 좋아요."

그녀의 이야기를 들으며 내가 생각하는 글쓰기와 배움의 원리가 수학에도 똑같이 적용될 수 있음을 깨달았다. 우리가 글을 쓰는 이유는 자신이 무엇을 알고 무엇을 모르는지를 발견하기 위해서다. 이것이 목적지에 도달하는 '올바

◆ Advanced Placement. 미국에서 고등학생이 대학 진학 전에 대학 인정 학점을 취득할 수 있는 고급 학습 과정.

른' 길이 아닐지도 모른다는 두려움에서 벗어나 탐구를 계속해 나간다면 우리는 훨씬 더 편안하게 글을 쓸 수 있다. 또한 목적의식이 뚜렷할수록 더 많은 것을 배울 수 있다. 동기부여는 다른 모든 글쓰기에서와 마찬가지로 수학 글쓰기에서도 대단히 중요한 요소다. 수학이 우리의 삶과 밀접한 관련을 맺고 있다는 사실을 학생들에게 일깨우기 위해 어떤 일을 하는지 그녀에게 물었다.

"수학 글쓰기의 주제는 무궁무진해요. 그런데 아이들은 그것을 흥미로운 탐구거리가 아니라 말 그대로 숙제로 받아들이는 경우가 많아요. 저는 항상 현실 사회의 이슈와 관련된 수학 문제를 제시하려고 노력해요. 최근에 12학년 과정 미적분 수업에서 지수함수를 다뤘는데, 아이들이 이해할 만한 지수 성장의 예를 보여 주고 싶었어요. 지수함수를 사용하는 수학적 모델을 제시하는 것이 그 방법이 될 수 있죠. 이 수학적 모델을 통해서 세상의 온갖 이슈와 만날 수 있어요."

그녀가 생각해 낸 수학적 모델 중 하나는 다음과 같이 시작한다.[1]

현재 세계 인구는 47억 명, 연간 인구 성장률은 1.64퍼센트—이는 실제 증가율에 상당히 근접한 수치다—라고 가정하자. 언뜻 그리 커 보이지 않는 이 성장률 수치가 어떤 의미를 갖는지 생각해 보자.

이어서 그녀는 학생들의 머리를 아프게 할 계산 문제를 몇 가지 제시한 뒤, 화제를 바꿔 지수 성장의 또 다른 예를 소개한다.

박테리아는 세포분열을 통해 증식한다. 하나의 세포가 분열해 둘이 되고, 둘이 분열해 넷이, 넷이 분열해 여덟이 되는 식으로 계속 증가한다. 하나의 병에 박테리아 한 마리가 들어 있고, 이것이 1분마다 세포분열을 해 정오가 되면 병을 가득 채운다고 가정할 때, 박테리아가 병을 절반 채울 때의 시각은?

역시 몇 가지 계산 문제가 이어진다. 그중 하나는 병이 세 개가 더 있을 때 이 병들을 박테리아로 모두 채우는 데 시간이 얼마나 걸리는지를 계산하는 것이다.

그녀는 학생들에게 이렇게 제시한 두 가지 수학적 모델을 토대로 인구 증가와 박테리아 성장 간의 유사성을 논하고, 인구 증가 문제를 해결할 '간단한' 방안을 제시하는 보고서를 쓰게 했다. 다음은 하산 무니라는 열일곱 살 학생의 보고서다.

예시에서 제시한 박테리아와 세계 인구는 모두 지수적으로 증가한다는 공통점이 있다. 이는 명백한 사실처럼 보인다. 실제로 이러할 경우 증가율은 일정할지라도 연간(또는 분당) 증가량은 한계 없이 무한정 커진다는 점에서 대단히 위협적이다.

내 생각에 이는 전혀 사실이 아니다. 박테리아의 경우는 단순한 수학적 모델일 뿐이므로 무한히 증가한다고 가정해도 문제 될 게 없다. 이러한 가정에 기초해 박테리아가 세 개의 병을 가득 채우는 데 걸리는 시간을 계산할 수 있다.

하지만 이를 세계 인구에도 똑같이 적용할 경우 몇 가지 문제가 생긴다. 먼저 우리에겐 사람을 넣을 여분의 병(또 다른 행성?)이 없다. 마찬가지 이유로 일정 기간이 지난 뒤에도 증가율이 그대로 유지되는 것은 불가능하다. 공간에는 한계가 있고 과도한 인구 증가는 질병과 식량 부족, 전쟁 등을 야기할 것이다.

나는 인구문제를 해결할 '간단한' 방법은 없다고 믿는다. 물론 대중 교육과 산아제한이 인구 증가율을 줄이는 데 큰 도움이 될 수 있다. 하지만 사람들은 언제나 자식을 낳을 것이다. 따라서 자원을 보존하고 최대한 아껴 쓰는 법을 배우는 것 역시 중요하다.

조앤 컨트리먼이 말했다.

"이런 문제에는 여러 장점이 있어요. 먼저 글쓰기를 좋아하는 아이들 입장에서는 쓸 거리가 아주 많은 주제예요. 수학 문제로서 난이도도 적당하고요. 답을 도출하는 데 필요한 구체적인 조건, 이를테면 인구의 크기나 가임 연령 등을 설정할 수도 있지요. 수업 시간에 내준 비슷한 문제로 이런 게 있었어요. '중국 내 모든 가정에서 아들을 낳을 때까지 출산을 허용한다고 가정하자. 이는 중국의 인구 증가에 어떤 영향을 끼칠까? 성비에는 어떤 변화를 가져올까?' 결과는 대단히 놀라웠어요.[2] 학생들은 수학적 관점에서 지수 증가를 논했을 뿐 아니라, 경제와 농업, 사회구조 측면에서 이러한 가정이 야기할 흥미로운 여러 파생 효과를 거론했어요. 그럴 경우 중국의 남자아이는 다른 남자 형제를 갖지 못할 것이란 점을 지적한 여학생도 있었죠."

이러한 수학 글쓰기가 일깨우는 것은 때로 수학적 모델

이 틀릴 수도 있다는 사실이다. 인간의 본성은 언제나 이론이 미처 파악하지 못한 마지막 할 말을 남겨 두기 마련이다. 조앤 컨트리먼이 말했다.

"수학적 모델은 '시민으로서 우리가 그 문제를 제대로 통제하고 있는가'를 성찰할 기회를 줘요. 병 속의 박테리아에 관한 한, 수학적 모델은 그것이 가정한 결과를 실제로 입증할 수 있어요. 이때의 수학적 모델은 올바른 답을 제공하죠. 하지만 하산이 지적한 것처럼 수학적 모델을 세상에 적용할 때는 신중해야 해요. 대부분의 경우 심각한 문제를 야기할 수 있으니까요. 학생들이 단순히 수학적 계산법만으로 답을 구했다면 이처럼 좀 더 큰 이슈에 대해 고민할 수는 없었겠죠. 글쓰기 덕분에 수학뿐 아니라 우리가 살아가는 세계에 대해 고민할 수 있게 된 거예요."

생리학적 노트: 나는 조앤 컨트리먼의 집 거실에 앉아 두 시간째 수학에 대해 이야기하고 있었다. 맥박은 일정했고, 필기용 연필을 쥔 손도 전혀 떨리지 않았다. 수학 공포증은 어디로 갔는가? 어떤 질문을 해야 할지 몰라 당황하지

도 않았다. 질문은 내 안에서 자연스럽게 흘러나왔다. 글쓰기가 그러한 것처럼 질문하기 역시 배움의 과정이었다. 하나의 질문은 더욱 심도 깊은 질문으로 이어졌고, 다음으로 내가 알고자 하는 것이 무엇인지 깨닫게 했다. 내 호기심은 진짜였다. 평소에 그토록 자신 없어 하던 학문에 관해 질문하고 있다는 사실이 전혀 이상하지 않았다. 그때 머릿속에 떠오른 생각은 수학은 알 수 없는 신비한 숫자의 세계가 아니라는 것이었다. 수학은 언어요, 사유를 통합하는 방식이었다. 아마도 내가 이 언어를 능숙하게 구사할 날은 결코 오지 않겠지만(앞으로도 수표장 잔액은 끊임없이 맞지 않을 게 분명하다) 적어도 이 언어가 말하고자 하는 것이 무엇인지 그리고 그것이 세상을 이해하는 데 어떤 도움을 주는지에 대해서는 조금이나마 알 것 같았다.

좀 더 생각을 확장해 보면 공학, 화학, 생물학처럼 전문적인 아이디어를 표현하기 위해 고안한 전문 언어가 모두 그러할 것이다. 적어도 이들 언어를 개괄적으로 이해하는 건 언제나 가능하다. 우리를 가로막는 유일한 장애물은 바로 두려움이다. 엔지니어가 나의 언어(글쓰기)를 두려워하듯이 나는 그의 언어를 두려워한다. 낯선 언어를 배우는 데 따르는 어려움에 지레 겁먹은 채 우리는 그 언어로 쓰인 어떤 저술도(이것이야말로 그 언어가 만들어진 유일한 목적임에도) 읽으려 들지 않는다.

나는 조앤 컨트리먼에게 컴퓨터의 신기술이 이러한 진입 장벽을 무너뜨릴 수 있을지 물었다.

"사실 그것이 수학 글쓰기를 생각하게 된 이유기도 해요. 최근에 등장한 여러 가지 신기술 때문에 우리 수학 교사들은 자신의 교육 방식을 재검토해야만 했어요. 가령 아이들에게 인수분해와 이차방정식 같은 대수학 문제 계산법을 가르치려면 보통 몇 주가 걸리는데, 이제 이런 계산은 학교에서 채 50달러도 안 되는 가격에 구입할 수 있는 간단한 소프트웨어로 해결이 가능해요. 더는 학생들에게 이차방정식을 가르치느라 시간을 쓸 이유가 없다고 생각해요. 전체 미국인 중 95퍼센트가 이차방정식 계산을 할 줄 모른다는 조사 결과도 있어요. 그러니 앞으로 이차방정식 계산은 컴퓨터에 맡겨 두자는 거죠. 계산에서 자유로워지면 이차방정식을 활용한 흥미로운 문제를 생각할 여유가 생겨요. 과거에 아이들은 그저 방정식 계산에만 매달렸거든요.

몇 년 전 수학교사회의에서 이 얘기를 꺼낸 적이 있어요. 계산은 컴퓨터에 맡기고 대신 아이들에게 수학 글쓰기를 가르치자고요. 글쓰기를 통해 아이들에게 단순히 주어

진 문제뿐 아니라 스스로 설정한 문제를 자유로이 탐구하게
할 수도 있어요. 학생들에게 완전히 새로운 학습법을 제시
하는 거죠. 그런데 그곳에 모인 선생님들은 이런 제 얘기에
예상 밖의 반응을 보이더군요. 교육위원회에서 범교과적 글
쓰기 교육 공식 인가를 받은 네브래스카, 로드아일랜드, 워
싱턴 주의 학교 선생님들마저도 글쓰기가 수학 공부에 어떤
도움이 될지 알 수 없다며 부정적인 태도를 취하더라고요.
그러면서 실제로 제가 어떤 식으로 아이들에게 글쓰기를 가
르치고 있는지 좀 더 들어 보고 싶다는 거예요. 그래서 집으
로 돌아와 '수학 학습을 위한 글쓰기'라는 제목의 보고서를
썼어요. 수학 글쓰기로 할 수 있는 일들을 설명한 글이었지
요. 이를 계기로 이런저런 수학 글쓰기 워크숍을 열게 되었
고요."

　　나는 스스로 문제를 설정해 탐구하게 하는 이 '완전히
새로운' 학습법에 신선한 충격을 받았다. 문득 내 어린 시절
이 떠올랐다. 당시 수학 선생님(또는 그의 대리자인 교과
서)은 모든 정답의 유일한 소유자였다. 문제를 선택할 권리
역시 선생님에게 있었다. 그 시절, 수학 교육의 삼총사라 할
'강에서 서로 다른 속도로 노를 젓는 A, B, C'가 강의 한 지
점에 도착하는 데 걸리는 시간을 구하느라고 얼마나 많은

시간을 보냈던가. 그런 문제는 정답을 맞혀도 조금도 즐겁지 않았다. 노를 젓는 삼총사의 운명은 언제나 똑같은 패턴을 따르는 윤리극의 등장인물처럼 미리 정해져 있었다. 매번 같은 캐릭터들……. A는 강하고, 잘생기고, 정직하고, 겸손하고, 애국심에 불타고, 신을 두려워한다. B는 용감하지만 흠이 있는 인물이다. 승리가 눈앞에 다가올 때마다 매번 바위에 노가 걸리고 만다. C는 우리와 비슷해서 호감이 가는 평범한 인물이다. 거센 물결 위에서 갈팡질팡하다가 끝내 배가 뒤집혀 물속에 빠진다. 나는 언제나 똑같은 이 구도가 뒤집히기를 바랐다. C가 인생의 패배자들이 꿈꾸는 최고의 승리를 거두기를, C가 안 된다면 적어도 B에게 승리가 돌아가기를 바랐다. 하지만 그런 일은 결코 일어나지 않았다. 대수학 교과서 속에서 펼쳐지는 인생 경주의 승리자는 언제나 미리 정해져 있었다.

　나는 그녀에게 그동안 내가 생각해 온 수학은 이 A, B, C의 정해진 운명 같은 것이었다고 말했다. 그녀가 답했다.

　"그나마 실제 세계와 연관된 수학 문제가 그런 것들이죠. 수학 문제라고 하면 떠올리는 것이 A, B, C 또는 서로 반대 방향으로 달리는 두 대의 기차가 등장하는 문제뿐이라는 것만 봐도 일반 사람들이 갖고 있는 수학에 대한 통념이 얼마나 협소한지 알 수 있어요. 하지만 학생들이 스스로 문제를 정해서 탐구하면 수학의 세계가 얼마나 무궁무진한지 깨닫게 될 거예요."

나는 그런 자유로운 탐구가 수학과 다른 학문 간의 접목을 가능케 하는 것 같다고 말했다.

"선생님이 하고 계신 일도 학문 간의 경계를 무너뜨리는 것이지 않습니까?"

그녀가 말했다.

"네, 그러기 위해서 노력해 왔지요. 그동안 우리는 수학과 과학이 서로 밀접하게 관련돼 있다고 생각했어요. 그런데 실제로 일선 학교에서는 수학 교사와 과학 교사가 교류하는 모습을 거의 찾아볼 수 없어요. 오히려 다른 학문 영역들과 자연스럽게 교류하고 있지요. 예를 들어 철학 같은 경우가 그래요. 우리 학교 고전 담당 수석 교사와 함께 철학 개론 수업을 진행한 적이 있어요. 제가 한 일은 학생들과 유클리드를 읽는 것이었어요. 유클리드는 보통 철학으로 분류되지 않지만 결과적으로 유클리드 읽기가 아이들에게 큰 도움이 됐어요. 명제를 정립하고 거기서 정리定理를 이끌어 내는 유클리드의 방법론은 스피노자 같은 후대의 여러 철학자가 사용한 철학적 방법론이기도 하니까요. 유클리드의 수학적 방법론과 철학자들이 사용하는 방법론 사이의 연관성을 탐구하는 흥미롭고 뜻깊은 수업이 되었죠. 수학과 철학이 이렇게도 연관을 맺을 수 있다는 사실에 아이들이 깜짝 놀라더군요."

나는 과거에도 수학을 역사학에 접목한 사례가 있었다고 얘기했다. '이달의 책 클럽'에서 일하던 시절, 새로운 연산 기법을 활용해 과거의 일상생활을 재구성하는 '신역사학'을 표방한 책들이 잇달아 출간되었다. 그중에서도 프랑스 역사가 페르낭 브로델의 『일상생활의 구조』The Structures of Everyday Life 와 『상업의 바퀴』The Wheels of Commerce 같은 책은 뜻밖에도 대중적으로 큰 인기를 끌어 우리를 놀라게 했다. 이 책들은 15세기와 16세기 사이에 유럽에서 살았던 '평범한' 사람들의 일상을 치밀하게 그렸다. 당시 브로델이 끼친 영향력은 막강했다. '이달의 책 클럽' 추천 도서 목록은 금세 중세 잉글랜드와 차르 치하의 러시아, 혁명기 미국의 역사 등을 다룬 온갖 역사책으로 가득 찼다. 그 책들은 인구수, 농업 기록 등을 비롯한 각종 통계자료를 토대로 저술된 것으로, 컴퓨터가 없던 시절의 역사가라면 꿈도 꾸지 못할 만한 저작이었다. 조앤 컨트리먼이 나의 얘기에 동의하며 말했다.

"정말 놀라운 발전이지요. 그 덕분에 오늘날 역사 교사와 수학 교사가 훨씬 더 심도 깊은 대화를 나눌 수 있게 되었어요. 우리 학교 역사 선생님들에게 이번 시험에 제가 역사 문제를 낼 테니, 선생님들은 수학 문제를 내 보는 게 어떻겠느냐고 얘기한 적도 있어요. 물론 농담으로 한 말이었지만요."

내겐 농담으로만 들리지 않았다. 오히려 그 말이 우리가 그날 오후 내내 나눈 대화를 한마디로 요약해 주는 듯했다. 내가 물었다.

"그건 결국 같은 문제 아닐까요? 수학 시험에 등장하는 역사 문제와 역사 시험에 등장하는 수학 문제는 결국 동일한 문제가 아닙니까?"

그때 나는 '18세기 프랑스 사람들이 무얼 먹고 살았는지 밝혀내려면 어떻게 해야 할까' 같은 문제를 떠올리고 있었다.

그녀는 물론 그것은 충분히 동일한 문제가 될 수 있으며, 두 경우 모두 글쓰기가 탐구의 도구가 될 것이라고 말했다. 이런 문제들을 통해 수학과 역사학이 훨씬 더 흥미로운 학문으로 느껴질 것이란 생각이 들었다. 적어도 강 위의 A, B, C가 벌이는 온갖 따분한 여정보다는 재미있을 게 분명

9 수학 글쓰기

했다.

다음 날 나는 조앤 컨트리먼이 진행하는 11학년 미적분 준비 과정 수업을 참관했다. 교실에 들어선 학생들은 선생님 책상에 놓인 자신의 공책을 가져다가 그곳에 무언가를 열심히 썼다. 조앤 컨트리먼이 설명했다.

"올해는 좀 더 대담한 시도를 해 봤어요. 매번 수업 시작 전에 아이들에게 자유롭게 글을 쓰게 하고 있어요. '잘 쓰든 못 쓰든, 어떤 주제를 쓰든 상관없다, 너희들 생각에 내가 읽을 만한 것이라면 무엇이든 자유롭게 써 보라'고 말해 줬지요. 꼭 수학과 관련된 내용이 아니어도 된다고 했지만 아이들이 쓰는 글의 절반 정도가 수학에 관한 내용이더군요. '어떻게 이 공식이 나왔지? 이 숫자 패턴이 의미하는 바는 무얼까?' 같은 질문들이었어요. 아이들은 자신의 머릿속에서 어떤 일이 벌어지고 있는지, 자신의 공부 방식이 어떤지 알고 싶어 하는 것 같아요. 제가 바란 것도 바로 그것이었죠.

아이들과 그들이 쓴 글에 대해 따로 얘기를 나누기도

해요. 만약 나중에 공학도가 되어 글을 써야 할 때가 온다면 지금 이 글쓰기 연습이 도움이 될 거라고 얘기해 줘요. 도움이 되는 건 그것만이 아니죠. 글쓰기는 머릿속을 깨끗하게 정리하는 좋은 방법이에요. 교실에 도착한 아이들의 머릿속은 온갖 생각으로 가득하죠. 수업을 시작하기 전에 10분 정도 글을 쓰면서 이런 생각들을 정리하면 수업 내용을 훨씬 더 쉽게 받아들일 수 있어요. 한 동료 선생님은 그러면 수업 시간이 10분씩 줄어서 가르쳐야 할 내용을 다 전달하지 못할까 걱정하더군요. 실제로 해 보니 그런 걱정은 하지 않아도 돼요."

자유 글쓰기가 끝나고 수업이 시작되었다. 조앤 컨트리먼은 칠판에 삼각형을 그린 다음 학생들에게 이 삼각형의 세 각의 크기를 구해 보라고 말했다. 하지만 각의 크기를 구하는 데 필요한 정보(가령 변의 길이)는 전혀 주지 않았다. 그녀가 말했다.

"내가 어떤 정보를 더 주면 이 문제를 풀 수 있을지 써 보렴."

학생들은 약 5분 동안 글을 썼다. 아이들은 작가가 된 듯 진지해 보였다. 골똘히 생각한 뒤 한 문장을 적고 그것이 자신이 생각한 것을 제대로 표현했는지 확인하는 과정을 반복했다. 글을 쓰고 있는 동안에도 생각이 계속 바뀌고, 자신이 어떤 내용을 쓰고자 하는지 새로이 깨닫는 듯했다. 작가 생활의 필수 불가결한 소음이라 할 수 있는 지우개 문지르는 소리가 심심찮게 들렸다.

글쓰기 시간이 끝난 뒤 몇몇 학생에게 자기가 쓴 글을 읽게 했다. 모두 '내게 이러저러한 정보가 주어진다면 이러저러한 것을 알아낼 수 있다. 내가 구해야 할 값은 a이고, 따라서 내가 사용할 수 있는 최상의 방법은 x와 y이다' 같은 방식의 논리적인 글이었다. 글쓰기와 사고하기, 배움이 하나의 과정 속에 녹아들어 있었다. 수업은 좋은 출발을 보였고, 곧 실제 단계, 즉 삼각형의 각 변의 길이를 알려 주고 계산을 시작하는 단계에 들어섰을 때 학생들은 이미 그 문제에 어떻게 접근해야 하는지를 이해한 상태였다. 주어진 정보에 따라 숫자와 공리, 확률을 대입해 첫 번째 각의 크기를 구해 냈고, 일단 하나를 구해 내자 나머지는 식은 죽 먹기였다.

이 모든 과정이 진행되는 동안 조앤 컨트리먼은 학생들에게서 이런저런 정보를 이끌어 내며 그 정보들이 모여 올바른 답을 이룰 때까지 기다려 주는 역할을 했다. 그녀는 결코 정답의 유일한 관리자처럼 보이지 않았다. 그녀도 문제의 답을 모르고 있다는 느낌마저 들 정도였다. 답은 교사에 의해 이미 주어져 있는 것이 아니라 교실의 모든 아이가 합심해 밝혀내야 하는 것이었다. 어쨌든 한 가지 확실한 건 그녀가 매우 탁월한 교사라는 사실이었다. 수업 전에 나는 그녀에게 어떻게 저먼타운프렌즈스쿨에 오게 되었는지 물었다. 그녀는 이곳이 자신의 모교라고 말했다.

"어린 시절 제가 살던 마을엔 괜찮은 학교가 없었어요. 그런데 마침 저먼타운프렌즈스쿨에서 처음으로 흑인 학생을 받아들이기로 한 것이죠. 그렇게 방침을 정하고도 학교는 앞으로 어떤 일이 벌어질지 몰라 상당히 걱정이 많았던 것 같아요. 그래서 그해에 시범 삼아 입학을 허용한 흑인 학생이 바로 저였어요. 저는 3학년으로 들어와 10년 동안 이곳에서 공부했어요. 졸업 후엔 세라로런스대학교에 진학해 에드 코건이라는 훌륭한 교수님께 배웠죠. 수학 교사 자격을 얻었을 때 자연스럽게 교사 생활을 이곳에서 시작해야겠다는 생각이 들었어요. 그때부터 지금까지 이곳에서 아이들을 가르치고 있답니다. 사실 제 아이들도 이 학교를 나왔어요. 지금은 다들 예일대학교에 다니고 있고요. 제가 지금 이곳에 있는 게 계절이 순환하듯 자연스럽게 느껴져요."

나는 신세대 학생들과 함께 교실에 앉아 있었다. 삶의

순환은 이렇게 영원히 계속되리라. 나는 학생들이 삼각형 문제를 풀며 느끼는 즐거움을 생각하면서 그녀에게 글쓰기를 생략하고 처음부터 아이들에게 삼각형의 세 변의 길이를 알려 주었다면, 그렇게 해서 삼각비에 따라 각을 구하게 했다면 지금과 어떤 차이가 있을 거라고 생각하는지 물었다.

"계산에 소질이 있는 두세 명의 아이는 금세 답을 알아내겠죠. 하지만 그렇더라도 글을 쓸 때만큼 어떤 식으로 문제를 풀어 나갈지 철저하게 고민하지는 않았을 거예요. 나머지 아이들은 그런 고민 자체를 아예 하지 않았을 거고요. 다른 사람이 답을 내주기를 기다리고 있었겠죠. 결국 글쓰기 덕분에 모든 아이가 문제 해결에 동참할 수 있게 된 거예요."

나는 조앤 컨트리먼에게 이 새로운 학습 방식을 다른 수학 교사들에게 전파하는 일에 대해 어떻게 전망하고 있는지 물었다. 새로운 교수법에 갖는 저항은 보통 두 가지 형태로 나타난다. 보수주의('우리에겐 우리만의 방식이 있다') 그리고 타성('그게 제대로 될 리가 없다')에 따른 반발이 그것이다. 그녀가 말했다.

"대개는 타성에 따른 반발이죠. 수학교사회의에 가면 주로 수학 글쓰기 수업을 준비하는 데 얼마나 오랜 시간이 필요하냐는 질문을 받아요. 그러면 저를 포함해 수학 글쓰기를 가르치는 모든 선생님이 걱정만큼 많은 시간이 필요하지 않다고 입을 모아 얘기하죠. 우리는 글쓰기를 가르치는 게 아니라 수학을 가르치는 거니까요. 제가 하는 일은 학생들의 글에 간단한 평을 하고, 가끔 잘못 쓴 문장을 고쳐 주거나 아이들이 기하학에 대한 글을 써야 할 때 피타고라스의 철자가 어떻게 되는지 알려 주는 정도가 전부랍니다. 사실 철자 틀리는 게 뭐 그리 큰 문제겠어요. 문체는 말할 것도 없고요. 실제 아이들이 쓴 글을 읽어 보면 뛰어난 표현력과 문장에 감탄하게 될 걸요. 바로 이런 게 수학 글쓰기로구나 할 거예요."[3]

10 인간

'이달의 책 클럽'에서 일할 때 가장 좋아했던 업무는 매년 열리는 총 6회 강좌('이달의 책 클럽'이 후원하고 뉴욕공립도서관에서 진행되었다)를 맡아 운영하는 것이었다. 강사는 모두 작가였고, 특정 예술 분야나 글쓰기 기술이 강좌의 주제였다. 강좌 내용은 녹음되었다. 한 해의 강좌가 모두 마무리되면 내가 녹음한 내용을 글로 옮기고 편집해 책으로 엮었다.[1]

첫해 강좌의 주제는 전기傳記 쓰는 법이었다. 로버트 카로를 비롯한 전기 작가들이 강사로 나섰다. 린던 존슨의 전기와 데이비드 매컬로프의 전기를 쓴 로버트 카로는 이후

해리 트루먼의 전기를 집필하기도 했다. 어느 해인가는 종교적 글쓰기를 주제로 다뤘다. 가톨릭 소설가 메리 고든, 불교도 시인 앨런 긴즈버그 등이 강사로 참여했다.

그 밖에도 다양한 강좌가 있었지만 인간이라는 종을 다룬 뛰어난 저술과 관련해 가장 먼저 떠오르는 건 아무래도 회고록 쓰기 강좌다. 나는 회고록의 열렬한 애호가다. 회고록이야말로 개인적 경험의 가장 깊은 근원에 가닿을 수 있는 논픽션 장르라고 생각한다. 한 인간의 생애를 다루는 자서전과 달리 회고록은 주로 (가령 유년 시절이나 전쟁처럼) 개인의 기억 속에 가장 생생하게 남아 있는 한 시절이나 중대한 역사적 사건이 발생한 특정 시기에 초점을 맞춘다. 회고록은 삶을 들여다보는 창이다. 당시 러셀 베이커, 애니 딜러드, 앨프리드 카진, 토니 모리슨 같은 작가가 강좌를 맡아 자신이 경험한 가슴 벅찬 한 시절을 우리에게 들려주었다.

하지만 또 다른 강사였던 루이스 토머스는 전혀 다른 차원의 여행으로 우리를 초대했다. 토머스 박사는 1974년에 출간한 『세포의 삶』으로 세포생물학자가 시적인 문장가일 수 있음을 처음 증명해 보였다. 그러나 내가 그를 강사로 택한 이유는 이 책이 아니라 이후 출간된 회고록(사실상 두 편의 회고록인) 『가장 젊은 과학』The Youngest Science 때문이었다. 이 책은 아버지의 왕진을 따라다니던 소년 시절부터 시작되는, 의사로 살아온 저자 자신의 인생 이야기다. 당시 의사는 그야말로 '무지한 직업'이었다. 일반의였던 그의 아버지가 들고 다닌 검은색 왕진 가방 안에는 오직 네 개의 약병만이 들어 있었다. 그것이 치료 효과가 있다고 알려진 약의 전부였기 때문이다. 또 다른 한편으로 이 책은 항생제, 의사를 무지와 무능의 구렁텅이에서 끌어올려 준 이 항생제의 발명으로 태동한 미국 의학의 여명기를 다룬 이야기이기도 하다. 나는 루이스 토머스가 이번 강좌에서 회상록을 이중 내러티브로 쓴 까닭에 대해 설명해 주기를 바랐다. 그의 이야기는 이렇게 시작되었다.

우선 개인적인 고백으로 시작하고자 합니다. 저는 한때, 그러니까 처음 생겨났을 때, 하나의 세포였습니다. 이 시기에 대해 저는 아무것도 기억하지 못합니다만, 다들 그렇다고 하는 걸 보면 그때 제가 하나의 세포였다는 건 사실일 겁니다. 그리고 그 이전에는 반쪽짜리, 말 그대로 반쪽짜리 생명체가 있었습니다. 저의 부모에게서 온 두 개의 반쪽, 다시 말해 저의 염색체를 절반씩 품고 있던 두 개의 반수체 생식세포가 자신의 반쪽을 찾다가 어느 날 우발적으로, 그야말로 엄청난 우연으로, 좋든 싫든, 행운이든 불행이든, 서로 마주쳤고, 결합했습니다. 그리하여 제가 생겨난 것입니다.

역시나 기억에 없는 일이긴 합니다만, 하나의 세포였던 저는 곧 분열을 시작했습니다. 제 평생에 이때만큼 부지런하게 일하고, 능수능란한 솜씨를 뽐낸 적은 다시없을 겁니다. 무척이나 어렸던 그 시기에 저는 저 자신을 정렬시켜 세포들로 이루어진 체계를 이루었습니다. 뇌, 팔다리, 간, 기타 등등의 라벨이 붙은 각 세포들은 서로에게 신호를 보내며 자기가 있을 영역을 가늠했고, 그렇게 점차적으로 저의 형태를 이뤄 가기 시작했습니다. 한때 제겐 고등 어류 종에게서나 볼 수 있는 멋진 신장이 있었습니다. 하지만 저는 좀 더 현명하게 생각했습니다. 어느 날 그것을 없애고 대신 그 자리에 육지에서 살아가는 데 적합할, 좀 더 말끔해 보이는 한 쌍의 신장을 설치했습니다. 이 모든 과정을 제가 계획한 것은 아니었습니다. 훌륭한 기억력을 가진 저의 세포들이 한 일이었지요.

돌이켜 생각해 보면 당시 그 모든 일을 계획한 것이 제가 아니어서 얼마나 다행인지 모릅니다. 제가 세포들을 정렬했다면 분명 엉망진창이 되었을 겁니다. 뭔가를 빼먹는다든지, 신경관 만들 장소를 잊는다든지, 다른 장소와 혼동한 다든지 했겠지요. 아니면 더욱 고등한 세포들에게 자리를 마련해 주려고 저의 배아세포 수십억 개를 한꺼번에 살육하는 끔찍한 대량 살상의 광경을 목도하고는 정신적 공황에 빠져 작업을 중단했을지도 모릅니다. 제가 태어날 당시 제 안에는 살아 있는 것보다 죽어 나가는 것이 더 많았습니다. 그 시절을 기억하지 못하는 건 어찌 보면 당연합니다. 이렇게 아홉 달간의 끊임없는 모색기를 거쳐 저는 마침내 인간이라 부를 수 있을, 언어의 자질을 갖춘 최종적인 모델을 고안해 내게 됩니다.

참으로 근사한, 의표를 찌르는 시작이다. 자신의 태아기 시절을 회고하는 사람이 있을 줄 어찌 알았으랴. 마지막에 그가 언어를 언급한 것으로 보아 이제 곧 출생 이후의 이야기가 이어지리라 확신했다. 하지만 나의 예상은 빗나갔다.

언어 덕분에 저는 지금 제 혈통의 역사를 되짚어 볼 수 있습니다. 제가 기억하는 건 기껏해야 부모님, 할머니 한 분 그리고 한때는 모두가 왕이었다고 하는 웨일스인 조상의 옛이야기 정도입니다. 그보다 더 거슬러 올라갈 수는 없습니다. 그 이전 시기에 대해 알아보려면 텍스트에 의존할 수밖에 없습니다.

제가 읽은 텍스트들에 따르면 저의 혈통은 최초의 직계 조상인 초기 호모사피엔스로 거슬러 올라갑니다. 이들은 여러모로 현생인류의 자격을 갖췄습니다. 하지만 인간 됨의 기준을 언어능력과 개별적 자아의식에 둔다면 그렇지 않다고도 볼 수 있습니다. 저로선 이러한 기준에 부합하는 최초의 조상과 만나기 위해 세월을 얼마나 거슬러 올라가야 하는지 알 수 없습니다. 지금까지 이 문제에 확실하게 답한 사람은 아무도 없습니다. 제 조상들은 언제부터 말을 하게 되었을까요?

글을 처음 쓰게 된 시기를 추적하는 건 그나마 쉽습니다. 그리 오래되지 않았죠. 대략 1만 년 전 정도입니다. 그보다 오래되지는 않았습니다. 조상들이 말을 하게 된 시기를 알아내려면 짐작에 의존할 수밖에 없습니다. 오늘날 당면한 여러 난제를 해결하는 데 오랜 시간이 걸리는 것으로 보아 인간의 학습 속도가 느리다고 가정한다면 제 추측으론 10만 년 전, 대략 5만 년 전 전후가 아닐까 생각합니다. 말 그대로 대략적인 과학적 추측입니다. 인류의 전체 역사를 생각할 때 이는 상당히 최근의 일이라고 할 수 있습니다. 그 이전까지, 그러니까 최초의 인간이 등장한 100만 년 전으로 거슬러 올라가는 그 오랜 세월 동안 존재해 온 수많은 조상이 말을 할 줄 몰랐다는 생각을 하면 당혹스러워집니다. 저는 저 자신이 도구 제작자, 뼈 조각가, 무덤 파는 자, 동굴 벽화가의 후손이라는 사실을 겸허히, 자랑스럽게 받아들입니다. 저는 그 모든 인간의 후예입니다. 하지만 제 조상들이 평생 간단한 대화조차 하지 못하고, 비유적 표현도 할 줄 모르는 벙어리였다는 사실을 생각하면 자존심이 상합니다. 최초의 인류가 처음부터 쉴 새 없이 지껄일 수 있는 언어능력을 갖춘 상태로, 언어를 담기에 충분한 두개골 용량을 가진 상태로 세상에 등장했더라면 더 좋았을 겁니다. 하지만 그렇지 않았습니다. 언어능력은 뒤늦게 나타난 것이라고 볼 수밖에 없습니다.

이쯤 되자 '그가 들려주려는 이야기가 결코 평범한 과거 여행은 아니겠구나'라는 생각이 들었다. 그는 인간이 된다는 것이 의미하는 바에 대해 이야기하고 있었다. 하지만 여전히 마음 한편엔 그가 자신의 인생 이야기를 들려줬으면 하는 바람이 있었다. 도구 제작자와 뼈 조각가의 20세기 후손인 그는 어떻게 그의 조상들이 갖지 못한 탁월한 언어 사용 능력을 터득하게 되었을까? 모름지기 인간이란 속 시원한 대답을 듣고 싶어 하는 존재가 아니던가. 그러거나 말거나 토머스 박사는 이야기를 이어 갔다.

제 마음에 고집스레 남아 있는, 결코 외면할 수 없는 저의 또 다른 계보학적 근원은 제 기억력의 한계를 한참 벗어난 것입니다. 하지만 제 몸속의 모든 세포가 그것을 기억하고 있을 겁니다. 설명하기 쉽지 않은 까다로운 이야기입니다만, 그래도 단도직입적으로 말하겠습니다. 저라는 존재는 최초의 인류가 세상에 등장하기 이전으로 영겁에 가까운 세월을 거슬러 올라가는, 그러나 우리가 꽤 정확하게 되짚어 볼 수 있는 한 계보에서 비롯되었습니다. 저의 존재는 그리고 여러분의 존재는 좋든 싫든 단일한 고유 조상에게서 생겨났습니다. 그것의 유해가 오늘날 박물관에 전시되어 있습니다. 지구가 형태를 갖추고 냉각된 지 10억 년이 지난, 지금으로부터 약 35억 년 전에 생긴 바위 속에 들어 있는 상태로 말입니다. 인류 계보의 첫 번째 자리를 차지하고 있는, 우리의 첫 조상은 바로 박테리아 세포입니다. 이는 의심의 여지가 없는 사실입니다.

저는 도저히 이 사실을 머릿속에서 지울 수 없습니다. 이것은 제가 알고 있는 가장 중요한 사실입니다. 오랫동안 묻혀 있던 언어의 원천을 찾아가는 모든 회고록의 절대적인 시작점은 바로 이 사실이 될 것입니다. 우리는 박테리아의 혈통이고, 박테리아의 까마득한 후손입니다. 유인원이 인간의 조상이고, 침팬지가 인간의 사촌이라는 사실이 처음 세상에 알려졌을 때 사람들은 당혹스러워하고 분노했습니다. 하지만 지금 이 사실에 비하면 그것은 아무것도 아닙니다. 유인원은 적어도 인간과 어느 정도 외양이 비슷하므로 우리 조상으로 받아들이는 데 큰 어려움이 없습니다. 반면 오늘날 과학계에서 명백한 정설로 받아들여지고 있는 이 새로운 연관 관계는 전혀 다른 차원의 성격을 갖고 있습니다. 처음 이 사실과 맞닥뜨렸을 때 우리가 느끼는 감정은 바로 수치심입니다. 확실히 인간은 비천한 출신입니다.

나는 결국 모든 걸 내려놓고 이 여행이 어디로 향하든 그저 즐기기로 마음먹었다. 세포생물학자는 회고록을 주제로 강연할 때면 아무래도 최초의 세포까지 거슬러 올라가지 않고는 만족하지 못하는 모양이다. 그 강좌에서 딱 한 번 루이스 토머스라는 이름으로 알려진 이 세포의 집합체가 자기 이야기를 꺼냈다. 그가 말했다.

"네 살인가 다섯 살쯤 됐을 때 글을 읽고 쓰는 법을 공부했던 기억이 납니다. 하지만 그보다 이전, 말을 배울 때의 기억은 전혀 없습니다. 이는 놀라운 사실입니다. 여러분은 자신이 처음 발음한 단어, 처음 말한 완전한 문장이 영원히 기억에 남을 놀라운 인생의 기념비가 되리라고 생각할지 모릅니다. 하지만 저는 그 어떤 것도 기억하지 못합니다."

자신에 대한 이야기는 이것으로 끝이었다. 토머스 박사는 다시 심연으로 뛰어들어 상상할 수 없을 만큼 먼 세계로 우리를 인도했다. 말하자면 그것은 지구 상에 존재한 모든 생명체에 대한 회고였다. 그가 말했다.

"결국 우리는 동일한 근원에서 왔습니다. 풀, 갈매기, 물고기, 벼룩 그리고 공화국의 선거권자 시민, 이 모두가 한 가족입니다."

글 대신 강연 내용을 인용했으니 이 책의 규칙을 살짝 어긴 셈이다. 하지만 토머스 박사의 강연은 그 자체가 한 편의 글이다. 그 누구도 즉석에서 이만큼 우아하게 문장을 엮어 내지는 못할 것이다. 더구나 강연 내용은 이미 책[2]으로 묶여 출간되었다.

내가 그의 강연을 소개한 진짜 이유는 그것이 가진 의외성 때문이다. 나는 루이스 토머스가 강연에서 이러저러한 이야기를 할 것이라 지레짐작했다. 주제넘게도 그가 이야기 해 줬으면 하는 내용을 따로 생각해 두기까지 했다. 실제 그의 강연은 내가 미리 생각해 둔 그 어떤 이야기보다 훨씬 흥미진진했다. 근거 없는 나의 예상을 철저히 무너뜨려 준 그에게 감사했다.

독창성과 독자의 허를 찌르는 의외성은 논픽션 글쓰기에 생기를 불어넣는 강력한 힘이다. 주제에 접근하는 '올바른 길'이란 없다. 회고록이든, 인간이 아닌 다른 어떤 것을 다루는 글이든 마찬가지다. 대담한 시선을 가진 작가의 글은 대개 흥미진진한 독서 경험을 선사한다. 대담성이 글에 날카로움을 부여한다.

나는 인간을 다루는 학문 중에서 인류학에 가장 매력을 느낀다. 인류학에 대한 관심은 1952년 어느 날 밤, 브로드웨이에서 싹텄다. 당시 취재를 위해 브로드웨이의 모든 개막 공연을 빠짐없이 챙겨 보던 나는 그날 밤 풀턴극장에 앉아 『발리의 댄서들』Dancers of Bali이라는 공연이 시작되기를 기다리고 있었다. 공연 단원은 발리의 플리아탄 마을에서 온 사람들이라고 했다. 어떤 공연을 보게 될지 전혀 감이 잡히지 않았다. 그때까지 나는 동남아시아의 문화를 제대로 배운 적도, 접한 적도 없었다.

막이 올랐다. 가믈란 연주단이 첫 음을 연주했고, 그 소리가 전류처럼 내 몸을 꿰뚫고 지나갔다. 쨍그랑하며 울리는 엄청난 소리가 극장 구석구석에 울려 퍼졌다. 곧이어 연주가 시작되었다. 나는 금세 그 소리에 흠뻑 빠져들었다. 대체 어떤 악기들을 조합했기에 이토록 아름다운 소리가 난단 말인가? 스물다섯 명쯤 되는 발리 사람들이 무대 위에 책상다리를 한 채 앉아서 징을 치고, 심벌즈를 부딪치고, 북과 철금鐵琴을 두드리며 지금껏 들어 본 그 어떤 것과도 다른 현란한 리듬을 만들어 냈다. 연주자들 사이에 신호가 오가지 않았지만 연주의 정확성은 절대적이었다. 발리 음악은 오직 5음계만을 사용함에도 생동하는 타악기 연주로 인해 끊임없이 새롭고 다채롭게 변화했다.

이어서 마녀와 용으로 분장한 배우들이 무대에 등장했다. 그들은 발리 섬의 전설과 종교적 믿음을 표현하는 전통 춤을 췄다. 특히 크리스 댄스kris dance ◆를 출 때는 섬뜩하고도 깊은 무아지경에 빠져든 모습이었다. 아름답고 격렬한 춤과 음악이 하나로 녹아든, 예술과 종교의식이 완벽히 융

◆ 빙의 상태에서 말레이 민족의 고유한 단검인 크리스로 자신의 가슴을 찌르는 동작을 하는 춤.

합된 공연이었다.[3] 사람들 말로는 이 공연단의 기량이 발리에서 최고일지는 모르지만 그들이 선보인 춤과 음악은 발리섬의 어느 마을에서나 쉽게 접할 수 있는 것들이라고 했다. 정말 그런지 확인해 볼 가치가 있다고 생각한 나는 다음 여름휴가를 이용해 인도네시아로 날아갔다.

처음 찾은 곳은 자바 섬 중부의 족자카르타였다. 자바 왕궁에서 상연되던 고대 그림자극을 보기 위해서였다. 이 연극에도 가믈란 연주가 곁들여졌다. 발리의 정취에 흠뻑 빠지게 하는 독특한 드라마였다. 연극을 본 뒤 플리아탄으로 이어지는 언덕을 올랐다. 브로드웨이를 들썩이게 한 연주자와 무용수는 이미 오래전에 집으로 돌아가 비옥한 들판에서 본업에 종사하고 있었다. 그제야 발리 사람들에겐 '예술'에 대한 개념이 따로 없다는 사실이 명확하게 이해되었다. 그들에게 예술은 삶 속에 녹아든 자연스러운 일상의 한 부분일 뿐이었다. 나는 밤마다 플리아탄, 우붓 등 여러 마을의 사원을 찾아갔다. 사원 마당에 서서 낮 동안 농사일을 한 마을 사람들이 브로드웨이에서 보았던 것과 똑같은 춤을 추는 것을 보았다. 예술과 삶과 종교가 하나로 얽혀 있었다. 아이들이 사방에서 뛰어놀고, 닭들은 제 마음대로 돌아다녔다. 춤추는 이들 주위에 둥그렇게 모여 선 구경꾼 중에는 아기를 품에 안은 엄마도 있었다. 이곳 사람들은 갓난아기 때부터 전통 춤의 섬세한 동작과 가믈란의 리듬을 온몸으로 받아들였다.

그것은 내가 처음으로 접한 통합된 문화의 현장이었다. 내가 사는 나라의 문화에는 이런 감탄스러운 전체성이 없다는 사실에 화가 났다. 예술을 교육과정의 곁가지로 취급하는 일선 학교들, 일요일 아침에 교회에 가는 것이 종교의 전부인 양 생각하는 미국의 풍토가 떠올랐다. 문득 나는 지금까지 얼마나 자주 여행지에서 접한 독특한 문화를 단순히 '괴상한 것'으로 취급해 왔는가 생각했다. 발리 여행은 내가 걸린 민족중심주의라는(여전히 완치까지는 요원하지만) 질병 치료의 첫걸음이었다. 그때 이후로 나는 나무로 만든 신발을 신는 네덜란드 농부라든가, 무슬림 신자에게 예배 시간을 알리는 무에진을 괴상한 존재인 양 묘사하는 여행기에 강한 거부감을 느낀다. 우리가 살아가는 사회에도 괴이한 관습이 차고 넘친다. 최근에 나는 한 일본인 관광객이 파크애비뉴에서 나이 지긋한 노부인이 '야외에서는 개의 목에 목줄을 채워야 한다'는 뉴욕 조례에 따라 가방 안에 푸들 강아지를 집어넣으려 애쓰는 모습을 카메라로 찍는 광경을 보았다.

이러한 맥락에서 나는 모두가 따라야 할 올바른 기준을 은연중에 드러내는 사회학자와 달리, 각국의 문화에 어떠한 선입견 없이 객관적 태도로 다가가려 노력하는 인류학자의 글을 높이 평가한다. 더구나 인류학자는 사회학자와 다르게 글솜씨도 좋다. 인류학자는 애매한 언어나 안이한 결론을 경멸한다. 가령 우리는 마거릿 미드의 저작에서 외부 사회를 명확하고 구체적으로, 깊은 존중심을 담아 읽어 내는 충실한 관찰자의 시선과 만난다. 다음은 마거릿 미드가 쓴 『뉴기니에서의 성장』Growing Up in New Guinea 의 한 대목이다.

마누스 섬 사람에게는 천국이나 지옥 같은 개념이 없다. 그들은 존재에는 오직 두 가지 차원만이 있다고 생각한다. 살아 있는 존재가 살아가는 차원이 하나요, 혼령이 살아가는 차원이 다른 하나다. 혼령이 인간의 말과 행동을 듣고 보려면 인간 가까이 머물며 주의를 집중해야 한다. 마누스 섬 사람은 혼령을 전지적全知的 존재로 여기지 않는다. 혼령은 산 사람과 마찬가지로 자신의 감각 범위 내에서만 보고 들을 수 있기 때문에 집 밖에 있을 때는 집 안에서 일어난 일을 모른다. 혼령은 보이지 않는 존재이며, 인간이 그들을 알아보는 경우는 거의 없다. 하지만 종종 밤에 휘파람 소리를 내어 자기 존재를 드러내기도 한다. 혼령은 인간보다 강력하며, 인간에 비해 시공간의 제약에서 자유롭다. 현실의 사물을 자신들의 영역인 불가시성의 세계로 옮기는 능력도 지니고 있다.

혼령은 인간의 영혼을 서서히 빨아들인다. 혼령에게 영혼을 남김없이 흡수당한 인간은 죽는다. 혼령은 물건을 숨기고, 훔치고, 돌을 던지고, 변덕스럽고 종잡기 어려운 방식으로 물질세계를 조종할 수 있지만 그런 행동을 하는 경우는 거의 없다. 혼령은 인간보다 강력한 힘을 가졌으나 대단히 인간적인 존재로 여겨진다. 마누스 사람들은 물고기 떼를 석호 안으로 몰아달라고 혼령에게 간청하기도 한다. 물고기를 몰아달라고만 할 뿐 물고기 수를 늘려 달라고는 하지 않는다. 혼령의 주된 임무는 자신이 보호하는 인간들을 위해 물고기를 번성시키고 다른 적대적인 혼령이 해를 가하지 않도록 그들을 지키는 것이다.

혼령은 그 대가로 인간에게 계율을 지키고 선행을 실천하도록 요구한다. 무엇보다 인간은 마누스 섬의 사회질서에 반하는 성범죄를 저질러서는 안 된다(다시 말해 혼령은 다른 부족 여자와의 밀통은 문제 삼지 않을 것이다). 그 외에 경박한 언사, 우발적인 신체 접촉, 흉계 꾸미기, 무분별한 농담, 배우자 친척들과의 무분별한 교류 등이 엄격하게 금지된다. 이를 어길 경우 혼령의 분노를 사서 그 화가 죄를 지은 본인은 물론 친척에게까지 미친다. 이를테면 분노한 혼령은 노환으로 몸져누운 노인을 침대에서 떨어뜨려 죽음에 이르게 하거나 신생아에게 배앓이를 일으킬 수도 있다. 또한 혼령은 채무 불이행, 무분별한 가족 재산 사용, 비용 지불 연기, 도움이 필요한 친척들에게 공평하게 돈을 나누어 주지 않고, 자신의 아내를 사는 데 지나치게 많은 돈을 씀으로써 동생들의 결혼 지참금을 마련하지 못하는 것 같은 일체의 경제적 나태함을 싫어한다. 가정 내 불화, 배우자 친척과의 다툼도 혼령의 분노를 산다. 푹푹 꺼지는 바닥, 구부러진 기둥, 비가 새는 지붕 등 열악한 주거 환경도 까다로운 혼령의 심기를 거스를 수 있다.[4]

놀라울 정도로 풍부한 지식을 짧은 글 속에 담아내는 저자의 탁월한 솜씨를 보라. 마거릿 미드는 인간의 죄과를 기록하는 천사와 같다. 그녀는 다른 학자들이 연구에 이용할 수 있도록 정보를 올바로 기록하고 전달하는 데서 학자로서의 기쁨을 느낀다.

이런 결과물의 이면에는 당연히 저자의 엄청난 노력이

숨어 있다. 인류학자가 현지인들에게 받아들여지기 위해, 현지 언어를 배우고, 자신이 관찰한 내용을 끊임없이 기록·정리하기 위해 얼마나 많은 노력을 기울여야 했을지 생각해 보라. 이는 몇 개월이 아닌, 수년에 걸쳐 이루어지는 작업이다. 논픽션 작가가 기사나 책을 쓰기 위해 아무리 광범위하게 취재를 한다 해도 인류학자의 노고에 비할 바는 아닐 것이다. 독자는 그저 책에 담긴 세밀한 정보를 통해 저자가 이룬 업적의 위대함을 조금이나마 짐작할 수 있을 뿐이다.

인류학자가 현지 문화에 받아들여지는 과정을 다룬 글은 적지 않다. 클리퍼드 기어츠는 유명한 에세이 『심오한 놀이 : 발리의 닭싸움에 대한 기록』Deep Play: Notes on the Balinese Cockfight 서문에서 이러한 과정을 설명한다.

기어츠가 유독 발리에 이끌렸던 건 결코 우연이 아니다. 발리는 지상 최고의 인류학적 보고라 할 만하다. 나를 매혹시킨 발리의 음악과 춤은 세계 어디에서도 찾아볼 수 없는 그곳만의 독특한 문화다. 기어츠가 지적하고 있듯이 발리는 음악과 춤 외에도 신화, 예술, 제의, 사회조직, 자녀 양육, 법률, 심지어 무아지경에 빠지는 방식에 있어서도 대단히 뚜렷한 특징을 보인다. 기어츠는 "닭싸움은 발리 사람들이 광적으로 좋아하는 오락 문화이자, 세상에 잘 알려진 여러 현상 못지않게 발리인의 진정한 특성을 보여 주는 중요한 요소임에도 그동안 이를 주목한 이가 거의 없었다. 미국 땅의 야구장, 골프장, 경마장, 포커 테이블만큼이나 발리에는 수많은 닭싸움 경기장이 있다"라고 말한다.

발리 사람들이 광적으로 좋아하는 이 오락에 대한 기어츠의 연구는 학문적이라기보다는 오히려 문학적인 분위기로 서두를 연다.

1958년 4월 초, 아내와 나는 말라리아에 걸린 상태로 잔뜩 기가 죽은 채 발리의 한 마을에 도착했다. 500여 명의 주민이 사는, 비교적 외진 곳에 위치한 이 작은 마을은 오로지 그들만의 세상이었고, 인류학을 연구하기 위해 직업적인 목적으로 찾아온 우리는 그 세계의 침입자였다. 마을 주민들은 보통 발리 사람들이 자신에게 접근해 오는 외지인을 대할 때의 태도로 우리를 대했다. 다시 말해 그들은 우리를 없는 사람 취급했다. 그들에게 그리고 어느 정도는 우리 자신에게조차 우리는 인간이 아닌 자, 유령, 보이지 않는 존재였다. (······)

당신이 처음 발리 사람과 만난다면 그는 당신이 전혀 보이지 않는 것처럼 행동할 것이다. 그레고리 베이트슨과 마거릿 미드가 써서 유명해진 표현을 빌려 말하자면 그 사람은 당신에게서 '멀리 떨어져'away 존재한다. 그렇게 하루, 일주일, 한 달이 지난 어느 날, 그는 나로선 도무지 헤아릴 길 없는 어떤 이유로, 갑자기 당신을 실재하는 존재로 인정한다. 그리하여 따뜻하고 유쾌하고 다감하고 호의적이고, 그러면서도 언제나 자로 잰 듯 정확하게 통제된 태도로 당신을 대한다. 어쨌든 이로써 당신은 보이지 않는 윤리적, 형이상학적 경계선을 넘어서게 된 셈이다. 그는 이제 당신을, 물론 (당신이 그곳에서 태어나지 않은 이상) 같은 발리 사람으로 받아들이진 않을지라도, 적어도 구름이나 한 줄기 바람이 아닌 사람으로 대한다. 그때부터 관계의 전체적인 양상은 관대하게, 거의 애정에 가까운 분위기로 변한다. 그는 당신에게 은근하면서 다소 장난기 있는, 그러면서도 예의를 잃지 않는, 어리둥절할 정도로 싹싹한 태도를 보일 것이다.[5]

어느 날 마을에서 제법 큰 규모의 닭싸움 시합이 열렸을 때까지도, 기어츠와 그의 아내는 여전히 마을 주민들에게 '한 줄기 바람' 취급을 당하고 있었다. 닭싸움 시합은 불법이었다. 하지만 마을 사람들은 새 학교 설립 기금 마련이라는 좋은 취지를 가진 행사인 데다 '뇌물도 충분히 먹였으니' 비교적 공개된 장소에서 시합을 열어도 안전하리라 생각했다.

그들의 생각은 틀렸다. 세 번째 경기가 한창 진행되고 있을 때, 당시 여전히 투명인간 취급을 받던 나와 아내를 포함해 수백 명의 마을 주민이 말 그대로 한 몸처럼 뒤섞여 싸움판 주위를 에워싸고 있었다. 기관총으로 무장한 경찰을 가득 태운 트럭이 굉음을 일으키며 달려온 것은 그때였다. "경찰! 경찰이다!" 겁에 질린 군중이 비명을 지르는 동안, 트럭에서 뛰어내린 경찰들이 싸움판 한복판으로 들이닥쳤다. 경찰들은 영화 속 갱스터처럼 주민들을 향해 총부리를 돌렸지만 실제로 쏠 생각까지는 없는 듯했다. 한 몸처럼 뭉쳐 있던 군중은 즉시 튕겨 나가듯 사방으로 뿔뿔이 흩어졌다. 누군가는 길을 따라 미친 듯이 달렸고, 누군가는 황급히 담장 너머로 몸을 숨겼으며, 플랫폼 아래로 기어들어 가는 사람이 있는가 하면 고리버들 칸막이 뒤로 납작 엎드린 사람, 코코넛 나무 위로 기어오르는 사람도 있었다. 그 날에 베였다간 손가락이 단번에 잘려 나가고, 다리에 찔렸다간 간단하게 구멍이 뚫릴 만큼 날카로운 쇠 발톱을 단 싸움닭들이 사방으로 뛰어다녔다. 그야말로 아비규환의 난장판이었다.

이런 아수라장 속에서도 이 인류학자는 눈을 번쩍 뜬 채 도망가는 인간들의 세부적인 모습을 관찰하느라 여념이 없다. 그는 당시 상황을 키스톤 캅스가 등장하는 영화◆ 대본이 떠오를 만큼 코믹하면서도 세밀하게 그려 내고 있다.

마을 주민들보다 조금 굼뜨긴 했지만 아내와 나 역시 '로마에 가면 로마법을 따르라'는 인류학적 원칙에 입각해 '도망쳐야 한다'는 결론을 내렸다. 우리는 마을 큰길을 따라, 우리가 사는 집과는 거리가 먼 북쪽으로 달아났다. 시합장에 있을 때 우리가 서 있던 위치가 그쪽 방향이었기 때문이다. 저 앞에서 달려가던 또 다른 도망자가 갑자기 어떤 집 안으로 냉큼 들어갔다(알고 보니 자신의 집이었다). 눈앞엔 벼가 자라는 논과 탁 트인 들판, 하늘을 찌를 듯 높이 솟은 화산밖에 없었기에 우리도 그를 따라 집 안으로 들어갔다. 우리 셋이 안마당으로 헐레벌떡 들어서자마자, 분명 전에도 이런 상황을 겪어 봤을 게 분명한 그 도망자의 아내가 급히 마당에 테이블을 세웠다. 그 위에 테이블보를 덮고, 의자를 세 개 가져오고, 차를 세 잔 내왔다. 우리는 이

◆ 키스톤 영화사에서 1912년부터 1917년까지 제작한 슬랩스틱 코미디 영화 시리즈.

심전심으로 테이블 앞에 앉았고 차를 마시며 호흡을 가라앉히려 애썼다.

상황은 계속된다. 천하의 맥 세넷 ✱✱ 이라도 이 정도로 흥미진진한 추격 장면을 만들어 내지는 못할 것이다.

잠시 후 경찰관 한 명이 거드름을 피우며 마당 안으로 들어섰다. 마을 촌장을 찾고 있었다(촌장은 그때 닭싸움 현장에 있었을 뿐 아니라, 사실 이 시합을 개최한 장본인이었다. 트럭이 들이닥치자 촌장은 강으로 달려가 사롱 ✱✱✱ 을 벗어던지고 강물로 뛰어들었다. 나중에 경찰이 강물에 머리를 담그고 있는 그를 발견했을 때, 강에서 멱을 감고 있느라 마을에서 무슨 일이 벌어지고 있는지 전혀 몰랐다고 말했다. 경찰은 그의 말을 믿지 않았고, 그에게 300루피아의 벌금을 부과했다. 이 벌금은 마을 사람들이 돈을 모아 해결했다).

그는 '백인들', 그러니까 나와 아내를 보고 움찔 놀라는 눈치였다. 그는 잠시 헛기침을 해 목소리를 가다듬더니 우리에게 대체 여기서 무엇을 하고 있느냐고 물었다. 집주인이

✱✱ 1880-1960년. 미국의 영화제작자 겸 배우. 키스톤 영화사를 설립하고 많은 단편 희극영화를 제작해 미국의 전통적인 슬랩스틱코미디 형식을 완성했다.

✱✱✱ 말레이시아, 인도네시아, 스리랑카, 인도 등지에서 남녀 구분 없이 허리에 두르는 민속 의상. 면이나 명주로 된 천에 문양을 넣거나 염색한다.

즉시 우리를 위해 변호하기 시작했다. 장장 5분여에 걸쳐 우리가 누구이며, 이 마을에서 무슨 일을 하고 있는지 매우 세세하고 정확하게 설명하는 것이었다. 일주일이 넘도록 우리가 묵고 있는 집의 집주인 그리고 마을 촌장 외에는 살아 있는 인간과 대화를 나누지 못했던 나로선 놀라 자빠질 일이었다. 집주인은 '이들이 여기에 와 있는 건 전혀 문제될 게 없다. 이들은 미국인 교수이고 정부에서 신원을 보장받았다. 문화를 연구하려고 이곳에 와 있으며 조만간 미국인들에게 발리를 알릴 책을 쓸 것이다. 우리는 오후 내내 이곳에서 함께 차를 마시며 문화를 주제로 담소를 나눴기 때문에 닭싸움 사건에 대해서는 아무것도 모른다. 게다가 오늘은 하루 종일 촌장을 보지 못했다. 볼일이 있어 시내에 나간 게 아닐까 싶다'고 말했다. 결국 경찰관은 혼란스러운 표정을 지으며 자리를 떠났다. 우리도 조금 얼떨떨한 기분이었지만 어쨌든 경찰에게 잡히지 않은 것에 안도하며 잠시 후 그 집을 나섰다.

이 단락을 읽다 보면 우리도 어느 순간 글 속의 경찰관처럼 움찔 놀라게 된다. 기어츠가 익살스러운 소극의 외양을 빌려, 이후 그가 전형적인 연구 작업을 통해 밝혀낸 것들

못지않게 인상적인 발리 사람들의 특성을 훌륭하게 묘사하고 있음을 깨닫게 되기 때문이다. 이어지는 사건의 결말은 다음과 같다.

다음 날 아침 마을은 우리에게 완전히 딴 세상이었다. 우리는 더 이상 투명인간이 아닐뿐더러 난데없이 화제의 중심이 되어 있었다. 마을 주민들은 너 나 할 것 없이 우리에게 애정 어린 호의와 호기심을 보였다. 그들에게 우리는 커다란 즐거움의 대상이 된 듯했다. 어제 우리가 다른 사람들처럼 닭싸움 시합장에서 도망쳤다는 걸 다들 알고 있었다. 마을 주민들은 그 일에 대해 꼬치꼬치 물으며(덕분에 나는 그날 내내 전날 있었던 일을 최대한 상세히 50번 넘게 반복해서 설명해야 했다), 호의와 애정을 담아 그러나 집요할 정도로 짓궂게 우리를 놀려 댔다. "왜 그냥 그곳에 남아서 경찰에게 당신이 누군지 말하지 않았나요?" "구경만 했을 뿐 돈은 걸지 않았다고 왜 얘기하지 않았어요?" "총을 보니까 그렇게 겁이 났어요?" 세계에서 가장 활기차고 태평하며, 심지어 도망칠 때조차 여유를 잃지 않는 발리 사람답게 마을 주민들은 희희낙락해 우리가 도망칠 때 보인 우스꽝스러운 몸짓과 겁먹은 표정을 끝도 없이 흉내

냈다. 그들이 가장 재밌어하고, 놀라워한 점은 우리가 '증명 서류'(주민들은 그것의 존재를 알고 있었다)를 꺼내 특별 방문객 신분임을 증명하는 대신 마을 사람과 마음을 함께하는 행동을 했다는 사실이었다(사실 그것은 우리가 겁쟁이라는 걸 증명하는 행동에 불과했지만, 한편으로는 어느 정도 마을 주민들과의 연대감이 작용했던 것 또한 사실이었다).

발리에서 놀림을 당한다는 건 곧 받아들여진다는 것을 의미한다. 그 사건은 우리와 마을의 관계에 일종의 전환점이 되었다. 그리고 우리는 말 그대로 그들의 세계 '내부'로 들어서게 되었다. 마을 전체가 우리에게 활짝 문을 열었다. 그 사건이 없었더라면 마을 주민들이 이만큼 솔직하게 그리고 이처럼 짧은 시간 안에 우리에게 마음을 열지는 않았을 것이다. 불법 현장에서 경찰에게 체포당하는 것, 체포당할 위기에 처하는 것은 인류학을 연구할 때 필수적으로 요구되는, 연구 대상과 친밀한 관계를 형성하는 일반적인 방법이라 할 수 없다. 그러나 그것이 내게는 엄청난 도움이 되었다. 그로 인해 나는 외부인의 진입이 극도로 어려운 사회에 갑작스럽게, 유례없이 완벽하게 받아들여질 수 있었다. 또한 어떤 인류학자라도 운 좋게 연구 대상인 현지 주민들과 함께 무장한 경찰에게 쫓기는 것 같은 경험을 하지 않고서는 얻지 못할 이른바 '시골 마을 주민의 심리'에 대한 내밀하고도 즉각적인 이해를 얻었다. 그리고 가장 중요하게는, 그 사건을 통해 발리 사회에서 매우 중요한 의미를 갖는 닭싸움 문화에 주목할 수 있었다. 발리의 닭싸움 문화에는 감정적 폭발과 계층 간 갈등, 철학적 드라마가 한데 녹아 있다. 이후 나는 발리의 주술, 농업, 계급, 결혼 문화 연구 못지않게 닭싸움 문화 연구에 많은 시간을 할애했다.

기어츠의 글을 읽다 보면 그가 학자가 아닌 작가로서 글을 쓰고 있다는 느낌을 받곤 한다. 그는 사적이고, 자발적이다. 글쓰기 자체를 즐기고, 무엇보다 자기 자신을 위해 글을 쓰는 사람 같다. 이는 학술적인 글에서는 좀처럼 볼 수 없는 개성이다. 다른 한편으로, 명료하고 견고한 그의 글쓰기 스타일은 그가 단 한 순간도 학자로서의 본분을 망각하는 법이 없다는 것을 입증한다. 그의 개성이 더욱더 빛을 발하는 것은 바로 이 지점에서다. 기어츠는 이처럼 뛰어난 글쓰기를 통해 인류학의 거인으로 자리매김했을 뿐 아니라, 다른 학문 영역의 연구자들에게도 커다란 영감의 원천이 되고 있다. 예를 들어 프린스턴대학교 역사학과를 조명한 『뉴욕 타임스 매거진』의 최근 기사는 기어츠가 한 세대 전체의 역사학자들에게 끼친 영향력에 대해 언급하고 있다.

기사는 "1970년대 초, 기어츠를 읽기 시작한 이들은 비단 프린스턴대학교의 역사학자들만이 아니었다"라고 쓰고 있다. "미국 각지의 대학에서, 인류학적 통찰을 역사학에 활용할 방법을 모색하던 대학원생과 교수들이 인류학적 통찰을 가장 탁월하게 표현하는 텍스트로 기어츠의『심오한 놀이: 발리의 닭싸움에 대한 기록』을 꼽았다." 프린스턴대학교의 한 역사학 교수는 기어츠를 "그 자신이 지역적 지식이라고 명명한 바 있는 것, 다시 말해 변화에 대한 초월적 전망에 기대지 않는 의미를 창조해 냄으로써 작은 관계 구조 안에서 심오한 인간적 의미를 발견해 내는 방법을 우리에게 제시했다"고 평했다.

나는 좀 더 많은 학자가 자신의 뛰어난 지식과 연구 성과를 기어츠나 루이스 토머스처럼 일반 독자도 쉽게 읽을 수 있는 글의 형태로 제시할 수 있기를 바란다. 하지만 그런 새천년이 도래하리라는 기대는 접은 지 오래다. 학자들이 일반 출판을 위해 출판사에 보내오는 원고의 90퍼센트가 검토할 가치도 없는 수준의 글이다. 이것이 오늘날 출판 산업의 엄연한 현실이다. 그들의 글쓰기 스타일은 다른 학계 인사들(학계 출입을 관리하는 문지기들)에 의해 정형화되었다. 말하자면 그것은 박사 학위나 종신 교수 재직권, 동료 학자들의 인정을 받는 데 필요한 통행증과 같다. 인간적인 물기가 말끔히 제거된 바싹 마른 언어, 즉 수동형 동사, 긴 추상명사, 현학적 어구와 불필요한 전문용어의 사르가소 해海♦ 같다고나 할까. '왜 우리 학계는 책으로 출판하거나 기사로 실을 만한 좋은 글을 생산하지 못하는가'를 묻고 그에 대한 답으로 외면하고픈 진실을 들었을 때, 이러한 사태의 주범들은 '나도 어쩔 수 없다. 나는 그저 규칙을 따랐을 뿐이다'라는 식으로 변명한다. 동조할 수 없는 논리다. 다른 이의 기준은 마음의 족쇄다. 남의 눈치를 보는 글은 절대 좋은 글이 될 수 없다.

|

알렉산더 포프가 자명하게 일깨운 바 있듯이, 인류가 마땅히 연구해야 할 것이 바로 사람이라면, 인류학의 핵심적 역할은 우리가 누구이며, 인종 간에 나타나는 뚜렷한 차이는 어디서 비롯하는가를 규명하는 것이다. 이러한 측면에서 인류학자 에드워드 홀의 『숨겨진 차원』은 고무적인 사

♦ 북대서양 미국 바하마 제도의 동쪽 앞바다. 북대서양 해양 순환의 중심 가까이에 있어 조류의 흐름이 거의 없으며 수분의 증발량이 강수량보다 커 수온과 염분이 높다.

레라 할 만하다. '숨겨진 차원'이란 어른은 물론, 모든 아이의 주위를 마치 공기 방울처럼 둘러싸고 있는 사적인 공간을 가리킨다. 홀 교수는 이 공간을 어떻게 받아들이느냐에 따라 우리가 우리 자신을 정의하는 방식이 결정된다고 말하며, 야심 차게 추진된 건축물과 도시계획이 이처럼 불변하는 생물학적 법칙을 고려치 않아 실패작이 된 사례가 많다는 사실을 지적한다. 에드워드 홀은 다음과 같이 쓰고 있다.

"건축은 전통적으로 구조물의 시각적 패턴, 즉 눈에 보이는 것에만 관심을 두어 왔다. 건축가들은 사람들이 어린 시절에 습득한, 어떤 고착화된 특성을 띤 내면화된 공간에 둘러싸여 있다는 사실에 철저히 무지하다." 그는 인간은 다른 동물 집단의 개체들처럼 "태어난 순간부터 죽음에 이를 때까지 언제나 생물학적 유기체에 종속된 존재"일 수밖에 없다고 말한다. "인간은 무슨 수를 써도 자신이 몸담고 있는 문화를 벗어날 수 없다. 문화는 인간의 신경계 뿌리 속까지 파고들어 가 있으며, 그것이 우리가 세상을 인식하는 방식을 결정하기 때문이다."

신경계에 대해 사유하면서 에드워드 홀이 염두에 두었던 것은 처음 접촉한 지 2,000년이 지난 지금까지도 서구인과 아랍인이 서로를 이해하지 못한다는 사실이다. 서양인과 아랍인은 여전히 서로의 '감각 세계'를 불편해한다. 중동 지역에서 생활하는 미국인이 공공장소에서 아랍인들과 마주쳤을 때 밀실 공포증과 비슷한 불안을 느끼는 이유는 무엇인가? 홀 교수는 어떻게 우연히 그 답을 발견하게 되었는지 설명한다.

공공장소에서 남을 밀치고 떠미는 습관은 중동 문화의 한 특징이다. 하지만 이는 미국인이 생각하는 것처럼 뻔뻔하고 무례한 행동이 아니다. 이러한 오해는 사람 사이의 관계뿐 아니라 인간의 몸을 느끼는 방식까지를 포함한 상이한 인지 체계에서 비롯된 것이라 할 수 있다. (……) 이 문제와 관련해 아랍인들의 인지 세계를 이해해 보려고 여러 번 부질없는 노력을 기울인 끝에, 결국엔 시간만이 해결해 줄 것이라 생각하고 답 찾기를 포기했었다. 그러던 어느 날 짜증스러운 작은 사건을 겪은 뒤 우연히 그 답을 얻게 되었다.[6]

마지막 문장이 호기심을 일깨운다. 여기까지 읽은 독자라면 다음 단락을 읽지 않고는 못 배길 것이다. 홀 교수는 생물학적으로 재미있는 이야기를 갈망하게끔 만들어진 인간 독자를 어떻게 상대해야 하는지 알고 있다.

워싱턴의 한 호텔 로비에서 친구를 기다리고 있었다. 눈에 잘 띄고 혼자 있기 좋은 장소를 찾다가 사람들이 자주 오가는 곳에서 멀찍이 떨어진 곳에 놓인 의자에 앉았다. 이런 상황에서 대부분의 미국인이 따르는 규칙은, 아니 그것을 따르고 있다는 자각조차 하지 못하므로 차라리 예속되어 있다고 하는 게 맞을 그 규칙은 이렇게 설명할 수 있다. 누군가가 공공장소의 한 장소에 앉으면 그 즉시 그의 주위엔 풍선처럼 그를 둘러싼 사적인 공간이 생겨나고, 이 공간은 다른 사람이 침범할 수 없는 것으로 간주된다. 이 사적 공간의 크기는 그 장소의 일반적인 환경조건 외에도 그곳에 있는 사람의 수, 나이, 성별, 그 사람의 중요도 등에 따라 차이를 보인다. 타인이 이 공간으로 들어서거나 이곳에 머무는 것은 일종의 불법 침입으로 받아들여진다. 부득이한 용무로 남의 사적 공간에 들어서야 할 경우, 우리는 이것이 부당한 침입임을 인지하고 있기 때문에 "잠시 실례하겠습니다" 같은 말을 하며 양해를 구한다.

그렇게 호텔 로비의 외진 구석에 앉아 있는데, 웬 낯선 사람이 내 앞으로 다가왔다. 그러더니 그는 손을 조금만 뻗어도 상대방의 몸에 닿을 만큼 가까운 거리에 멈춰 섰다. 서로의 숨소리가 들릴 정도로 가까운 거리였다. 더구나 그의 몸은 나의 왼쪽 시야를 완전히 가리고 있었다. 로비에 사람이 많으면 또 모르겠는데 그때 로비는 텅 비어 있었다. 나는 그의 존재가 몹시 불편하게 느껴졌다. 이 무례한 침범에 짜증이 난 나는 신경질적으로 몸을 비틀며 불편한 심사를 표현했다. 그런데 놀랍게도 그는 이런 내 행동에 오히려 용기를 얻었는지 한 걸음 더 가까이 다가오는 것이었다.

우리는 이 인류학자의 감각적인 가보트◆ 연주에 사로잡혀, 그가 앉은 의자에 내가 앉아 있는 듯한 기분을 느끼게 된다. 그리고 그 의자는 우리가 평소에 지하철 안이나 다른 공공장소에서 약간 신경을 곤두세운 채 앉아 있곤 하는 의자와 다르지 않음을 깨닫는다.

당장이라도 자리를 옮겨 이 짜증스러운 상황에서 벗어나고 싶었지만 그런 마음을 꾹 눌러 참으며 생각했다. '될 대로 되라지. 왜 내가 일어서야 해? 이 자리에 먼저 앉은 건 나라고. 네놈이 아무리 멧돼지처럼 굴어도 절대 순순히 밀려나지 않겠어.' 다행스럽게도 나를 괴롭히던 그 인간은 잠시 후 한 무리의 사람들이 로비로 들어서자 즉시 그쪽으로 걸어갔다. 그들의 말과 제스처가 그의 행동을 설명해 주었다. 그는 아랍인이었던 것이다. 조금 전까지는 그가 말을 하지 않았고 옷도 미국 스타일로 입고 있었기 때문에 아랍인인 줄 알아채지 못했다.

나중에 이날 있었던 일을 한 아랍인 동료에게 얘기하는 과정에서 상반되는 두 가지 사고 패턴이 드러났다. '공적인' 장소에서 개인이 갖는 사적 공간에 대한 나의 생각을 얘기하자 당장에 그 친구는 이해할 수 없다는 반응을 보였다.

"어쨌든 그곳은 공공장소였잖아, 안 그래?"

친구와 대화를 이어 가면서 나는 아랍인의 사고방식으로는 자리를 차지하고 있다는 사실이 아무런 권리도 보장해 주지 않는다는 걸 깨달았다. 내가 앉은 자리도, 내 몸도 불가침의 대상이 아니다. 아랍인들에게 공공장소에서의 무단 침입이라는 것은 존재하지 않는다. 그들에게 공공장소는 말 그대로 공적인 공간이다.

이런 깨달음을 얻고 나니 그동안 그토록 당혹스럽고, 짜증나고, 때로는 두렵게까지 느껴졌던 아랍인들의 수많은 행동이 비로소 이해되기 시작했다. 예를 들어 아랍인들의 사고방식으로는 A라는 사람이 거리 모퉁이에 서 있고 B라는 사람이 그가 서 있는 자리를 원한다면, B에게는 A가 불편함을 느껴 그 자리를 떠나도록 만들어서 그 자리를 차지할 권리가 있다. 베이루트에서 영화관의 맨 뒷줄 자리라도 차지하려면 억세고 뻔뻔해야 한다. 자리에 앉지 못한 사람들이 너 나 할 것 없이 밀치고 떠미는 탓에 웬만해서는 자리에 그대로 앉아 있기가 어렵기 때문이다.

이 깨달음의 빛에 비춰 볼 때, 호텔 로비에서 나의 공간을 '침범'했던 그 아랍인은 나와 똑같은 이유로 그 자리를 선택했던 것이다. 그곳은 두 개의 출입문과 엘리베이터가 한눈에 보이는 위치였다. 내가 불편한 기색을 드러냈을 때 그는 물러나기는커녕 오히려 더 바싹 다가왔었다. 그는 이제 곧 나를 그 자리에서 일어나게 만들 수 있으리라 생각했던 것이다.

호텔 로비에서 겪은 이 우연한 사건을 계기로 홀 교수는 아랍인들이 인간의 몸 그리고 그와 결부된 권리에 관해 서구인과 전혀 다른 개념을 갖고 있을지도 모른다고 생각한다. 그는 이 문제에 답하는 과정에서도 언제나처럼 독자에게 구체적인 사례를 제시한다. 그래서 독자는 그의 글을 읽으며 '대략적인 개념은 알겠다, 그런데 정확히 무슨 말을 하고 싶은 거냐고 물을 필요가 없다.

　서구인의 시각으로 보면 도저히 용인될 수 없는 일이지만, 확실히 아랍인은 공공장소에서 서로를 밀치고 떠미는 데 익숙하다. 기차나 버스 안에서 여자의 몸을 더듬거나 붙잡는 행동도 서슴지 않는다. 내가 보기에 아랍인에겐 몸 바깥에 사적 공간이 존재한다는 개념 자체가 없는 듯했다. 그리고 이는 실제 사례로 입증되었다.

　서구 세계에서 개인이란 피부로 감싸인 존재를 뜻한다. 북유럽에서는 일반적으로 피부뿐 아니라 입고 있는 옷까지를 개인의 영역으로 간주한다. 따라서 피부는 물론이고 타인이 입고 있는 옷을 만질 때도 허락을 받아야 한다. 프랑스의 일부 지방에서도 이 규칙을 적용해 논쟁 중에 상대방의 몸에 손을 대는 것을 일종의 폭력 행위로 규정한다. 아랍인이 생각하는 개인과 몸의 관계는 이와 전혀 다르다. 그들에게 개인이란 몸의 내부 깊숙한 곳 어딘가에 있는 존재다. 하지만 이때에도 자아는 모욕적인 언사를 통해 언제든 쉽게 드러날 수 있기 때문에 완벽하게 숨겨져 있다고는 할 수 없다. 자아는 타인의 손길에서 보호받지만 언어로부터는 보호받지 못한다.

글감이 될 만한 특이한 문화를 찾기 위해 군이 미국 밖으로 눈을 돌릴 필요는 없다. 여러분이 사는 마을 안에서도 소재는 얼마든지 찾을 수 있다. 인류학자는 개별 집단 연구를 통해 사회 전체에 대한 사유를 이끌어 내기에 충분한 소재를 얻는다. 오늘날 인류학 분야에서 생산되고 있는 다수의 뛰어난 저작이 이러한 개별 집단 연구에 토대를 두고 있다.

물론 유용한 진리가 인류학자만의 것은 아니다. 다른 분야에는 또 그 분야만의 통찰이 있다. 이와 관련해 자동적으로 떠오르는 인물이 아동정신과 의사이면서 동시에 뛰어난 작가이기도 한 로버트 콜스다. 콜스는 그동안 아이들을 치료하면서 스트레스 상태에 있는 아이들의 생존 문제에 지대한 관심을 보였다. 로버트 콜스의 『위기의 아이들』Children of Crisis 은 우리 시대에 생산된 가장 중요하고 인상적인 연대기다.

뉴잉글랜드에서 나고 자란 로버트 콜스는 1958년, 미시시피 주의 한 공군 부대에 군의관으로 배속되었다. 처음에 그는 그 지역에 별다른 관심을 두지 않았다. 당시 미국 남부 지역은 10여 년 동안 이어진 인권 갈등으로 심각한 정신적 외상을 겪고 있었고, 그곳의 흑인 아이들은 가혹한 스트레스에 시달리고 있었다. 나중에 그가 쓴 것처럼 2년간의 군 복무를 마쳤을 때 그곳은 그에게 "끊임없이 내 마음과 심장을 끌어당겼고, 그래서 결국 오래 떠나 있지 못하고 다시 돌아갈 수밖에 없는" 땅이 되었다. 이 이끌림이 그의 인생행로를 결정짓고, 『위기의 아이들』을 낳게 한 것이다.

다음의 글은 『위기의 아이들』 1권 작가 서문에서 가져온 대목이다. 이 글을 고른 데는 몇 가지 이유가 있다. 무엇보다 인간적인 온기가 느껴지는 잘 쓰인 글이다. 내가 이 책에 포함시키고자 한 세 가지 주제(의학, 정신의학, 아동)와 관련된 글쓰기의 좋은 예이기도 하다. 또한 작가의 사회적 책임이란 어떠한 것인가를 잘 보여 주는 글이기도 하다. 노골적으로 기득권에 모든 우선권이 주어지는 이 세상에서 콜스는 꾸벅꾸벅 졸고 있기를 거부한다. 『위기의 아이들』은 끊임없이 '이 세상은 잘못되어 있다'고 말한다. 그럼에도 그의 목소리는 결코 설교적이거나 정치적이지 않다. 콜스가 믿는 진리는 구체적인 의학적 사실에 뿌리박고 있다. 그가 자신의 전문 분야에서 축적한 증거자료는 그 자체만으로도 엄청난 파괴력을 갖는다.

내가 이 글을 고른 마지막 이유는 학문이란 정확히 무엇을 뜻하는가(이 책은 여러 상이한 학문 영역에서 생산된 글쓰기에 관한 것이므로)라는 숙고해 볼 만한 문제를 이 글이 건드리고 있기 때문이다. 우리는 학문이라는 임의적인 지식의 저장고를 얼마나 느슨하게 또는 엄밀하게 정의해야 하는가? 학자는 자신의 연구 영역을 얼마나 효과적으로 정의할 수 있는가? 로버트 콜스는 『위기의 아이들』을 쓰면서 자신의 학문이 어떤 방식으로 적용되었는지 설명한다.

나는 이 책에서 어떤 사람들의 삶을, 특히 그들이 이 나라의 특정 지역에서 벌어진 정치적, 사회적 변화에 대처해 나간 방식을 기술하고자 했다. 이 책은 아이뿐 아니라 어른과도 관련이 있다. 그럼에도 이러한 제목을 붙인 이유는 나의 직업적 관심사가 주로 어디에 있는가를 분명히 하기 위함이다. 물론 아이에 대한 연구는 그들을 키우고, 가르치고, 때로 끔찍하게 망쳐 놓기도 하는 어른에 대한 연구가 병행되지 않고는 결코 오래 지속될 수 없다. (……)
이 작업은 역사적으로 중요한 결정적인 시기를 살아가는 개인들의 일상을 직접적이고, 지속적으로 관찰할 수 있는 공간— 이런저런 작은 여지들— 이 여전히 남아 있다는 전제하에 진행된다. 내가 말하는 직접적인 관찰이란 사람들과 대화를 나누고, 그들의 이야기에 귀 기울이고, 그들을 지켜보고, 그들에게 나 자신을 드러낸다는 것을 의미한다. 지속적인 관찰이란 이런 활동을 충분히 오랫동안, 다시 말해 혼란을 겪다 어느덧 확신에 찬 결론에 이르고, 또다시 그렇게 확신할 정도는 아니라는 의심에 빠져들지만, 그럼에도 그것이 우리가 제시할 수 있는 최선의 결론 또는 다른 어떤 결론보다 설득력 있는 결론이라는 판단을 내릴 만큼 충분히 오랫동안 이어 간다는 뜻이다.

내가 진행한 이런 관찰에 붙일 수 있는 또 다른 명칭은 '임상적 관찰'이다. 나 자신이 임상의라는 점에서 그리고 아이들(또는 그들의 부모와 교사들)이 비정상적이고 위험한 생활 조건에서 오는 스트레스에 어떻게 대처해 나가는지를 관찰하고 있다는 점에서 그러하다. 내가 만난 이들은 원인 모를 불안에 시달리거나 신체적·정신적으로 여러 가지 다양한 증상을 앓고 있었다. 그들에게 어떤 증상이 있는지를 판단하고, 그러한 증상이 생겨난 원인과 발생 시기 등을 규명하는 작업은 온전히 의사의 몫이다. 반면 정신의학자의 역할은, 적어도 지금으로선 어떤 사람이 어떤 종류의 위험을 선택하는가를 밝혀내고, 그가 그러한 선택을 하

게 된 의식적·무의식적 원인이 어디에 있는지를 규명하는 것이다.[7]

로버트 콜스는 작가일 때조차도 여전히 임상의학자다. 마지막 문장은 의사의 주요 관심사와 정신의학자의 주요 관심사가 어떻게 다른지 간결하게 분석하고 있다. 그리고 더불어 저자는 스스로가 의사이자 정신의학자이지만 자신의 책은 두 진영 어디에도 속하지 않음을 분명히 하면서 왜 그러한지 이유를 설명한다.

의사나 정신의학자가 상대하는 사람은 보통 그들을 찾아올 이유가 있거나 찾아올 의지가 있는 사람이다. 그렇지 않은 사람, 즉 그들을 찾을 이유도, 의지도 없는 사람을 상대하는 경우는 거의 없다. 의과생이나 정신과 수련의는 학교에서 질병의 원인 및 증상과 치료법을 배우지만, 그들이 현실에서 접하는 질병은 교과서에서 배운 내용과 다른 경우가 많다. 결과적으로 의학 및 정신의학은 스트레스를 견디고 이겨 내게 하는 요인이 정확히 무엇인지, 암울한 현실에도 좌절하지 않고 신체적으로, 심지어 '정신적'으로도 양호한 건강 상태를 유지하게 하는 힘은 어디서 오는지에 별다른 관심을 기울이지 않는다.

'정상적인 사람' — 실제 그런 사람이 존재한다면 — 이란 어떤 사람인가? '정상적인 상태'란 무엇을 뜻하는가? (환자가 아닌) 정상적인 사람이 보이는 지속성과 안정성은 어디서 기인하는가? 의식을 붕괴시키는 실제 원인은 무엇인가? 역치를 넘어서는 고통? 오랫동안 은폐되어 온 정신적 취약성의 노출 내지는 우연히 일어난 결정적 사건으로 인해? 종종 추상적인 형태로 제시되는 경제지표나 환경 설정을 이러한 문제의 '원인' 내지는 '요인'으로 간주해야 할까? 아이들의 의식은 이 세상을, 이 세상의 정치적·인종적·금전적 사실관계를 어떤 의미로 받아들이고 있을까? 어째서 누군가는 세상에 만족하며 살아가고, 어째서 누군가는 세상을 어떤 방식으로든 바꾸려 애쓰는 걸까?

아름다운 문장으로 쓰인, 매력적인 물음이다. 과연 우리는 이러한 물음에 답할 수 있을까? 로버트 콜스는 자신의 작업이 바로 이런 물음에 대한 답을 찾으려는 노력이라고 말한다.

사회과학자가 떠맡은 대단히 긴요한 임무는 '외부' 세계, 즉

한 아이가 태어나 자라며 배우는 시간과 장소, 문화와 사회의 면면을 정확하게 자료화하는 것이다. 반면 임상의는 언제나 다른 이들— 임상의 자신도 그들의 '외부', 즉 그들이 바라보는 세상의 일부다— 의 '내부'에서 어떤 일이 벌어지고 있는지에 관심을 갖는다. 아마도 임상의는 외부와 내부를 오가며 두 세계(외부, 내부)가 어떻게 연결되고, 섞이고, 관계 맺는지를 살피고, 인간의 사고와 실제 현실 간의 연속성을 기술하는 데 실패한 언어와 이미지를 연구하는데 가장 적합한 존재일 것이다. 그리하여 나는 이러한 (임상적) 연구 방법을 추구하고자 했고, 힘든 시기를 극복하고 일어선 그들 곁에 내 몸과 마음을 위치시키려 노력했다. 우리는 환자들의 삶과 마찬가지로, 이들의 삶에서도 중요한 가르침을 얻을 수 있을 것이다.

로버트 콜스는 서문을 마무리하며 『위기의 아이들』 1권을 집필하면서 자신의 작업이 마무리되기는커녕 이제 겨우 시작되었다는 사실을 깨달았다고 설명한다. 그런 의미에서 이 서문은 아직 진행 중인 작업에 대한 소개이지 완성된 한권의 책에 대한 소개가 아니라고 말한다. 1권 집필을 마쳤을때 그는 자신이 남부에서 발견한 여러 문제를 '다른 지역에

사는 수많은 미국인이 이런저런 방식으로 공유하고 있다'는 사실을 깨달았다. 그는 이러한 발견을 학문적으로 규명하기 위해 결국 네 권의 책을 더 써야 했다.

한 가정의 삶을 들여다보고, 다시 또 한 가정의 삶을 들여다보면서 깨달은 것은 모든 가정이 결국엔 동일한 문제를 겪고 있다는 사실이었다. 이는 다른 지역, 다른 국가가 동일한 문제를 안고 있는 것과 같다. 미국의 남부 도시에서 내가 관찰한 많은 아이에게는 이민자 농부나 소작인을 부모로 둔 사촌 형제가 있었다. 버지니아 주, 노스캐롤라이나 주, 테네시 주에 속하는 애팔래치아 산맥 지역의 '산지인' 부모를 둔 사촌도 있었다. 흑인 사촌이 있는가 하면, 시카고, 뉴욕, 웨스트코스트에 사는 이민자 가정 출신 사촌도 있었다.

인종차별 정책을 철폐한 학교에 다니는 남부 지역 아이들에 대한 연구를 대략 마무리하면서 나의 관심사는 그들의 사촌 형제에게로 옮겨 갔다. 나는 이민자 가정 아이들, 소작인 가정 아이들, 산지에 사는 아이들 그리고 필경 사회적 고립과 분리, 인종차별 및 인종차별 철폐에 따른 정신적 스트레스에 직면해 있을 북부 도시 지역 아이들의 삶을 면밀히 관찰하기 시작했다. 간단히 말해서, 인종이나 출신 가정을 떠나 소외되고 열악한 환경에서 살아가는 모든 아이의 삶이 나의 관찰 대상이 되었다. 앞으로— 이 세계에는 위기가 그칠 날이 없으므로— 쓰게 될 책들은 이 아이들의 삶을 다루면서, 그들의 생각을 그들 자신의 생생한 목소리로 들려주는 것이 되기를 희망한다.

11 물리·화학 글쓰기

알베르트 아인슈타인이 작은 페이퍼백 판형으로 된 『상대성이론: 특수 상대성이론과 일반 상대성이론』의 표지 속에서 나를 바라보고 있다. 조카에게 재미있는 이야기를 들려주려는 삼촌처럼 정겹고 푸근한 눈빛이다. 표지에는 이런 광고 문구가 적혀 있다. '누구나 이해할 수 있는 명쾌한 설명.' 알베르트 아인슈타인이 내게 상대성이론을 설명해 줄 거라는 얘기다. 정말 이 '나'에게 말인가? 표지 문구가 말하는 바로는 그렇다.

이 책을 읽기로 마음먹은 건 구스타브아돌프대학교의 과학 교수 두 명이 명료한 선형적 글쓰기의 본보기라며 이 책을 추천했기 때문이다. 처음엔 놀라웠다. 아인슈타인의 이론을 쉽고 단순한 영어 문장으로 온전히 표현해 낼 수 있으리라 생각지 않았기 때문이다. 하지만 곰곰이 생각해 보니 그들의 말에 일리가 있었다. 명료한 글쓰기는 곧 명료한 사고를 뜻한다. 상대성이론을 생각해 낼 정도로 명료한 정신이라면 당연히 자신의 생각을 단순하고 쉬운 문장으로 명쾌하게 표현해 낼 수 있을 것이다. 이제 문제는 내게 달려 있었다. 과연 나 같은 과학 문맹이 아인슈타인의 사유를 따라갈 수 있을까?

답을 찾으려면 직접 읽어 보는 수밖에 없다. 나는 첫 페이지를 펼쳤다. 참고삼아 이야기하자면 아인슈타인은 이 책을 1916년에 썼다.

이 책을 읽는 여러분은 대부분 학창 시절에 유클리드기하학이라는 고귀한 건축물을 접했을 것이다. 교사의 열성 어린 지도 아래 이 장려한 건물의 높디높은 계단을 오르느라 오랜 시간을 보냈을 것이며, 지금도 애정보다는 경외의 감정으로 이 건물을 기억하고 있을 것이다. 아마도 이런 과거의 기억 때문에 여러분은 만약 누군가가 유클리드기하학의 가장 낡은 명제를 두고 참이 아니라고 말한다면 말도 안

되는 소리라며 코웃음을 칠지 모른다. 하지만 여러분이 느끼는 이런 확고한 믿음의 감정은 다음과 같은 질문을 받는 즉시 사라질 것이다. "그렇다면 이 수학 명제가 참이라는 주장이 뜻하는 바는 무엇인가?" 우선 이 문제를 잠시 고찰해 보자.[1]

이것을 (이론과학의 높은 봉우리를 오르는 중이긴 하지만 그래도 저널리즘 용어를 사용해 표현하자면) 좋은 '도입부'라고 불러도 될지 모르지만, 적어도 흥미로운 도입부라고 부르기엔 충분하다. 아인슈타인은 지성사의 위대한 사원 중 하나인 유클리드기하학을 거론하며 이 사원이 과연 얼마나 확고한 토대 위에 세워져 있는지 묻는다.

유클리드의 '고귀한 건축물'에 대한 설명은 이렇게 이어진다.

기하학은 우리가 어느 정도 구체적인 관념과 연관 지을 수 있는 '면', '점', '직선' 같은 특정 개념들 그리고 그런 구체적인 개념들 덕분에 우리가 '참'으로 받아들이는 경향이 있는 몇 가지 단순명제(공리)에서 출발한다. 이어서 응당 올바른 것으로 여겨지는 특정한 논리적 규칙에 따라 다른 모든 명제가 이들 공리에서 도출됨이 설명되며, 이로써 그 명제는 증명된 것이 된다. 즉 어떤 명제가 인정된 방식으로 공리에서 도출된 것일 때 그것은 올바른 것이다(참). 따라서 개별 기하학 명제들이 '참'인지 아닌지를 묻는 것은 결국 공리들이 '참'인지 아닌지를 묻는 것으로 수렴한다.

우리는 이 마지막 문제, 즉 공리의 참, 거짓 여부는 기하학이 답할 수 없을 뿐 아니라 그 자체로 아무런 의미 없는 문제라는 것을 이미 오래전부터 알고 있다. 우리는 오직 하나의 직선만이 두 개의 점을 지날 수 있다는 공리가 참인지 아닌지 물을 수 없다. 유클리드기하학에서는 '직선'이라고 부르는 것을 다루는데, 다만 이때의 직선은 그 위에 있는 두 개의 점에 의해 고유하게 결정되는 속성을 지니고 있다고만 말할 수 있을 뿐이다. '참'의 개념은 순정 기하학의 주장에 부합하지 않는다. 왜냐하면 우리에게는 '참'이라는 용어를 언제나 '실재하는' 대상에 대응하는 어떤 것을 가리킬 때 사용하는 버릇이 있기 때문이다. 반면 기하학은 그 개념들이 실제 경험되는 사물과 어떤 관계를 맺고 있는지가 아닌, 개념들 자체의 논리적 연관 관계에만 관심을 갖는다.

지금까지는 매우 좋다. 내가 제대로 이해한 거라면 (물론 확신할 순 없지만) 아인슈타인은 유클리드기하학이 실제 세계에 적용할 수 없는 추상적인 이론이라고 말하고 있다.

그럼에도 우리는 기하학 명제들을 '참'이라고 인정할 수밖에 없다고 느끼는데, 그 이유는 이해하기 어렵지 않다. 기하학적 개념들은 자연 속 대상과 어느 정도 정확하게 대응하며, 자연 속 대상이야말로 의심의 여지없이 기하학적 발상을 가능케 한 유일한 원인인 것이다. 그러나 기하학은 완벽한 통일성을 갖춘 논리 체계가 되기 위해 자연 대상과의 대응을 추구하지 않았다. 예를 들어, 우리가 사실상 강체剛體(rigid body) ◆ 라 할 수 있는 대상 위에 표시된 두 위치 사이의 '거리'를 떠올리는 방식은 우리의 오래된 사고 습관에 깊이 뿌리내리고 있다. 나아가 우리는 적절히 선택된 관찰 장소에서 한쪽 눈을 감고 바라볼 때, 표시된 위치 두 곳이 일렬로 보이면 그 두 점이 일직선 상에 있다고 생각하는 데 익숙하다.

만약 우리의 사고 습관에 따라 유클리드기하학에 이런 하나의 명제, 즉 사실상 강체인 사물 위의 두 점은 그 사물을 어느 위치에 두느냐와 무관하게 언제나 동일한 거리(선-간격)에 대응한다는 명제를 보충할 경우, 유클리드기하학

◆ 현상을 쉽게 기술하기 위해 도입한 물리학 개념으로, 외력을 가해도 크기나 형태가 변하지 않는 이상적인 물체를 가리킨다.

의 명제들은 강체인 대상 위의 모든 가능한 상대적 위치에 관한 명제가 된다. 따라서 이때의 기하학은 물리학의 한 분과로 간주되어야 한다. 이렇게 해석된 기하학에서는 명제의 참, 거짓 여부를 물을 수 있다. 이제는 우리가 기하학적 개념과 연관시킨 실제 사물에 대해서도 명제가 타당하게 성립하는지의 여부를 묻는 것이 정당화되기 때문이다. 아주 정확한 표현은 아니지만, 이러한 맥락에서 어떤 기하학 명제가 '참'이라는 말은, 자와 컴퍼스를 사용해 그린 그림에 대해서 그 명제가 타당하다는 뜻으로도 이해될 수 있다.

물론 이런 뜻에서 기하학 명제가 '참'이라는 확신은 전적으로 불완전한 경험에 근거를 두고 있다. 하지만 우리는 당분간 기하학 명제가 '참'이라고 가정할 것이다. 그리고 이후 단계(일반 상대성이론)에서 이때의 '참'이 제한적인 것임을 보게 될 것이다.

이상이 이 책의 1장 전문이다. 문체가 다소 장황하게 느껴진다면, 이 책이 1916년에 독일어로 쓰였음을 기억하자. 독일어는 기본적으로 다소 과장된 느낌을 주는 언어다. 하지만 이 글에 담긴 추론에는 어떠한 순환 논리도 찾아볼 수 없다. 아인슈타인의 문장은 그의 의식이 처음 이 문제를 사유할 때 그러했듯이 순차적으로 이어진다. 우리는 그의 문장을 따라가며 고전 기하학에는 한계가 있고, 현대물리학이 이러한 한계를 뛰어넘을 수 있다고 주장하는 대목에까지 이르렀다.

이어서 아인슈타인은 독자가 "측정 수단을 통해 강체 위의 두 점 사이의 거리를 잴 수 있게 해 주는" 기하학의 작동 원리를 먼저 이해해야만 '물리학이 어떻게 기하학의 한계를 넘어서는가'라는 이후의 논의를 이해할 수 있을 거라 생각하고 '좌표의 체계'라는 제목이 붙은 짤막한 두 번째 장을 썼다.

어떤 사건이 일어나는 장소 또는 공간 속 사물의 위치에 대한 기술은 모두 그 사건이나 사물에 일치하는 점을 강체(기준체) 위에 지정하는 것에 기초한다. 이는 과학적 서술뿐 아니라 일상생활에서도 마찬가지다. 가령 '런던의 트래펄가 광장'이라는 장소 지정을 분석해 보면 지구는 이 장소 지정의 기준이 되는 강체다. '런던의 트래펄가 광장'은 이름이 부여되고 명확하게 정의된 하나의 점이며, 사건은 공간 속에서 이 점에 대응한다.

이런 기본적인 장소 지정 방법은 강체의 표면에 있는 장소만을 다루고, 이 표면에 존재하는 서로 구분되는 점들에 의존한다. 하지만 우리는 위치 지정 방식의 본질을 바꾸지 않으면서 이런 두 가지 제약에서 벗어날 수 있다.

어떻게 벗어날 수 있다는 말일까? 아인슈타인은 "수량 측정을 이용하면 기준이 되는 강체 위에 (이름을 가진) 표시된 위치 없이도 위치 지정이 가능하다"라고 말한다. 이러한 논의는 3장에서 물리학, 특히 '시간'에 따라 공간 속 대상의 위치가 어떻게 바뀌는지에 대한 탐구로 이어진다.

시간을 언급하면서 본격적인 논의가 시작된다. 내가 알기로 상대성이론은 움직이는 대상을 대상 자체의 움직임 그리고 움직이는 대상을 바라보는 사람의 움직임 모두와 관련해 파악하는 이론이다. 아인슈타인이 실제로 자신의 이론을 어떻게 소개하고 있는지 읽어 보자.

내가 일정한 속도로 달리는 열차의 창가에 서서 돌 하나를 창밖으로 던지지 않고 철로가의 둑 위로 떨어뜨린다고 하자. 공기저항의 영향력을 무시한다면 나는 그 돌이 직선을 그리며 떨어지는 것을 볼 것이다. 반면 보도 위에서 이런 나의 장난을 목격한 행인은 돌이 포물선을 그리며 땅에 떨어지는 것을 보게 된다. 이제 물어보자. 돌이 거쳐 간 '위치들'은 '실제로' 직선 위에 있는가, 포물선 위에 있는가? 이때의 '공간 속' 운동이란 무엇을 의미하는가? 답은 자명하다.

우선 우리는 공간에 관해서는 어떠한 개념도 수립할 수 없음을 솔직하게 인정하고 '공간'이라는 모호한 용어 사용을 전적으로 피해야 한다. '공간'이라는 용어 대신 '사실상 강체인 기준체에 대한 상대적 운동'이라는 용어를 써야 한다. 기준체(기차 또는 둑)에 대한 상대적 위치는 이미 앞 장에서 명확히 정의했다. '기준체'라는 말 대신 수학적 기술에 유용한 개념인 '수학적 좌표계'라는 말을 대입하면 우리는 다음과 같이 말할 수 있다. '기차에 단단히 부착된 좌표계를 기준으로 하면 돌은 직선을 그리지만, 땅(둑)에 단단히 부착된 좌표계를 기준으로 하면 돌은 포물선을 그린다.' 이 사례를 통해 독립적으로 존재하는 궤적(또는 '경로-곡선') 같은 것은 없으며, 단지 특정 기준체에 상응하는 궤적만이 있을 뿐이라는 것이 분명해졌다.

이는 돌이 그리는 궤적에 대한 중요한 정보다. 하지만 이것으로 충분하다고는 할 수 없다. 아직 필요한 정보가 한 가지 더 남아 있다.

물체의 운동에 대해 완전하게 설명하려면 물체가 시간에 따라 어떻게 위치를 바꾸는지를 규명해야 한다. 즉 궤적 위의 모든 점에 대해 물체가 어느 시간에 그 지점에 위치하는지를 기술해야 한다.

이렇게 우리는 다윈의 진화론에 버금가는 획기적 사건이라 할 아인슈타인의 위대한 지적 여정에 동참하게 된다. 물리학 강의 한 번 수강한 적 없으면서 아인슈타인이 다음 장에서 제시한 공식들을 이해한 척 허세를 부리진 않겠다. 하지만 적어도 아인슈타인이 이룬 업적과 그를 그러한 성취로 이끈 사유의 일반적인 특성이 무엇인지는 알 것 같다. 이는 그의 책이 철저히 논리적인 질서에 따른 추론과 집필의 결과물이기 때문이다.

게다가 아인슈타인은 마치 선생님이 학생에게 강의하듯이 차근차근 단계적으로 설명한다. 때로는 독자가 생각의 장애물을 뛰어넘을 수 있도록 어르고 달래기도 한다. "수학자가 아닌 사람들은 '4차원' 운운하는 얘기를 들으면 마치 초자연적인 신비를 생각할 때처럼 알 수 없는 오싹한 느낌에 사로잡힌다. 하지만 알다시피 우리가 살아가는 이 세상이 바로 4차원의 시공간 연속체인 것이다."

　　이제 알베르트 아인슈타인을 떠나야 할 이 시점에서 (그와의 이별이 이토록 달콤하고 슬픈 감정을 불러일으킬 거라고는 생각지도 못했지만) 과학을 연구하는 모든 학자와 학생에게 마지막으로 호소하고 싶다. "가서 너도 이와 같이 하라."◆ 아인슈타인의 본보기를 따르라. 소로의 충고("단순화, 단순화하라!")에 귀 기울이라. 어떤 분야가 됐든, 당신이 연구한 내용을 간결하고 논리적인 문장으로 표현하라. 그럼으로써 당신이 하는 연구가 남들뿐 아니라 당신 자신에게도 더욱 명확하게 이해될 것이다. 글쓰기는 당신이 실제로 무엇을 알고 있으며, 무엇을 모르고 있는지, 만약 당신이 모르는 부분이 있다면 당신의 지식이나 추론 과정 어디에 허점이 있는지 알려 줄 것이다.

|

　　물리학이나 화학 같은 분야의 저술이 단지 교육적 목적만을 바라고 생산되는 것은 아니다. 어느 과학 분야에나 그것만의 독특한 로맨스가 있다. 저자는 이러한 로맨스를 포착해 표현함으로써 그 학문의 어떤 점이 연구자들에게

◆「누가복음」10장 37절.

그토록 매력적으로 다가오는지를 우리가 이해할 수 있도록 돕는다. 이는 우리가 과학 저술을 읽으며 얻는 가장 큰 혜택이다.

프리모 레비의 『주기율표』는 내게 화학자의 생각과 감정을 들여다보는 창이 되어 준 최고의 책이었다. 프리모 레비는 이탈리아의 화학자로 아우슈비츠 수용소 생존자였다. 그때의 경험을 다룬 탁월한 저서를 세 권 쓰기도 했다. 『주기율표』는 여러 해 전 미국에서 (레이먼드 로즌솔의 뛰어난 번역으로) 출간되어 엄청난 찬사를 받았다. 각 장의 제목은 저자의 인생(그는 1987년에 작고했다)에 중요한 역할을 했던 화학원소 이름에서 따왔다. 책 제목도 여기에서 비롯한 것이다. 가령 '아르곤'이라는 제목이 붙은 1장은 다음과 같이 시작한다.

우리가 호흡하는 공기 속에는 이른바 비활성기체inert gas 라고 불리는 것들이 있다. 이것들에는 흥미로운 그리스어 이름이 붙는다. 그 이름들은 모두 '새로운 것', '감춰진 것', '활동하지 않는 것', '겉도는 것' 등을 의미하는 학술적인 어원에서 왔다. 비활성기체들은 실제로도 대단히 비활동적이며 주어진 상태 그대로 머물러 있는 것에 만족한다. 그 어떤 화학반응에도 응하지 않고, 다른 원소와 결합하는 법도 없다. 지난 수백 년간 이 기체들의 정체가 알려지지 않은 건 바로 이런 이유 때문이다. 1962년이 되어서야 한 부지런한 화학자가 오랫동안 독창적인 노력을 기울인 끝에, '겉도는 것'(크세논xenon)을 극도로 탐욕스럽고 원기 왕성한 원소인 불소와 재빨리 결합시키는 데 성공했다. 그 화학자는 이러한 업적을 인정받아 노벨상을 받았다. 비활성기체는 영족기체零族氣體(noble gas)라고도 불린다. 모든 영족기체가 비활성기체인지, 모든 비활성기체가 항부식성noble 기체인지는 아직 논란의 여지가 있다. 마지막으로 비활성기체는 희유기체稀有氣體(rare gas)라고도 불리지만, 비활성기체 중 하나인 아르곤('활동하지 않는 것')이 대기 중에서 차지하는 구성 비율은 1퍼센트에 이른다. 이는 지구에 생명체가 존속하는 데 없어서는 안 될 원소 중 하나인 이산화탄소의 대기 중 구성 비율보다 무려 20–30배 많은 수치다.[2]

내가 접한 책 가운데 이처럼 도입부부터 지적인 열정이 물씬 묻어나는 책은 많지 않았다. 프리모 레비의 문장은 아인슈타인의 문장과 마찬가지로 하나의 논점에서 다른 논점으로 자연스럽고 유려하게 이어져서, 이야기 자체의 재미는 물론 맛깔스러운 문장을 읽는 재미까지 준다. '만족하다', '탐욕스러운', '원기 왕성한', '고상한'noble◆처럼 과학 저술에서는 쉽게 볼 수 없는 인간적인 단어가 등장해 신선하게 느껴지기도 한다.

『주기율표』에서 내가 좋아하는 장 중 하나인 「주석」은 저자의 20대 시절을 회상하는 내용이다. 당시 프리모 레비는 그처럼 가난한 고학생이었던 에밀리오라는 친구와 함께 쥐꼬리만 한 생활비라도 벌기 위해 집에서 화학 관련 아르바이트를 했다.

금속 중에는 우호적인 금속이 있고 적대적인 금속이 있다. 당시 에밀리오와 나는 주석을 산화주석으로 변환해 유리 제조 회사에 파는 걸로 몇 달간 생활비를 벌었다. 하지만 꼭 그 때문에 이런 이야기를 하는 건 아니다. 사람들이 잘 모르는, 주석이 우리의 친구인 이유는 이러하다. 먼저 주석을 철과 결합하면 가벼운 양철을 만들 수 있다. 과거에 페니키아 상인들은 양철 무역을 했다. 오늘날에도 양철은 배에 실려 세계 각지로 팔려 나간다. 또한 주석을 구리와 합금하면 청동을 얻을 수 있다. 청동은 대단히 뛰어난, 존경할 만한 금속이다. 반영구적인 데다가 안정적으로 사용할

◆ 영족기체noble gas에서의 'noble'은 '부식되지 않는'을 뜻하는 형용사지만 여기서는 저자의 의도를 감안해 '고상한'으로 옮긴다.

수 있다. 청동은 거의 유기화합물만큼이나, 다시 말해 사람 체온만큼이나 낮은 온도에서도 쉽게 융해된다. 마지막으로 주석이 인간의 친구인 이유는 주석과 주석 가루가 가진 한 가지 고유한 속성 때문이다. 즉 주석은 '흐느끼는' 금속이다. (내가 아는 바로는) 주석이 우는 모습을 보거나 그 울음소리를 들어 본 사람은 여태껏 아무도 없지만, 주석의 우는 속성은 모든 화학 교과서에 기록되어 대대로 전해 오고 있다.

어느 과학 분야에나 그것만의 로맨스가 있다고 말했을 때 내가 떠올린 것이 바로 이 같은 글이다. 이 글은 화학자가 그들의 우주를 구성하는 원소들에게 품는 애정을 생생하게 전해 준다. 화학자에게 원소는 친구다. 친구가 보통 그렇듯이 화학자에게 원소는 사랑스럽지만 동시에 짜증스럽기도 한, 각양각색의 별난 개성을 지닌 친구다. 이 같은 화학자의 마음을 느낄 수 있어 기쁘고, 이처럼 화학자들의 세계를 들여다볼 수 있는 창을 열어 준 프리모 레비에게 감사하다. 그의 이야기는 다음과 같이 이어진다.

에밀리오는 부모님의 집에 용케 실험실을 차렸다. (……)

에밀리오의 부모님은 아들에게 자신들의 침실을 내줄 때만 해도 이 같은 일이 벌어질 것이라곤 예상치 못했으리라. (……) 집 안 복도에는 농축된 염산이 든 커다란 병들이 빼곡히 늘어서 있었다. 부엌의 스토브는 (식사 시간 외에는) 비커와 6리터들이 삼각플라스크에 든 염화주석을 농축하는 데 쓰였다. 온 집 안이 연기로 가득했다. (……) 어디나 쓰고 버린 잡동사니 천지였다. 테라스에도, 집 안에도 폐품이 산더미처럼 쌓였다. 하나같이 어찌나 낡고 닳았는지 가까이서 유심히 보지 않으면 이게 실험 도구인지 가재도구인지 분간이 가지 않을 정도였다.

실험실 한복판에는 나무와 유리로 만든 커다란 배기통이 있었다. 이 배기통은 우리의 자부심이요, 가스 중독사를 막아 줄 유일한 안전장치였다. 사실 염산 그 자체는 치명적인 위협이 아니다. 염산은 말하자면 멀리서 고래고래 고함을 지르며 달려오는 적과 같다. 따라서 염산의 위험에서 몸을 지키는 일은 어렵지 않다. 염산이 내뿜는 그 지독한 냄새 때문이다. 누구든 그 냄새를 맡으면 즉시 자리를 뜨지 않고는 배기지 못한다. 염산 냄새를 다른 냄새와 헷갈릴 가능성은 없다. 염산 냄새가 떠도는 공기를 한 모금만 들이마셔도 양쪽 콧구멍에서 하얀 연기가 나온다. 예이젠시테인의 영화에 등장하는, 코에서 흰 연기가 나오는 말처럼 말이다. 더구나 공기를 들이마시는 즉시 레몬을 깨문 것처럼 입안에 신맛이 고인다. 우리의 배기통이 꽤나 쓸 만한 물건이었음에도, 산성 연기는 집 안 구석구석을 파고들었다. 달력색깔이 변했다. 문손잡이는 물론 집 안의 모든 금속 물건이칙칙하게 색이 바래고 거칠거칠해졌다. 펑 하고 터지는 소리가 수시로 나는 통에 펄쩍 뛸 듯 놀라기도 예사였다. 못에 녹이 슬어 구석 벽에 걸려 있던 그림은 바닥에 떨어져나뒹군 지 오래였다.

어쨌든 그렇게 우리는 주석을 염산에 녹이는 작업을 계속했다. 주석을 녹인 용해제를 특정 무게가 될 때까지 농축시킨 뒤 냉각해 응고시켰다. 응고된 염화주석은 색깔이 없고, 투명하고, 작고 예쁜 각기둥 형태의 조각으로 쪼개졌다. 염화주석이 응고되려면 시간이 오래 걸리므로 내용물을 담아 둘 용기가 많이 필요했다. 금속은 염산에 부식되기 때문에 유리나 세라믹으로 된 용기여야 했다. 주문이 많이 들어올 때면 용기가 모자랐지만 에밀리오의 집에는 대용으로쓸 만한 물건이 얼마든지 있었다. 이를테면 수프 그릇, 에나멜을 입힌 철제 압력솥, 아르누보 샹들리에, 침실용 요강따위였다.

다음 날 아침이면 염화물이 쪼그라들며 굳기 시작한다. 이때 손에 염화물이 묻지 않도록 조심해야 한다. 손에 염화물이 묻으면 역겨운 악취가 난다. 이 염화물 자체에는 냄새가 없지만 염화물이 피부에 닿으면 일종의 화학반응을 일으켜 피부 각질의 이황화물다리가 변형되면서 쉿내 비슷한 악취를 풍긴다. 며칠이 지나도 사라지지 않는 이 냄새 덕분에 당신이 화학자라는 사실을 모르는 사람이 없게 될 것이다. 염화주석은 시합에서 지면 짜증 내며 칭얼대는 스포츠 선수처럼 활동적이면서 예민한 물질이다. 억지로는 다룰 수 없다. 알아서 완전히 마를 때까지 상온에 내버려 두는 수밖에 없다. 가령 헤어드라이어로 조심스럽게 말린다거나 라디에이터 위에 올려 두어 인위적으로 열을 가할 경우 결정수結晶水가 증발하며 염화주석이 불투명해진다. 어리석게도 고객들은 그런 물건을 원치 않는다. 사실 그런 물건이 그들에겐 더욱 이득이 된다. 수분이 적을수록 주석 성분이 더 많다는 뜻이기 때문이다. 아무려나, 고객의 요구는 언제나 옳으니, 특히나 유리 제조업자처럼 화학을 잘 모르는 고객의 요구라면 잠자코 따를 수밖에.

이것은 과학이 섬세한 감성과 만날 때 얼마나 높이 날

아오를 수 있는지를 보여 주는 화학 저술이다. 아쉽지만 이제 땅으로 내려와 기본으로 돌아가야 할 때다. 우리 앞에 바야흐로 '교육'이라는 표지판이 세워져 있다.

제목에서 알 수 있듯이 우리 책은 글쓰기가 배움의 수단이라고 전제한다. 글쓰기는 이해의 수단이다. 글쓰기는 자신의 생각을 정리하고, 이를 토대로 새로운 아이디어를 창출하는 원동력이다. 예를 들어 다윈은 자신이 관찰한 바를 글로 기록함으로써 바다이구아나에 대한 논리적인 이론을 세울 수 있었다. 레이첼 카슨은 '저 깊고 어두운 바다의 신비와 풀리지 않는 수수께끼'에 천착하는 글쓰기로 '햇빛이 닿지 않는 바다'에 대한 자신의 생각을 명확하게 정리했다. 이러한 전제는 이 책의 1부에서 이미 명확히 제시했으므로, 그동안 반복을 피하기 위해 대체로 언급을 자제해 왔다. 다만 9장 '수학 글쓰기'에서 실제 수업 사례를 제시해 글쓰기가 배움의 과정임을 구체적으로 증명해 보인 바 있다.

그리고 이제 화학을 모델로 글쓰기가 배움의 수단이 된다는 이 책의 전제를 다시 한 번 증명하고자 한다. 화학을 선택한 이유는 나의 균형 감각을 만족시키기 위해서다. 한 화학 교수와의 전화 통화로 이 책이 시작되었고, 화학 공부를 포기했던 나의 학창 시절이 이 책의 서두를 장식하고 있으니 말이다. 하지만 화학을 모델로 삼은 가장 큰 이유는 화학이 숫자, 기호, 상징을 언어로 사용하는 전형적인 과학 과목으로서 글쓰기와 그다지 인연이 없는 학문으로 여겨지기 때문이다.

하지만 글쓰기는 과학 교육이 가진 강력한 도구 중 하나다. 학생은 글쓰기로 문제의 해답에 접근할 수 있고, 교사는 이런 학생의 시도가 성공하는지 실패하는지 지켜볼 수 있다. 앞으로 살펴볼 사례는 화학 글쓰기지만 이는 물리학, 생물학, 공학, 심리학을 비롯해 실험실에서 일어나는 실험과 관찰이 큰 비중을 차지하는 모든 학문에 그대로 적용할 수 있다. 분야에 맞게 용어만 바꾸면 된다.

실제로 화학 글쓰기는 어떻게 이루어지고 있을까? 『화학 교육 저널』에서 가져온 두 편의 기사[3]가 그 답을 제공해준다. 기사를 집필한 두 명의 교수는 글쓰기를 강조하는 최근의 화학 교육 경향을 대변하는 인물이다.

먼저 버건커뮤니티칼리지의 에스텔 마이스리히 교수는 기사의 서두에서 과학 교사가 공통적으로 갖는 의문을 거론한다. "과연 학생들에게 내용상 부실하지 않고, 문장력 또한 뛰어난 글을 쓰게 만드는 것이 가능할까?" 이 질문의 이면에는 두 가지 걱정이 숨어 있다. 글쓰기 교육에 시간을 뺏기다 보면 화학 교육이 부실해질 수 있다는 것, 과학 글쓰기가 인문학 글쓰기와 같을 수는 없다는 것이 바로 그것이다. 이 문제와 관련해 마이스리히 교수는 다음과 같이 썼다.

"지난 8년간 내가 써 온 방법을 소개하겠다. 나는 화학 전공 수업과 비전공 수업 모두에 이 방법을 도입했고, 결과는 언제나 성공적이었다. 나는 모든 시험에서 서술형 문제를 적어도 한 개, 보통은 여러 개 출제한다. 학생들에게는 답안을 '납득 가능한' 수준으로 작문하지 않으면 점수를 받을 수 없다고 미리 이야기해 둔다. 내용상으로는 바른 답이어도 문장이 형편없는 답안을 쓴 학생은 올바른 문장으로 다시 쓴 답안을 제출해야만 점수를 받을 수 있다.

재작성한 답안은 일주일 내에 제출한다. 이 기간 동안 학생에게 글쓰기 교사를 만나 도움을 얻을 것을 권고한다. (나는 학생 지도에 참고하도록 담당 글쓰기 교사에게 미리 해당 시험문제와 모범 답안을 보내 준다.) 물론 아무리 글을 잘 썼더라도 답이 틀린 학생은 답안을 다시 써서 제출할 수 없다.

답안을 재작성할 수 있는 시험에서 평가 점수는 두 가지로 나뉜다. 첫 번째 점수는 처음에 제출한 답안에 대한 평가다. 납득할 만한 수준으로 다시 작성된 답안을 기한 내에 제출할 경우 학생이 받게 될 두 번째 점수는 첫 번째 점수 옆에 괄호로 기재한다. (……) 올바른 답을 형편없는 문장으로 쓴 답안은 점수를 받을 수 없다는 사실을 알게 된 학생들은 글쓰기에 더욱 정성을 기울인다. 그 결과 실제로 답안을 다시 써서 제출해야 하는 학생은 거의 없다. 이런 식으로 하면 학생들이 문장력을 갖춘 동시에 내용도 충실한 글을 쓰도록 만들 수 있다."

마이스리히 교수는 화학 전공 학생을 대상으로 한 일반화학 강의와 유기화학 강의, 비전공 학생을 대상으로 한 화학 개론 강의 때 실제로 출제한 시험문제의 네 가지 유형을 소개한다. 그중 하나는 선다형 문제다. 답을 쓰고 왜 그것이 답인지 올바른 설명을 써야만 점수를 얻을 수 있다. 그 예다.

1. CH_3CH_2OH와 CH_3OCH_3 중 끓는점이 더 높은 것은?
2. Na와 Cs 중 이온화에너지가 더 적은 것은?

또 다른 유형은 제시된 진술이 왜 거짓인지 설명해야

하는 문제다. 다음과 같은 진술이 제시된다.

1. 현대 원자론에 따르면 전자는 정해진 궤도에 따라 핵 주위를 돈다.
2. 더욱 정밀한 측정 도구가 개발되면 전자의 정확한 위치와 운동량을 동시에 측정할 수 있을 것이다.

세 번째 유형은 학생에게 실험을 고안해 보도록 한다. 이런 식이다.

유기성 액체와 수성 액체가 각각 분별 깔때기의 어느 층에 위치하는지를 알려면 어떤 실험을 해야 하는가? 실험 과정과 결과, 그에 따른 결론을 기술하시오.

네 번째 유형은 짧은 에세이를 쓰는 문제다. 전형적인 에세이 주제는 다음과 같다.

생물 조직이 무생물 조직보다 복잡함에도 지구 상에는 생명체가 태어나 살고 있다. 생명체의 존재는 왜 열역학 제2법칙에 위배되지 않는지 설명하라.

마이스리히 교수는 배움을 위한 글쓰기에 대한 자신의 이론을 요약하며 다음과 같이 쓴다.

"객관식 시험은 특히 수강생 수가 많은 강의에서 흔히 사용하는 가장 대중적인 지식 평가 방법이다. 하지만 학생의 이해 수준을 파악하는 더욱 완전한 방식은 그들의 설명 능력을 검증하는 것이다. 학생에게 자신이 아는 바를 글로 서술하게 함으로써 그 이해 수준의 깊이를 좀 더 정확하게 잴 수 있고, 학생이 무엇을 잘못 알고 있는지도 체크할 수 있다. 이런 의미에서 글쓰기를 통한 소통은 화학 교육의 가장 직접적이고, 핵심적인 요소라 할 수 있다. 글쓰기를 매개로 신속한 피드백이 가능해지고, 이러한 피드백으로 학생들은 별다른 거부감 없이 스스로 오류를 바로잡을 기회를 얻는다.

글쓰기는 어느 교과과정에서든 학생이 필수적으로 갖춰야 할 능력이다. 내가 강의할 때 형편없이 쓰인 글을 받아들이지 않는 이유가 여기에 있다."

한마디 보태자면, 그녀는 자기 자신의 글에도 엄격한 사람인 듯하다.

다음으로 새크라멘토시티칼리지의 나올라 밴오든 교

수가 쓴 글을 소개한다.[4] 밴오든 교수는 과학 전공 학생들에게 글쓰기 능력이 없다는 사실은 그들 자신에게는 물론 사회에도 큰 손실이라는 점을 강조한다. 그녀는 "과학도는 대학 신입생 시절에 갖추었던 글쓰기 능력을 점차 잃어버린다. 따라서 기업 고용주들은 이과대학 졸업생이 기술적으로는 훌륭하지만 의사소통 능력은 부족하다고 불평한다. 계산 자체에는 뛰어나나 그 계산이 무엇을 위한 것인지, 어떤 의미가 있는지 설명하지 못한다는 것이다"라고 쓴다. 미국화학학회는 최근에 열린 전국대회에서 이 문제를 논의하며, 영문학부가 아니라 화학학부가 문제 해결에 나서야 한다는 데 의견 일치를 보았다.

밴오든 교수는 말한다. "글을 쓰도록 화학 전공 학생들을 유도하려면 그들에게 화학 글쓰기의 중요성을 깨닫게 해야 한다. 작문 과제로 내주는 문제는 교과서의 각 챕터 말미에 붙어 있는 간단한 단답형 질문 같은 것이어서는 안 된다. 학생들이 해당 챕터에서 배운 개별 개념들을 종합하도록 유도하는 문제를 내야 한다." 다시 말해 현실과 관련된 문제여야 한다는 게 그녀의 주장이다. "학생들은 같은 화학 계산이라도 실제 세계와 연관되어 있을 때 더 의미 있게 받아들인다. 화학 글쓰기 과제도 마찬가지다. 실제 현실과 연관된 문제를 글쓰기 주제로 제시해야 한다."

어디서 그런 사례를 찾을 수 있을까? 밴오든 교수가 수년간 모색해 고안해 낸 글쓰기 과제 유형은 그녀의 수업을 듣는 학생들이 글쓰기 과제를 강의의 중요한 일부분으로 생각하게 되었다는 점에서 분명히 성공적이었다. 그녀는 말한다. "내가 내주는 글쓰기 과제는 모두 학생들이 교과서에서 배우는 개념과 연관되어 있다. 그중 대다수는 화학 개념을 현실에 적용한 사례다. 학생들은 먼저 내가 제시한 화학 문제의 답을 구한 뒤 어떻게 그런 답이 나왔는지 해명하거나 그 결과가 실제 사례에 어떻게 적용되는지 서술해야 한다."

처음에 학생들은 이런 과제에 부정적인 반응을 보였다. 밴오든 교수는 말한다. "학생들은 글쓰기 과제에 시간을 너무 많이 뺏긴다고 불평한다. 이 수업은 화학 수업이지 영문학 수업이 아니지 않느냐고 항의하기도 한다. 하지만 서너 번 과제를 하고 나면 다들 글쓰기가 얼마나 중요한지 깨닫는다. 내가 가르치는 학생은 대부분 대단히 진지하고 경쟁심이 강해서 글쓰기 실력도 금세 좋아진다. 매우 창의적이기도 하다. 학기가 끝날 때쯤이면 학생들이 다음 글쓰기 과제는 뭐냐고 먼저 물어 온다. 그들이 내가 내는 글쓰기 과제를 어떻게 평가하고 있는지 알 수 있는 대목이다. 학생들은 우리의 교육이 무엇을 이루고자 하는지 이해하고 있다."

학생들에게서 '매우 창의적인' 응답을 이끌어 내는 과제 란 과연 어떤 것일까? 다음은 밴오든 교수가 실제로 학생들 에게 내준 과제다.

당신은 리버시티 애완 용품 회사의 매니저다. 한 고객이 자 기 집 뒷마당 연못에서 물고기들이 죽어 가고 있다며 절박 하게 도움을 호소한다. 고객이 보내온 연못 물 샘플을 분석 한 결과 pH 지수◆가 8.2였다. 그런데 고객이 키우는 물고 기는 pH 지수 6.8에서 가장 잘 자라는 어종이다. (1) 고객 의 연못에 적합한 완충계를 선택하라. (2) 연못 물의 pH 지수를 6.8로 유지하는 데 필요한 완충계 성분의 양을 계 산하라. (3) 고객에게 (완충제 남용으로 물고기를 죽이지 않도록) 연못 관리법에 대한 편지를 써라.

밴오든 교수는 한 여학생이 제출한 과제물을 소개한다. 그 학생은 완충계로 인산 이수소–인산 일수소를 선택 하고 pH 6.8로 완충하는 데 필요한 몰 비율mole ratio을 계산 했다. 이어서 5갤런◆의 연못 물이 지속적으로 pH 지수 6.8

을 유지하는 데 필요한 완충 성분의 양을 계산했다. 그리고 1,000갤런의 연못 물을 충분히 완충할 수 있는 제품을 '준비'해 '아쿠아-록'이라는 제품명으로 시장에 출시했다. 학생이 고객에게 보낸 편지 내용은 이렇다.

프레임 부인께

샘플 분석에 따르면 고객님의 물고기가 살기에 적합한 환경을 유지하려면 연못 물의 pH 농도를 조절해야 합니다. 다행히 이 문제는 우리 회사 제품 중 하나인 '아쿠아-록, pH 6.8'을 사용하면 쉽게 해결됩니다. 아쿠아-록 1갤런들이 제품을 불과 25.95달러에 구입할 수 있습니다. 아쿠아-록 5.5쿼트♦♦를 즉시 연못에 넣으시고 한 달 뒤에 한 번 더 넣어 주십시오. 연못 물의 pH 지수 측정이 가능하다면, 그 이후엔 pH 농도가 변했을 때에만 제품을 사용하면 되기 때문에 그만큼 유지비를 절감할 수 있습니다. 따라서 14.98달러에 판매하는 '워들리스 주니어 pH 키트'(설명서 포함)를 함께 구입할 것을 권합니다.

리버시티는 언제나 고객 서비스에 만전을 기하고 있습니다. 도움이 필요하실 땐 언제든 연락 주십시오.

♦ 1갤런은 미국에서 약 3.785리터에 해당한다.

♦♦ 1쿼트는 1갤런의 4분의 1로 약 0.95리터에 해당한다.

진심을 담아,

매니저 밸러리 아얄라.

밴오든 교수는 글쓰기 교육 때문에 화학 교육 시간이 부족해질 거라는 주변의 우려를 거론하며 자신은 구문상의 오류, 이를테면 모호하거나 어색한 문장만 지적해 줄 뿐 문법을 가르치지는 않는다고 말한다. 밴오든 교수는 "영문과 글쓰기 강의가 도움이 된다"는 점을 지적한다. "하지만 내가 과제물 채점을 시작할 때까지도 시간을 내 글쓰기 수업을 들으려 하는 학생은 없었다. 화학을 배우는 데 글쓰기는 중요하지 않다고 생각하기 때문이다. 여전히 많은 학생이 문장 구성과 관련해 도움을 필요로 한다. 우리는 과학 전공 학생을 위한 글쓰기 지원 프로그램을 개설해 이 문제를 해결하길 바란다."

밴오든 교수가 궁극적으로 지향하는 바는 문법이나 통사론의 영역을 넘어선다. 다음은 밴오든 교수의 기사에서 내가 가장 좋아하는 구절이다.

"글쓰기는 사고력을 키우는 효과적인 수단이다. 개념을 글로 설명하려면 먼저 머릿속으로 정리해야 하기 때문이다.

또한 글을 쓰며 머릿속에서 정리된 개념들은 더 이상 교사나 교과서 저자의 것이 아니라 글쓴이 자신의 것이 된다는 점에서 글쓰기는 자존감을 높이는 도구가 된다."

밴오든 교수는 '자존감'이라는 단어를 거론하며 글쓰기의 최대 난점 중 하나를 가리킨다. 구스타브아돌프대학교의 이과 교수들이 범교과적 글쓰기 프로그램을 적극 지지하고 나선 이유가 뭔지 물었을 때 고버 교수는 이렇게 말했다.

"우리 같은 과학, 기술 관련 전공 선생들은 대체로 글쓰기엔 자신이 없거든요. 우리는 개념을 다룰 줄 알고, 우리의 전공 분야를 잘 이해하고 있다는 걸 알아요. 하지만 그걸 종이 위에 옮기는 작업엔 늘 애를 먹지요. 글쓰기는 대개 국어 선생님한테 배우잖아요. 우리가 글쓰기를 대할 때 느끼는 어려움은 수학이 적성에 안 맞는 사람이 수학을 대할 때 느끼는 어려움과 비슷한 거지요."

이와 비슷한 이유로 학창 시절에 슬픔을 겪어 보지 않은 사람이 있을까? 자신을 바보 같다고 느끼는 것은 배움에 아무런 도움이 되지 않는다.

글을 쓰는 이는 (고등학생이든 성인이든, 어떤 종류의 글을 쓰든 상관없이) 종종 자기 자신에 대한 불안감에 사로잡히곤 한다. 글쓰기 교사는 학생들이 자기 글의 가치와 자기 자신의 가치를 동일시하는 경향이 있다는 사실을 깨닫는다. 그 등식은 이렇다. "내 글을 형편없다고 생각하는 사람은 분명 나 역시 형편없다고 생각할 것이다."

이는 불가항력적이라 할 만큼 자연스럽게 드는 생각이다. 글을 쓴다는 것은 다른 사람이 평가할 수 있도록 지면상에 자신의 일부를 담아내는 일이기 때문이다. 하지만 이는 망상일 뿐이다. 자기 글에 대한 비판을 자기 자신에 대한 비판으로 받아들이는 학생을 가르칠 수 있는 글쓰기 교사는 없다. 새로 지은 욕실의 파이프 접합부가 모두 단단히 죄어 있는지 점검하는 배관공처럼, 자기 글을 자신과 냉철하게 분리해 객관적으로 바라볼 수 없다면 글쓰기는 배울 수 없다.

아무리 그래도 어떻게 글쓰기를 배관에 비교할 수 있느냐며 놀라워할 사람이 있을 것이다. 얼마든지 가능하다. 글쓰기는 기술이다. 올바른 도구 사용법을 익히면 얼마든지 의도한 작업을 해낼 수 있다는 점에서 글쓰기와 배관은 다르지 않다.

그래서 나는 자신은 과학이나 공학이 또는 인문학과는 거리가 먼 분야가 적성에 맞는 사람인지라 글쓰기를 배우는 건 무리라고 생각하는 사람에게 이렇게 말하고자 한다.

"겁낼 것 없다. 단지 도구 사용법을 익히는 것뿐이다. 글쓰기는 국어 교사나 글쓰기 교사만 다룰 수 있는 비밀스러운 도구가 아니다. 생각을 종이 위에 표현하는 단순한 기법일 뿐이다. 도구의 작동 방식을 배우는 즐거움을 누려라. 수학 공식을 공부할 때처럼, 컴퓨터나 원심분리기의 작동 원리를 배울 때처럼 능동형 동사의 쓰임을 익히는 즐거움을 만끽하라. 그때 자존감은 자연스럽게 따라온다. 복잡한 과학 개념을 논리적으로 파악해 누구나 이해할 수 있을 만큼 명료한 글로 표현해 낸다면 스스로가 노먼 메일러◆에 버금가는 사람처럼 느껴질 것이다. 당신은 응당 그렇게 느껴야 한다."

◆ 1923-2007년. 미국의 소설가. 전쟁 체험을 바탕으로 한 장편 소설 『벌거벗은 자와 죽은 자』로 세계적 주목을 받았으며 『밤의 군대들』로 퓰리처상을 받았다.

12 음악의 세계

1975년에 『글쓰기 생각 쓰기』를 집필할 때 롤 모델이 된 책이 한 권 있다. 내 책이 그것과 닮기를 바랐다. 글쓰기에 관한 책은 아니다. 앨릭 와일더의 『미국의 대중가요』 American Popular Song 란 책으로 음악을 다루고 있다. 보통 논픽션 작가가 롤 모델로 삼는 책은 자신이 다루는 주제와 관련되기 마련이다. 하지만 나는 『미국의 대중가요』를 통해 책의 주제는 작가가 그 책에 불어넣은 정신과 개성의 질만큼 중요하진 않다는 사실을 깨달았다.

내가 와일더의 책을 좋아한 건 전혀 놀랄 만한 일이 아니다. 예전부터 나는 그가 클래식 곡을 쓰고 카바레 가수들의 단골 레퍼토리인 「와일 위 아 영」While We're Young 같은 노래를 만든 작곡가라는 사실을 알고 있었다. 게다가 그의 광범위한 음악적 지성을 드러내는 대담 기사를 이미 여러 편 읽은 바 있었다. 하지만 그의 책에 끌린 진정한 이유는 나의 먼 과거에 뿌리박고 있다. 내가 왜 그의 책에 끌렸는가를 이야기하려면 마지막으로 한 번 더 나의 유년 시절로, 내가 가장 좋아하는 지식 분야에 눈뜨게 해 준 선생님께로 돌아가야 한다.

그녀의 이름은 에디사 메서. 일주일에 한 번 찾아와 피아노를 가르쳐 주는 전형적인 음악 교사였다. 하지만 전형적인 음악 교사라는 표현이 무색하리만큼 특별한 분이었다. 그녀는 완벽한 청음 능력을 지녔고, 어떤 종류의 음악이든 자유자재로 연주했다. 가장 특별했던 건 그녀가 음악은 이렇게 가르쳐야 한다는 식의 정해진 규칙을 언제 탈피해야 하는지 알고 있었다는 점이다.

그녀에게 처음 피아노 수업을 받았을 때가 아마 열 살이나 열한 살 무렵이었을 것이다. 수업 내용은 전형적인 교육용 연습곡으로 채워졌다. 아농의 끔찍한 음계들, 딜러와 퀘일의 지루한 아동용 연주곡들, 거장 작곡가들의 케케묵은 곡들. 이를테면 맥다월의 「투 어 와일드 로즈」To a Wild Rose

---

같은 곡은 그 곡이 찬양하는 들장미만큼이나 연습곡 목록에서 뿌리 뽑기 어려웠다. 나는 그런 곡들이 끔찍이도 싫었다. 그런 곡들을 익히고 외우는 게 싫었다. 특히 악보 읽는 걸 유난히 싫어했다. 차라리 선생님께 부탁해 그녀의 연주를 들은 뒤 짐짓 악보를 보는 척하면서 선생님의 연주를 머릿속에 떠올리며 건반을 누르는 게 훨씬 쉬웠다.

에디사 메서 선생님은 그런 것에 속아 넘어갈 분이 아니었다. 소리만 듣고도 내가 어떤 꼼수를 부리는지 다 알았다. 하지만 맥다월의 들장미라든지 그와 비슷하게 지겹고 끔찍한 온갖 넝쿨에서 놓여나고 싶어 하는 순진한 귀를 가진 한 소년의 답답한 마음 또한 알고 있었다. 그녀는 자기가 가르치는 학생을 잘 알았고, 실제로 어느 날 내게 이렇게 말했다.

"악보 읽는 법을 배우는 건 아무래도 틀린 것 같으니 화음을 가르쳐 줄게. 화음의 원리만 이해하면 어떤 곡이든 듣고 따라 연주할 수 있단다."

선생님은 작은 갈색 노트를 꺼내 C - E - G 코드를 비롯한 C키의 몇 가지 기본 코드를 적었다. 그러고는 그것들이 실제로 어떻게 들리는지 알려 주기 위해 피아노로 연주했다. 그 코드들이 C키에서 또는 다른 장조나 단조에서 어떤 식으로 기능하는지도 설명했다. 갑자기 내 앞에 그런 게 존재하는지조차 몰랐던 새로운 세계가, 그러나 한 번 듣자마자 오래전부터 당연하게 알고 있던 것인 양 느껴지는 소리의 세계가 펼쳐졌다. 돌연 음악 수업이 재밌어졌다. 화음 구조의 우아함이 너무나 매력적이었다. 88개의 장·단조 안에 숨어 있는 셀 수 없이 많은 화음이 나를 기다리고 있었다. 이제 내가 할 일은 그것들을 찾아내는 것이었다.

언제나 무대에서 가까운 곳, 재즈 피아니스트의 손이 움직이는 모습을 선명하게 볼 수 있는 자리에 앉기를 고집하고, 그들의 음반을 들으며 그 화음의 질감과 긴장감을 평가해 온 나의 삶은 그렇게 시작되었다. 에디사 메서 선생님이 소개해 준 화음의 원리가 곧 나의 음악 교사였고, 오랫동안 내겐 그것만으로도 충분했다. 예일대학교에서 처음으로 드위크 미첼의 연주를 듣기 전까지는 그랬다. 그의 피아노는 그동안 내가 구걸하고, 빌리고, 훔쳐 온, 이 정도면 충분히 좋다고 생각해 온 화음들이 믿을 수 없을 만큼 풍요롭게 변주될 수 있음을 일깨워 주었다. 학교로 돌아가야 할 때가 온 것이다. 그때 이후로 나의 음악 교사는 드위크 미첼이었다.

미첼은 내게 음악뿐 아니라 글쓰기에 대해서도 많은 것

을 가르쳐 주었다. 미첼과 윌리 러프(둘 다 뮤지션이자 교수였다)가 벌이는 활동은 여러모로 흥미로웠고, 나는 그들에 대한 글을 쓰기 시작했다. 그들이 중국에 재즈를 소개하기 위해 떠난 여행을 다룬 『뉴요커』 기사를 시작으로, 나중엔 『윌리와 드위크』Willie and Dwike 라는 책을 쓰기도 했다. 일과 취미가 한데 합쳐진 셈이니, 이는 작가에게 일어날 수 있는 가장 좋은 일이었다. 또한 나는 음악에 대한 글을 쓰면서 더 나은 뮤지션이 될 수 있었다. 모든 음이 연주함과 동시에 증발해 사라지는, 그래서 독자가 결코 보거나 들을 수 없는 형태의 예술을 명료하게 소개하는 글을 써야 했으므로 나는 그 어느 때보다 음악의 구조에 대해(내가 배우고자 애썼던 것에 대해) 열심히 사유해야 했다.

가령 음악 수업 중에 일어나는 일을, 그 순간의 정신적 교감을 생생히 글로 전달하는 게 가능할까? 내가 쓴 이 글은 이러한 시도의 결과물이다.

나는 전율을 느끼며 미첼의 피아노가 빚어내는 화음에 귀를 기울이고 있다. 이미 수많은 코드를 알고 있지만 새로운 화음들이 끝없이 이어진다. 상상조차 해 보지 못한, 나 혼자 힘으로는 절대 찾아낼 수 없을 그런 화음들이. 미첼의 피아노가 만들어 낸 새로운 코드를 배울 때마다 나 또한 그런 코드를 연주할 수 있다는 것이 도무지 믿기지 않아서 서둘러 집으로 돌아와 피아노 앞에 앉곤 한다. 하지만 새로운 발견은 새로운 질문을 낳기 마련이다. 어떤 곡조의 노래에 꼭 들어맞는 코드를 하나 배우면 나는 그걸 다른 키로도 연주하고 싶어진다. 그래서 반음을 높이거나 낮춰서 연주해보지만 내가 알고 있던 코드는 더 이상 그곳에 없다. 단지 반음 차이일 뿐인데도 코드의 독특한 색깔이 사라지고 마는 것이다. 이 수수께끼를 미첼에게 얘기하니 이런 답이 돌아왔다.

"그 코드는 D플랫에서만 제대로 들려요."

그의 귀는 어떤 음역대의 어떤 키로 코드를 연주하느냐에 따라 소리가 어떻게 달라지는지 전부 알고 있다. 그는 말한다.

"바이브레이션 때문이지요. 키가 변하면 각각의 음들이 일으키는 진동도 달라지거든요."

그러면서 바이브레이션에 대해 이런저런 설명을 늘어놓는다. 함께 코드를 분석하고 있을 때 우리는 마치 정리함 속에 든 진귀한 나비 표본들을 들여다보며 형태와 무늬의 끝없는 다양함에, 빛깔의 미묘한 차이에 감탄하는 나비 연구자 같다. 미첼은 건반을 누르는 힘의 세기에 대해서도 많은 걸 이야기한다. 나는 그가 들려주는 소리를 들으며, 설사 음을 정확하게 친다 해도 얼마든지 다른 요인으로 코드가 잘못 들릴 수 있음을 배운다. 어째서 미첼이 치는 코드는 언제나 정확하게 들리는지 이해하기 시작한다. 그는 피아노 앞에 앉는 자세에 대해서도 이야기한다. 호로비츠의 자세에서 느껴지는 고요함은 그에겐 일종의 경이로움이다. 하지만 그가 가장 강조하는 것은 바로 감정이다. 그는 기술적으로는 흠잡을 데 없지만 '차라리 연주하지 않은 것보다 못한' 연주를 들려주는 피아니스트에 대해 자주 얘기한다. 그에게 감정은 음악의 핵심적인 요소이며, 그에게 음악은 전적인 몰입이다. 나는 그와의 대화를 통해 그리고 그가 관심을 갖고 있는 것들을 통해 단순히 연주자가 아닌 예술가가 된다는 것이 무엇을 의미하는지를 조금이나마 이해하게 된다.[1]

어떻게 연주할 것인가와 달리 무엇을 연주할 것인가는 전혀 문제가 되지 않는다. 어린 시절에 나는 부모님이 콜 포터의 『애니싱 고즈』Anything Goes 같은 뮤지컬을 보고 돌아와 연주하시던 「유아 더 탑」You're the Top, 「아이 겟 어 킥 아웃

오브 유」I Get a Kick Out of You를 비롯해 뮤지컬에 나오는 보석 같은 명곡들에 빠져들곤 했다. 그때 나는 어린 꼬마였고, 내 위로는 몸집 큰 누나가 셋이나 있었다. 가정 내에 흐르던 교양 있는 분위기는 누나들과 더불어 사라지곤 했다. 포터의 노래들이 나를 하룻밤 사이에 모리스 슈발리에◆로 둔갑시킨 건 아니었지만 그것은 내게 '재치 있는' 어른들의 세계를 들여다보는 창문이 되어 주었다. 나는 포터의 노랫말(세련된 각운, 미국적인 뉘앙스, 아이러니, 나른한 분위기)에 완전히 매혹되었다. '교양 있는' 분위기란 바로 이런 것을 두고 하는 말이었다.

곧이어 등장한 프레드 애스테어가 이 모두를 하나로 모았다. 애스테어의 영화가 단기간에 여섯 편이나 쏟아져 나왔고, 미국 최고의 작곡가들이 이 영화를 위해 자신의 최고 명곡을 썼다. 「스윙 타임」Swing Time(제롬 컨과 도러시 필즈), 「탑 햇」Top Hat. 「폴로 더 플리트」Follow the Fleet. 「케어프리」Carefree(어빙 벌린), 「셜 위 댄스」Shall We Dance. 「댐즐 인 디스트레스」Damsel in Distress(조지 거슈윈과 아이라 거슈윈)가 바로 그것이다. 또한 제롬 컨과 도러시 필즈의 「더 웨이 유 룩 투나이트」The Way You Look Tonight 와 「어 파인 로맨스」A Fine Romance, 어빙 벌린의 「치크 투 치크」Cheek to Cheek 와 「렛

◆ 1888-1972년. 프랑스의 샹송 가수 겸 영화배우. 카지노드파리와 폴리베르제르의 인기 가수로 활동했고 패러마운트 영화사에 픽업되어 할리우드의 인기 스타로 활약했다.

츠 페이스 더 뮤직 앤드 댄스」Let's Face the Music and Dance, 조지 거슈윈과 아이라 거슈윈의 「데이 캔트 테이크 댓 어웨이 프롬 미」They Can't Take That Away From Me도 이 목록에 들어갈 만한 노래다.

작곡가들이 이토록 수준 높은 곡을 쓸 수 있었던 이유는 애스테어가 부를 노래라는 사실 때문이었다. 그들은 자신이 쓴 노래를 이보다 더 잘 부를 가수는 아무도 없을 거라 생각했다. 그들의 생각은 옳았다. 애스테어가 영화에서 부른 28곡의 노래는 브런즈윅 레코드사가 만든 앨범에 담겼고, 이 앨범은 작곡과 보컬 교육의 필수 교본이 되었다. 나는 애스테어의 음반을 반복해서 들으며 타이밍이나 음악적 감식력 같은 눈에 보이지 않는 무형의 요소를 배웠다. 무엇보다 애스테어가 거둔 성취는 작곡가가 표현하고자 한 것, 즉 멜로디와 가사에 대한 존중에서 비롯한다. 그리하여 그저 완벽하다고밖에 말할 수 없는 앨범이 탄생했다. 지금도 나는 이 노래들(LP 음반으로 나와 있다)[2]이 음표 하나, 가사의 단어 하나 바뀌지 않고 처음 형태 그대로 불리기를 바란다.

애스테어의 음반을 출발점 삼아 직접 브로드웨이 뮤지컬을 보러 다녔다. 로저스와 하트◆◆가 쓴 『베이비 인 암

◆◆ 작곡가 리처드 로저스(1902-1979년)와 작사가 로렌즈 하트(1895-1943년)를 말한다. 협업으로 28편의 뮤지컬과 500여 곡의 노래를 창작했다.

스』Babes in Arms, 『투 매니 걸스』Too Many Girls, 『팔 조이』Pal Joey 같은 1930년대 말에서 1940년대 초까지의 경쾌한 작품들(「마이 퍼니 밸런타인」My Funny Valentine, 「아이 디든트 노 왓 타임 잇 워즈」I Didn't Know What Time It Was, 「비위치드」Bewitched 같은 노래가 이 작품들에서 나왔다)이 그 시작이었다. 형편없는 할리우드 뮤지컬도 전부 섭렵했다. 해럴드 알렌이 이 작품들을 위해 미국의 고전이라 할 「블루스 인 더 나이트」Blues in the Night 같은 곡을 썼다.

이후 미국 뮤지컬은 플롯과 캐릭터 측면에서 크게 발전한 작품들을 연이어 무대에 올리며 명성을 얻었다. 그 당시에 나는 모든 작품을 관람했다. 쿠르트 바일과 아이라 거슈윈의 『레이디 인 더 다크』Lady in the Dark, 로저스와 해머스타인의 『오클라호마!』Oklahoma!, 『캐러셀』Carousel, 『남태평양』South Pacific, 『왕과 나』The King and I, 프랭크 로서의 『아가씨와 건달들』Guys and Dolls, 줄 스타인과 스티븐 손드하임의 『집시』Gypsy 등 그 외에도 많은 작품이 있었다.

그 무렵 나는 광적인 수집가였다. 지나간 뮤지컬 악보를 재구성한 음반을 하나도 빠짐없이 사 모았다. 애스테어와 마찬가지로 존중하는 마음으로 완벽하게 이 노래들을 소화한 프랭크 시나트라, 주디 갈런드, 엘라 피츠제럴드 같은 위대한 가수들의 앨범을 들었다. 그 덕분에 내 머릿속엔 방대한 미국 뮤지컬 문학이 낳은, 1,000곡이 넘는 노래와 가사가 언제든 즉시 꺼내어 쓸 수 있게끔 일목요연한 형태로 저장되었다.

수집가가 가장 원하는 건 물론 자신의 열정을 공유할 사람이다. 특히 음악 지식이 풍부한 사람이라면 더욱 좋다. 내겐 앨릭 와일더가 바로 그런 사람이었다. 『미국의 대중가요』는 내가 평생 기다려 온 책이었다. '위대한 혁신가들, 1900-1950'이라는 부제에 이 책의 주제가 담겨 있다. 이 책을 쓰기 위해 와일더는 1만 7,000여 곡의 악보를 검토했다. 그리고 그중에서 새로운 작곡 기술 영역을 개척했거나 적어도 이전의 혁신적인 작곡가들이 이룩한 높은 경지에 비견할 만한 작곡 수준을 보이는 300곡의 노래를 선별했다. 그는 가사가 아니라 음악에 초점을 맞추고 있지만 필요한 경우 가사도 언급한다. 또한 소개하고 있는 곡에서 특히 독특하거나 감동적인 서너 소절을 분석하기도 한다. 예를 들어 와일더는 조지 거슈윈과 아이라 거슈윈의 「어 포기 데이」A Foggy Day 를 소개하며 다음과 같이 쓰고 있다.

조지 거슈윈은 동일 노트를 반복하는 기법을 유별나게 자주 사용했다. 이 기법은 그가 작곡한 리드미컬한 곡들에 주로 사용되었지만, 간혹 이 곡처럼 부드러운 발라드에도 쓰였다. 가령 이 곡에서는 첫 세 노트가 반복된다. '나는 보았네'I viewed the 와 '그 영국인을'the British 에서도 노트가 반복된다.

갑작스러운 전개를 구사하는 거슈윈의 작곡 스타일은 로맨틱 발라드를 제외한 모든 종류의 노래에서 최상의 효과를 발휘한다. 하지만 모든 규칙엔 예외가 존재한다는 사실을 「어 포기 데이」가 증명한다. 이 곡은 결코 순차적 진행을 보여 주지 않을 뿐 아니라 갑자기 네다섯 단계나 높은 음정으로 여러 번 도약하기도 한다. 그럼에도 여전히 부드럽고 감동적이며, 전혀 거칠다는 느낌을 주지 않는다.

분명히 밝혀 두자면, 나는 동일 노트가 반복되는 걸 전혀 이상하게 느끼지 않는다. 「어 포기 데이」에는 가슴 에이는 애절함이 있다. 나는 이 노래에서 단 하나의 노트도 바꾸고 싶지 않다. '날'day에 해당하는 e플랫 음이 순식간에 마음을 사로잡는다. (이 곡은 F키다.) 그리고 뻔한 디미니시드 코드가 아닌, 훨씬 더 매력적인 단6도 코드가 이어진다. 두 번째 소절 멜로디에서 a플랫 단3도로 올라가고, 그 소절의 끝부분에서 다시 한 번 단5도로 올라간다.

B 파트 마지막 부분에서(이 노래는 A-B-A-C 형태의 전개를 보여 준다) d음으로 떨어지는 마무리는 너무나 부드럽고 사랑스럽다. 마치 연인에게 자신의 비밀 이야기를 속삭이는 듯하다.

B 파트에 이어서 A 파트를 여는 '갑자기'suddenly 라는 노랫말은 두 개의 f음 그리고 하나의 d음과 소름 끼치도록 절묘하게 어우러진다.

거슈윈은 마지막 파트를 보통의 경우보다 두 소절 더 긴 형태로 마무리한다. 이 마지막 파트는 아름답게 마무리되는 가사와 잘 어울리는 목가적이고, 여리고, 아이처럼 순진한 느낌의 선율을 들려준다.[3]

아이라 거슈윈이 다른 어딘가에서 쓴 것처럼, 그 누가 이보다 더 나은 것을 요구할 수 있을까? 적어도 난 아니다. 300곡의 명곡을 이토록 섬세하게 분석해 내는 음악적 감성은 음악 애호가에게 더할 나위 없는 선물이다. 와일더는 자신이 쓰고자 하는 주제의 가장 섬세한 본질을, 그 하나하나의 음들을 표현해 내는 데 성공했다. 이는 학자적인 정확성과 예술가적인 경이로움을 하나로 결합한, 극도로 어려운 방식의 글쓰기다. 와일더는 학생이자 교사로서 이 글을 썼다. 그는 배우는 이의 입장에서 명곡의 매력 요소를 포착하고, 이해하기 위한 수단으로 글쓰기를 이용했다. 나는 그가 들려주는 이야기를 들으며 이미 너무나 잘 알고 있다고 생각했던 옛 친구들에 대해 여러 가지 새로운 통찰을 얻을 수 있었다.

하지만 이것만으로 내가 『미국의 대중가요』를 롤 모델로 삼은 이유를 설명할 수는 없다. 와일더의 책을 읽은 뒤 내내 머릿속에 남아 있던 인상은 그가 자신이 열광하는 대상에 완전히 몰입해 있다는 것이었다. 그의 책은 지극히 개인적이라는 느낌을 준다. 마치 '내가 좋아하는 것과 싫어하는 것 일부를 여기에 소개합니다. 내 견해가 마음에 들지 않는다면 그냥 무시해도 좋습니다. 이건 확정된 연구와는 거리가 멉니다. 그저 한 사람의 개인적인 생각을 담은 책일 뿐입니다'라고 말하고 있는 듯하다.

나는 『미국의 대중가요』가 철두철미하게 한 사람의 개인적인 책이라는 사실이 마음에 들었다. 그 책에 담겨 있는 개인적인 확신과 편견이 좋았다. 또한 독자에게 뛰어난 노래를 소개하는 데서 기쁨을 느끼는 저자의 태도가 좋았다. 그는 비난을 하기 위해 수준이 떨어지는 노래를 거론하지 않는다. 이러한 그의 태도는 나쁜 사례를 들어 가르치지 않는다는 나의 교육 방침과 통하는 면이 있다. 허세 가득한 글쓰기 습관을 경계하라는 취지로 인용하는 몇 가지 전문용어와 현학적인 문장을 제외하고는 내 책에서 쓰레기 글은 다루지 않는다. 글쓰기는 모방을 통해 배우는 것이다. 나는 글쓰기를 배우는 사람들이 모두 최고의 글을 모방하기를 바란다.

『미국의 대중가요』처럼 단지 한 사람의 개인적인 글쓰기 책을 쓸 수도 있겠다는 생각이 들었다. 글쓰기에 대한 나의 개인적인 믿음과 경험을 자신 있게 피력하고 독자들이 받아들이든, 받아들이지 않든 나의 견해를 입증하기 위해 내가 높이 평가하는 작가들의 글을 사례로 제시하는 것이다. 사실 와일더의 책은 한없이 관대한 태도를 보여 준다. 이는 분명 기억할 만한 자세다.

그렇다고 해서 와일더가 불평이라곤 전혀 모르는 사람이라는 얘기는 아니다. 몇몇 유명 곡에 자신이 느끼는 냉담한 인상을 솔직하게 인정하지 않았다면 우리는 음악에 대한 그의 애정을 그렇게까지 높게 평가하지 않았을지도 모른다. 가령 그는 빈센트 유먼스의 「라이즈 엔 샤인」Rise 'n' Shine 속에 담긴 강요된 쾌활함을 마음에 들어 하지 않는다. 그는 "고통스러워도 웃으며 견뎌 내라고 명령하는 「라이즈 엔 샤인」은 크리스천사이언스◆의 찬송가처럼 들린다"고 쓰고 있다. 반면 이후에 하워드 디츠어서 슈워츠가 부른 버전을 거론하면서는 다음과 같이 이야기한다.

「어 샤인 온 유어 슈즈」A Shine on Your Shoes 는 기운을 북돋아 주는 경쾌한 곡이다. 나라면 활기찬 기운을 얻고 싶을 때 「라이즈 엔 샤인」 대신 이 곡을 듣겠다. 이 노래에는 힘찬 에너지뿐 아니라 지혜가 담겨 있다. 게다가 스윙 음악 특유 의 흥이 살아 있다. 「라이즈 엔 샤인」에 비해 가사뿐 아니 라 음악 그 자체로도 좀 더 느슨하고 덜 설교적이다.

나는 훈계조가 글을 지루하게 만드는 불필요한 요소 라는 주장에 적극 동의한다. 군이 설교를 해야겠다면 설교 에 오락의 옷을 덧입혀라. 영화 『더 밴드왜건』The Bandwagon 에서 애스테어가 부른 「어 샤인 온 마이 슈즈」A Shine on My Shoes 는 일종의 행복 선언이다.

이 구절은 대단히 뛰어나다. '왑!' 하는 소리로 시작하고, 이 소리가 끝까지 이어진다. 가수는 클라리넷 키로 여섯 번 째 소절까지 이 '왑!' 하는 소리를 내야 한다. 그래도 이런

◆ 기독교 교파의 하나. 물질세계는 실재가 아니며 기도만으로도 병을 치유할 수 있다고 믿는다.

종류의 보컬 효과는 언제나 재미있다. 이 구절이 발산하는 '거침없이 달려가는' 활력을 느껴 보라. (그는 처음 여덟 번째 소절까지 노래한다.)

이미 내가 고향에 돌아와 있음을 깨닫는 데는 이 구절을 듣는 것만으로도 충분하다. 혹시나 이걸로 충분치 않은 사람이 있다면, 코러스 파트의 첫 네 소절이 도움이 될 거라 생각한다. (……)

와일더는 벌린의 「렛츠 페이스 더 뮤직 앤드 댄스」를 분석하는 대목에서 나를 깜짝 놀라게 한, 그래서 더더욱 마음에 드는 견해를 피력한다. 그는 이 노래가 "대단히 잘 쓰인 곡이며, 품위 있는 노랫말에 군더더기 없이 깔끔한 짜임새를 지닌, 모든 면에서 높은 평가를 받을 만한 곡"이라는 데 동의한다. 이는 학자로서의 객관적인 평가다. 하지만 우리는 학자에게서 인간적인 면모를 발견하기를 바란다. 와일더는 다음과 같이 덧붙인다. "하지만 미니 멜로드라마를 연상케 하는 이 곡의 형식이 내겐 약간 거슬린다는 점을 인정하지 않을 수 없다. 나는 이것을 마타 하리 뮤직 또는 카누 뮤직이라 부르겠다."

어빙 벌린의 또 다른 곡에 헌신적인 애정을 드러내는

다음 대목에서 와일더가 얘기하는 간결성은 다른 모든 예술에도 그대로 적용할 수 있다.

「잇츠 어 러블리 데이 투모로」It's a Lovely Day Tomorrow 는 가장 순수한 곡을 쓸 때의 컨이나 「마이 샤이닝 아워」My Shining Hour 를 쓴 알렌을 떠올리게 하는 순수한 성가 같은 멜로디다. 누군가는 이 곡을 간결하다 못해 단순한 노래라고 생각할지 모른다. 내겐 결코 그렇게 느껴지지 않는다. 아마도 나 자신이 음악가이기 때문일 것이다. 나는 한 옥타브 내에서 그 어떤 기교나 교묘한 솜씨에 기대지 않고 이토록 간결한 노래를 쓰는 것이 얼마나 어려운지 안다. 솔직히 말해서 「갓 블레스 아메리카」God bless America ◆의 멜로디가 이와 같았다면 「성조기여 영원하라」The Star-Spangled Banner ◆◆ 보다 훨씬 더 마음에 들었을 것이다.

어린 시절 내 귀에 익숙했던 또 다른 음악은 클래식이다. 뉴욕에 사는 독일계 미국인들은 신대륙에서 오랫동안 유럽의 음악 문화 돌보미를 자처해 왔다. 우리 할머니 프리

◆ 어빙 벌린이 1938년에 작곡한 곡으로 미국에서 비공식 국가國歌로 여겨진다.

◆◆ 미국의 공식 국가.

다 진서는 이러한 전통을 계승한 두 번째 세대로서 이미 악기에 흥미를 잃어버린 아버지에게 계속해서 피아노와 바이올린을 연주시키셨고, 나와 누나들을 카네기홀과 메트로폴리탄 오페라하우스에 데려가셨다. 나는 위대한 베이스 가수 에치오 핀차 ♦♦♦ 가 『남태평양』의 에밀 드 베크를 연기하며 부른 노래보다 보리스 고두노프 ♦♦♦♦ 를 연기하며 부른 노래를 먼저 알았다. 할머니는 일요일 오후에 점심 식사가 끝나면 브람스와 슈베르트를 피아노로 연주하시며 밖에 나가 야구를 하고 싶어 안달하는 내게 이렇게 말씀하시곤 했다.

"Etwas bleibt hängen."

할머니가 자주 사용하시는 독일 금언 중에서 훈계하는 듯한 느낌이 가장 덜한 것으로, '아직 남은 일이 있다' 또는 '계속해야 할 일이 있다'는 뜻이다. 이 금언은 내가 아는 가장 훌륭한 교육 신조이기도 하다. 내 머릿속에 여전히 여러 클래식의 멜로디와 라이트모티브가 남아 있는 것은 자기 계발을 종교적 신념으로 삼는 독일인의 신념이 몸에 배어 있던 할머니 덕분이다.

나는 클래식 음악에 익숙했지만 클래식 음악 글쓰기는 한 번도 깊게 생각해 본 적이 없었다. 그러다가 『뉴욕 헤럴

♦♦♦ 1892-1957년. 이탈리아의 베이스 가수. 메트로폴리탄 오페라단에서 26년간 76개 배역을 맡았으며 연기력을 높이 인정받아 뮤지컬과 영화에도 출연했다.
♦♦♦♦ 러시아의 작곡가 무소륵스키가 작곡한 오페라 『보리스 고두노프』의 등장인물.

드 트리뷴』에 입사하면서 그곳에서 버질 톰슨을 알게 되었다. 전후 시대였던 당시 『뉴욕 헤럴드 트리뷴』은 미국에서 가장 뛰어난 기사 작성 능력과 편집 능력을 자랑하던 신문이었다. 믿기지 않게도 나는 그런 신문사에서 젊은 기자로 일하는 행운을 얻게 된 것이다. 전 직원이 도시의 한 블록만큼이나 넓고 지저분한 편집 사무실 하나를 같이 썼다. 책상 위엔 커피 찌꺼기가 덕지덕지 들러붙어 있고, 실내 공기는 담배 냄새로 찌들어 있었다. 여름이면 고물 선풍기가 느릿느릿 무거운 공기를 흔들었다. 선풍기에는 눈보라가 휩쓸고 지나간 거리에 널브러져 있는 전선 같은 전기 코드가 매달려 있었다. 에어컨은 없었다. 우리는 나쁜 공기에 적응했다. 신문기자란 그런 법이니까. 사무실 한복판에는 편집부장의 책상이 있었다. 편집부장 L. L. 엥겔킹은 텍사스 출신으로 엄청난 거구였는데 완벽성이라는 성배를 찾는 불가능한 사명에 사로잡혀 부하 직원들의 조력이 시원찮을 때마다 벌컥벌컥 화를 터뜨리곤 했다. 내겐 그곳이 세상에서 가장 아름다운 공간이었다.

그런데 사무실 한편에 신문사 이미지와는 영 어울리지 않는 사람들이 자리를 차지하고 있었다. 연극 및 음악 담당 부서 사람들이었다. 그중에서도 가장 놀라운 인물은 전설적인 멋쟁이 루시우스 비비였다. 그는 '카페 소사이어티'café society ◆에 관한 칼럼을 썼는데, 바로크풍이거나 최소한 로코코풍이라 할 만한 문체를 구사했다. 비비는 중산모를 쓰고 멋쟁이처럼 차려입은 채 출근했다. 사실 그 옷차림은 그가 아니고선 에드워드 7세 시절의 런던 신사들에게나 어울릴 법한 것이었다. 그의 책상 옆에는 무용 비평가 월터 테리의 책상이 있었다. 월터 테리는 곧잘 자리에서 일어나 제4 포지션 ◆◆을 취하며 스트레칭을 했다. 그 뒤편엔 수석 음악 비평가가 미처 다 챙기지 못하는 소규모 콘서트나 연주회를 취재하기 위해 고용된 각양각색의 변덕스러운 젊은 이들이 앉아 있었다. 작곡가 겸 작가인 폴 볼스도 그중 하나였다. 그는 얼마 지나지 않아 탕헤르 ◆◆◆로 떠나 다시는 돌아오지 않았다. 아무래도 누추하고 고달픈 사무실 생활에 지친 그가 이후에 쓴 소설 『마지막 사랑』에서 생생하게 묘사한 저 사막의 순수성에서 마음의 위안을 얻고자 했던 게 아닐까 싶다.

이 작은 세상의 한복판에 마치 속세의 소란에 무심한 붓다처럼(그러고 보니 붓다를 약간 닮긴 했다) 수석 비평가가 앉아 있었다. 다소 통통하고 작은 체구, 자신이 머물고

◆ 19세기 말 뉴욕, 파리, 런던 등의 고급 카페를 중심으로 이루어진 상류층 모임을 일컫는 말.
◆◆ 양발을 몸의 방향과 직각으로 하여 왼발을 앞으로, 오른발을 뒤로 하고 발가락을 밖으로 향하는 발레 자세.
◆◆◆ 아프리카 북서부 끝에 있는 모로코의 항구도시.

있는 장소에 완벽하게 뿌리내리고 있음을 보여 주는 편안하고 행복한 표정의 남자, 버질 톰슨. 당시 그는 탁월한 음악 비평가로 활약한 14년간의 경력 중 딱 중간 시기를 보내고 있었다. 나는 그를 주로 작곡가로, 특히 거트루드 스타인과 함께 작곡한 오페라 『3막의 4인의 성자聖者』Four Saints in Three Acts 의 작곡가로 기억했다. 그가 어떤 정신적 자질을 지녔기에 미국에서 손꼽히는 탁월한 음악 비평가가 될 수 있었는지 궁금했다. 물론 그의 문장은 더할 나위 없이 유려하다. 이는 그의 글을 읽은 사람이라면 누구나 인정하는 사실이다. 하지만 문장력을 떠나 그를 최고의 음악 비평가로 만들어 준 특성은 무엇일까? 나는 1948년에 연극, 영화, 음악, 무용, 미술 그리고 새로이 주목받는 TV 방송 등을 다루는 『헤럴드 트리뷴』일요판 섹션을 책임지게 되면서 그 비밀을 엿볼 기회를 얻었다. 톰슨이라는 인간을 관찰하기에 더없이 좋은 자리였다. 그리하여 나는 그의 글에 놀라운 힘을 부여하는 세 가지 특성을 발견했다.

첫째, 그는 두려움을 모르는 인간이었다. 버질 톰슨이 비평가로 활동하던 기간만큼은 그 어떤 성스러운 암소◆도 마음 놓고 한가로이 풀을 뜯을 수 없었다. 그는 가장 인상적인 거물들을 적으로 돌린 비평가였다. 폐쇄적·독선적으로

◆ 성우聖牛. 지나치게 신성시되어 비판·의심이 허용되지 않는 관습·제도 등을 뜻한다.

운영되던 뉴욕필하모닉 같은 설립 기관의 이사나 경영자가 그의 적이었다. 아르투르 로진스키가 뉴욕필하모닉의 지휘자직을 사임했을 때 당시 독재자로 군림하던 뉴욕필하모닉 대표 아서 주드슨의 입김이 작용했다는 의혹이 일었고, 톰슨은 강한 논조로 이를 비판하는 칼럼을 썼다. 컬럼비아콘서트Columbia Concerts의 대표를 겸하고 있던 주드슨은 그곳 소속 연주자들을 뉴욕필하모닉으로 데려오기도 했다. 칼럼을 읽은 주드슨은 "이제 나는 톰슨의 적이며, 앞으로도 영원히 그러할 것"이라고 천명했다. 톰슨은 이를 반가운 소식으로 받아들였다. 그는 음악계를 자기 입맛대로 주무르는 '협잡꾼'의 존재를 폭로하고, "오직 음악, 음악이 빚어내는 소리 그 자체와의 관계만을 추구하는 모든 음악가, 작곡가, 연주 단원, 지휘자에게 힘껏 찬사를 보냄으로써 그들에게 힘을 실어 주는 것이야말로 비평가로서 나의 의무일 것"이라고 말했다.

　뉴욕필하모닉이라는 굳건한 성벽에 수류탄 한 방을 제대로 먹인 셈이니 이 정도면 적어도 1년 치 전공戰功으로는 충분했을 것이다. 하지만 톰슨은 그해가 다 가기 전에 한 번 더 통쾌한 전공을 올린다. 그로부터 몇 년 뒤 출간된 자서전 『버질 톰슨』Virgil Thomson에서 그는 당시 상황에 대해 이렇게 썼다.

그해 11월, 교황이 주교들에게 보내는 미술과 음악에 관한 회칙, 『메디아토르 데이』Mediator Dei ◆가 로마에서 공표되었다. 우리 부서의 국장이 그 내용을 내게 보내 주었다. 『메디아토르 데이』는 현대적 스타일의 음악과 미술을 전례에 적극 활용하라고 권했다. 당연히 나는 그에 관한 기사를 썼다. 그리고 이탈리아어로 된 회칙 원문 가운데 음악과 관련된 대목을 영어로 번역해 함께 실었다. 그러자 가톨릭 신문사에서 편집자로 근무하는 신부들의 항의 편지가 빗발쳤다. 미국의 성직자들은 새로 발표된 회칙을 땅에 묻어 버리고 싶은 듯했다. 가톨릭 신문사는 실제로 그렇게 했다. 나는 미국의 주교들이 20세기 초에 발표된 음악에 대한 회칙, 즉 비오 10세의 『자의교서』Motu Proprio(1903) 이행을 25년이나 미루었다는 사실을 떠올렸다. 또다시 그들이 새 회칙의 이행을 주저한다 해도 전혀 놀라울 게 없었다. 그런 사실이 나의 환호를 멈출 수는 없었다. 교황의 회칙 발표는 획기적인 뉴스였다. 현대음악은 나의 신앙이었다. 교황과 현대음악의 연대는 믿기지 않을 만큼 좋은 소식이었다.[4]

◆ 교황 비오 12세가 1947년 11월 20일에 발표한 전례에 관한 회칙.

채 1년이 안 되는 기간 동안 뉴욕필하모닉과 가톨릭교회를 적으로 돌릴 수 있는 비평가라면 얼마나 담대한 배포를 가졌을지 충분히 짐작이 가고도 남는다.

둘째, 버질 톰슨은 속물이 아니었다. 그 이전의 전임 수석 음악 비평가들은 카네기홀과 메트로폴리탄미술관의 통로 좌석에서 멀리 벗어나는 법이 없었다. 길을 건널 때 우연히 흘러나온다면 모를까, 재즈라고는 아예 듣지도 않았다. 반면 톰슨의 안테나는 미국 하늘 아래 어디든 닿아 있었다. 오페라, 주요 관현악단, 유명 연주자 외에도 그가 『헤럴드 트리뷴』에서 음악 비평가로 근무한 첫해에 취재한 대상을 일부 열거해 보면 다음과 같다.

브로드웨이에서 노래하는 맥신 설리번, 브로드웨이 뮤지컬 『십이야』를 위해 폴 볼스가 작곡한 음악, 월트 디즈니의 『판타지아』, 대학교 관현악단 한 곳, 청소년 관현악단 두 곳, 줄리아드학교의 오페라 무대, 교회에서 열린 바흐 성가극 공연, 쿠르트 바일의 브로드웨이 뮤지컬, 발레 작품에 맞춰 편곡한 스트라빈스키의 바이올린 협주곡, 현대음악을 사용한 여러 무용 공연, 성패트릭대성당에서 거행된 성목요일 미사, 주름 장식이 있는 종이 날개를 단 청색 서지 정장을 입고 전기기타로 (부활주일 예배용) 스윙 음악을 연주한 뉴저지의 흑인 전도사. 뉴어크의 공공사업촉진국WPA 관현악단, 현대미술관에서 열린 스윙 콘서트, 센트럴파크에서 공연한 골드먼 밴드, 지방 관현악단 세 곳.

좋은 음악, 적어도 흥미로운 음악을 발견할 수 있는 장소에 관한 한 그의 머릿속에는 그 어떤 경계 나눔도 없었다. 여기서 우리가 얻을 수 있는 교훈은 바로 이것이다. 유연하게 사고하라. 당신이 쓰려는 분야의 한계 범위는 언제든 달라질 수 있다.

셋째, 톰슨의 문체는 대단한 즐거움을 준다. 그는 진지하지만 결코 엄숙해지는 법이 없다. 그의 글에는 독자의 허를 찌르는 불경스러움이 있다. 톰슨의 글을 읽다 보면 "그가 정말 이렇게 썼다고?"라는 소리가 절로 나온다. 다음은 톰슨이 쓴 리뷰의 서두다.

딴 곳에 정신 팔지 않고 드미트리 쇼스타코비치 교향곡 7번을 온전히 들을 수 있는지 여부는 듣는 이가 얼마나 민첩한 음악적 지각 능력을 갖고 있느냐에 따라 결정된다. 이 작품은 음악적 자질이 뛰어난 사람이나 정신이 산만한 사람보다는 음악을 지각하는 속도가 느린 이를 위해 쓰인 곡으로 보인다. 이런 측면에서 쇼스타코비치 교향곡 7번은 작곡자가 표현하고자 하는 개념을 모두 담아내기 위해 매우 길게 진행되는 다른 대부분의 교향곡과 차이가 있다. 베토벤 교향곡 9번, 말러 교향곡 9번과 8번, 브루크너 교향곡 7번 그리고 위대한 베를리오즈의 혁신적인 작품들은 작곡자가 담아내고자 한 내용 중 일부를 덜어 내지 않는 한 더는 줄일 수 없어 불가피하게 길어진 곡들이다. 그 복잡한 내용을 간결하게 표현해 내는 것은 불가능하다. 반면 쇼스타코비치 교향곡 7번은 피상적이거나 이해하는 데 아무런 어려움이 없는 내용을 단순히 길게 늘여 놓은 것에 불과하다.[5]

저자가 한 단락 안에 얼마나 많은 음악적 지식을 담고 있는지 그리고 그것을 얼마나 흥미진진하게 전달하고 있는지 주목하라.

그런가 하면 저자는 또 다른 리뷰에서 자신이 더없이 좋아하는 한 작곡가에게 진심 어린 경의를 표한다.

여러분의 리뷰어는 1년에 한 번 정도는 반드시 바그너의 음악을 다시 찾는다. 마지막으로 들었을 때와 다르게 들리는 부분은 없는지, 그의 음악에 갖고 있던 나의 견해를 뒤

엎을 만한 변화의 조짐이 내 안에서 나타나지는 않는지 그리고 내가 그 거대한 소리의 물결에 온몸을 던지곤 했던 과거와 마찬가지로 여전히 그의 음악에 열정적으로 빠져들 수 있는지를 알아보기 위해서다.(……)

(『발퀴레』에서 사용된) 관현악법은 여전히 음악적으로 풍성하고 대단히 인간적으로 느껴진다. 그것은 단순히 왁자지껄한 소리를 사용하는 것만으로도 종종 연극적인 홍분을 자아낸다. 이러한 기법은 여전히 효과적이고, 악기 배치 또한 음향학적 탁월성을 잃지 않았다. 오래전부터 나는 바그너가 관현악 분야에 가장 큰 기여를 했다고 믿고 있다. 그의 작품은 그와 동등한 유명세를 가진 그 어떤 작곡가의 작품보다도, 심지어 베를리오즈의 작품보다도 들쭉날쭉한 완성도를 보여 준다. 하지만 작곡 수준을 떠나서 그가 창조한 음악은 어느 것이나 탁월하고 흥미롭고 화려한 소리를 들려준다. (……)

그의 음악적 문제는 재능 부족에서 기인한 것이 아니라, 그가 본능적으로나 이론적으로 자신의 작품을 그 천재적 재능에 걸맞게 객관적으로 평가할 준비가 되어 있지 않았다는 사실에서 비롯한다. 그 결과 그의 모든 악보는 보석과 쓰레기가 한데 뒤섞여 가득 널려 있는 해변 같은 것이 되었다. 아름다운 소리의 물결에 흠뻑 빠져들어 그 속에서 헤아릴 길 없이 귀중한 보석을 찾아내는 것은 젊은 음악가들에게 분명 득이 되는 일이다. 하지만 오늘날의 음악가들은 모든 해변이 이미 샅샅이 수색되었고, 그래서 다시금 잔해를 뒤진다 해도 새로이 건질 만한 것이 남아 있지 않다고 생각하는 것 같다.

『헤럴드 트리뷴』 편집 사무실 한편에 자리 잡은 그의 부서가 그러했듯 버질 톰슨의 글쓰기 방식은 저널리즘과 어울리지 않았다. 나와 다른 동료들은 기자라는 직함에 걸맞은 기사 작성법을 따랐다. 우리는 타자기로 기사를 작성했고, 식자공이 곧바로 작업에 들어갈 수 있도록 모든 페이지를 한 단락으로 완결되게끔 썼다. 반면 톰슨은 연주회나 오페라를 관람하고 사무실로 돌아와 코트를 벗어 걸은 뒤, 실상은 늦은 밤 마감을 코앞에 둔 기사를 쓰고 있음에도, 마치 영국의 시골 풍경을 묘사하는 빅토리아시대의 소설가처럼(이를테면 트롤럽◆처럼 말이다) 느긋하게 길쭉한 노란색 종이 위에 연필로 리뷰를 쓰기 시작했다. 그는 위풍당당하고 흠잡을 데 없이 완벽한 문장을 거침없이 종이에 적어 나갔다. 심지어 문장을 쓰는 중간일지라도 종이가 글로

◆ 1815-1882년. 영국의 소설가. 대표작으로 가공의 공간인 바셋 주의 풍속을 그린 연작소설 『바셋 주 이야기』The Barsetshire Chronicle가 있다.

다 채워지면 곧바로 원고 심부름하는 아이를 불러 그것을 건넸다. 그러면 심부름꾼 아이는 그 종이를 활송장치에 넣어 톰슨의 필체에 익숙한 식자공이 대기하고 있는 식자실로 보냈다.

나는 너무나 태평스러워 보이는 그의 모습에 놀랐고, 다음 날 아침 신문에서 읽은 그의 글에 또 한 번 놀랐다. 그의 글은 힘이 있었고, 한 문장 한 문장이 물 흐르듯 자연스럽게 이어졌다. 우아하게, 때로는 장난기 가득한 필치로 전날 공연에 대한 적절한 정보를 제공하면서, 그 공연에 대한 자신의 생각을 간결하고 조리 있게 제시하는 글이었다.

버질 톰슨은 91세의 나이에도 왕성하게 집필 활동을 이어 갔다. 순수한 성가 같은 간결성이 그의 글이 가진 비결이다. 그의 음악도 마찬가지다. 그의 글은 세련되고 우아한 매력을 뽐내지만, 실상은 뛰어난 글이 모두 그렇듯 철저히 순차적인 논리에 따른다. 그는 글쓰기가 곧 명료한 사고 행위임을 보여 주는 작가들, 가령 소로와 에이브러햄 링컨, E. B. 화이트, 레드 스미스 같은 작가와 더불어 내가 좋아하는 문장가 중 한 명이다.

앨릭 와일더와 버질 톰슨이 다른 사람들의 음악에 대해 그토록 탁월한 글을 쓸 수 있었던 이유는 그들 자신이 작곡가였기 때문이다. 하지만 결국 비평가란 창조의 불꽃에서 한 걸음 물러나 있는 외부인일 수밖에 없다. 과연 글쓰기는 우리를 음악의 내부로, 즉 실제 음악을 만드는 과정으로 안내할 수 있을까? 가수가 노래 부르는 법에 대한 글을, 작곡가가 작곡에 대한 글을 쓰는 것이 가능할까? 그 답을 찾기 위해 교사로서도 명성이 높은 위대한 예술가 두 명을 살펴보려고 한다. 바로 소프라노 필리스 커틴과 작곡가 로저 세션스다.

필리스 커틴을 알게 된 건 예일대학교가 내게 준 또 하나의 선물이었다. 당시 그녀는 예일 음악대학의 스타였다. 세계 각지의 젊은 성악가가 그녀의 성악 수업을 들으려고 찾아왔다. 성악가로 한창 활약하던 시기였음에도 학생을 가르치는 일은 그녀에게 가장 큰 자양분이었다. 그녀는 예일대학교를 떠나 보스턴대학교 예술대 학장에 취임했다. 나는 그녀에게 전화를 걸어 가장 기초적이지만 가장 설명하기 어려운 예술 분야일 성악을 주제로 다룬, 일반인도 쉽게 이해할 만한 책이 있는지 물어보았다. 그녀가 말했다.

"성악책은 대부분 발성기관에 관한 기술적인 이론을 다루고 있어요. 당신에겐 그런 책이 별로 도움이 되지 않겠지요. 성악가가 된다는 것의 의미를 미학적으로 고찰한 책이 하나 있긴 해요. 나의 은사님의 은사님이 쓰신 책이지요. 1915년에 빅터 축음기 사에서 출간한 오스카 생어의『오스카 생어의 보컬 트레이닝 강의』The Oscar Saenger Course in Vocal Training 라는 책이에요. 지금은 시중에서 구할 수 없으니 제가 가진 책을 보내 드릴게요."

그리하여 내게 온 그 책은 빅토리아시대의 세계로 나를 데려갔다. '성악의 기술'이라는 제목이 붙어 있는 이 책의 서문은 독자들에게 노래하고픈 충동을 일으킨다.

노래는 인류가 알고 있는 가장 고귀하고 친밀하며, 완벽한 자기표현 방식이다. 자기표현은 인류가 추구해 온 위대한 가치이다. 표현 능력이 성장함에 따라 인류는 더욱 높은 이상을 꿈꿀 수 있게 되었다. 자기표현은 문화와 만나 그 위대하고 섬세한 영향력을 한껏 발휘한다.

누구에게나 외부 사물을 통해선 더 이상 내면의 자아에 닿을 수 없다고 느끼는 시기가, 영혼이 오직 자신에게만 가져다주는 어떤 것을 갈망하게 되는 시기가 오기 마련이다.

그럴 때 노래는 물질세계에 대한 망각과 위안의 원천이 될 뿐 아니라 영감의 원천이 되기도 한다. 노래에 아낌없는 노력을 기울인 자는 그 노력의 1,000배에 달하는 보답을 얻는다.

오늘날과 같은 상업적인 시대에 우리는 인생을 진정으로 살아갈 만하게 만들어 주는 많은 것을 쉽게 잊어버린다. 아름다움에 대한 사랑을 키우는 모든 것은 우리에게 헤아릴 수 없을 만큼 큰 혜택을 준다. 노래는 우리를 일깨워 행동하게 하고, '우리의 철학이 그동안 꿈꾸어 온' 그 어떤 것보다 더 높고 신성한 것의 존재에 눈뜨게 한다. 인간의 목소리는 '신의 악기'라는 말이 옳다. 인간 개개인에게 맡겨진 이 악기는 칼라일이 표현한 것처럼, 우리를 무한성의 경계로 이끌어 잠시나마 그 너머를 들여다보게 하는 힘을 그 안에 품고 있다.[6]

지금보다 순수했던 시대에 쓰인 글이지만, 글에 담긴 예술가의 신념은 오늘날 우리에게 여전히 큰 울림으로 다가온다. 오스카 생어는 독자가 빅터 사의 레코드를 들으며 책을 읽을 수 있도록 집필했다. 생어는 "성악을 배우는 데 있어 가장 결정적인 역할을 하는 것은 바로 모방 능력이다"라고 말한다. "그러므로 성악을 공부하는 학생에게 뛰어난 성악가들의 레코드가 갖는 가치는 절대적이다. 모방 능력은 집중력과 공감적 이해력에 달려 있다. 음악가가 필수적으로 갖춰야 할 이러한 자질은 성실히 주의 깊게 경청하는 훈련으로 단기간에 향상될 수 있다."

당연한 얘기지만 나는 훌륭한 본보기의 중요성을 강조하는 저자의 태도에 적극 공감한다. 생어의 책을 읽는 동안 저자가 자신의 강의나 빅터 사의 레코드를 선전하고 있다는 인상은 받지 못했다. 그는 오로지 노래 부른다는 것이 주는 기쁨을, 신성한 숲이 속된 영혼에게 제 품을 열어 보이는 그 한순간의 기쁨을 최선을 다해 독자에게 전달하고자 애쓸 뿐이다. 자신이 들으면서 배운 재택 교육의 개척자라는 사실을 의식한 생어는 '빅터 축음기 사용법'이라는 짧은 장을 따로 썼다. 그는 "굳이 축음기 모터를 최대 속도로 돌릴 필요는 없다. 오히려 그렇게 하지 않는 것이 더 낫다"라고 조언한다. "가장 좋은 방법은 처음에만 회전 손잡이를 몇 번 돌려 태엽을 팽팽하게 하고, 그다음부터는 레코드판을 교체할 때만 몇 번씩 돌려 주는 것이다." 이것이 1915년에 레코드를 최고 음질로 듣는 가장 좋은 방법이었다.

필리스 커틴에게 오스카 생어와 어떤 관련이 있는지 물

어보았다. 그녀가 말했다.

"성악가로서 그리고 교사로서 제가 해 온 많은 일이 이 책과 관련돼 있어요. 제 은사님은 미국인 저음 가수 조지프 레그니스예요. 제가 뉴욕에서 데뷔 무대를 가졌던 1953년 무렵에 그분 밑에서 배우기 시작했는데, 그때 은사님은 이미 여든이 넘으셨죠. 그러니까 은사님이 오스카 생어에게 배운 시기는 아주 오래전, 19세기에서 20세기로 접어들 무렵이었어요. 은사님은 오스카 생어를 무척 존경하셨어요. 조지프 번스타인에서 조지프 레그니스로 이름까지 개명하셨을 정도였죠. 레그니스Regneas 는 생어saenger 의 철자를 거꾸로 쓴 거예요. 오스카 생어의 가르침은 특히 은사님의 발성 이론에 절대적인 영향을 준 게 분명해요. 왜냐하면 제가 공연을 마쳤을 때 가수나 보컬 코치가 찾아와 '당신처럼 살짝 띄우는 듯한 톤으로 노래하는 가수를 한 명 알고 있다'고 얘기하곤 했거든요. 그리고 그들이 말한 가수는 하나같이 레그니스 선생님 밑에서 배운 제자들이었어요. 지금까지 공연을 해 오면서 이런 얘기를 적어도 여섯 번은 들어 본 것 같아요."

그녀를 찾아온 사람 중 한 명이 그녀에게 오스카 생어의 책을 아느냐 물었다고 한다. 그녀는 모른다고 답했다. 그는 자신이 갖고 있던 복사본 한 부를 그녀에게 주었다.

"그저 몇 페이지만 읽어 봐도 알겠더군요. 생어가 얘기하는 이론이 전부 제겐 너무나 친숙하다는 것을요."

생어의 책을 읽으며 성악가는 기술적 정확성만으로는 충분치 않다는 그의 주장이 특히 인상적으로 다가왔다.

발성을 연습할 때는 위 앞니 뒤쪽과 경구개(입천장) 부위에 집중해야 한다. 먼저 입술을 다문 상태로 "음—" 하는 소리를 내 보자. 경구개와 앞니 사이의 공간에서 분명하게 진동이 느껴질 것이다. 대부분의 발성법이 이 지점에 집중한다. 두성의 경우 발성의 집중점이 서서히 상승해 최고 음역대에 이르면 목소리가 머리의 위쪽 부위에서 울리는 듯한 감각을 느끼게 된다.

발성은 감각적·정신적 집중의 문제다. 앞으로 내는 발성을 하려면 소리를 앞쪽으로 가져간다는 생각으로 발성해야 한다. 이것이 발성에 집중하는 실제 요령이다. 발성의 집중점을 상상하면서, 순수한 의식적 과정의 실천을 통해 발성이 그 지점에 이르도록 해야 한다.

이 대목을 읽으며 톱니의 아귀가 딱 하고 들어맞듯이

필리스 커틴과 오스카 생어의 공통점이 명확하게 떠올랐다. 예일대학교에서 커틴이 진행한 마스터클래스 수업을 청강한 적이 있다. 그때 그녀는 학생들에게 기교만으로는 한계가 있다고 경고하며 목소리에는 자기만의 개성이 담겨야 한다고 강조했다.

"노래하는 것은 움직이고자 하는 충동입니다. 여러분의 마음이 그저 버튼을 누르는 역할만 한다면 노래하는 건 불가능합니다. 언제나 생각을 목소리보다 앞에 두고 있어야 합니다. 노래를 통해 자신이 무엇을 전하고자 하는지 늘 생각해야 해요."

작곡은 음악 분야의 온갖 수수께끼 중에서도 가장 심오한 수수께끼다. 하지만 철학이나 종교학처럼 난해한 학문에 대한 글쓰기가 가능하듯이 작곡에 대한 글쓰기 역시 가능하다. 아래에서 살펴볼 로저 세션스의 글은 작곡이라는 복잡한 지적 행위를 지극히 간결한 언어로 명확하게 설명하고 있다. 내가 이 글을 선택한 이유는 단순히 1985년에 작고한 로저 세션스가 반세기 넘는 세월 동안 미국을 대표하는 가장 생산적이고 모험적인 작곡가로 손꼽혀 왔다는 사실 때문만은 아니다. 그는 위대한 작곡가인 동시에 프린스턴과 버클리에서 후학을 양성한 영향력 있는 교사였다. 이번 장은 물론 음악을 다루고 있긴 하지만 동시에 교사(음악의 성장은 자신의 음악 지식을 아낌없이 베푸는 교사의 존재에 달려 있다고 해도 과언이 아닐 것이므로)에 대한 이야기이기도 하다. 세션스의 글을 소개하는 이유도 여기에 있다.

작곡가의 작업을 이해하려면 먼저 작곡가가 소리의 세계에서 살아가는 존재라는 점을 인식해야 한다. 이때 소리의 세계는 작곡가의 창조적 충동에 반응해 움직이는 살아 있는 세계다. 일반적으로 작곡의 첫 번째 단계는 다소 진부하고 비과학적인 용어라 할 수 있는 '영감'으로 요약된다. 쉽게 말해 작곡가는 '아이디어'를 떠올린다. 일정한 형태의 음률과 리듬으로 구성된 이 음악적 아이디어를 매개로 작곡가는 자신의 음악적 사유를 전개한다. 영감은 섬광처럼 찾아오는가 하면, 때로는 서서히 성장·발전하기도 한다. 나는 베토벤이 쓴 『하머클라비어』 소나타의 마지막 악장 초안 원고를 여러 페이지 사진으로 찍어 두었다. 그것을 보면 베토벤이 얼마나 신중하게, 체계적이고 냉정한 방식으로 푸가 주제를 구상하고 검토했는지 알 수 있다. 누군가는 이 초안 원고에서 영감이라 부를 만한 것이 어디 있느냐고 물을지 모른다. 하지만 그 구상에서 느껴지는 저항할 수 없는 거대한 표현의 에너지 속에 이미 영감이라는 단어가 뜻하는 바가 여실히 담겨 있다. 물론 이때의 영감은 돌연한 섬광이 아니라 완성을 향해 가는 명료한 의식적 충동의 형태를 띤다. 이러한 의식적 충동이 완성에 이르는 순간, 작곡가는 본능적으로 그것이 정확히 자신이 바라던 것임을 안다.[7]

베토벤의 머릿속에 들어간 작곡가 세션스—음악애호가에겐 더할 나위 없는 선물이요, 글쓰기를 배우는 이에겐 다시 쓰기의 훌륭한 본보기라 할 만한 글이다. 세션스의 문체는 전혀 현학적이지 않다. 세션스는 뛰어난 문장력으로 베토벤의 작품에 대해 자신이 느끼는 경탄의 감정을 전달한다. '거대한 에너지'라는 표현이 베토벤에 관한 모든 것을 말해 주고 있다.

세션스는 '영감'에 이어, 작곡 과정에서 이러한 영감을 끊임없이 되살리는 것이 작곡가의 가장 중요한 과제라고 설명한다. 다시 말해 작곡가는 "작품의 세부는 물론, 작품 전체에 대한 비전에도 지속적으로 필요한 만큼의 에너지를 쏟아야 한다." 이 전체에 대한 비전이 바로 '개념'이다. 세션스는 '영감'과 '개념'에 이어서 작곡가의 건물을 떠받치는 세 번째 기둥인 '실연'實演(execution)에 대해 이야기한다.

실연이란 무엇보다 스스로 형태 지은 모습 그대로의 음악을 내적으로 청취하는 과정, 영감과 개념을 동시에 좇으면서 그것이 어떤 결과에 이르는지를 확인하는 과정, 그럼으로써 음악이 스스로 성장하도록 허용하는 과정이다. 작곡가의 상상 속에서 하나의 악구가, 모티프가, 리듬이, 심지어 하나의 코드가 악장 전체를 만들어 낼 에너지를 품고 있을 수도 있다. 그것에 내재된 운동성과 장력張力이 작곡가를 또 다른 악구로, 또 다른 모티프로, 또 다른 코드로 이끄는 것이다.

생생하고 구체적인 언어로 작곡 과정을 설명하면서 세션스는 마지막으로 음악뿐 아니라 글쓰기, 회화, 조각을 비롯한 모든 예술적 창조 작업, 나아가 수학, 과학, 인문학을 아우르는 학문 영역 전반에서 이루어지는 창작 과정의 핵심 수수께끼로 우리를 이끈다. 작곡가, 화가, 작가는 창작 과정에서 스스로 설명할 수도, 재연할 수도 없는 일종의 몰입을 경험한다. 이들 못지않게 수학자, 과학자, 철학자도 글쓰기와 사유를 통해 문제의 핵심에 육박해 들어가는 과정에서 이러한 몰입을 경험한다. 결국 그들을 이끄는 진정한 힘은 그들이 완성한 작품이 아니라 그 작품을 완성하는 행위 자체에 깃들어 있다.

다양한 학문 영역에서 나타나는 이러한 몰입과 발견으로서의 행위야말로 이 책의 본질이라고 할 수 있다. 그리하여 이러한 창조적 행위의 본질을 명쾌하게 요약해 주는 로저 세션스의 글로 이 책의 여정을 마무리하게 된 것을 기쁘게 생각한다.

작곡하는 동안 작곡가는 의식적으로 얼마나 깨어 있을까? 작곡을 하면서 그는 무엇을 생각할까? 어떤 기분을 느낄까? 이러한 질문에 나는 이렇게 답하고자 한다. 즉 작곡은 하나의 행동, 하나의 행위이며, 참된 행위는 정신적인 의미에서 보면 세상에서 가장 단순한 것이라고 말이다. 집중이야말로 행위의 내적 본질이 아닐까? 험준한 산을 오르는 등반가는 오로지 자신이 내딛는 한 걸음 한 걸음에만, 그 한 걸음의 실질적인 실현에만 집중한다. 자신이 내딛는 걸음에서 그 이상의 의미를 찾는 데 정신을 팔다가는 언제 까마득한 낭떠러지로 치명적인 한 걸음을 옮기게 될지 모를 일이다. 물론 작곡가가 음악 작업을 하는 동안에는 이런 비극적인 사고가 일어날 리 없다. 하지만 작업 중인 작곡가의 심리는 산을 오르는 등반가의 그것과 다르지 않다. 작업 중인 작곡가는 자신의 아이디어를 의식한다기보다는 차라리 그것에 홀려 있다. 또한 대개는 작업을 마칠 때까지 자신의 생각이 정확히 어떻게 흘러가는지 의식하지 못한다. 그리하여 마침내 작품이 완성되었을 때, 작곡가는 십중팔구 자신이 완성한 그 작품을 이해할 수 없는 낯선 대상처럼 느낀다.

왜일까? 작곡가가 곡을 쓰는 과정에서 경험하는 것은 이후 그 작품으로 인해 겪는 그 어떤 경험보다 훨씬 더 강렬하기 때문이다. 완성된 작품은 그 경험의 목표이지, 결코 그것의 재연이 아니다. 작곡가는 전혀 무관해 보이는 노력을 기울이지 않고는 창작 과정에서 경험한 것을 결코 재체험할 수 없다. 또한 그 경험에 너무나 가깝게 밀착되어 있기 때문에 자신의 작품을 객관적으로 바라볼 수 없으며, 그 경험에 내재한 힘이 자신에게 영향력을 행사하는 것을 막을 수 없다. 이러한 이유로, 나는 나와 동시대를 살아가는 한 뛰어난 동료 음악가가 내린 예술에 대한 정의에 결코 동의할 수 없다. 그는 아리스토텔레스가 내린 저 유명한 정의를 변용해 가장 높은 차원의 예술은 'der Wiedergabe der inneren Natur', 즉 '내적 본질의 재현'과 관계된다고 썼다. 내가 보기에, 예술은 이와 반대로 내적 본질의 작용이며, 활동이다. 예술가는 자신의 내적 본질이 자신에게 제공하는 날것 그대로의 가공되지 않은 재료를 작업 대상으로 삼는다. 예술가는 그것에 새로운 의미를 부여함으로써, 다시 말해 예술적 형태를 부여함으로써 그것을 초월하고자 한다.

정신의 모험으로서의 글쓰기

이 세상에 글쓰기를 두려워하지 않는 사람이 얼마나 될까? 고백하자면, 이 글을 쓰고 있는 나 역시 일종의 글쓰기 공포증에 시달리는 사람이다. 백지 앞에 설 때마다 어김없이 찾아오는 이 막막함과 불안감의 정체는 무엇일까? 우리는 왜 글쓰기를 두려워할까? 『공부가 되는 글쓰기』는 이처럼 글쓰기에 갖는 두려움의 원인을 밝히고, 글쓰기가 참다운 공부의 가장 강력한 도구가 될 수 있음을 말한다. 이 책이 전하는 메시지는 이렇다. '글쓰기는 특별한 것이 아니다. 글쓰기는 도구다. 글쓰기는 우리가 배우고 익혀야 할 수공예 기술과 같다.'

어째서 그러한가? 글쓰기는 본질적으로 사유하기를 뜻하기 때문이다. 저자의 표현을 빌리면, 글쓰기란 곧 "종이 위에서 이루어지는 사고 행위"다. 결국 글쓰기의 어려움은 사유하기의 어려움에 다름 아니다. 이는 사유가 가능하다면 누구나 글쓰기가 가능하다는 의미이기도 하다. 글쓰기는 '언어 재능'을 타고난 특별한 소수만의 전유물이 아니다. "명료하게 사고하는 사람이라면 누구나 어떤 주제에 대해서든 명료하게 쓸 수" 있으며, "명료하게 사고하는 과학자의 글은 최고의 작가가 쓴 글만큼 뛰어날 수 있다."

그렇다면 이러한 글쓰기는 어떤 방식으로 가능한가. 저자는 글쓰기가 순차적이고 선형적인 과정이라는 점을 강조한다. 문장은 논리적 정합성에 따라 A에서 B로, B에서 C로 이어진다. 그렇게 Z까지 이어질 때 한 편의 글이 완성된다. 따라서 글을 쓸 때는 수사적 기교 이전에 사유의 명확성과 엄밀성이 요구된다. 5장에서 저자는 이러한 자신의 글쓰기 방법론을 다음과 같이 설명한다.

'생각하라!' 스스로에게 '나는 무엇을 말하고자 하는가?'라고 질문하라. 그다음 떠오른 것을 글로 표현하라. 그리고 다시 한 번 '말하고자 한 것을 제대로 표현했는가?' 스스로에게 질문하라. 글을 읽는 사람의 입장에서 생각하라. 당신의 문장이 그 주제에 대해 전혀 아는 게 없는 사람도 충분히 이해할 수 있을 만큼 명료하게 쓰였는가? 그렇지 않다면 어떻게 해야 당신의 문장을 좀 더 명료하게 만들 수 있을지 고민하라. 그런 다음 다시 써라. 이어서 생각하라. '다음 문장은 무엇을 이야기해야 하는가? 이 문장은 이전 내용과 논리적으로 매끄럽게 이어지는가? 도달하고자 하는 결론과도 무리 없이 이어지는가?' 그렇다는 대답이 나오면 그 문장을 써라. 그다음 또 물어라. '이 문장은 내가 말하고자 하는 바를 모호하지 않게 제대로 표현하고 있는가?' 그렇다고 판단되면 또 생각하라. '자 이제 독자들이 그다음 알고 싶어 하는 것은 무엇인가?' 이런 식으로 끊임없이 생각하고, 쓰고, 다시 쓰는 과정을 반복하라.

『공부가 되는 글쓰기』는 여기서 한 걸음 더 나아가 종이 위에서 이루어지는 사고 행위로서의 글쓰기가 배움의 마스터키가 될 수 있다고 주장한다. "생각을 문장이라는 논리적 단위로 잘게 쪼개는 작업을 통해, 그렇게 한 문장 한 문장씩 써 나가는 작업"을 통해 그동안 우리가 접근 불가능한 것으로만 여겼던 전문적인 학문을 이해할 수 있게 된다는 것이다.

　내 직업만큼 세상의 온갖 학문을 접할 기회가 주어지는 일
도 드물 것이다. 그동안 다양한 분야에서 흥미로운 작업을
해 온 많은 사람을 만나면서 그들이 제시하는 아이디어가
접근 불가능할 만큼 전문적인 것은 아니라는 사실을 깨달
았다. 즉 내가 그것에 대한 글을 씀으로써, 또는 남이 그것
에 대해 쓴 글을 편집하는 과정을 통해서 내가 이해할 수
없는 주제는 없다는 걸 깨달았던 것이다. 그것은 생각을 문
장이라는 논리적 단위로 잘게 쪼개는 작업을 통해, 그렇게
한 문장 한 문장씩 써 나가는 작업을 통해 가능하다. 또한
지식은 우리가 흔히 생각하는 것처럼 서로 분리되어 있는
게 아니라는 점도 깨달았다.

　이 책이 1부에서 소개하고 있는 범교과적 글쓰기 교육
의 실제 사례들은 배움으로서의 글쓰기가 갖는 가능성을 증
명한다. 결국 글쓰기와 생각하기 그리고 배움은 하나의 동
일한 과정이다. 명료하고 간결한 한 편의 글을 완성하기 위
해 노력하면서 우리는 비로소 자신이 진정으로 무엇을 알
고, 무엇을 모르고 있는지를 깨닫는다. 이는 주체적인 배움

의 과정이다. 배움으로서의 글쓰기는 스스로 앎의 지도를 완성해 가는 지도 제작자가 되게끔 우리를 이끈다.

어쩌면 우리가 글쓰기를 두려워하면서도 한편으로는 은밀히 그것에 매혹되는 이유가 바로 여기에 있는 것 아닐까? 글쓰기는 우리를 두려운 불확실성과 직면케 하지만 그와 동시에 충만한 의식과 삶의 경이로움으로 전율하는 정신의 모험가가 되게도 한다. 이 책이 소개하고 있는 다양한 학문 분야에서 생산된 탁월한 글쓰기 사례들은 바로 이러한 정신의 모험가들의 기록이기도 하다. 우리 역시 글쓰기를 통해 그들과 같은 정신의 모험가가 될 수 있으며, 또 되어야 한다는 것, 이것이 『공부가 되는 글쓰기』가 우리에게 전하고자 하는 궁극적인 메시지일 것이다.

역자 후기

주*

(*원서에는 출처나 저자 주의 해당 페이지만 적혀 있을 뿐 정확히 무엇을 가리키는지 명시되어 있지 않다. 이에 편집자가 출처나 저자 주에 해당하는 부분을 찾아 번호를 달았다.)

3 교양 교육

1 마이클 폴리아코프는 대학원 졸업 이후 고전학 교수가 되었다.

2 William Zinsser, "Shanghai Blues", The New Yorker, Sept. 21, 1981. ; William Zinsser, *Willie and Dwike: An American Profile*, Harper & Row, 1984.

3 그날 밤 베네치아에서 녹음한 윌리 러프의 연주는 음반으로 발매되었다. "Willie Ruff Solo French Horn: Gregorian Chant, Plain Chant and Spirituals", Kepler Records, P.O. Box 1779, New Haven, CT 06507.

4 "Resonance", The New Yorker, April 23, 1984. Willie and Dwike에서도 이 내용을 다뤘다.

5 Edmund S. Morgan, *The Birth of the Republic*, University of Chicago Press, 1956, 1977.

6 David F. Musto, "As American as Apple Pie", Yale Alumi Magazine, January 1972.

7 David F. Musto, "Iatrogenic Addiction: The Problem, Its Definition and History" Bulletin of the New york Academy of Medicine, Second series, Vol. 61, No. 8, October 1985.

8 Brand Blanshard, *On Philosophical Style*, Greenwood Press, 1969.

1 미국 대학의 글쓰기 교육 저변 확대를 가로막는 장애물 가운데 본문에서
   언급하지 않은 것이 있다. 대다수의 영문학과에서는 글쓰기 교사를 '2등
   시민'으로 취급한다는 사실이다. 학계의 정치는 이 책이 다룰 영역이 아니다.
   이는 학계가 알아서 해결해야 할 싸움이다. 1985년에 열린 CCC(Conference
   on College Composition and Communication) 연례회의 석상에서
   텍사스대학교 영문학과 교수 맥신 헤어스톤이 이 '만다린 전쟁'을 위해 무기를
   들 것을 독려하는 힘찬 일성―聲을 토했다.

   "[글쓰기 교사로서] 우리가 겪고 있는 현실은 그동안 여성운동이 겪어
   온 현실과 매우 비슷합니다. 누군가는 지금까지 우리가 이룩해 온 성과에
   만족할지도 모릅니다. 하지만 또 다른 누군가는 우리 앞에 여전히 굳건하게
   서 있는 장벽 앞에서 좌절감을 느낍니다. 우리가 이처럼 좌절하는 까닭은
   이 문제가 우리의 고향 가까운 곳에서, 다시 말해 영문학계, 영문학 교육과정
   내에서 비롯된 것이라는 사실에 있습니다. 우리가 일상에서 직접 피부로 느끼는
   문제라는 것 그리고 영문학 내 글쓰기 프로그램의 수준을 최대한 끌어올리고자
   노력하는 우리에게 번번이 제동을 거는 이들과 우리가 심리적으로 복잡하게
   얽혀 있다는 것, 이 두 가지 사실이야말로 문제 해결을 어렵게 하는 가장 큰
   원인입니다.

   이제는 이러한 심리적 속박의 사슬을 끊어 내야 합니다. 오늘날 영문학계를
   지배하고 있는 문학 비평가들과 정신적으로 결별하지 않고서는, 수사학자로서
   그리고 글쓰기 교사로서 독자적인 교육관을 갖춘 자율적 주체가 될 수 없습니다.
   문학 비평가의 그늘에서 벗어나 그들이 규정해 놓은 영문학 교수의 역할에서
   자유로워질 때에야 비로소 우리 자신의 역할과 전문성에 대한 완전한 확신에
   이를 수 있을 것입니다. (……) 하지만 오랫동안 이와 관련해 제대로 된
   문제 제기가 아예 없었습니다. 문학계에서 이슈는 곧 권력을 뜻합니다. 문학
   비평가들은 영문학에 대한 그들의 지배력이 줄어들기를 바라지 않습니다.
   이 문제를 이슈화하는 것은 우리에겐 곧 생존의 문제입니다. 홀로 서고자 한다면

저들과 결별해야 합니다."

College Composition and Communication, Vol. XXXVI, No. 3, October 1985. NationalCouncil of Teachers of English, 1111 Kenyon Road, Urbana, IL 61801.

5 나만의 견해와 원칙

1 다음 논문은 글쓰기의 다양한 '형태'와 이러한 글쓰기 형태들이 하나의 글 속에서 서로 겹치는 경우가 많다는 사실을 떠올리는 데 도움을 주었다. Maxine Hairston, "Different Products, Different Processes: A Theory About Writing", College Composition and Communication, Vol. XXXVII, No. 4, December 1986.

2 Jeremy Campbell, Grammatical Man: Information, Entropy, Language, and Life, Simon & Schuster, 1952.

3 Peter Medawar, *Pluto's Republic*, (incorporating The Art of the Soluble and Induction and Intuition in Scientific Thought), Oxford University Press, 1982 (paperback). 메더워는 1987년에 사망했다.

4 William Strunk, Jr. & E. B. White, The Elements of Style, Macmillan Publishing Company, 1959; paperback, 1972.

5 George Owell, "Politics and the English Language". 오웰은 이 글에서 불편한 진실을 숨기기 위해 일부러 모호한 언어 표현을 사용하는 정치 지도자들의 행태를 비판했다. "우리 시대의 정치적 담화나 글은 대개 변호할 수 없는 것을 변호하기 위한 것이다. 그래서 오늘날의 정치 언어는 대부분 완곡 어구, 논점 회피, 모호한 표현 등으로 채워져 있다."

6 Norman Mailer, "The Death of Benny Paret", The Presidential Papers.

7 Virginia Woolf, "On Being Ill", The Moment and Other Essays, © 1945 by Harcourt Brace Jovanovich, Inc.; renewed 1976 by Harcourt Brace

Jovanovich, Inc., and Marjorie T. Parsons.

8 Philip Ziegler, *Mountbatten*, Alfred A, Knopf, Inc., 1985.

6 땅, 바다, 하늘

1 John Rodgers, "The Life History of a Mountain Range—The Appalachians",
   Mountain Building Processes, edited by K.J. Shü. Academic Press, 1982.

2 John Rodgers, "The Geological History of Connecticut", *Discovery*,
   The Peabody Museum, Yale University, Vol. 15, No. 1, 1980. © Yale Peabody
   Museum of Natural History.

3 James Trefil, *Meditations at 10,000 Feet: A Scientist in the Mountains*,
   Charles Scribner's Sons, an imprint of Macmillan Publishing Company,
   1986.

4 Harold E. Malde, "The Catastrophic Late Pleistocene Bonneville Flood
   in the Snake River Plain, Utah", *Geological Professional Paper 596*,
   Department of the Interior, United States Government Printing Office,
   1968.

5 John Muir, "The Earthquake", *The Wilderness World of John Muir*, edited
   by Edwin Way Teale, Houghton Mifflin Co., 1954.

6 Alen Paton, *Cry, the Beloved Country*, Charles Scribner's Sons, 1948.

7 Aldo Leopold, *A Sand County Almanac: And Sketches Here and There*,
   © 1949, 1977 by Oxford University Press, Inc.

8 Ed Marston & Mary Moran, "Slip-Sliding Away", *High County News*, June 9,
   1986. Box 1090, Paonia, Colorado 81428.

9 Rachel Carson, *The Sea Around Us*, Revised Edition, © 1950, 1951, 1961 by
   Rachel L. Carson; renewed 1979 by Roger Christie.

10 James Trefil, *Meditations at 10,000 Feet*.

1 1986년 조지 넬슨의 추도식 자리에서 고인의 예전 의뢰인이었던 한 사람이
   1940년에 고인이 선보였던 생각의 참신함에 대해 회고했다. 또 다른 사람은
   고인이 말년에 선보였던 생각의 참신함에 대해 이야기했다. 잡지 『ID』의 추모
   기사에서 비평가 랠프 캐플런은 이 사실을 언급하며 다음과 같이 썼다.
   "노년층의 의식 감퇴 및 기억력 상실에 관한 최근 연구에 따르면 머리를 쓰는
   간단한 지적 훈련이 사람들에게 도움이 된다고 한다. 문제는 정신 능력의 감퇴
   현상 자체가 아니라 생각하는 습관을 잃어버리는 것에 있는지도 모른다. 조지
   넬슨은 생각하는 습관을 결코 포기하지 않았다. 이는 그가 디자인 컨설턴트로서
   뛰어난 능력을 발휘할 수 있었던 핵심 비결이기도 하다."

2 George Nelson, *How to See: Visual Adventures in a World God Never
   Made*, ⓒ 1977 by George Nelson. By permission of Little, Brown and
   Company.

3 John Russell, *Meanings of Modern Art*, ⓒ 1981 by John Russell.
   Reprinted by permission of Harper & Row, Publishers, Inc.

4 John Russell, "An Earthwork Looks at the Sky", *The New York Times*,
   January 5, 1986.

5 A. Hyatt Mayor, *Prints & People: A Social History of Printed Pictures*,
   New York Graphic Society (Little, Brown and Company), 1972.

6 A. Hyatt Mayor, Prints & People.

7 John Szarkowski, *Looking at Photographs: 100 Pictures from the
   Collection of the Museum of Modern Art*, New York Graphic Society (Little,
   Brown and Company), 1973.

8 John Szarkowski, Looking at Photographs.

9 Paul Rand, *Paul Rand: A Designer's Art*, Yale University Press, 1985.

10 Beatrice Warde, "On the Choice of Typefaces", *The Crystal Goblet: Sixteen
   Essays on Typography*, World Publishing Company, 1956.

11 Aldous Huxley, *The Art of Seeing*, Montana Books, Publishers, Inc., 1975.

12 E. H. Gombrich, *Art and Illusion: A Study in the Psychology of Pictorial Representation*, Phaidon Press, 1959.

8 자연 세계

1 Archie Car, *So Excellent a Fishe: A Natural History of Sea Turtles*, Natural History Press, 1967. Reprinted by permission of Doubleday & Company.

2 Archie Car, *So Excellent a Fishe: A Natural History of Sea Turtles*.

3 Charles Darwin, *The Voyage of the Beagle*, Anchor Books paperback, Doubleday & Company.

4 Tom R. Johnson, "Missouri's Water Snakes... A Close Look", *Missouri Conservationist*, June 1987.

5 *The Insect World of J. Henry Fabre*, edited with introduction and interpretive comments by Edwin Way Teale. Reprinted by permission of Dodd, Mead & Company, Inc.

6 Vladimir Nabokov, *Speak, Memory*, © 1960, 1966 by Vladimir Nabokov, G. P. Putnam's Sons.

7 Glover Morrill Allen, *Birds and Their Attributes*, Marshall Jones Company, 1925. Dover paperback, 1962.

9 수학 글쓰기

1 Mel Griffith, "The Exponential Function: A Problem-Centered Approach", Tony Sedgwick and Tom Seidenberg, presented at the Woodrow Wilson Institute's Mathematics Institute, summer 1985.

2   이런 가정 아래서도 중국 인구의 남녀 비율에는 변화가 없을 것이라는 '매우 놀라운 결과'가 나왔다.

3   조앤 컨트리먼이 수학에 관한 명료한 글쓰기 사례로 추천한 두 권의 책은 다음과 같다.

Philip J. Davis & Reuben Hersh, *The Mathematical Experience*, Houghton Mifflin Co., 1981.; Philip J. Davis & Reuben Hersh, *Descartes' Dream: The World According to Mathematics*, Harcourt Brace Jovanovich, 1986.

S. M. 울럼의 *Adventures of a Mathematician*(Scribner paperback)은 위대한 수학자의 생각과 업적을 쉽고 재미있게 소개하는 책이다. 여러 교사가 앨프리드 노스 화이트헤드의 *Introduction to Mathematics*를 추천했다. 예일대 대학원 총장을 역임한 바 있는 키스 스튜어트 톰슨 예일대 교수는 내게 이렇게 말했다. "화이트헤드의 이 책은 모든 페이지가 훌륭하지만 특히 처음 두 챕터를 추천합니다. 그의 문체는 독자를 겁주지 않고 수학을 이야기한다는 자신의 집필 목적에 완벽히 부합합니다."

10 인간

1   *Extraordinary Lives: The Art and Craft of Biography*, American Heritage, 1986.; *Spiritual Quests: The Art and Craft of Religious Writing*, Houghton Mifflin, 1988.

2   Lewis Thomas, "A Long Line of Cells", *Inventing the Truth: The Art and Craft of Memoir*, Houghton Mifflin Co., 1987. © 1986 by Lewis Thomas.

3   브로드웨이 공연 기간 중에 이들의 LP 앨범이 컬럼비아레코드에서 발매되었다. "Dancers of Bali: Gamelan Orchestra from the Village of Pliatan, Indonesia", Columbia Records ML 4618.

4   Margaret Mead, *Growing Up in New Guinea: A Comparative Study of*

Primitive Education, © 1930, 1958, 1962 by Margaret Mead. Reprinted by permission of William Morrow & Co.

5 Clifford Geertz, "Deep Play: Notes on the Balinese Cockfight", *The Interpretation of Cultures*, Basic Books, 1973.

6 Edward T. Hall, *The Hidden Dimension*, Doubleday & Company, 1966.

7 Robert Coles, *Children of Crisis*, Vol. 1, "A Study of Courage and Fear", © 1964, 1965, 1966, 1967 by Robert Coles. By permission of Little, Brown and Company in association with the Atlantic Monthly Press.

11 물리·화학 글쓰기

1 Albert Einstein, *Relativity: The Special and the General Theory*, translation by Robert W. Lawson. © MCMLXI by The Estate of Albert Einstein. Used by permission of Crown Publishers, Inc.

2 Primo Levi, *The Periodic Table*, translated by Raymond Rosenthal. Translation copyright © 1984 by Schocken Books. Reprinted by permission of Schocken Books, published by Pantheon Books, a division of Random House, Inc.

3 Estelle K. Meislich, "Requiring Good Writing in Chemistry Courses", *The Journal of Chemical Education*, Volume 64, no. 6, June 1987.

4 Naola VanOrden, "Critical-thinking Writing Assignments in General Chemistry", *The Journal of Chemical Education*, Volume 64, no. 6, June 1987.

1 William Zinsser, *Willie and Dwike*.

2 "Starring Fred Astaire", Columbia Records.

3 Alec Wilder, *American Popular Song: The Great Innovators 1900–1950*,
   ⓒ 1972 by Alec Wilder and James T. Maher. Reprinted by permission of
   Oxford University Press, Inc.

4 Virgil Thomson, *Virgil Thomson*, Alfred A. Knopf, Inc., 1966.

5 Virgil Thomson, *The Musical Scene (Collected Reviews and Columns)*,
   Alfred A. Knopf, Inc., 1945.

6 Oscar Saenger, *The Oscar Saenger Course in Vocal Training*, Victor
   Talking Machine Company, 1915.

7 Roger Sessions, *Roger Sessions on Music: Collective Essays*, edited by
   Edward T. Cone. ⓒ 1979 by Princeton University Press.

공부가 되는 글쓰기:
쓰기는 배움의 도구다

2017년 2월 24일 초판 1쇄 발행

지은이   **옮긴이**
윌리엄 진서   서대경

펴낸이   **펴낸곳**   **등록**
조성웅   도서출판 유유   제406-2010-000032호(2010년 4월 2일)

                주소
                경기도 파주시 책향기로 337, 308-403 (우편번호 10884)

전화   **팩스**   **홈페이지**   **전자우편**
070-8701-4800   0303-3444-4645   uupress.co.kr   uupress@gmail.com

페이스북   **트위터**
www.facebook.com/uupress   www.twitter.com/uu_press

편집   **영업**   **디자인**
안희주   이은정   이기준

                제작   **인쇄**   **제책**
                제이오   (주)민언프린텍   (주)정문바인텍

ISBN 979-11-85152-60-8 03800

이 도서의 국립중앙도서관 출판예정도서목록(CIP)은 서지정보유통지원시스템
홈페이지(seoji.nl.go.kr)와 국가자료공동목록시스템(www.nl.go.kr/kolisnet)에서
이용하실 수 있습니다.(CIP제어번호: CIP2017002911)

유유 출간 도서

글쓰기

논픽션 쓰기
**퓰리처상 심사위원이 말하는 탄탄한 구조를
갖춘 글 쓰는 법**

잭 하트 지음, 정세라 옮김

세상에서 가장 힘 있는 글쓰기, 논픽션
쓰는 법. 저자는 허구가 아닌 사실에
기반을 둔, 예술 창작물보다는 삶의
미학화를 지향하는 글쓰기를 어떻게
하면 좋을지를 자신의 오랜 경험을
바탕으로 구체적인 사례와 모범적인
글을 통해 차분히 정리했다. 저자
잭 하트는 미국 북서부 최대의 유력
일간지 『오레고니언』에서 25년간
편집장으로 일하며 퓰리처상 수상자를
다수 길러 낸 글쓰기 코치다.
구조 잡는 법부터 윤리 문제까지,
논픽션 쓰기의 구체적 노하우를
총망라했다. 저자는 단순히
육하원칙에 따른 사건의 기록이
아니라 인물이 있고, 갈등이 있고,
장면이 있는 이야기, 이 모든 것이
없더라도 독자의 마음을 훔칠 만한
주제가 있는 이야기를 어떻게 써야
하는지, 신문·잡지·책에 실린 글을
예로 들어 독자가 이해하기 쉽게
설명한다. 이 밖에도 신문 기사,
르포, 수필 등 논픽션의 모든 장르를
아우르며 글쓰기 실전 기술을
전수한다.